The Keeper of Lost Things
잃어버린 것들의 수집가

THE KEEPER OF LOST THINGS
by Ruth Hogan

Copyright ⓒ Tilbury Bean Books Ltd. 2017
First published in Great Britain in 2017 by Two Roads
An imprint of John Murray Press
An Hachette UK company
Ruth Hogan asserts the moral right to be identified as the author of this work.
All rights reserved.

Korean translation copyright ⓒ 2017 by Chungrim Publishing Co., Ltd.
Korean translation rights arranged with Tilbury Bean Books Ltd.

잃어버린 것들의 수집가

루스 호건 지음
김지원 옮김

레드박스

한 그루의 나무가 모여 푸른 숲을 이루듯이
청림의 책들은 삶을 풍요롭게 합니다.

나의 믿음직스러운 오른팔 빌,
그리고 틸리 빈 공주님을 위해

하지만 가시를 그러줄 용기가 없는 자는
장미를 탐해서는 안 된다.

- 앤 브론테 -

1

찰스 브램웰 브록클리는 14시 42분 런던 브리지에서 브라이턴으로 가는 열차를 표도 없이 혼자 타고 가는 중이었다. 열차가 헤이워즈 히스 역에서 흔들리며 멈춰 서자 그가 들어 있는 헌틀리&파머스 비스킷 통이 좌석 가장자리에서 위태롭게 흔들렸다. 하지만 통이 열차 바닥으로 굴러떨어지려는 순간, 어떤 믿음직스러운 사람이 그것을 잡았다.

그는 집에 돌아와서 기뻤다. 파두아는 빨간 벽돌로 지은 견고한 빅토리아식 저택으로 가파르게 경사진 현관 주위로는 인동 덩굴과 클레머티스 덩굴이 자랐다. 장미 향이 나고 소리가 울리는 시원한 현관홀은 무자비한 오후의 태양 빛으로부터 남자를 반갑게 끌어들였다. 그는 가방을 내려놓고 열쇠를 현관 탁자 서랍에 넣은 후 파나마 모자를 모자걸이에 걸었다. 완전히 지쳐 있었지만 조용한 집이 그의 마음을 달래줬다. 조용하긴 해도 아무 소리가 안 나는 건 아니었다. 기다란 벽걸이 시계가 계속해서 째깍거리고 오래된 냉장고가 나직하게 '웅' 하는 소리를 내고 정원 어딘가에선 찌르레기 우는 소리가 들렸다. 하지만 집 안에서는 그 외의 기계 소리는 전혀 나지 않았다. 집에는 컴퓨터도, 텔레비전도, DVD나 CD 플레이어도 없었다. 바깥 세상과 연결해주는 것은 오로지 복도에 있는 오래된 베이클라이트 전화기와 라디오뿐이었다. 부엌에서 그는 물이 얼음처럼 차가워질 때까지 틀어놨다가 컵에 받았다. 진 라임을 마시기에는 너무 이르고, 차를 마시기에는 너무 더웠다. 로라가 퇴근하면서 그의 저녁 식사로 햄 샐러드를 냉장고에 넣어뒀다고 쪽지를 남겼다. 상냥하기도 하지. 그는 물을 벌컥벌컥 마셨다.

그는 복도로 나와 바지 주머니에서 열쇠 하나를 꺼내 묵직한 떡갈나무 문을 열었다. 바닥에 놓인 가방을 집어 들고 방 안으로 들어간 그는 등 뒤의 문을 조용히 닫았다. 선반과 서랍, 선반과 서랍, 선반과 서랍. 삼면의 벽은 완전히 꽉 차 있었다. 모든 선반과 서랍마다 사십 년 동안 모아온 온갖 잡다한 물건들로 가득했고, 각각의 물건에는 꼬리표가 붙어 있었다. 방 안의 유리문에 드리워진 레이스 커튼이 오후의 강렬한 햇살을 분산시켰다. 그 사이를 뚫고 들어온 한 줄기 빛은 먼지 입자들로 반짝거렸다. 그는 가방에서 헌틀리&파머스 비스킷 통을 꺼내 방 안에서 유일하게 말끔한 커다란 마호가니 탁자에 조심스럽게 올려놓았다. 그리고 뚜껑을 열어 안에 든 굵은 모래 같은 질감의 연한 회색 가루를 살펴봤다. 그도 수년 전에 이와 비슷한 것을 집 뒤뜰의 장미 정원에 뿌린 적이 있었다. 하지만 이게 정말 사람의 유골일 리 있겠는가? 그런 걸 비스킷 통에 담아 열차에 놔뒀다고? 그는 뚜껑을 도로 닫았다. 기차역에서 이걸 넘겨주고 오려고 했지만, 표 검수원은 쓰레기일 거라면서 근처의 쓰레기통에 버리라고 했다.

"사람들이 열차에 뭘 버리고 가는지 알면 놀라실걸요."

그는 어깨를 으쓱해 보이며 앤서니의 말을 무시했다.

앤서니는 이제 더 이상 놀랄 게 없었지만 크든 작든 간에 뭔가를 잃어버린다는 것에 대해선 항상 마음이 쓰였다. 그는 서랍에서 갈색 종이로 된 라벨지와 금색 펜촉의 만년필을 꺼냈다. 그리고 검은색 잉크로 조심스럽게 날짜와 시간, 장소를 상세히 적었다.

화장한 유골(?)이 담긴 헌틀리&파머스 비스킷 통.
14시 42분 런던 브리지에서 브라이턴으로 가는 열차 6호 차량에서 발견.
신원 불명의 사망자. 하느님의 축복 속에 평온하게 쉬기를.

그는 비스킷 통의 뚜껑을 부드럽게 쓰다듬은 후 선반 한구석에 자리를 마련해 조심스럽게 올려놓았다.

복도의 시계 소리가 진 라임을 마실 시간임을 알렸다. 그는 냉장고에서 얼음과 라임 주스를 꺼낸 뒤 올리브가 담긴 조그만 접시와 초록색 칵테일 잔을 은쟁반에 담아서 정원이 내다보이는 방으로 가져갔다. 배가 고프지는 않았지만 음료가 입맛을 되살려주기를 바랐다. 로라가 애써 준비해준 샐러드를 안 먹어서 그녀를 실망시키고 싶지 않았기 때문이다. 그는 쟁반을 내려놓고 뒤뜰이 보이는 창문을 열었다.

나무로 만들어진 축음기는 커다란 금색 나팔이 달린 근사한 물건이었다. 그는 바늘을 들어 올려 감초 색깔의 레코드판 위에 조심스럽게 놓았다. 알 보울리의 목소리가 허공에 퍼지며 정원으로 흘러나가 찌르레기 울음소리와 경쟁을 벌였다.

당신에 관한 생각(The Very Thought of You).

이건 그들의 노래였다. 그는 편안한 일인용 가죽 소파에 기대어 기다란 팔다리를 늘어뜨렸다. 한창때에 그의 큰 몸집은 키에 꼭 어울렸고 꽤 인상적인 풍채였다. 하지만 나이가 들어 덩치는 줄었고 이제 피부는 뼈에 달라붙어 늘어져 있었다. 그는 한 손에 잔을 들어서 다른 손에 든 은색 프레임의 액자 속 여인에게 건배를 했다.

"나의 소중한 그대를 위해!"

그는 술을 한 모금 마시고서 차가운 액자 유리에 애정과 갈망이 담긴 키스를 한 뒤 의자 옆 사이드 탁자에 사진을 다시 올려놓았다. 그녀는 고전적인 미인은 아니었다. 곱슬머리에 오래된 흑백 사진 속에서도 반짝이는 커다란 검은 눈을 가진 젊은 여성일 뿐이었다. 하지만 그녀는 이렇게 오랜 세월이 지나도록 그를 사로잡을 수 있는 놀라운 존재감을 뿜어냈다. 세상을 떠난 지 사십 년이 지났지만 그녀는 여전히 그의 인생과 함께하고 있었고, 그녀의 죽음은 그의 삶에 목적을 부여해줬다. 그리하여 앤서니 퍼듀는 잃어버린 것들의 수집가가 되었다.

2

로라는 방향을 잃고 정처 없이 헤매고 있었다. 우울증 약과 피노 그리지오 와인, 그리고 인생에서 지워버리고 싶은 일들의 불운한 조합 속에서 간신히 버둥거리던 상태였다. 이를테면 빈스가 바람을 피운 사건 같은 일들이 있었다. 앤서니 퍼듀와 그의 집이 그런 그녀를 구해줬다.

그녀는 집 바깥쪽에 차를 세우고는 자신이 여기서 얼마나 일을 했는지 따져봤다. 오 년, 아니 거의 육 년이었다. 병원 대기실에 앉아 초조하게 잡지를 들춰보던 중에 「레이디」의 광고가 그녀의 눈길을 사로잡았었다.

남성 작가의 가정부 겸 개인 비서 구함.
사서함 27312 앤서니 퍼듀 앞으로 이력서를 보내주세요.

그녀는 자신의 우울한 인생을 어떻게든 견뎌낼 수 있도록 약을 더 타기 위해 애원할 생각으로 병원 대기실에 들어갔다가 훗날 그녀의 인생을 바꾸게 되는 일자리에 지원하겠다는 마음을 먹은 채 그곳을 나오게 되었다.

　자물쇠를 열고 현관 안으로 들어가자 언제나처럼 집 안의 평화로운 분위기가 그녀를 반겼다. 그녀는 부엌으로 가서 주전자에 물을 담아 가스레인지 위에 올려놓았다. 앤서니는 아침 산책을 나갔을 것이다. 어제는 하루 종일 그를 보지 못했다. 그가 사무변호사를 만나러 런던에 갔기 때문이다. 물이 끓기를 기다리면서 그녀는 그가 처리해달라고 남겨둔 깔끔한 서류 더미를 살폈다. 청구서 몇 장, 그를 대신해서 답장을 써야 하는 편지 몇 통, 병원에 예약을 해달라는 메모가 있었다. 갑자기 불안감이 엄습했다. 강한 햇살 아래 너무 오래 방치해 선명함과 색상이 바래버린 초상화처럼 지난 몇 달 동안 그가 바래가는 것을 못 본 척하려고 그녀는 애써 노력해왔다. 수년 전 그녀의 면접을 봤을 때만 해도 그는 키가 크고 근육질에 숱 많은 검은 머리, 짙은 남색 눈동자에 제임스 메이슨 같은 목소리를 지닌 남자였다. 그녀는 그를 예순여덟이라는 실제 나이보다 훨씬 더 젊게 봤었다. 이 집에 처음 들어서던 순간부터 로라는 퍼듀 선생 그리고 이 집과 사랑에 빠졌다. 그녀가 그에게 느끼는 사랑은 로맨틱한 것이라기보다는 어린아이가 제일 좋아하는 삼촌에게 갖는 애정 같은 것이었다. 그의 상냥한 강인함, 평온한 태도, 흠잡을 데 없는 우아함은 그녀가 뒤늦게나마 남자에게서 중요하게 여기게 된 자질들이었다. 그의 존재는 언제나 그녀의 기분을 밝게 만들어주고, 오랫동안 놓치고 살아온 그녀의 인생을 소중히 여기게 해줬다. 그는 라디오 4번 채널과 빅벤, '희망과 영광의 땅'(차례로 영국의 공영방송 채널, 웨스트민스터 궁의 시계탑, 영국 애국가다.―옮긴이)처럼 마음의 위로가 되고 변함없는 존재였다. 하지만 언제나 약간의 거리감도 있었다. 그에게는 절대로 드러내

13

지 않는 일부분이, 늘 간직해온 비밀이 있었다. 로라는 기뻤다. 누군가와 육체적으로나 감정적으로나 친밀해지면 항상 실망감을 느끼곤 했기 때문이다. 퍼듀 선생은 완벽한 고용주였고, 차츰 좋은 친구 앤서니가 되었다. 하지만 그렇다고 지나치게 가까워지지도 않았다.

파두아의 경우 로라가 이 집과 사랑에 빠지게 된 것은 쟁반보 때문이었다. 앤서니는 면접을 보면서 그녀에게 차를 내줬다. 그는 정원이 보이는 방으로 쟁반을 가져왔다. 덮개를 씌운 찻주전자, 우유 주전자, 설탕 그릇과 집게, 컵과 받침, 은제 티스푼, 차 거름망과 받침. 쟁반보를 깐 쟁반 위에 그 모든 것이 놓여 있었다. 쟁반보는 새하얗고 가장자리에 레이스가 달린 리넨이었다. 쟁반보가 방점을 찍었다. 파두아는 쟁반보까지 포함해서 이 모든 것들이 일상인 곳이었다. 그리고 퍼듀 선생은 정확히 로라가 꿈꿔왔던 일상생활을 하는 사람이었다. 처음 결혼했을 때 빈스는 그런 것들을 집 안에 들이려고 하는 그녀의 노력을 놀리곤 했다. 빈스는 어쩔 수 없이 직접 차를 끓여야 할 때면 다 쓴 티백을 로라가 아무리 쓰레기통에 버리라고 얘기해도 개수대에 아무렇게나 올려놓았다. 게다가 우유와 주스를 통째로 그냥 마시고, 식탁에 팔꿈치를 올려놓고 밥을 먹고, 칼을 펜 다루듯이 쓰고, 입에 음식이 가득한 채로 말을 했다. 하나하나는 사소한 일이지만, 로라가 무시하려고 노력한 다른 수많은 그의 행동과 말처럼 그것들이 그녀의 영혼을 좀먹었다. 해가 지나는 동안 그 횟수와 빈도가 축적되면서 로라의 마음은 단단하게 굳어갔고 한때 학교 친구들의 집에서 맛보았던 생활의 일부만이라도 누리고 싶었던 그녀의 소박한 꿈은 무너졌다. 빈스의 놀림은 결국에 비웃음으로 변했고, 쟁반보는 조롱거리로 전락했다. 그리고 로라도 그렇게 되었다.

면접을 보는 날은 그녀의 서른다섯 번째 생일이었고 면접 자체는 놀랄 만큼 짧았다. 퍼듀 선생은 그녀에게 차를 어떻게 마시는지 묻고서 따라줬다. 양쪽 모두 최소한의 질문만을 했다. 그런 뒤 그가 로라에게 자리를 제안했고 그녀는 받아들였다. 그것은 완벽한 선물이었고 로라에게는 희망의 시작이었다.

주전자의 '삑' 하는 소리가 그녀의 회상을 뚫고 들어왔다. 로라는 차와 먼지떨이, 걸레를 챙겨서 정원이 내다보이는 방으로 가져갔다. 집에서는 청소하는 게 정말 싫었다. 특히 빈스와 함께 살았던 집에서는 더욱 그랬다. 하지만 여기서는 청소가 애정의 발로였다. 처음 왔을 때 이 집과 내용물들은 약간 방치된 상태였다. 더럽거나 해진 건 아니고 그저 약간 도외시된 정도였다. 대다수의 방은 사용되지 않았고, 앤서니는 대부분의 시간을 정원이 보이는 방이나 서재에서 보냈다. 여분의 침실에 손님들이 머문 적도 없었다. 상냥하게, 조심스럽게, 로라는 방 하나하나씩 집을 되살리는 데 열정을 쏟았다. 다만 서재는 제외였다. 그녀는 서재에 들어가본 적이 없었다. 앤서니는 처음부터 자신을 제외하고 아무도 서재에 들어와서는 안 된다고 말했고 비어 있을 땐 방문을 잠가두었다. 그녀도 거기에 대해 물어보지 않았다. 하지만 다른 방들은 전부 다 깨끗하고 환하게 유지했고, 아무도 오지는 않지만 그래도 언제 누가 오든 사용할 수 있는 상태로 만들어놓았다.

정원이 보이는 방에서 로라는 은색 프레임의 액자를 집어 유리와 은이 반짝일 때까지 닦았다. 앤서니는 사진 속 여자의 이름이 테레즈라고 말한 적이 있었고, 로라는 그가 그녀를 굉장히 사랑했을 거라 짐작했다. 그녀의 사진이 집 전체에 배치된 단 세 장의 사진 중 하나였기 때문이다. 다른 것은 앤서니와 테레즈가 함께 있는 사진으로 하나는 그의 침대 옆 협탁에, 다른 하나는 집 안쪽 큰 침실의 화장대 위에 있었다. 로라는 그를 알고 지낸 수년 동안 그가 그 사진 속에서처럼 행복해 보이는 걸 한 번도 본 적이 없었다.

로라가 빈스를 떠날 때 마지막으로 했던 일은 커다란 그들의 결혼 사진을 쓰레기통에 처박는 것이었다. 하지만 그 전에 우선 사진을 짓밟고, 그의 히죽거리는 얼굴 위에 있는 깨진 유리를 구둣발로 으깼다. '접대부' 셀리나가 그를 두 팔 벌려 반겼겠지. 그는 정말 완벽하게 개자식이었다. 로라가 자기 자신에게조차 그걸 제대로 인정한 건 그때가 처음이었다. 하지만 그렇다고 기분이 딱히 나아지지는 않았다. 그저 자신이 그에게 그 많은 세월을 허비했다는 사실이 슬펐다. 하지만 학업도 다 마치지 못했고 회사에서 일한 경력도 없고 달리 돈을 벌 만한 기술도 없는 터라 선택의 여지가 별로 없었다.

정원이 보이는 방을 다 청소한 뒤 로라는 복도를 지나 계단을 올라가면서 먼지떨이로 휘어진 목재 난간에서 금빛 가루를 털어냈다. 종종 서재에 대해 궁금증이 들긴 했다. 당연한 일이었다. 하지만 앤서니가 그녀의 사생활을 존중하는 만큼 그녀도 그의 사생활을 존중했다. 위층에 있는 가장 큰 침실도 뒤뜰이 내다보이는 커다란 퇴창이 있는 근사한 곳이다. 그곳은 한때 앤서니가 테레즈와 함께 썼던 방인데 현재 앤서니는 옆에 있는 더 작은 방에서 혼자 잔다. 로라는 창문을 열어 환기를 시켰다. 아래에 있는 정원의 장미들이 절정이었다. 자홍색, 분홍색, 크림색 꽃잎들이 겹겹이 피어 있고, 그 주위로는 작약이 가득하고, 중간중간 새파란 미나리아재비들이 솟아 있었다. 장미 향기가 따스한 공기를 타고 위로 올라왔고 로라는 숨을 깊게 들이

켜 그 아찔한 향기를 즐겼다. 이 방에서는 항상 장미 향이 났다. 정원이 얼어붙고 식물들이 잠들고, 창문에 서리가 끼는 한겨울에도 그랬다. 로라는 이미 완벽한 침대보를 바로잡아 쓰다듬고 오토만 위의 쿠션들을 부풀렸다. 초록색 유리로 된 화장대가 햇살에 반짝거렸지만, 그래도 먼지를 한번 떨어냈다. 이 방 안의 모든 게 다 완벽한 건 아니었다. 조그만 파란색 에나멜 시계가 또 멎었다. 11시 55분에서 초침이 움직이지 않았다. 시계는 매일 같은 시간에서 멎었다. 로라는 자신의 시계를 확인해 시간을 맞췄다. 째깍거리는 소리가 다시 날 때까지 조그만 키를 신중하게 감은 후에 시계를 화장대 위의 원래 자리에 놓았다.

현관문 닫히는 소리가 앤서니가 산책에서 돌아왔다는 걸 알려줬다. 그리고 서재의 자물쇠를 풀어 방문을 열었다 닫는 소리가 이어졌다. 이것은 로라에게 아주 익숙한 일련의 소리였다. 부엌에서 그녀는 커피를 한 주전자 끓여 컵과 받침, 은제 크림통과 함께 다이제스티브 비스킷 접시를 쟁반에 담았다. 복도를 지나 서재 문을 두드리고서 문이 열리자 그녀는 앤서니에게 쟁반을 건넸다. 그는 피곤해 보였다. 산책으로 기운이 나기보다는 더 힘이 빠진 기색이었다.

"고맙네, 로라 양."

그녀는 쟁반을 받아드는 그의 손이 떨리는 것을 우울한 기분으로 바라봤다.

"점심으로 뭔가 드시고 싶은 거라도 있으세요?"

그녀가 구슬리는 어조로 물었다.

"아니, 없어. 뭐든 자네가 만드는 거라면 다 맛있겠지."

문이 닫혔다. 로라는 부엌으로 돌아와 싱크대에 올라와 있는 사용하고 난 머그컵을 닦았다. 분명히 정원사인 프레디가 놔둔 것이리라. 그는 이 년쯤 전부터 파두아에서 일하기 시작했지만, 그와 친해지고 싶은 마음이 있는 로라에게는 실망스럽게도 서로 볼 일이 거의 없었다. 키가 크고 가무잡잡한 그는 전형적인 스타일의 미남은 아니었다. 코와 윗입술 사이에 세로로 희미한 흉터가 있고 한쪽 입가가 약간 올라가 있긴 하지만 그게 흉하기보다는 오히려 웃을 때 삐딱하니 매력을 더해줬다. 어쩌다 마주칠 때면 그는 상냥하면서도 예의를 넘어설 정도로 과하게 굴지는 않아서 좀 더 친해져도 괜찮겠다는 마음이 들었다.

로라는 서류부터 정리하기 시작했다. 편지는 집으로 가져가서 노트북 컴퓨터로 타이핑을 할 계획이었다. 처음에 앤서니를 위해 일을 시작했을 때는 그의 원고를 교정하고 오래된 전자식 타이프라이터로 타이핑을 했다. 하지만 몇 년 전부터 그는 글 쓰는 것을 중단했고 그녀는 그 일이 그리웠다. 어린 시절에 그녀는 소설가나 기자같이 글 쓰는 직업을 가질까 생각했던 적이 있었다. 그녀는 온갖 계획을 세웠다. 지방 여학교에서 장학금을 받고, 대학까지 합격한 영리한 소녀였으니까. 자기 힘으로 제대로 된 인생을 꾸릴 수도 있었을 것이다. 하지만 대신에 그녀는 빈스를 만났다. 열일곱 살의 그녀는 아직 취약하고 완전히 성숙하지 않았다. 자신의 가치에 대해 확신이 없었다. 학교를 다니는 건 즐거웠지만 장학금을 받는다는 건 약간 그녀에게 어울리지 않는 자리에 끼어드는 기분을 느끼게 만들었다. 공장 노동자인 아버지와 가게 점원인 어머니는 총명한 딸을 무척 자랑스러워했다. 값비싼 교복 일체와 들어본 적도 없는 실내용·실외용 신발을 살 돈은 어떻게든 근근이 마련했다. 모든 게 새것이어야 했다. 딸에게 중고란 절대로 안 될 말이었고, 그녀도 거기에 대해서 진심으로 고맙게 생각했다. 부모님이 어떤 희생을 했는지 그녀도 잘 알았다. 하지만 그것만으로는 부족했다. 환하고 멋지게 차려입은 것으로는 학교를 채운 대부분의 학생들 속에 매끄럽게 끼어들기엔 뭔가가 모자랐다. 방학이면 해외여행을 가고, 공연을 보러 다니고, 저녁 파티를 열고, 주말에는 요트를 타러 가는 게 일상인 아이들과는 견줄 수가 없었다. 물론 친구는 사귀었다. 상냥하고 마음 넓은 아이들을 만나고, 친절하고 너그러운 그들의 부모님에게 웅장한 집에서 머물다 가라는 초대도 받곤 했다. 차가 주전자에 나오고, 토스트는 토스트 받침에 나오고, 버터는 접시에, 우유는 전통적인 우유 주전자에, 잼에는 은 스푼이 꽂혀 나오는 그런 화려한 집들. 숫자 대신 이름이 붙어 있고, 테라스와 테니스 코트, 멋진 모양으로 다듬어진 나무들이 있는 그런 집들. 그녀는 다른 종류의 삶을 보았고 거기에 매료되었다. 그녀의 꿈은 높아졌다. 집에서 병째 마시는 우유, 통에 든 마가린, 봉지에 든 설탕, 머그컵에 우린 차가 족쇄처럼 그녀를 무겁게 아래로 끌어내렸다. 열일곱 살의 그녀는 두 세계 사이의 틈새에 빠졌고, 진정으로 속하는 곳을 찾을 수가 없었다. 그때 빈스를 만났다.

그는 나이가 더 많고, 잘생기고, 자신만만하고, 야심찼다. 그녀는 그가 쏟는 관심에 우쭐해지고 그의 자신감에 감탄했다. 빈스는 모든 것에 대해 확신을 가졌다. 심지어는 자칭 '천하무적 빈스'라는 별명도 갖고 있었다. 그는 자동차 판매원이었고 그런 사람들의 전형적인 차인 빨간색 재규어 E 타입을 몰았다. 로라의 부모님은 말없이 답답해했다. 그들은 교육이 그녀가 더 나은 삶을 살기 위한 열쇠가 될 거라고 생각했다. 자신들보다 더 훌륭한 인생, 힘겹게 애쓰지 않고 좀 더 즐기는 인생을 살 수 있기를 바랐다. 그들은 쟁반보에 대해서는 이해하지 못했지만, 자신들이 로라에게 바라는 삶이 그저 돈이 많은 것 이상임은 알고 있었다. 로라에게 그런 삶은 절대로 돈에 달린 게 아니었다. 그리고 천하무적 빈스에게는 모든 게 돈과 지위에 관한 것이었다. 로라의 아버지는 곧 빈스 더비(Vince Darby)에게 자신만의 별명을 붙였다. VD(성병.—옮긴이)였다.

수년을 불행하게 보낸 뒤 로라는 종종 빈스가 자신에게서 뭘 봤던 걸까 생각하곤 했다. 그녀는 귀엽긴 했지만 예쁜 여자는 아니었고, 그가 선호하는 치아와 가슴, 엉덩이를 가진 것도 아니었다. 빈스가 평소 데이트하는 여자들은 비속어를 내뱉는 것만큼이나 자연스럽게 속옷을 내리는 타입이었다. 어쩌면 그는 로라를 도전거리로 여긴 것인지도 모른다. 아니면 참신하다고 여겼거나. 어느 쪽이든 간에 그는 그녀가 좋은 아내가 될 거라고 생각했던 모양이다. 결국에 그의 청혼은 육체적인 욕구만큼이나 지위 상승 욕구로 인한 것이었다고 그녀는 결론을 내렸다. 빈스는 돈은 많았지만 그것만으로는 프리메이슨에 들어가거나 골프 클럽 회장으로 뽑힐 수 없었다. 로라가 그 우아한 매너와 사립학교 교육으로 그의 거친 행동거지에 사교적 세련미라는 광채를 더해주기를 바랐으나 그는 크나큰 실망감을 맛보았다. 하지만 로라만큼 크게 실망하지는 않았을 것이다.

빈스가 바람 피운 것을 처음 알게 됐을 땐 모든 걸 그의 탓으로 돌리기가 쉬웠다. 제인 오스틴 소설처럼 로라 자신은 집에서 여분의 변기 커버를 뜨개질하거나 모자에 리본을 꿰매어 붙이는 고결한 여주인공이고 그는 비열한이라고 여기면 아주 간단했다. 하지만 로라는 마음 깊은 곳에서 그게 다 환상이라는 걸 잘 알고 있었다. 불만스러운 현실에서 벗어나고 싶은 절망감에 그녀는 의사에게 우울증 약을 처방해달라고 했지만, 의사는 그녀에게 약을 먹기 전에 우선 상담을 받으라고 종용했다. 로라에게 그것은 그저 약을 받기 위한 수단일 뿐이었다. 그녀는 내성적이고 촌스러운 파멜라 같은 이름의 중년 여자를 잘 구슬려서 처방전을 받을 수 있을 거라고 생각했다. 하지만 그녀의 앞에 나타난 사람은 세련된 정장 차림에 자신만만한 금발의 루디였고, 그녀는 로라가 받아들이고 싶지 않은 사실을 마주하도록 만들었다. 그녀는 로라에게 머릿속의 목소리, 즉 곤란한 사실을 들이밀고 불편한 논쟁을 일으키는 목소리에 귀를 기울이라고 말했다. 루디는 그것을 '내적 언어와의 교류'라고 불렀고 그게 로라에게 '굉장히 만족스러운 경험'이 될 거라고 했다. 로라는 그것을 진실 요정과의 만남이라 불렀고, 그것은 가장 좋아하는 음반에 깊게 스크래치가 난 상태로 음악을 듣는 것과 같은 경험이었다. 진실 요정은 굉장히 의심이 많았다. 요정은 로라가 부모님의 기대가 버거워서 비틀거렸고, 어느 정도는 대학에 가지 않기 위해 빈스와 결혼한 거라고 비난했다. 요정은 로라가 실패할까 봐 두려워서 대학에 가고 싶어 하지 않았다고 생각했다. 코를 박고 그대로 엎어질까 봐 자신의 두 발로 서는 걸 두려워했다고. 그리고 로라의 유산과 함께 아기를 갖고자 하는 집착과 실패라는 불행한 기억도 떠올리게 만들었다. 솔직히 진실 요정은 로라를 불안하게 만들었다. 하지만 우울증 약을 처방받은 후로는 요정의 말에 귀 기울이지 않았다.

복도의 시계가 한 시를 알렸고 로라는 점심을 만들 재료를 꺼내기 시작했다. 계란과 치즈에 정원에서 딴 신선한 허브를 넣고 저은 다음 스토브에 올린 뜨거운 팬에 붓고 부글거리는 것을 바라보다가 보송

보송한 금빛 오믈렛을 만들었다. 쟁반에 빳빳한 하얀색 리넨 냅킨을 깔고, 은제 나이프와 포크, 엘더플라워 코디얼을 따른 잔을 놓았다. 서재 문 앞에서 그녀는 앤서니에게 쟁반을 건네고 모닝커피 쟁반을 받았다. 비스킷은 건드리지도 않은 상태였다.

3

유니스
40년 전… 1974년 5월

그녀는 코발트블루 색깔의 트릴비 모자로 고르기로 했다. 옛날에 할머니가 못생긴 건 유전자 탓으로, 무식한 것은 교육 탓으로 돌릴 수가 있지만 따분한 것에는 변명의 여지가 없다고 얘기해주신 적이 있었다. 학교는 따분했다. 유니스는 똑똑한 아이였지만 차분하지 못했고, 수업 시간에 금세 지루해지곤 했다. 그녀는 흥분을, 생기 넘치는 생활을 원했다. 그녀가 지금 일하는 사무실도 따분하고, 따분한 사람으로 가득했으며, 일 자체도 따분했다. 끝없는 타이핑과 파일 정리뿐이었다. 그녀의 부모님은 대단한 일이라고 하겠지만, 그건 따분한 일의 다른 이름일 뿐이었다. 그녀의 유일한 탈출구는 영화와 책뿐이었다. 그녀는 목숨이 달린 것처럼 책을 읽었다.

유니스는 「레이디」에서 구인 광고를 발견했다.

저명한 출판인과 일할 직원 구함. 봉급은 소소하지만 절대로 따분하지 않은 일입니다!

이것이야말로 그녀를 위한 일이었고, 그녀는 그날 바로 지원서를 냈다.

면접은 오후 12시 15분이었다. 그녀는 넉넉히 여유를 두고 출발했기 때문에 거리를 느긋하게 걸어가면서 나중에 추억이 될 만한 도심의 풍경과 소리를 즐겼다. 길거리에는 사람이 많았고, 유니스는 다 똑같아 보이는 사람들의 물결 속에서 멍하니 걷다가 가끔씩 끝없는 파도 속에서 모종의 이유로 눈에 띄는 사람들을 발견하곤 했다. 그녀는 '스위시 피시' 레스토랑 앞의 보도를 쓸며 휘파람을 부는 웨이터에게 목례를 하고, 어디로 가야 하는지 지도책을 보느라 바쁜 뚱뚱하고 땀으로 흥건한 관광객과 불쾌하게 부딪치지 않기 위해 몸을 살짝 돌렸다. 그레이트 러셀 가 모퉁이에 서서 누군가를 기다리고 있는 키 큰 남자를 발견하고는 미소를 지었다. 남자는 근사했지만 걱정하는 것 같은 얼굴이었기 때문이다. 그를 지나쳐가던 짧은 순간에 그녀는 남자의 모든 것을 훑어봤다. 그는 건장하고 파란 눈에 잘생긴 데다 좋은 남자의 분위기를 풍겼다. 초조하게 시계를 확인하며 길거리를 이쪽저쪽으로 살피는 게 분명히 누군가를 기다리는 듯했고, 상대방이 늦는 것 같았다. 유니스는 여전히 시간이 남았다. 이제 겨우 오전 11시 55분이었다. 그녀는 계속 느긋하게 걸어갔다. 그녀의 생각은 다가오는 면접과 면접관에게로 향했다. 상대가 길모퉁이에서 기다리고 있던 남자처럼 생겼으면 좋겠다는 생각이 들었지만, 어쩌면 여자일 수도 있다. 검은 단발머리에 새빨간 립스틱을 바른, 날카롭고 뾰족한 일자로 편 종이클립 같은 여자. 블룸즈버리 가에 있는 주소지의 반지르르한 초록색 문 앞에 도착한 그녀는 맞은편 보도에 모여선 사람들이나 멀리서 들리는 사이렌 소리를 거의 알아채지 못했다. 그녀는 벨을 누르고 등을 꼿꼿이 펴고, 발을 한데 모으고, 고개를 똑바로 들어 올린 채로 기다렸다. 계단을 내려오는 발소리가 들리고 곧 문이 활짝 열렸다.

유니스는 남자를 보자마자 사랑에 빠졌다. 그의 외형적 요소들 하나하나는 딱히 눈에 띄는 데가 없었다. 중키에 평범한 덩치, 밝은 갈색 머리, 상냥한 얼굴, 눈 두 개, 귀 두 개, 코 하나, 입 하나. 하지만 전부 조합하자 마술처럼 완벽하게 변화했다. 그는 물에 빠진 그녀를 건지듯이 손을 잡아당기고서 계단으로 데리고 올라갔다. 계단을 올라가면서 열의에 차서 숨 가쁜 어조로 그가 그녀에게 인사를 건넸다.

"유니스 맞죠? 만나서 정말로 반가워요. 난 바머(Bomber)라고 불러줘요. 다들 그렇게 부르거든요."

계단 꼭대기에서 그들이 들어간 사무실은 크고 환하고 잘 정돈돼 있었다. 벽에는 선반과 서랍들이 줄지어 있고, 세 개의 파일 캐비닛이 창문 아래에 놓여 있었다. 유니스는 거기에 '톰', '딕', '해리'라는 표지가 붙어 있는 것을 보고 호기심을 느꼈다.

"터널에서 딴 거죠."

바머가 그녀의 얼굴에 떠오른 의문 어린 표정을 알아챈 듯 그녀의 시선을 따라가 바라보고는 설명했다. 하지만 의문은 남았다.

"〈대탈주The Great Escape〉요? 스티브 맥퀸, 디키 애튼버러, 흙 주머니, 철조망, 오토바이?"

유니스가 미소를 지었다.

"당신도 봤군요, 그렇죠? 이렇게 멋진 일이!"

그는 주제곡을 휘파람으로 불기 시작했다.

유니스는 단호하게 결심했다. 이건 확실히 그녀를 위한 일자리였다. 저 파일 캐비닛에 몸을 칭칭 묶고 매달리는 한이 있어도 이 자리를 꿰차고 말리라. 하지만 다행히 그럴 필요는 없었다. 그녀가 〈대탈주〉를 봤고 팬이라는 사실만으로도 충분한 모양이었다. 바머는 그녀의 입사를 축하하는 의미로 사무실에 있는 조그만 부엌에서 차를 끓였다. 뭔가 덜거덕거리며 굴러오는 기묘한 소리가 사무실로 들어오는 그의 뒤에서 들렸다. 그 소리는 한쪽 귀가 접히고 왼쪽 눈에는 갈색 반점이 있는 갈색과 하얀색의 조그만 테리어한테서 나는 것이었다. 개는 바퀴 두 개가 달린 나무 카트에 얹혀 있는 상태로 앞발로 걸으며 몸을 끌어당기고 있었다.

"이쪽은 더글러스예요. 내 오른팔이죠. 음, 오른팔 개랄까요."

"안녕, 더글러스. 성은 아마도 베이더겠구나(더글러스 베이더, 제2차 세계대전 때 영국의 조종사였고 두 다리를 잃었으나 의족을 달고 전투기를 몰았다.—옮긴이)."

유니스가 근엄하게 개에게 인사를 했다. 바머는 기뻐서 탁자를 두드렸다.

"당신이 딱이라는 걸 보자마자 알았다니까요. 자, 차는 어떻게 마시는 걸 좋아해요?"

차와 비스킷을 앞에 놓고(더글러스는 찻잔 받침에 따라준 것을 마셨다.) 유니스는 더글러스가 강아지 때 차에 치인 후 버려진 것을 바머가 발견했다는 얘기를 들었다. 수의사는 안락사를 시키라고 권했지만, 바머는 강아지를 집으로 데려왔다.

"내가 직접 이 고물차를 만들어줬죠. 메르세데스는 못되고 모리스 1000 트래블러에 더 가깝지만, 그래도 제 역할은 하니까요."

그들은 유니스가 '소소하다'기보다는 완벽하게 적당한 월급을 받고 다음 주부터 일을 시작하는 데 합의했다. 그녀의 업무에는 처리해야 하는 모든 일들이 포함됐다. 유니스는 굉장히 행복했다. 그런데 그녀가 사무실을 나서려고 짐을 챙기고 있을 때 문이 벌컥 열리고 길게 펴놓은 종이클립 같은 여자가 사무실로 들어왔다. 여자는 품위 없이 비뚤비뚤한 콧날에 팔꿈치와 무릎이 툭 튀어나오고, 살집이라고는 없이 비쩍 말랐고, 얼굴에는 수년간의 비웃는 표정이 영구적으로 자리 잡은 것 같은 생김새였다.

"그 기형 쥐새끼 같은 게 아직도 살아 있네."

여자가 담배로 더글러스를 가리키면서 핸드백을 의자에 내려놓았다. 유니스를 보자 여자의 얼굴에 삐딱한 웃음이 스쳤다.

"맙소사, 오빠! 애인이 생겼다고 하려는 건 아니겠지."

여자가 포도 씨를 뱉는 것처럼 말을 뱉었다.

바머는 간신히 인내심을 발휘해 그녀를 소개했다.

"이쪽은 나와 함께 일할 새로운 직원인 유니스야. 유니스, 이쪽은 내 동생 포샤예요."

여자는 차가운 회색 눈으로 유니스를 위아래로 훑어봤지만 손을 내밀지는 않았다.

"만나서 반갑다고 해야 할 것 같지만, 아무래도 그건 거짓말이라서 말이죠."

"마찬가지예요."

유니스가 대답했다. 그 말은 거의 들릴 듯 말 듯한 정도였고 포샤는 이미 오빠에게 시선을 돌린 상태였지만, 유니스는 더글러스의 꼬리 끝이 살랑거리는 걸 봤다고 맹세할 수 있었다. 그녀는 바머를 밉살맞은 여동생과 함께 있게 놔두고 아래층으로 내려와 밝은 오후의 햇살 속으로 나왔다. 그녀가 문을 닫을 때 마지막으로 들린 것은 포샤가 확연히 다른 목소리지만 여전히 듣기 불쾌한 살살 꾀는 어조로 말하는 소리였다.

"자, 오라버니, 내 책은 대체 언제 출판해줄 거야?"

그레이트 러셀 가 모퉁이에서 그녀는 미소를 지어 보였던 남자를 떠올리고 잠시 멈춰 섰다. 남자가 만나려던 상대가 그를 너무 오래 기다리게 만들지 않았기를 바랐다. 그때 그녀의 발치에서 먼지와 흙 사이로 금색과 유리가 반짝이는 것이 눈에 들어왔다. 그녀는 몸을 구부려 조그맣고 동그란 물체를 배수로에서 주워서 안전하게 주머니 속에 넣었다.

4

　항상 똑같았다. 그는 시선을 내리고 절대로 하늘을 올려다보지 않으면서 보도와 배수로를 살폈다. 등이 욱신거리고 눈에는 모래와 눈물이 가득 찼다. 그러다가 넘어졌다. 그리고 어둠 속에서 자신의 침대에 있는 축축하게 휘감긴 이불 안으로 돌아왔다. 꿈은 항상 똑같았다. 끝없이 뭔가를 찾지만 마침내 그의 마음에 평화를 안겨줄 단 하나만은 찾지 못한다.

　집 안은 깊고 부드러운 여름밤의 어둠으로 가득했다. 앤서니는 지친 다리를 침대 아래로 내리고 일어나 앉아서 머릿속에 끈질기게 달라붙어 있는 꿈의 조각을 몰아냈다. 일어나야 했다. 오늘밤에는 다시 잠이 찾아오지 않을 것이다. 그는 계단을 내려갔고 삐걱거리는 나무 소리가 그의 욱신거리는 뼈마디를 울렸다. 부엌까지 가는 데 빛도 필요하지 않았다. 그는 차를 끓이면서 차를 마시는 것보다 끓이는 데서 더 마음이 편안해지는 것을 느꼈다. 그는 차를 서재로 가져갔다. 창백한 달빛이 선반 가장자리를 스치고 들어와 마호가니 탁자 한가운데에 고였다. 구석의 높은 선반 위에서 비스킷 통의 금색 뚜껑이 그가 방을 가로지르는 동안 빛을 받아 반짝거렸다. 그는 조심스럽게 통을 내려서 탁자 위 일렁거리는 빛의 원 안에 놓았다. 그가 발견했던 모든 물건들 중에서 이것이 가장 마음에 걸렸다. 왜냐하면 이건 '물건'이 아니라 '사람'이기 때문이었다. 그것만큼은 확신했다. 지난 한 주 동안 집에 와서 매일 그랬던 것처럼 다시 한 번 그는 뚜껑을 열고 내용물을 살폈다. 이미 서재에서 여러 차례 통의 자리를 바꾸어 더 높은 곳에 올려놓거나 시야에 보이지 않는 곳에 놓아봤지만, 그래도 그 끌림을 억누를 수가 없었다. 그걸 그냥 혼자 놔둘 수가 없었다. 그는 통 안에 손을 넣어 손끝으로 거친 회색 가루를 부드럽게 쓸었다. 추억이 머릿속을 가득 채우고 복부를 세게 맞은 것처럼 숨이 탁 막혔다. 다시 한 번 그는 손안에 죽음을 들고 있었다.

그들이 함께할 수도 있었던 인생은 앤서니가 거의 떠올리지 않는 자학적인 환상이었다. 그들은 지금쯤 손자를 두고 있을 수도 있었다. 테레즈는 아이를 갖고 싶다고 한 번도 말한 적이 없었지만, 두 사람 모두 시간은 넉넉하다고 생각했으니까. 그러나 알고 보니 그것은 비극적인 안일함이었다. 그녀는 항상 개를 키우고 싶어 했다. 앤서니는 장미 정원이 입을 해와 잔디밭에 구멍을 파헤칠 가능성 등에 대해서 항변하며 최대한 오래 버텼지만, 결국에는 언제나 그랬듯이 치명적인 매력과 단호한 결단력으로 그녀가 이겼다. 그녀가 죽은 그다음 주에 그들은 개를 고르기 위해 배터시에 갈 계획이었다. 하지만 앤서니는 그날 하루 종일 텅 빈 집을 절망적으로 돌아다니면서 그녀의 흔적을 하나하나 찾았다. 베개에 난 그녀의 머리 자국, 그녀의 빗에 남아 있는 금갈색 머리카락과 유리에 있는 빨간색 립스틱 얼룩. 이제는 사라진 생명의 보잘것없지만 귀중한 증거. 이후 비참한 몇 달 동안 파두아는 집 안에 그녀의 존재의 메아리를 보존하려고 애를 썼다. 앤서니는 방으로 들어갈 때마다 그녀가 조금 전까지 거기 있다 나갔다는 느낌을 받았다. 매일같이 그는 그녀의 그림자와 숨바꼭질을 반복했다. 정원이 보이는 방에서는 그녀의 음악이 들리고, 정원에서는 그녀의 웃음소리가 들리고, 밤이면 그녀의 키스가 입술에 느껴졌다. 하지만 점차, 아주 미세하게, 아주 조금씩 그녀는 그를 놓아줬다. 그녀 없이 그가 인생을 살아가게 해줬다. 아직까지도 여전히 남아 있는 흔적은 장미 향이 날 리 없는 곳에서 느껴지는 향기뿐이었다.

앤서니는 손끝에서 회색 가루를 털고 뚜껑을 도로 덮었다. 언젠가는 그도 이렇게 될 것이다. 어쩌면 그래서 이 재에 이렇게 마음이 쓰이는 것인지도 모른다. 그는 통 안의 이 불쌍한 영혼처럼 갈 곳을 잃을 수 없었다. 그는 테레즈와 함께해야만 했다.

로라는 맑은 정신으로 눈을 질끈 감고 잠을 자보려고 쓸모없는 노력을 하며 침대에 누워 있었다. 낮에는 일을 하느라 미뤄뒀던 걱정과 근심이 어둠을 틈타 슬그머니 돌아와 캐시미어 스웨터에 슨 좀처럼 그녀의 편안한 생활에서 실밥을 잡아당겼다. 이웃 아파트에서 현관문이 쾅 닫히고 시끄러운 목소리와 웃음소리가 들려오자 조금이라도 잠을 자보려던 실낱같은 희망마저 사라졌다. 옆집에 이사 온 커플은 이웃 사람들을 희생시키며 바쁘고 시끌벅적한 사교 생활을 즐겼다. 그들이 열 명가량의 파티광을 데리고 돌아온 지 몇 분 안에 로라의 집 벽이 드럼과 베이스의 소리로 끊임없이 쿵쿵 울리기 시작했다.

"하느님 맙소사. 또야?"

로라는 침대 아래로 다리를 내리고 좌절감에 침대 옆을 뒤꿈치로 쿵쿵 찼다. 이번 주에만 세 번째였다. 그녀도 그들을 설득하려고 해봤다. 심지어 경찰을 부르겠다고 위협도 했다. 하지만 결국에는 부끄럽게도 욕설을 퍼붓고 말았다. 그들의 대답은 항상 똑같았다. 열심히 사과를 늘어놓고 다시는 안 그러겠다고 약속하고선 결국에는 달라지는 게 아무것도 없었다. 그들은 그냥 그녀를 무시했다. 어쩌면 그들의 골프 GTi 자동차 타이어를 펑크내거나 그들의 우편함에 말똥을 채워놔야 할지도 모르겠다. 그녀는 화가 나는데도 불구하고 웃고 말았다. 도대체 어디서 말똥을 구하는데?

로라는 부엌에서 핫초콜릿을 만들기 위해 소스팬에 우유를 데우면서 다른 팬 하나를 집어 들어서 옆집과 이어진 벽을 두드리며 절망감을 표출했다. 디너 접시만 한 회벽 한 덩어리가 바닥으로 떨어져 부서졌다.

"젠장!"

로라는 손에 여전히 쥐고 있는 소스팬을 비난하듯이 노려봤다. 다른 소스팬의 내용물이 끓으면서 우유 타는 냄새가 피어올랐다.

"젠장! 젠장! 젠장!"

엉망이 된 우유를 치우고 다시 우유를 데운 로라는 따뜻한 머그컵을 손에 쥐고 식탁 앞에 앉았다. 구름이 주변에 모여들고 발아래 바닥으로 미끄러져 들어오는 게 느껴졌다. 폭풍이 올 거야, 그녀는 확신했다. 그녀를 괴롭히는 건 이웃집 사람들만이 아니었다. 앤서니 문제도 있었다. 지난 몇 주 동안 뭔가 달라졌다. 그의 신체적인 위축은 점진적인 것이었고 나이로 인해 어쩔 수 없는 일이지만 뭔가 다른 게 있었다. 설명하기 힘든 변화가 있었다. 애정이 식어서 몰래 짐 가방을 챙기고 떠날 준비를 하는 연인처럼 그가 그녀에게서 점점 멀어지는 게 느껴졌다. 앤서니를 잃게 되면 파두아도 잃게 될 것이다. 그

두 가지가 현실 세계의 광기에서 그녀의 유일한 은신처가 되어줬는데 말이다.

빈스와 이혼한 이래로 그녀가 인생에서 세웠던 귀중한 몇 가지 목표가 멀어졌다. 대학 진학과 글을 쓰는 직업을 가질 기회를 포기하고 빈스와 결혼하면서 그녀는 아이를 낳아 키우기를 바랐다. 그리고 나중에 어쩌면 통신대학 학위를 딸 수도 있을 거라고 생각했다. 하지만 그 어떤 일도 이루어지지 않았다. 그녀는 딱 한 번 임신했을 뿐이었다. 아이가 생긴다는 생각에 이미 무너져가던 그들의 결혼 생활이 잠깐 동안 되살아났다. 빈스는 아낌없이 돈을 써서 단 한 주 주말 동안 아기 방을 완성시켰다. 그리고 그다음 주에 로라는 유산을 했다. 이후 몇 년 동안이나 태어나지도 못했던 아이를 대체하기 위해 애를 썼다. 섹스는 점점 더 음울하고 의무적으로 변했다. 그들은 문제가 뭔지 찾기 위해 꼭 필요한 온갖 부끄러운 외과적 검사를 받아봤지만, 결과는 전부 정상이었다. 빈스는 자신이 원한다고 생각하는 걸 가질 수 없다는 사실에 슬퍼하기보다는 화를 냈다. 그리고 결국 그 무렵 로라로서는 다행스럽게도 섹스는 완전히 중단되었다.

그때부터 그녀는 탈출 계획을 세우기 시작했다. 빈스와 결혼할 때 그는 그녀가 일을 할 필요가 없다고 고집했고, 엄마가 되지 못할 거라는 사실이 확실해졌을 무렵에는 로라의 부족한 경험과 자격 요건이 일자리를 찾는 데 심각한 문제가 되었다. 그녀에게는 일이 필요했다. 돈이 필요했으니까. 빈스를 떠나기 위해서는 돈이 있어야 했다. 로라는 빈스가 직장에 나가고 없는 어느 날 몰래 떠난 다음 안전하게 거리를 두고 이혼을 신청할 수 있도록 아파트를 얻어서 먹고살 수 있을 정도의 돈만을 원하는 것이었다. 하지만 그녀가 얻을 수 있는 유일한 일자리는 파트타임에 급료도 적은 것뿐이었다. 그것만으로는 부족했기 때문에 그녀는 베스트셀러 작가가 되기를 꿈꾸며 글을 쓰기 시작했다. 빈스에게는 비밀로 하고 매일 몇 시간씩 소설을 썼다. 육 개월 만에 소설은 완결이 되었고 로라는 부푼 꿈을 안고 에이전트에 그것을 돌리기 시작했다. 그리고 육 개월 후에 쌓인 거절의 편지와 이메일은 거의 소설 원고 두께에 이를 정도가 되었다. 편지들은 우울할 정도로 일관적이었다. 로라의 글은 내용보다는 겉멋뿐이고, 글은 '아름답지만' 줄거리가 너무 '무던하다'는 것이었다. 절망 속에서 그녀는 여성 잡지에 실린 광고를 보고 연락을 했다. 광고에는 점차 늘어가는 독자층이 즐길 만한 틈새 출판 시장을 위한 특별한 형태의 단편을 쓸 수 있는 작가들에게 어느 정도의 수입을 보장한다고 나와 있었다. 로라의 아파트 보증금은 '타오르는 욕망을 지닌 화끈한 여성들을 위한 잡지'인 「깃털, 레이스와 환상 속 이야기」용으로 쓴 창피할 정도로 다양한 감상적인 에로 소설들에서 나온 것이었다.

파두아에서 일을 시작하면서 로라는 글 쓰기를 그만뒀다. 다행스럽게도 더 이상 단편소설로 돈을 벌 필요가 없었고 그녀의 소설은 재활용 쓰레기통으로 들어갔다. 새로운 글을 쓸 자신감도 몽땅 잃었다. 아주 우울할 때면 로라는 자신이 저지른 온갖 실패들을 떠올리곤 했다. 추락할까 봐 올라가는 것조차 두려워하는 습관적인 겁쟁이가 된 걸까? 파두아에서 앤서니와 함께 있으면 그런 생각을 할 필요가 없었다. 그 집은 그녀의 감정과 몸을 보호해주는 성채였고, 앤서니는 그녀의 빛나는 기사였다.

그녀는 핫초콜릿이 식어서 표면에 생긴 막을 손끝으로 찔렀다. 앤서니와 파두아가 없으면 그녀도 인생의 목적을 잃게 될 것이다.

5

앤서니는 잔 안의 진 라임을 빙빙 돌리며 각얼음이 투명한 액체 속에서 서로 부딪치는 소리를 들었다. 겨우 정오였지만 차가운 알코올이 그의 혈관 안에 남은 약간의 불길을 일깨웠고, 지금 그에게는 이게 필요했다. 그는 한 모금 마신 다음 잔을 탁자 위에, 서랍 하나에서 꺼낸 잡동사니 꼬리표가 붙은 것들 사이에 놓았다. 그는 이 물건들에 작별을 고하고 있던 터였다. 옹이 무늬 떡갈나무 의자에 앉아 있으니 마치 아버지의 오버코트를 입은 어린애처럼 조그매진 기분이 들었지만, 자신의 덩치가 줄었다는 걸 그도 의식하고 있었고 별로 두렵지도 않았다. 왜냐하면 이제는 계획이 있기 때문이었다.

수십 년 전 누군가가 잃어버린 물건들을 모으기 시작했을 때만 해도 그에게는 딱히 계획이 없었다. 그저 언젠가 그걸 잃어버린 사람이 되찾는 날까지 안전하게 보관하고 싶었을 뿐이다. 종종 자신이 찾은 게 쓰레기인지 보물인지 알 수가 없었지만, 어딘가의 누군가는 알 것이다. 그때부터 그는 다시 글을 쓰기 시작했다. 자신이 발견한 물건들에 관한 단편을 쓰기 시작했던 것이다. 수년 동안 그는 서랍과 선반에 다른 사람들의 삶의 편린을 쌓아놓았고, 그것들은 방법은 모르겠지만 끔찍하게 조각난 그의 삶을 꿰어 붙여 다시 완전하게 만들어 줬다. 물론 그런 일이 있은 후이니 완벽하게 되돌아간 건 아니었다. 여전히 흠 지고 금이 가고 모양이 뒤틀렸지만, 그래도 살 만한 가치가 있는 삶이 되었을 뿐이다. 지금 그가 손에 들고 있는 한 조각 하늘처럼, 회색빛 하늘 사이사이로 파란 하늘이 보이는 그런 인생. 꼬리표에 따르면 그는 십이 년 전에 코퍼 가 배수로에서 이것을 발견했다. 이것은 가장자리에 하얀색이 약간 보이는 새파란 지그소 퍼즐 조각이었다. 그저 색깔을 칠한 종잇조각에 불과했다. 대부분의 사람들은 이것을 알아채지도 못했고, 알아챈 사람들도 그냥 쓰레기로 치부했을 것이다. 하지만 앤서니는 누군가에게는 이걸 잃어버린 게 엄청난 일일 수 있다는 것을 알았다. 그는 퍼즐 조각을 손바닥에서 뒤집었다. 어디에 속했던 걸까?

지그소 퍼즐 조각, 파란색에 끝에 하얀색 무늬.
9월 24일 코퍼 가 배수로에서 발견.

그들은 잘못된 이름을 갖고 있었다. 모드는 굉장히 얌전한 쥐 같은 이름이었지만, 그 이름의 소유자는 정반대였다. 그녀가 공격적이라고 말하는 것도 칭찬에 속할 것이다. 그리고 글래디스는 굉장히 밝고 유쾌하게 들리는 이름이었다. 심지어는 이름에도 '글래드(glad)'가 들어간다. 하지만 그 이름의 주인인 불쌍한 여자는 별로 기뻐할 만한 일이 없었다. 자매는 코퍼 가에 있는 테라스가 딸린 조그만 집에서 함께 우울하게 살았다. 거기는 부모님 집이었고 두 사람이 태어나서 자란 곳이었다. 모드는 온 세상을 짊어지고 갈 것 같은 태도로 세상에 태어났다. 시끄럽고 볼품없이, 모두의 관심을 요구하면서 말이다. 첫아이라서 부모님은 그녀의 모든 요구를 다 받아줬고 결국 그녀에게 어떤 예민함이나 이타심 같은 것을 전혀 키워주지 못했다. 그녀는 자신의 세상에서 중요성을 지닌 유일한 인물이 되었고 그렇게 살았다. 반면에 글래디스는 조용하고 자신이 가진 것에 만족하는 아기였다. 그런 덕분에 그녀의 어머니는 네 살배기 언니의 끊임없는 요구를 들어주기 바빠서 그녀의 기본적인 욕구 외에는 거의 신경 써주지 않았다. 열여덟 살에 모드는 자기 자신만큼이나 불쾌한 구혼자를 만났고, 가족들은 모두 약간의 죄책감 어린 안도의 한숨을 내쉬었다. 그들의 약혼과 결혼은 주변에서 열정적인 호응을 받았고, 특히 모드의 약혼자가 사업상의 이유로 스코틀랜드로 옮겨가야 한다는 사실이 밝혀지자 더욱 기뻐했다. 모드는 선택과 비판만 하고, 돈은 전부 부모님이 댄 사치스럽고 화려한 결혼식 이후 모드는 이런 주민이 올 것을 전혀 예상하지 못하고 있을 스코틀랜드 서부로 떠났다. 코퍼 가의 생활은 온화하고 만족스럽게 변했다. 글래디스와 부모님은 조용하고 행복하게 살았다. 그들은 금요일마다 저녁 식사로 피시 앤 칩스를 먹었고, 일요일 티타임에는 연어 샌드위치와 과일 샐러드, 통조림에 든 크림을 먹었다. 그들은 목요일 저녁마다 극장에 갔고 여름에는 일주일씩 프린턴에 갔다. 가끔 글래디스는 친구들과 마을센터에 춤을 추러 가기도 했다. 그녀는 애완용 앵무새를 사서 시릴이라고 이름 붙였고, 결혼은 하지 않았다. 그녀가 선택한 건 아니었다. 그저 한 번도 선택의 기회를 얻지 못한 결과였을 뿐이다. 그녀는 자신에게 어울리는 남자를 찾았지만, 불행하게도 그 남자에게 어울리는 여자는 글래디스의 친구 중 한 명이었다. 글래디스는 신부 들러리 드레스를 직접 만들고 샴페인과 짭짤한 눈물 속에서 그들의 행복을 위한 축배를 들었다. 그녀는 두 사람의 친구로 남았고 그들의 두 아이의 대모가 되었다.

모드와 남편에게는 아이가 생기지 않았다. 그 이야기가 화제에 올랐을 때 그녀의 아버지는 시릴에게 나직하게 이렇게 말했다.

"그것도 진짜 잘한 일이야."

부모님이 나이 들고 허약해지자 글래디스가 그들을 돌봤다. 그녀는 그들을 보살피며 먹이고 씻기고, 편안하고 안전하게 돌봤다. 모드는 스코틀랜드에 머물면서 쓸데없는 선물을 가끔씩 보냈다. 하지만 부모님이 결국 세상을 떠나자 그녀는 장례식이 굉장히 짜증 나는 일이라는 결론을 내렸다. 우체국 예금은 두 자매에게 똑같이 나누어졌고, 딸의 헌신을 인정해서 부모님은 글래디스에게 집을 남겼다. 하지만 유언장에는 재앙을 불러오는 단서가 딸려 있었다. 모드가 만약 집이 없는 상황이 되면 형편이 나아질 때까지 코퍼 가의 집에서 같이 살아도 좋다고 되어 있었던 것이다. 그것은 부모님이 일어날 가능성이 거의 없다고 믿는 상황에 대비해서 호의로 달아둔 내용으로, 아마도 그런 일이 있을 리 없다고 생각했기 때문에 덧붙였을 것이다. 하지만 '거의 없다'는 것은 불가능하다는 뜻은 아니었다. 모드의 남편이 죽자 그녀는 집도 없고 돈도 없고 분노로 할 말도 없는 상태가 되었다. 그는 그들이 가진 모든 자산을 도박으로 날리고는 모드를 마주하는 대신에 스스로 죽어버렸다. 모드는 독설로 가득한 늙은이가 되어 코퍼 가로 돌아왔다. 글래디스가 누렸던 평화롭고 행복한 삶은 모드가 현관에 당도해서 동생에게 택시 운전사에게 지불할 돈을 요구하는 순간 끝장났다. 고마운 기색이라고는 찾아볼 수 없는 모드는 비참함을 영구적인 손님으로 함께 데려왔다. 그녀는 반복적으로 완벽하게 사소한 고문을 가해 동생을 일일이 괴롭혔다. 그녀는 글래디스가 설탕을 넣은 차를 마시지 않는다는 걸 잘 알면서 차에 설탕을 넣었고, 화분에 넘치게 물을 줘서 난장판을 만들어놓았다. 다른 집안일은 거들려는 기색조차 보이지 않은 채 하루 온종일 앉아서 살을 찌우고 소화불량을 일으키고 초코케이크를 먹고 지그소 퍼즐을 하고 라디오를 최고 음량으로 들었다. 글래디스의 친구들은 더 이상 집에 놀러오지 않았고 글래디스는 최대한 자주 집밖으로 나갔다. 하지만 돌아온 그녀를 맞이하는 것은 외출을 한 것에 대한 벌이었다. 귀중한 장식품이 '우연히' 깨졌거나 좋아하는 드레스에 복구 불가능한 다리미 자국이 나 있곤 했다. 심지어 모드는 동생이 이웃집 고양이를 위해 남겨둔 먹이를 먹으러 정원에 날아오는 예쁜 새들마저 쫓아버렸다. 글래디스는 절대로 부모님의 소망을 무시할 수 없었고, 언니에게 불평을 하거나 설득을 하려는 시도는 경멸이나 폭력만을 불러올 뿐이었다. 글래디스에게 모드는 사번충이었다. 그녀의 집에 잠입해서 그녀의 행복을 가루로 만드는 달갑지 않은 기생충이었다. 그리고 사번충과 똑같이 그녀도 딱딱 소리를 냈다. 통통한 손가락으로 탁자나 의자 팔걸이, 싱크대 가장자리를 딱딱 두드렸다. 딱딱 소리가 고문 중에서도 최악이었다. 그 끊임없는 끔찍한 소리는 밤낮으로 글래디스를 따라다녔다. 맥베스는 잠을 살해했는지 모르지만, 모드는 평화를 살해했다. 그날 모드는 식탁에 앉아서 딱딱 소리를 내며 앞에 놓인 반쯤 끝낸 커다란 지그소 퍼즐을 들여다보고 있었다. 그것은 컨스터블의 〈건초마차〉였다. 거대한 천 피스짜리 복제품으로 그녀가 지금껏 시도한 것 중 가장 컸다. 이것은 그녀의 대작이 될 것이다. 그녀는 퍼즐 앞에 두꺼비처럼 웅크리고 앉아서 딱딱 소리를 내고 있었다. 그녀의 몸무게로 삐걱거리는 의자 가장자리로 여분의 엉덩이 살이 흘러 넘쳤다.

글래디스는 등 뒤의 현관문을 조용히 닫고 코퍼 가를 향해 걸어가며 미소를 지었다. 바람이 배수로를 따라 바싹 마른 가을 낙엽을 휘날리고 소용돌이치게 만들었다. 주머니 속에서 손가락이 조그만 종잇조각 가장자리를 쓰다듬었다. 기계로 잘린, 파란색에 조그만 하얀 무늬가 있는 조각이었다.

앤서니는 손바닥 위에 있는 조각의 가장자리를 손가락으로 쓰다듬었다. 그는 이것이 한때 누구의 인생에 조그만 자리를 차지하고 있었을까 생각했다. 어쩌면 그렇게 조그맣지는 않을지도 모른다. 어쩌면 이걸 잃어버린 게 그 크기에 걸맞지 않게 엄청난 일이었고, 울음을 터뜨리고 화를 내거나 누군가의 마음을 부수어놓았을 수도 있다. 앤서니의 경우에는, 그가 오래전에 잃어버린 것의 경우에는 그랬다. 세상의 눈에는 조그맣고 가치 없는 물건으로 보이겠지만 앤서니에게는 비견할 수 없는 귀한 것이었다. 그것을 잃었다는 괴로움이 매일같이 그의 어깨를 두드리고 그가 깨뜨린 약속을 무자비하게 상기시켰다. 테레즈가 그에게 받아낸 유일한 약속이었는데 그는 그 약속을 지키지 못했다. 그래서 그가 다른 사람들이 잃어버린 물건을 모으기 시작했던 것이다. 그게 그가 보상할 수 있는 유일한 방법이었다. 하지만 주인들에게 물건을 되찾아줄 방법이 없다는 사실이 너무나도 걱정이었다. 오랫동안 그는 노력했다. 지방 신문과 뉴스레터에 광고도 내고, 심지어 일간지 개인소식란에까지 내봤지만 어떤 응답도 오지 않았다. 그리고 이제는 남은 시간이 별로 없었다. 하지만 마침내 이 일을 이어받을 만한 사람을 발견한 것 같았다. 충분히 젊고 새로운 아이디어를 떠올릴 수 있을 만큼 영리한 사람으로. 잃어버린 물건들이 제자리를 찾아갈 수 있는 방법을 찾을 만한 사람으로. 그는 변호사를 만나서 유언장에 필요한 조항을 첨가했다. 앤서니는 의자에 다시 몸을 기대고 기지개를 펴면서 단단한 나무 등받이가 척추를 누르는 것을 느꼈다. 높은 선반 위에서 비스킷 통이 이른 저녁 햇살에 반짝거렸다. 굉장히 피곤했다. 그는 자신이 갈 때를 넘겼다는 기분이 들었다. 하지만 과연 할 만큼 한 걸까? 어쩌면 이제는 로라에게 떠날 거라는 이야기를 해야 할 때일지도 모르겠다. 그는 지그소 퍼즐을 탁자 위에 내려놓고 진 라임 잔을 들었다. 그녀에게 곧 이야기할 것이다. 너무 늦기 전에.

6

유니스
1974년 6월

유니스는 저금통 열쇠를 제자리에 넣고 서랍을 닫았다. 그녀의 서랍. 그녀의 책상에. 유니스는 벌써 한 달째 바머 밑에서 일하고 있었고, 그는 그걸 축하하기 위해서 설탕시럽을 입힌 빵 세 개를 사 오라고 그녀를 보냈다. 매일 아침 일찍 나와서 저녁 늦게 퇴근하며 짜릿한 가능성으로 그녀를 들뜨게 만드는 사무실과 회사에서 일을 하느라 한 달이 쏜살같이 지나갔다. 그 짧은 사 주 동안 그녀는 바머가 공정하고 관대한 상사이고, 자기 일과 개, 영화에 열정적이라는 걸 알게 되었다. 그는 또한 그녀의 우상이었다. 그는 좋아하는 영화의 대사를 인용하는 습관이 있었고 유니스도 그 습관을 따라 하기 시작했다. 그녀의 취향은 좀 더 현대적인 영화였지만 그는 그녀가 일링 스튜디오에서 제작한 수작들을 즐기게 만들었고, 그녀는 그의 호기심을 자극해서 동네 영화관에서 최신 영화 두어 편을 보게 만들었다. 그들은 〈친절한 마음과 화관Kind Hearts and Coronets〉이 대단히 훌륭하고 〈밀회Brief Encounter〉는 비극이라는 데 동의했다. 〈엑소시스트

The Exorcist〉는 충격적이지만 머리가 돌아가는 부분은 꽤 우스웠고, 〈위커 맨The Wicker Man〉은 오싹하고, 〈나인 엘름스의 낙관주의자들 The Optimists of Nine Elms〉는 마술 같고, 〈지금 뒤돌아보지 마라Don't Look Now〉는 음산하고 머릿속에서 사라지지 않지만 도널드 서덜랜드의 맨엉덩이가 지나치게 많이 나왔다는 데 의견을 함께했다. 유니스는 심지어 영화 속의 난쟁이가 입고 오싹한 행동을 했던 빨간색 더플코트를 살까 하는 생각까지 했다. 그리고 물론 〈대탈주〉는 완벽했다. 바머는 책의 훌륭한 점은 이것이 머릿속에서 상영되는 영화라는 사실이라고 말했다. 유니스는 또한 더글러스가 오전 열한 시에 잠깐 산책을 나가는 걸 좋아한다는 것도 알게 되었다. 특히 아주 맛있는 설탕시럽을 입힌 빵을 파는 빵집을 지나가는 걸 좋아했다. 더글러스는 항상 설탕 부분을 먼저 먹고 그다음에 빵을 먹었다. 그리고 마지막으로 그녀는 악독한 포샤가 썩은 내장만큼이나 불쾌하다는 것도 알게 되었다.

바머는 부엌에서 차를 끓이고 있었고 더글러스는 그 옆에서 설탕빵을 먹을 기대에 마로니에 색깔의 로크 브로그 신발에 침을 줄줄 흘리는 중이었다. 유니스는 창문으로 아래의 길거리를 내다봤다. 오늘은 사람들로 북적거리지만 아주 최근에 한 사건으로 인해 모든 게 멈춘 적이 있었다. 바로 눈앞에서 벌어진 끔찍한 일에 행인들과 차들이 전부 멈췄었다. 빵집의 도일 부인에 따르면 유니스도 거기 있었다지만, 그녀는 아무것도 보지 못했다. 도일 부인은 정확한 날짜와 시간을 기억했고, 무슨 일이 벌어졌는지도 속속들이 알았다. 텔레비전 경찰 드라마의 열렬한 팬으로서 그녀는 혹시 그런 상황이 닥치면 완벽한 증인이 될 수 있다는 데 자신감을 갖고 있었다. 도일 부인은 낯선 고객들을 신중하게 관찰하고 처진 눈과 가느다란 콧수염, 금니, 왼쪽 가르마와 같은 것들을 기억해두려고 했다. 그녀는 이 모든 것들이 도덕성이 의심스럽다는 징조로 여겼다. 그리고 빨간 구두를 신고 초록색 핸드백을 든 여자는 절대로 믿을 수 없다고 생각했다. 하지만 죽은 여자는 그 어느 쪽도 아니었다. 하늘색 여름용 재킷에 같은 색의 신발을 신고 핸드백을 든 여자는 도일 부인이 자랑하는 케이크와 페이스트리들을 배경으로 빵집 바로 앞에서 쓰러져 죽었다. 그것은 유니스의 면접이 있던 날, 정확히 오전 11시 55분의 일이었다. 도일 부인은 열두 시에 꺼내야 하는 바스 빵을 오븐에서 굽고 있었기 때문에 시간을 정확하게 알았다.

"그 빵들은 엉망진창으로 타버렸지. 구급차를 부르느라 정신이 없어서 기억을 못 했거든. 하지만 그 여자 탓을 하는 건 아니야. 그 여자가 거기서 그렇게 죽은 게 그녀 탓은 아니니까. 불쌍한 아가씨 같으니. 구급차는 빨리 왔지만 차가 왔을 때 여자는 이미 저세상에 간 뒤였지. 글쎄 여자한테는 어떤 상처도 없었다지 뭐야. 아마 심장마비 같은 거 아니었을까? 우리 버트는 동맥류일 거라고 하지만, 난 심장마비라고 봐. 아니면 발작이라든지."

도일 부인은 유니스에게 그렇게 말했다.

유니스는 사람들이 모여 있고 멀리서 사이렌 소리가 들리던 건 기억할 수 있었지만, 그뿐이었다. 그녀의 인생에서 최고의 날이 누군가의 마지막 날이었다는 사실이 어쩐지 슬펐다. 그들을 갈라놓은 건 겨우 몇 미터의 아스팔트뿐이었다.

"차 다 됐어요! 내가 따라줄까요?"

바머가 쟁반을 탁자에 내려놓고 차를 따른 다음 빵을 접시에 담았다. 더글러스는 앞발로 자기 빵을 잡고 설탕 부분부터 먹기 시작했다.

"자, 친애하는 신입사원님, 우리의 폰트풀 씨의 최신작에 대해서 어떻게 생각하는지 말해봐요. 괜찮은가요, 아니면 기울어진 비탈에 던져버려야 할까요?"

그것은 산더미같이 쌓인 거절당한 원고에 바머가 붙인 이름이었다. 쓰레기 같은 이야기들은 대단히 빠른 속도로 엄청나게 높이 쌓여서 누가 쓰레기통으로 옮기기 전에 바닥으로 우르르 쓰러지곤 했다. 퍼시 폰트풀은 가능성 있는 아동문학 작가였고 바머는 유니스에게 그의 최근 원고를 읽어보라고 했었다. 유니스는 생각에 잠긴 채 설탕 빵을 씹었다. 어떻게 생각하는지 결정하는 데 시간이 필요한 게 아니라 그저 얼마나 솔직해도 될지 고민하는 거였다. 바머가 아무리 상냥하다 해도 그는 여전히 그녀의 상사였고 그녀는 자기 자리 값을 하려고 노력 중인 새 직원이었다. 퍼시는 『트레이시가 부엌에서 재미난 일을 해요』라는 여자아이들용 책을 썼다. 트레이시의 모험담에는 행주 다프네를 씻기고, 빗자루 베티로 바닥을 쓸고, 스펀지 스파클로 창문을 닦고, 쇠수세미 웬디로 오븐을 닦는 일 등이 들어갔다. 아쉽게도 그는 트레이시에게 압축기 포샤로 막힌 싱크대를 뚫을 기회는 주지 않았다. 그랬다면 약간의 보상이 되었을 텐데. 트레이시는 석탄 수레를 끄는 말만큼 즐거워 보였다. 유니스는 퍼시가 『하워드가 헛간에서 재미난 일을 해요』라는 후속작을 작업하고 있는 게 아닐까 하는 끔찍한 기분이 들었다. 끌 찰리와 실톱 프레디, 드릴 딕과 같이 모험을 하겠지. 이건 성차별적인 헛소리였다. 유니스는 자신의 생각을 조심스럽게 말로 표현했다.

"적당한 독자층이 잘 떠오르지 않아요."

바머는 빵이 목에 걸릴 뻔했다. 그는 황급히 차를 들이킨 다음 진지한 표정을 지으려고 노력했다.

"이제 솔직하게 어떻게 생각하는지 말해봐요."

유니스가 한숨을 쉬었다.

"성차별적인 헛소리예요."

"바로 그거예요!"

바머는 유니스의 책상에서 그 불쾌한 원고를 낚아채서 기울어진 비탈이 있는 구석으로 훌쩍 던졌다. 원고는 쿵 하고 원고 더미 위에 거꾸로 떨어졌다. 더글러스가 빵을 다 먹고는 친구들의 접시에 남은 부스러기가 있나 희망에 차서 코를 킁킁거렸다.

"동생분 책은 어떻게 하실 건가요?"

첫날 이후로 유니스는 그걸 묻고 싶어 죽을 지경이었지만, 바머가 대답을 하기 전에 아래층 문의 벨이 울렸다.

바머가 벌떡 일어났다.

"부모님이실 거예요. 이 동네에 머무르시는 동안 들를지도 모른다고 하셨거든요."

유니스는 이렇게 상반된 남매를 낳은 사람들을 꼭 만나보고 싶었다. 고드프리와 그레이스는 즐거운 한 쌍이었다. 바머는 그들의 외모 특징을 완벽하게 섞어놓은 아들이었다. 아버지의 매부리코와 두툼한 입매에 어머니의 날카로운 회색 눈과 머리색을 닮았다. 고드프리는 연한 분홍색 점보 코듀로이 바지에 샛노란 조끼, 같은 색의 보타이에 조금 낡았지만 여전히 괜찮아 보이는 파나마모자를 쓴 화려한 차림 새였다. 그레이스는 소파에 더 어울릴 것 같은 무늬의 차분한 면 원피스를 입고 테두리에 커다란 노란 꽃 몇 송이가 달린 밀짚모자에 약간 굽이 있지만 걷기 편해 보이는 구두를 신었다. 팔 안쪽에 단단히 끼고 있는 갈색 가죽 핸드백은 강도가 달려들어도 내리칠 수 있을 정도로 크고 튼튼해 보였다. 그레이스는 분명히 도시의 골목골목마다 강도가 서서 그녀와 고드프리 같은 시골 사람들에게 달려들 준비를 하고 있다고 생각할 테지.

"이쪽이 새로 온 직원분이겠구나. 만나서 반가워요, 아가씨."

그레이스가 상냥한 말투로 말했다.

"뵙게 되어 정말 반갑습니다."

유니스는 그녀가 내민 손을 잡았다. 부드럽지만 단단한 손이었다.

고드프리가 고개를 흔들었다.

"이런 세상에, 이 여자야! 요즘은 젊은 사람을 만나서 그렇게 하는 게 아니지."

그는 유니스의 발이 바닥에서 거의 떨어질 정도로 양팔로 꽉 얼싸안고는 양 볼에 쪽 하고 키스를 했다. 그가 면도할 때 빠뜨린 수염이 피부를 긁었고 오 드 콜론의 향이 옅게 느껴졌다. 바머는 눈을 굴리면서 싱긋 웃었다.

"아버지, 부끄러운 줄을 모르시네요. 여자에게 키스하기 위해서 온갖 구실을 다 들고 말이에요."

고드프리가 유니스에게 윙크를 했다.

"내 나이에는 어떤 기회든 잡아야 하는 법이지. 불쾌하게 여기지는 말아요."

유니스도 그에게 마주 윙크를 했다.

"전혀요."

그레이스는 아들의 뺨에 애정 어린 키스를 한 다음 일부러 아들과 이야기를 나눌 수 있는 자리에 앉고는 차와 빵을 드시겠느냐는 말에 손을 내저었다.

"자, 내가 물어보겠다고 약속을 해서 물어본다만, 참견할 마음은 없단다……."

바머가 한숨을 쉬었다. 그는 무슨 말이 나올지 이미 알고 있었다.

"네 동생이 너한테 출판해달라고 책을 쓴 모양이더구나. 난 읽어 보지 않았고, 사실 본 적도 없다만 그 애는 네가 일부러 고집을 부리 면서 제대로 생각조차 안 해보고 있다고 하던데. 너도 네 입장에 대 해서 얘기를 좀 해보련?"

유니스는 그레이스가 단호한 어조로 말을 하면서도 입가에는 희 미하게 웃음이 떠 있는 것을 보고서 의아하고 호기심이 들었다. 바머 가 판사 앞에서 변론을 준비하는 변호사 같은 태도로 사무실을 가로 질러 창가로 걸어갔다.

"첫 번째 부분은 확실히 사실이에요. 포샤가 제 입으로 책이라고 부르는 뭔가를 쓰긴 했고, 저한테 출판을 해달라고도 했죠. 두 번째 부분은 제 모든 것을 다 걸고서 부인할 순전한 거짓말입니다."

바머는 자신의 명백한 분노를 포현하려는 듯이 책상을 손바닥으 로 내리친 다음 껄껄 웃으며 의자에 앉았다.

"사실은요, 어머니, 그걸 읽어봤는데 정말이지 끔찍해요. 게다가 다른 사람이 이미 썼던 내용이고, 그쪽이 포샤가 쓴 것보다 훨씬 더 나아요."

고드프리가 미간을 찌푸리고 못마땅한 듯이 혀를 찼다.

"그 애가 표절을 했다는 거냐?"

"음, 걔는 그걸 '오마주'라고 부르죠."

고드프리가 아내를 보고 고개를 흔들었다.

"당신 병원에서 맞는 애를 제대로 데려왔던 거야? 그 애가 어디서 그런 걸 물려받았는지 난 도저히 모르겠어."

그레이스는 딸의 곤경을 변호하려고 애를 쓰는 모습이었다.

"그 애는 자기 글이 다른 사람 작품과 닮았다는 걸 몰랐는지도 몰라. 그저 불운한 우연이었을지도 모르지."

그럴 리는 없었다.

"좋은 시도였어요, 어머니. 하지만 제목이 '클래털리 부인의 운전사'이고 보니라는 여자와 럭비를 하다가 신체 마비가 된 남편 지포드가 나오는 얘기인걸요. 여자는 열대어를 키우고 언어 장애가 있는 거칠지만 기묘하게 상냥한 북부 출신 멜론스라는 운전사와 바람을 피우게 되죠."

고드프리가 믿을 수 없다는 듯이 고개를 흔들었다.

"아무래도 그 앤 머리를 어디다 부딪힌 것 같아."

그레이스는 남편의 말을 무시했지만 반박하지도 않고 그저 바머를 보았다.

"음, 그럼 전부 다 해결됐구나. 듣기만 해도 굉장히 끔찍한 내용이네. 내가 너라면 그건 쓰레기통에 집어넣겠어. 난 게으른 건 참아줄 수가 없고, 그 애가 자기만의 이야기를 생각하는 노력조차 안 한다면 그 이상을 기대해서도 안 되지."

바머는 고마운 듯 어머니에게 윙크했다.

"남자의 제일 좋은 친구는 어머니라니까요."

그레이스는 일어서서 핸드백으로 다시 무장했다.

"이제 일어나요, 여보. 클래리지스에 갈 시간이야."

그녀는 바머에게 작별 키스를 하고 고드프리는 악수를 나눴다.

"우린 시내에 나올 때마다 거기서 차를 마셔요. 세계 최고의 오이
샌드위치가 있거든."

그녀가 유니스에게 설명했다. 고드프리는 유니스 쪽으로 모자를
살짝 기울였다.

"진 라임도 나쁘지 않고 말이지."

7

　루비 빛의 핏방울이 손끝에서 반짝였다가 새 원피스의 연한 노란색 치마 위로 떨어졌다. 로라는 욕을 하고 화난 태도로 손가락을 빨면서 청바지를 입을걸 하고 생각했다. 집 안에 신선한 꽃을 채워놓는 건 좋지만 장미의 아름다움에는 대가가 있었고, 가시는 여전히 그녀의 손가락에 박혀 있었다. 부엌에서 그녀는 잘라온 줄기의 아래쪽 이파리를 떼어내고 커다란 화병 두 개에 미지근한 물을 받았다. 하나는 정원 방을 위한 것이고 하나는 복도에 놓을 생각이었다. 꽃을 다듬고 꽃병에 꽂으면서 그녀는 그날 아침 앤서니와 나눴던 대화를 떠올렸다. 그는 그녀에게 퇴근하기 전에 정원 방에서 '이야기를 좀 나누자'고 했다. 그녀는 시계를 보았다. 마치 교장실에 불려가는 것 같은 기분이었다. 하지만 그건 말도 안 되는 거였다. 그는 그녀의 친구였다. 하지만…… 로라의 피부를 따끔거리게 만드는 이 '하지만'은 대체 뭘까? 바깥의 하늘은 여전히 파랬지만 로라는 폭풍이 몰려오는 냄새를 맡을 수 있었다. 그녀는 화병을 하나 들고서 숨을 깊이 들이쉬고 복도로 가져갔다.

장미 정원은 조용하고 잠잠했다. 하지만 공기는 다가오는 폭풍으로 무거웠다. 앤서니의 서재에서는 아무것도 움직이지 않고 소리도 나지 않았다. 하지만 공기는 이야기들로 가득했다. 구름 사이를 뚫고 나온 한 줄기 햇살이 살짝 열려 있는 커튼 사이를 지나 비스킷 통 바로 옆에 있는 물건으로 가득한 선반에 새빨간 빛을 피워 올렸다.

붉은 보석.
7월 6일 늦은 오후에 세인스 피터스 교회 묘지에서 발견.

치자꽃 향기는 릴리아에게 항상 라일락색 스키아파렐리 드레스를 입은 어머니를 생각나게 만들었다. 세인트 피터스는 그림 같은 꽃들이 넘치도록 있었고, 바깥의 강렬한 오후의 햇살 속에서 친구들과 친척들을 반겨 맞는 차가운 공기에는 꽃향기가 가득했다. 최소한 꽃만큼은 엘리자의 선택이었다. 릴리아는 자리에 앉는 게 기뻤다. 새 신발이 발가락을 조였지만, 자존심 때문에 관절염과 나이에 질 수는 없었다. 우스꽝스러운 모자를 쓴 여자가 그의 어머니일 것이다. 그녀의 뒤로 신도석을 채운 사람들 절반은 결혼식을 제대로 보는 건 글렀다. 목사의 선언에 사람들이 부스럭거리며 일어섰고, 신부가 흉측한 버섯 같은 모양의 드레스 차림으로 제 아빠의 팔에 초조하게 달라붙은 채 나타났다. 릴리아의 심장이 움찔했다.

그녀는 엘리자에게 스키아파렐리 드레스를 입으라고 얘기했었다. 엘리자는 좋아했지만, 신랑은 그리 반기지 않았다.

"맙소사, 리지! 죽은 여자의 드레스를 입고 결혼할 순 없어."

릴리아는 엘리자의 결혼 상대를 좋아하지 않았다. 진공청소기 브랜드와 같은 이름을 쓰는 남자를 믿을 수는 없는 법이다. 처음 만났을 때 그는 예순다섯 살이 넘은 여자들에게는 어울리지 않는 옷차림의 그녀를 반짝거리는 뭉툭한 코 아래로 깔아 보았다. 그리고 다루기 힘든 강아지를 훈련시키는 사람처럼 과장된 인내심을 보이며 그녀에게 말을 했다. 사실 상냥한 마음을 담아서 준비했던 첫 번째 가족 점심 식사에서 릴리아는 가족 중 누구도 그의 검열을 통과하지 못했다는 인상을 받았다. 물론 엘리자만 빼고. 그리고 그가 생각하는 그녀의 최고의 자산은 그녀의 아름다움과 순종적인 태도였다. 아, 물론 음식에 대해서 칭찬은 늘어났다. 로스트 치킨은 그의 어머니 요리만큼 맛있고 와인은 '상당히 훌륭'하다면서. 하지만 릴리아는 그가 포크에 살짝 난 흠집과 와인 잔에 묻은 보이지 않는 얼룩을 혐오하는 표정으로 쳐다보는 것을 알아챘다. 엘리자는 그때도 이미 말썽쟁이 어린애를 걱정하는 엄마처럼 상냥하게 그의 행동에 대해 설명하고 변명을 늘어놓았다. 릴리아는 그에게 필요한 건 투실투실한 다리 뒤를 철썩 후려치는 거라고 생각했다. 하지만 그녀는 사실 별로 걱정하지 않았다. 이게 오래갈 거라고는 전혀 생각하지 않았기 때문이다. 헨리는 짜증 나는 가족의 새로운 추가 인원이었지만, 잠깐 동안이니까 참을 수 있을 것이다. 그렇겠지?

어릴 적 엘리자는 활달한 아이였고, 자기만의 방식대로 행동하려고 했다. 정원 아래쪽의 개울에 도롱뇽을 잡으러 가면서 웰링턴 장화에 파티용 드레스를 입었다. 그 애는 바나나와 참치 샌드위치를 좋아했고, 한 번은 '어떤 느낌인지 알고 싶어서' 하루 온종일 거꾸로 걸어 다녔다. 하지만 엘리자가 겨우 열다섯 살 때 그 애의 엄마, 즉 릴리아의 딸이 죽으면서 모든 게 변했다. 그 애의 아빠는 재혼을 했고 그 애한테는 완벽하게 실용적인 새엄마가 생겼다. 하지만 둘은 절대로 친해지지 못했다.

릴리아의 어머니는 릴리아에게 두 가지를 가르쳤다. 자신을 위해서 옷을 입고, 사랑해서 결혼하라는 거였다. 릴리아의 어머니는 첫 번째는 했지만 두 번째는 하지 못했고, 평생 그걸 후회했기 때문이다. 릴리아도 그 교훈을 뼈저리게 배웠다. 옷은 언제나 그녀의 열정적인 취미였다. 그것은 절대로 그녀를 실망시키지 않는 연애 같은 것이었다. 그리고 그녀의 결혼 생활도 그랬다. 제임스는 그녀의 부모님의 별장에서 일하는 정원사였다. 그는 보석 같은 빛깔의 아네모네와 폼폼달리아, 여름의 향기가 나는 벨벳 장미를 키웠다. 릴리아는 강인하고 튼튼하고 그녀의 두 배 크기의 손을 가진 남자가 그렇게 섬세한 꽃과 식물을 싹틔울 수 있다는 사실에 깜짝 놀랐다. 그리고 사랑에 빠졌다. 엘리자는 할아버지를 대단히 좋아했지만 릴리아는 그 애가 아직 어릴 때 남편을 잃었다. 몇 년 후에 그 애는 릴리아에게 어떻게 할아버지가 결혼 상대라는 걸 알게 되었느냐고 물었고, 릴리아는 이렇게 대답했다. 그가 어떤 상황에서든 그녀를 사랑했으니까. 그들의 교제는 길고 힘들었다. 그녀의 아버지는 반대했고, 그녀는 의지가 강하고 조급했다. 하지만 그녀가 아무리 성질을 부려도, 그녀의 얼굴이 아무리 햇빛에 타고, 그녀의 요리가 아무리 끔찍해도, 제임스는 그녀를 사랑했다. 그들은 사십오 년 동안 행복한 결혼 생활을 누렸고, 그녀는 여전히 매일 그가 그리웠다.

엄마를 잃었을 때 엘리자의 목적의식은 사라지고 그 애는 바람 속에 이리저리 떠다니는 텅 빈 종이봉투처럼 갈피를 잃었다. 그리고 그대로 떠다니다가 어느 날 봉투가 헨리라는 이름의 철조망에 걸렸다. 헨리는 헤지펀드 매니저였고 모두가 그게 제대로 된 직업이 아니라는 걸 알았다. 그는 돈을 일구는 정원사였다. 돈을 키우는 사람이었다. 크리스마스에 헨리는 엘리자에게 코르동 블루 요리 수업을 등록해줬고, 엘리자를 자기 어머니의 미용사에게 데려갔다. 릴리아는 그들의 관계가 끝나기를 기다렸다. 그 애의 생일이 있던 3월에 헨리는 엘리자에게 그 애를 다른 사람처럼 보이게 만드는 값비싼 옷을 사주고, 그 애가 사랑하던 오래된 미니를 흠집이 날까 봐 두려워서 몰고 다니지도 못하는 2인승 컨버터블 차로 바꿔줬다. 릴리아는 여전히 그들의 관계가 끝나기를 기다렸다. 6월에 그는 그 애를 두바이로 데려가서 청혼을 했다. 엘리자는 제 엄마의 반지를 끼고 싶어 했지만 그는 그 다이아몬드가 '완전히 철 지난 스타일'이라고 말하고는 핏빛의 루비가 박힌 새 반지를 사줬다. 릴리아는 언제나 그게 안 좋은 징조라고 생각했다.

엘리자가 곧 올 것이다. 릴리아는 그들이 사과나무 아래 앉으면 될 거라고 생각했다. 거기는 그늘이었고 그녀는 벌이 나른하게 윙윙거리는 소리를 듣고 건초 같은 따스한 풀 냄새를 맡는 것을 좋아했다. 엘리자는 언제나 토요일 오후면 릴리아와 함께 차를 마셨다. 연어와 오이 샌드위치, 레몬 커드 타르트도. 참치와 바나나가 결국에 좋아하는 목록에서 빠지게 된 게 천만다행이었다. 그 애가 릴리아에게 결혼 초대장을 가져온 날도 토요일 오후였고, 그 애는 릴리아에게 친엄마라면 헨리를 어떻게 생각했을지 물었다. 그를 좋아하고 그들의 결혼에 찬성했을까? 엘리자는 과한 머리 모양과 뻣뻣한 새 옷에도 불구하고 굉장히 어려 보이고, 초조하게 인정받기를 기다리는 것처럼 보였다. 누군가가 이게 그 애가 바라던 '영원히 행복하게 살았습니다'라고 확신을 시켜주기를 바라는 것 같았다. 릴리아는 비겁했다. 그녀는 결국 거짓말을 했다.

헨리가 몸을 돌려 엘리자가 긴장해서 통로를 걸어오는 것을 보며 미소를 지었다. 하지만 그의 얼굴은 상냥하게 누그러지지 않았다. 그것은 사랑하는 신부의 모습을 보고 마음이 녹아내리는 신랑의 미소가 아니라 훌륭한 새 차를 인도받는 남자의 미소였다. 엘리자가 그의 옆에 도착하고 그 애의 아버지가 손을 건네자 헨리는 우쭐한 얼굴이었다. 마음에 든 모양이었다. 목사가 찬송가를 부르자고 말했고, 하객들이 〈저를 인도해주십시오, 위대하신 구세주여〉를 부르는 동안 릴리아는 소스팬에서 끓어 넘치기 직전인 잼처럼 공포가 가슴속에서 솟구쳐 오르는 것을 느낄 수 있었다.

릴리아는 언제나 토요일에 최고의 도자기 찻잔과 쟁반을 사용했고, 레몬 커드 타르트는 항상 유리 케이크 받침대에 놓았다. 샌드위치도 미리 준비해두고 주전자 물도 끓여두고 데우기만 하면 됐다. 그것은 그들만의 작은 티 파티였고 그들은 그 애의 엄마가 죽었을 때부터 이 의식을 이어왔다. 오늘 릴리아는 그 애한테 줄 선물이 있었다.

갑작스러운 고요함은 위험한 것이다. 침묵은 단단하고 믿을 만한 것이지만, 갑작스러운 고요함은 의미심장한 침묵처럼 기대에 찬 것이었다. 그것은 잡아당겨야만 할 것 같은 실밥처럼 나쁜 짓을 불러들였다. 불쌍한 목사가 제일 먼저 그것을 시작했다. 그가 무덤을 판 셈이었다. 릴리아가 어렸을 때, 전쟁 기간에 그들은 런던의 집에 살았었다. 정원에 앤더슨 대피소가 있었지만 언제나 그것을 이용한 건 아니었다. 가끔은 그냥 탁자 밑에 숨었다. 미친 짓이긴 했지만, 거기 있어보지 않았다면 모른다. 폭탄이 비 오듯 쏟아질 때 그들이 가장 두려워하는 건 터지고 부서지고 귀를 찢는 폭음이 아니라 그 갑작스러운 고요함이었다. 그 고요함은 폭탄이 바로 자신에게 떨어지고 있다는 뜻이기 때문이었다.

"여기 있는 사람 중에서 만약 이 결합에 이의가……."

목사가 폭탄을 떨어뜨렸다. 갑작스러운 고요함이 흐르고, 릴리아가
그것을 터뜨렸다.

신부는 혼자 통로를 따라 돌아 나오면서 안도감으로 환한 웃음을 지
었다. 그 애는 정말로 빛이 났다.

엘리자는 그에게 반지를 돌려줬다. 하지만 루비는 결혼식 날에 빠져
버렸고 다시 찾지 못했다. 헨리는 격분했다. 릴리아는 그의 얼굴이 잃어
버린 보석 같은 색깔로 변하는 모습을 상상해봤다. 그들은 지금쯤 두바
이에 있어야 했다. 엘리자는 소렌토를 원했지만, 거기는 헨리의 취향에
맞을 만큼 호화롭지가 못했다. 결국에 그는 자신의 어머니를 데리고 거
기로 떠났다. 그리고 엘리자는 릴리아와 차를 마시러 올 것이다. 그 애의
의자에 선물이 있었다. 은색 티슈페이퍼를 깐 상자에 담아 라일락색 리
본으로 묶어놓은 스키아파렐리 드레스였다. 그는 어떤 상황에서든 그 애
를 아예 사랑하지 않았다.

앤서니는 테레즈의 화장대에서 사진 액자를 집어서 그녀의 모습
을 바라봤다. 그것은 그들의 약혼식 날에 찍은 사진이었다. 바깥에서
는 번개가 시커먼 하늘을 갈랐다. 그는 침실 창문으로 장미 정원을
내다봤다. 첫 번째 두툼한 빗방울이 벨벳 같은 꽃잎에 떨어지기 시작
했다. 그는 테레즈가 드레스를 입은 모습을 보지 못했지만, 그녀 없
이 살아온 긴 세월 동안 종종 그들의 결혼식 날을 상상해보곤 했다.
테레즈는 굉장히 흥분했었다. 그녀는 교회에 놓을 꽃과 결혼식 음악

을 골랐다. 물론 드레스도 샀다. 초청장도 보냈다. 그는 긴장한 채 제단에서 그녀가 오기를 기다리는 자신의 모습을 떠올려봤다. 그는 아름다운 신부를 보면서 무척이나 행복하고 아주 자랑스러웠을 것이다. 그녀는 분명히 늦었을 것이다. 그건 의심의 여지가 없었다. 하늘색 실크 시폰 드레스를 입은 그녀의 등장은 굉장히 눈길을 끌었을 것이다. 웨딩드레스로는 독특한 선택이지만, 그녀 자신이 독특한 여자였으니까. 특별한 여자였다. 그녀는 그게 약혼반지의 색깔과 어울린다고 했었다. 지금 드레스는 티슈페이퍼로 싸서 다락에 있는 상자 속에 넣어놓았다. 그는 차마 그걸 쳐다볼 수도 없었고, 그렇다고 없앨 수도 없었다. 그는 침대 가장자리에 앉아서 손에 얼굴을 묻었다. 그들의 결혼식 날이었어야 했던 그날 그는 교회에 있었다. 테레즈의 장례식 날이었기 때문이다. 지금까지도 그는 최소한 그의 새 양복을 적소에 사용했다고 그녀가 말하는 게 들리는 것 같았다.

로라는 복도 탁자에 열쇠를 떨어뜨리고 신발을 벗었다. 그녀의 아파트는 덥고 답답했고, 그녀는 비좁은 거실의 창문을 열고 냉장고에서 꺼낸 차가운 화이트 와인을 큰 잔에 따랐다. 와인으로 어지러운 정신을 달랠 수 있기를 바랐다. 앤서니는 그녀가 몰랐던 많은 것을 이야기했고, 새로 알게 된 사실들은 보리밭을 지나가는 강풍처럼 그녀의 머릿속을 휘감아 엉망으로 흐트러뜨렸다. 수십 년 전, 그가 시계를 내려다보면서 사람들 사이로 테레즈의 얼굴이나 그녀의 하늘색 재킷을 찾으며 기다리는 모습이 눈앞에 그려졌다. 시간이 흘러가는데 그녀가 계속 오지 않자 물그릇에 퍼지는 잉크방울처럼 그의 배속에서 공포가 퍼져가는 끔찍한 느낌도 상상이 갔다. 하지만 요란한 구급차 소리를 따라가서 보도에 쓰러져 죽어 있는 그녀를 발견했을 때 그가 느꼈을, 피가 얼어붙고 속이 뒤틀리고 숨이 막히는 괴로움만은 상상할 수가 없었다. 그는 세세한 것까지 전부 기억했다. 그레이트 러셀 가 모퉁이에서 그를 보고 미소를 지었던 밝은 파란색 모자의 여자. 시계가 오전 11시 55분을 가리킬 때 처음으로 들린 사이렌 소리. 빵집에서 나는 탄내와 창문으로 보이던 케이크와 페이스트리들. 자동차 소리와 낮은 목소리들, 그녀의 얼굴을 덮고 있던 하얀 담요와 그의 위로 크나큰 어둠이 드리우는 동안에도 무자비하게 내리쬐던 태양까지 기억했다. 테레즈의 죽음에 관한 이야기를 들으면서 앤서니와 로라 사이에는 친밀감이 형성되었다. 그 감정은 기쁘면서도 한편 그녀를 불안하게 만들었다. 왜 지금일까? 왜 거의 육 년이나 지난 지금 와서 그녀에게 이런 이야기를 해준 걸까? 그리고 뭔가 다른 것도 있었다. 그녀는 확신했다. 말을 하지 않은 것이 또 있었다. 그는 뭔가 얘기를 다 마치려다가 그 직전에 멈췄다.

앤서니는 침대에 다리를 올리고 드러누워 천장을 바라보며 테레즈와 여기서 함께 보냈던 소중한 밤을 떠올렸다. 몸을 옆으로 돌리고 텅 빈 공간을 껴안고서 그는 거기에 그녀의 따뜻하고 살아 있는 몸이 있던 때를 떠올리려고 노력했다. 바깥에서는 천둥이 으르렁거렸고 그의 뺨에서는 평소에 잘 보이지 않는 눈물이 흘러내렸다. 마침내 평생의 죄책감과 슬픔에 지쳐버렸다. 하지만 테레즈가 없이 살아온 삶을 후회하지는 않았다. 그녀와 함께 지내는 쪽이 백 번 나았겠지만, 그녀가 죽었을 때 그의 삶을 포기하는 것은 굉장히 잘못된 행동이었을 것이다. 그녀가 빼앗긴 선물을 그가 스스로 내던지는 것은 고마운 줄 모르는 끔찍한 겁쟁이 같은 행동이었을 것이다. 그래서 그는 계속해서 살아가고 글을 쓸 방법을 찾아냈다. 괴로운 상실로 인한 은근한 아픔은 결코 사라지지 않았지만, 최소한 그의 삶에는 목적이 있었고 그로 인해 뭔가를 찾을 수도 있다는 위태롭지만 귀중한 희망을 얻었다. 죽는 것은 확실한 일이었다. 테레즈와 재회하는 것은 그리 확실치 않지만, 지금은 마침내 희망을 품어볼 수 있게 되었다.

그날 오후에 로라와 이야기를 나눴다. 그러나 그는 자신이 떠날 것 같다는 이야기를 하지 못했다. 할 생각이었지만 걱정스러운 그녀의 얼굴을 보자 입에서 말이 나오지 않았다. 대신에 그는 그녀에게 테레즈 이야기를 했고 그녀는 두 사람 모두를 위해 울었다. 전에는 그녀가 우는 걸 본 적이 없었다. 그러려던 것은 절대 아니었다. 그는 연민이나 더 끔찍한 동정 같은 걸 바란 게 아니었다. 그저 그녀에게 그가 하려는 일에 대한 이유를 설명하려던 것뿐이었다. 하지만 최소한 그녀의 눈물은 그가 올바른 선택을 했다는 사실을 증명해줬다. 그녀는 다른 사람의 고통과 기쁨을 느끼고 그 가치를 알아볼 능력이 있었다. 그녀가 종종 드러내는 인상과는 반대로 그녀는 다른 사람의 삶에 대한 단순한 구경꾼이 아니었다. 그녀는 거기 개입해야 했다. 남을 보살피는 그녀의 능력은 본능적인 것이었다. 그것은 그녀의 가장 큰 자산이자 가장 큰 약점이었다. 그녀는 한 번 데인 적이 있고 그게 흔적을 남겼다는 걸 그도 잘 알았다. 그녀는 한 번도 말하지 않았지만, 그는 어쨌든 알았다. 그녀는 다른 종류의 삶을 일구었고 상처에는 새살이 돋았지만, 어딘가에 여전히 빨갛고 쭈글쭈글하고 만지면 쓰라린 상처가 숨겨져 있었다. 앤서니는 옆의 베개 위에 있는 사진을 바라봤다. 유리나 액자에는 얼룩 하나 없었다. 로라가 늘 세심하게 닦아놓았다. 그녀는 이 집의 구석구석까지 오로지 사랑에서밖에 나올 수 없는 자부심과 상냥함을 갖고 보살폈다. 앤서니는 로라에게서 이 모든 것을 보았고 자신이 사람을 잘 선택했다는 사실을 새삼 깨달았다. 그녀는 모든 것에 돈보다 훨씬 중요한 가치가 있다는 것을 이해했다. 거기에는 이야기와 추억이 있고, 가장 중요한 것은 파두아의 삶에서 특별한 자리가 있었다. 파두아는 단순한 집이 아니니까. 여기는 상처를 치료하는 안전한 장소였다. 상처를 핥고, 눈물을 그치게 하고, 꿈을 재건하는 안식처였다. 아무리 오래 걸린다 해도. 부서졌던 사람이 다시 세상을 마주할 만큼 강해지는 데 아무리 오랜 시간이 걸린다 해도. 그리고 그는 자신의 임무를 끝낼 사람으로 그녀를 선택해서 로라 역시 자유로워질 수 있기를 바랐다. 그가 아는 한 그녀는 파두아에서 유배 생활을 하고 있었다. 편안하고 자발적인 것이긴 하지만 어쨌든 유배는 유배였다.

바깥에서는 폭풍이 그치고 정원이 깨끗해졌다. 앤서니는 옷을 벗고 테레즈와 함께 썼던 침대의 차가운 이불 속으로 마침내 들어갔다. 그날 밤에는 꿈도 꾸지 않고 새벽까지 곤히 잤다.

8

유니스
1975년

팸이 꽤나 독특한 가구를 보고 공포로 움찔할 동안 바머는 유니스의 손을 꼭 쥐었다. 가구는 인간의 뼈로 만든 것처럼 보였다. 팸은 도망치려고 했지만 부루퉁한 가죽 가면이 그녀를 잡았고, 고기용 후크로 불쌍한 여자를 막 찌르려고 할 때 유니스는 잠에서 깼다.

그들은 전날 저녁에 동네 영화클럽에서 〈텍사스 전기톱 학살The Texas Chainsaw Massacre〉을 보았고 둘 다 완전히 공포에 질렸다. 하지만 유니스의 잠을 깨운 것은 악몽이 아니었다. 꿈이 이루어졌기 때문이다. 그녀는 침대에서 내려와 재빨리 욕실로 가서 약간 헝클어진 자신의 모습을 보며 행복한 미소를 지었다. 바머가 손을 잡아줬다. 잠깐이긴 했지만, 그가 실제로 그녀의 손을 잡았다.

그날 아침에, 사무실에 가는 길에 유니스는 신중해야 한다고 스스로에게 경고했다. 물론 바머는 그녀의 친구였지만 또한 그녀의 상사였고, 그녀는 여전히 일자리가 필요했다. 블룸즈버리 가의 초록색 문 앞에서 유니스는 잠시 머뭇거리다가 숨을 깊게 들이쉬고 빠른 걸음으로 계단을 올라갔다. 더글러스가 달그락거리면서 다가와 평소처럼 열정적으로 그녀를 반겼고, 바머가 부엌에서 외쳤다.

"차 마실래요?"

"네, 부탁할게요."

유니스는 책상 앞에 앉아서 신중하게 우편물을 분류하기 시작했다.

"잘 잤어요?"

바머가 김이 오르는 머그컵을 그녀의 앞에 놓았고, 끔찍하게도 유니스의 얼굴이 달아올랐다.

"이제 다시는 당신한테 영화를 고르게 하지 않을 거예요."

그는 그녀가 당황한 걸 모르는지 아니면 상냥하게 무시하는지 그저 말을 계속했다.

"난 어젯밤에 한숨도 못 잤어요. 날 지켜줄 더글러스도 있고, 침대 옆 램프도 켜놨었는데 말이죠!"

유니스는 빨개진 얼굴이 평소 색깔로 돌아오는 것을 느끼며 웃었다. 바머는 항상 그녀를 편안하게 만들어줬다. 나머지 아침 시간은 평소처럼 수월하게 흘렀고 점심시간에 유니스는 도일 부인의 가게에서 샌드위치를 사왔다. 함께 앉아서 치즈와 피클을 끼운 곡물빵을 먹으며 창밖을 바라보다가 바머가 뭔가를 생각해냈다.

"다음 일요일이 생일이라고 하지 않았던가요?"

유니스의 얼굴이 갑자기 다시 달아올랐다.

"네. 맞아요."

바머는 발치에서 희망에 차서 침을 흘리던 더글러스에게 치즈 한 조각을 주었다,

"뭐 재미난 일이라도 할 거예요?"

원래는 그럴 계획이었다. 유니스와 학창 시절 제일 친한 친구였던 수잔은 언제나 겨우 며칠 차이인 스물한 번째 생일을 축하하기 위해서 당일치기로 브라이턴에 가자고 얘기하곤 했었다. 유니스는 파티를 전혀 좋아하지 않았고, 그녀의 부모님은 바를 빌리고 털북숭이 디스코 DJ를 고용하느니 기꺼이 여행 경비를 대주실 것이다. 하지만 수잔은 울워스에서 일하는 데이비드 캐시디의 도플갱어 같은 남자 친구가 생겼고, 그가 그녀의 생일에 깜짝 파티를 계획한 모양이었다. 수잔은 굉장히 미안해했지만, 오랜 우정보다는 새로운 사랑 쪽을 택했다. 유니스의 부모님이 대신 함께 가주겠다고 했지만 그건 그녀가 상상하던 계획이 아니었다. 바머는 그녀의 상황에 신경이 쓰이는 모양이었다.

"내가 가죠! 그러니까, 늙은 상사가 따라가는 걸 당신이 싫어하지 않는다면 말이죠."

그가 자원했다.

유니스는 흥분했다. 하지만 그것을 드러내지 않기 위해 굉장히 노력했다.

"좋아요. 그 정도는 감당할 수 있을 것 같아요. 다만 제 페이스를 따라오실 수 있길 바라요."

그녀가 씩 웃었다.

토요일 아침에 유니스는 머리를 자르고 드라이를 하러 미용실에 갔고, 그다음에는 매니큐어를 받았다. 오후에는 일요일 날씨 예보를 수십 번쯤 확인하고, 옷장에 있는 모든 옷을 다 꺼내서 생각할 수 있는 모든 조합으로 맞춰봤다. 결국에 그녀는 보라색 하이웨이스트 나팔바지와 꽃무늬 블라우스, 새로 한 보라색 손톱에 어울리는 크고 펄럭거리는 챙이 달린 보라색 모자를 골랐다.

"저 어때 보여요?"

그녀는 텔레비전에서 하는 〈투 로니즈Two Ronnies〉를 가리면서 거실을 이리저리 왔다 갔다 하며 부모님에게 물었다.

"멋져 보이는구나, 애야."

엄마가 대답했다. 아빠도 동의하듯 고개를 끄덕였지만 말은 하지 않았다. 수년 동안 패션에 관한 의견은 집안의 여자들에게 맡겨두는 게 현명하다는 것을 알고 있는 것이다.

그날 밤 유니스는 거의 자지 못했고, 잠이 든 후에는 바머의 꿈을 꿨다. 내일은 특별한 날이 될 것이다!

9

    그날은 완벽하게 평범한 날 같았다. 하지만 이후 몇 주 동안 로라는 자신이 놓친 실마리나 무시했던 징후 같은 것을 찾아 계속해서 기억을 뒤졌다. 뭔가 끔찍한 일이 일어날 거라는 걸 알았어야 하지 않았을까? 로라는 종종 자신이 가톨릭 신자였어야 했다고 생각하곤 했다. 죄의식을 아주 잘 느끼니까.

    그날 아침에 앤서니는 평소처럼 산책을 나갔다. 유일하게 달랐던 건 그가 가방을 가져가지 않았다는 점이다. 아름다운 아침이었고 그가 돌아왔을 때 로라는 그가 무척 행복해 보이고, 오랜만에 굉장히 여유로워 보인다고 생각했다. 그는 서재로 가지 않고 로라에게 정원으로 커피를 갖다달라고 했고, 그녀가 가보니 프레디와 장미에 대해서 이야기를 나누고 있었다. 로라는 정원 탁자에 쟁반을 내려놓으며 일부러 프레디의 눈길을 피했다. 그가 매력적이라고 생각해 그가 있으면 어쩐지 불편해져서 그런 것일 수도 있다. 그는 편안한 자신감을 지녔고 로라의 마음을 흔드는 매력과 잘생긴 외모까지 가졌다. 어차피 그는 그녀에 비해 너무 어리다고 생각하면서 그녀는 애초에 이런 생각을 한 자신을 속으로 비웃었다.

"안녕하세요, 로라. 날씨가 참 좋죠?"

이제 그를 쳐다볼 수밖에 없었다. 그는 그녀를 보고 미소를 짓고 있었고, 그녀의 눈길을 차분하게 바라봤다. 당황해서 그녀는 퉁명스럽고 불친절한 어조로 대답했다.

"네, 좋네요."

이제는 얼굴까지 붉어졌다. 애교 어린 장밋빛이 아니라 머리를 오븐에 넣었다 뺀 것처럼 시뻘겋고 얼룩덜룩한 그런 모양새였다. 그녀는 황급히 집 안으로 돌아갔다. 서늘하고 차분한 파두아 안으로 들어오자 곧 그녀는 평정을 되찾았고, 위층으로 올라가 계단참의 꽃을 갈았다. 주침실 문이 열려 있었고 로라는 전부 다 괜찮은지 확인하러 안으로 들어갔다. 그날따라 창문이 닫혀 있는데도 장미 향기가 아주 진했다. 아래층 복도의 시계가 정오를 알리는 소리를 울렸고 로라는 자동적으로 시계를 보았다. 커다란 괘종시계가 좀 빨리 가서 고쳐놔야지 생각만 하고 아직 손을 대지 못했다. 그녀의 시계는 오전 11시 54분이었고 갑자기 어떤 생각이 떠올랐다. 그녀는 테레즈의 화장대에서 파란색 에나멜 시계를 집어 들고 초침이 째깍거리면서 숫자판을 따라 도는 것을 보았다. 초침이 12에 도착하는 순간, 시계가 멎었다. 죽었다.

앤서니는 정원 방에서 점심을 먹었다. 로라는 쟁반을 치우러 가서 그가 거의 다 먹은 것을 보고 기뻤다. 최근 몇 달 동안 그의 마음을 괴롭히던 문제가 풀렸거나 의사에게 다녀온 덕분에 건강이 좀 나아진 걸지도 모른다. 혹은 마침내 그녀에게 테레즈 이야기를 털어놓은 게 도움이 되었을 수도 있지 않을까 생각했다. 이유가 뭐든 그녀는 기뻤다. 그리고 마음이 놓였다. 그가 다시 좋아 보이는 걸 보니 정말 다행스러웠다.

그녀는 오후 동안 앤서니의 계좌를 정리했다. 그는 여전히 책으로 인세를 받았고 때때로 동네 북클럽이나 도서관에서 낭독을 해달라는 요청도 받았다. 두어 시간 서류작업을 한 후에 로라는 의자에 몸을 기댔다. 목이 욱신거리고 등이 쑤셨다. 그녀는 피곤한 눈을 문지르면서 속으로 거의 백 번째로 눈 검사를 받아봐야겠다고 다짐했다.

앤서니는 서재의 유혹을 결국 거부할 수 없었는지, 방에 들어가서 문을 닫는 소리가 들렸다. 그녀는 앞에 있는 서류들을 각각의 서류철에 집어넣고 다리를 펴고 햇빛을 쪼일 겸 정원으로 나갔다. 늦은 오후였지만 태양은 여전히 뜨거웠고 인동 덩굴에서 벌들이 윙윙거리는 소리가 후텁지근한 공기를 울렸다. 장미는 환상적이었다. 온갖 모양과 크기, 빛깔로 피어서 향기와 색깔의 일렁이는 바다를 이루었다. 잔디밭은 완벽한 초록색 네모 모양이고 과일나무와 정원 끄트머리의 관목들은 늦여름의 풍요를 약속하며 자라고 있었다. 프레디는 뭔가를 키우는 데에는 천부적인 재능이 있는 모양이었다. 로라가 처음 앤서니 밑에서 일하러 왔을 때 정원에서 애정 어린 보살핌을 받고 있는 건 오로지 장미 정원뿐이었다. 잔디밭은 듬성듬성 잡초가 자라고 나무들은 지나치게 웃자라서 가지가 과일의 무게를 감당할 수 없을 만큼 가늘었다. 하지만 프레디가 파두아에 일하러 온 이 년 사이에 정원은 완전히 되살아났다. 로라는 따뜻한 풀 위에 앉아서 무릎을 껴안았다. 그녀는 항상 하루가 끝날 무렵 파두아를 떠나는 게 싫었고, 오늘 같은 날에는 더욱 그랬다. 그녀의 아파트는 상대적으로 매력적인 부분이 별로 없었다. 파두아에서는 혼자 있어도 외롭지 않은데, 아파트에서는 항상 외로웠다.

빈스 이후로 달리 장기적인 연애를 한 적이 없었다. 결혼 생활의 실패로 그녀는 자신감을 잃었고 젊은 시절의 자부심은 조롱거리가 되었다. 결혼식을 하도 서둘러서 그녀의 어머니가 임신한 거냐고 물어봤을 정도였다. 하지만 그건 아니었다. 그저 그녀에게 온 세상을 약속한 잘생긴 왕자님에게 홀딱 넘어갔을 뿐이었다. 하지만 그녀가 결혼했던 남자는 세상 대신 무미건조한 교외 주택만 가져온, 겉만 화려한 악당이었다. 그녀의 부모님은 그녀에게 좀 더 나이가 들고 자신의 마음을 더 잘 알 때까지 기다리라고 설득하기 위해 무척 애를 썼다. 하지만 그녀는 어리고 성급했고 고집까지 셌다. 빈스와 결혼하는 건 어른이 되는 지름길처럼 보였다. 그녀는 자신의 결혼식 날 딸이 통로를 걸어가는 걸 보면서 어머니가 지었던 서글프고 불안한 미소를 기억했다. 아버지는 의구심을 더 뚜렷하게 드러냈지만 다행스럽게도 하객들은 아버지의 눈물을 행복과 자부심의 눈물이라고 생각했다. 그중에서도 최악이었던 건 자신의 결혼식 당일에 그녀도 처음으로 자신이 실수를 하는 게 아닐까 두려워졌다는 거였다. 그녀의 의심은 축하의 색종이들과 샴페인 속에 묻혔지만, 그녀가 옳았다. 빈스에 대한 사랑은 상상 속의 풋내 나는 연모일 뿐이었고, 은색 테두리의 초대장처럼 순식간에 만들어지고 그녀가 통로를 걸어갈 때 입었던 드레스 레이스처럼 구멍이 가득한 것이었다.

그날 저녁에 로라는 텔레비전 앞에서 저녁을 먹었다. 별로 배가 고프지 않았고 깜박거리는 화면에도 관심이 없었다. 결국 둘 다 포기하고 그녀는 문을 열고 새카만 하늘이 올려다 보이는 아파트의 조그만 발코니로 나왔다. 세상에서 얼마나 많은 사람들이 지금 이 순간 똑같이 널따란 하늘을 올려다보고 있을까 궁금했다. 그 생각에 자신이 조그매지고 완전히 혼자인 것처럼 느껴졌다.

10

한밤중의 여름 하늘은 수채화 물감으로 검게 칠하고 그 위에 반짝이는 조그만 별들을 뿌려놓은 모습이었다. 앤서니가 장미 정원을 따라 걷는 동안 공기는 여전히 따뜻했다. 그는 수십 년 전에 테레즈와 처음 이 집으로 이사를 왔을 때 그녀를 위해 심었던 소중한 장미들이 뿜어내는 짙은 향기를 들이켰다. 조금 전에는 우체통에 다녀왔다. 그의 발소리가 텅 빈 동네 길거리에서 부드럽게 울렸다. 그가 부친 편지에는 그의 이야기의 나머지가 전부 들어 있었다. 변호사가 때가 되면 그것을 로라에게 전해줄 것이다. 그리고 이제 그는 떠날 준비가 되었다.

그들이 이 집으로 이사를 왔던 날은 수요일이었다. 테레즈가 이 집을 발견했다.

"정말 완벽해!"

그녀는 그렇게 말했고, 실제로 그랬다. 그들은 겨우 한 달 전에 만났지만, 서로 마음이 합쳐지기까지 '적당한' 시간은 전혀 필요치 않았다. 끌림은 즉각적이었고, 지금 그의 머리 위로 펼쳐져 있는 하늘처럼 끝이 없었다. 처음에는 그게 두려웠다. 혹은 그걸 잃을까 봐 두려웠던 걸지도 모른다. 너무나 강력하고, 너무나 완벽해서 지속될 수 없을 게 뻔했다. 하지만 테레즈에게는 확고한 신념이 있었다. 그들은 서로를 찾아냈고 바로 그렇게 될 운명이었다는 것이다. 함께 있으면 그들은 신성했다. 그녀의 이름이 장미의 성녀 테레사(St. Therese)의 이름을 딴 것이었기 때문에 그는 그녀에게 주는 선물로 정원에 꽃을 심었다. 그는 10월 내내 웰링턴 부츠를 신고 땅을 갈아 새로 화단을 만들고 잘 썩은 거름을 섞었고, 테레즈는 그에게 차를 갖다주고 아낌없는 응원을 했다. 장미는 축축하고 안개 낀 11월 아침에 도착했고, 앤서니와 테레즈는 하루 종일 완벽한 잔디밭 주위로 꽃들을 심느라 손가락과 발가락, 코가 얼어붙었다. 하지만 11월의 무채색 풍경은 테레즈가 장미 하나하나의 이름표를 큰 소리로 읽으면서 무지개 색으로 물들었다. 분홍색에 향기로운 '앨버틴'은 해시계로 이어지는 아치문의 격자를 타고 올라갈 것이다. 새빨간 벨벳 '그랑프리'와 새하얀 '마샤 스탠호프', 풍부한 구릿빛의 '고져스', 은빛이 도는 분홍색의 '미세스 헨리 모스', 짙은 빨간색의 '에투 드 올랑드', 옅은 노란색 꽃잎에 자색이 살짝 들어간 '멜라니 수페르', 주홍색에 광택 없는 금빛이 섞인 '퀸 알렉산드라'까지. 잔디밭의 네 모퉁이에는 덩굴장미인 '알베릭 바르비어', '히아와사', '레이디 게이', '샤워 오브 골드'를 심었고, 다 끝나자 그들은 음울한 겨울의 어스름 속에 한데 섰다. 그녀가 그의 입술에 부드럽게 키스를 한 뒤 그의 얼어붙은 손에 작고 동그란 것을 내려놓았다. 그것은 동그란 메달리온 모양에 금테를 두르고 유리를 끼운 장미의 성녀 테레사의 그림이었다.

"이건 내 첫영성체 때 받은 선물이야. 내 아름다운 정원에 대한 고마움을 표하고 내가 무슨 일이 있어도 자기를 영원히 사랑할 거라는 뜻으로 주는 거야. 언제나 갖고 다닐 거라고 약속해줘."

그녀가 말했고 앤서니는 미소를 지었다.

"약속할게."

그는 엄숙하게 선언했다.

아름다운 여름밤에 장미 사이에 혼자 서서 앤서니는 다시 한 번 뺨으로 뜨거운 눈물이 흐르는 것을 느꼈다. 그녀의 키스, 그녀의 말, 손을 누르던 메달리온의 느낌을 떠올리며 그는 외롭게 홀로 있었다.

그리고 그는 그것을 잃어버렸다.

그레이트 러셀 가 모퉁이에 서서 테레즈를 기다리는 동안에 그것은 주머니 안에 있었다. 하지만 그녀는 오지 않았고, 그날 집으로 돌아갈 무렵 그는 둘 다 잃고 말았다. 그는 메달리온을 찾으러 돌아갔었다. 길거리와 배수로를 샅샅이 뒤졌지만 가망 없는 행동이라는 걸 알고 있었다. 그것은 마치 그녀를 두 번 잃는 것 같았다. 그것은 그녀가 떠난 후에도 그녀와 그를 연결해줄 보이지 않은 실이었는데, 이제는 그가 했던 약속과 함께 부서져버렸다. 그의 서재의 물건들은 그가 그것을 보상하려고 했던 증거였다. 하지만 할 만큼 한 걸까? 이제 곧 알게 되겠지.

잔디는 여전히 따뜻하고 건초 같은 냄새를 풍겼다. 앤서니는 누워서 길고 마른 팔다리를 마지막 항로를 가리키는 가상의 나침반 바늘처럼 쭉 뻗었다. 장미 향기가 파도처럼 밀려들었다. 그는 머리 위에 끝없이 펼쳐진 하늘을 바라보며 별을 하나 골랐다.

11

그녀는 그가 자는 줄 알았다. 멍청하다는 건 알지만, 다른 가능성은 생각도 할 수 없었다.

로라는 평소 출근시간에 도착했다가 집이 빈 것을 보고 앤서니가 산책을 하러 나갔을 거라고 생각했다. 하지만 계속 불안한 기분이 어깨를 두드렸다. 그녀는 부엌으로 가서 커피를 만들면서 그 느낌을 무시하려고 노력했다. 하지만 두드리는 느낌이 점점 더 빠르고 시끄럽고 강해졌다. 마치 그녀의 심장박동처럼. 정원이 보이는 방으로 가자 밖으로 나가는 문이 열려 있었고 그녀는 사형대를 걸어가는 기분으로 밖으로 나갔다. 앤서니는 이슬에 젖은 잔디밭에서 팔다리를 벌리고 누운 채 장미 꽃잎으로 덮여 있었다. 멀리서 볼 때는 잠이 든 거라고 생각할 수도 있었지만, 가까이서 내려다보니 그런 자기위로조차 할 수가 없었다. 여전히 뜨고 있는 그의 파랗던 눈에는 허연 막이 끼어 있었고 보랏빛 입술은 살짝 벌어져 있었으나 숨을 쉬지 않았다. 그녀의 머뭇거리는 손끝이 그의 뺨을 쓸었다. 창백한 피부는 차가웠다. 앤서니는 떠났고 시신만이 남았다.

그리고 이제는 집 안에 그녀 혼자였다. 의사와 장의사들은 왔다가 모두 떠났다. 그들은 낮은 목소리로 이야기를 하면서 그의 죽음을 친절하지만 효율적으로 처리했다. 어쨌든 그게 그들의 생업이니까. 그녀는 프레디가 있기를 바랐지만, 오늘은 그가 파두아에서 일하는 날이 아니었다. 그녀는 부엌 식탁에 앉아 또 한 잔의 커피가 차갑게 식는 것을 바라봤다. 성난 눈물로 그녀의 얼굴은 팽팽하고 얼룩덜룩했다. 오늘 아침에 그녀의 온 세상이 바람 앞의 깃털처럼 날아가버렸다. 앤서니와 파두아는 그녀의 삶이 되었는데, 이제는 뭘 해야 할지 알 수가 없었다. 잠깐 동안 그녀는 모든 걸 잃은 기분이었다.

복도의 시계가 여섯 시를 알렸지만 로라는 여전히 집으로 갈 수가 없었다. 아니, 그녀는 이미 집에 있었다. 아파트는 그녀가 여기 있을 수 없을 때 잠깐 가는 곳일 뿐이었다. 눈물이 다시 뺨을 타고 흘렀다. 뭔가 해야만 했다. 아무리 잠깐이라고 해도 정신을 돌릴 만한 걸, 정리정돈을 해야 했다. 그녀의 임무를 수행하고 싶었다. 여전히 그녀는 이 집과 그 안의 모든 것들을 보살펴야 했다. 최소한 아직은. 누군가가 그만하라고 할 때까지는 계속할 것이다. 그녀는 집 안을 둘러보기 시작했다. 위층부터 모든 것이 제자리에 있는지 확인했다. 주침실에서는 침대보를 바로잡고 베개를 두드리며 침대에 최근 누가 누웠던 것 같다는 생각을 했다가 말도 안 되는 것이라고 머릿속에서 지워버렸다. 장미 향기가 굉장히 진했고 앤서니와 테레즈의 사진은 바닥에 엎어져 있었다. 그녀는 그것을 집어서 화장대 위 원래 자리에 놓았다. 조그만 파란색 시계는 평소처럼 멎어 있었다. 11시 55분이었다. 그녀는 조그만 심장박동처럼 째깍째깍 소리가 날 때까지 키를 돌렸다. 그리고 바깥의 정원을 보지 않고 퇴창을 지나갔다. 앤서니의 방으로 들어가자 그가 살아 있었을 때는 한 번도 느끼지 못했던 어색한 기분이 들었다. 지나치게 친밀한 것처럼, 부적절한 침입처럼 느껴졌다. 여전히 그의 베개에서는 그가 항상 쓰던 비누 냄새가 났다. 그녀는 낯선 사람들이 그의 물건에 손을 대는 달갑지 않은 생각을 밀어냈다. 그의 가장 가까운 친척이 누군지 그녀는 전혀 몰랐다. 아래층으로 내려와서 그녀는 정원 방의 창문들을 닫고 바깥으로 나가는 문을 잠갔다. 테레즈의 사진이 탁자 위에 엎어져 있었다. 그녀는 그것을 집어 들고 앤서니가 목숨을 다 바쳤던 여자를 응시했다.

"두 사람이 다시 만나기를 빌어요."

그녀는 나직하게 말하고 사진을 원래 자리에 세워놓았다. 이것도 기도로 칠 수 있을까 궁금했다.

복도에서 그녀는 서재 문 앞에 섰다. 마치 건드리면 화상이라도 입지 않을까 두려운 것처럼 손잡이 위에서 손이 머뭇거렸고, 결국 그녀는 손을 도로 옆구리로 내렸다. 방 안에 어떤 비밀이 있는지 굉장히 알고 싶었지만, 서재는 앤서니만의 왕국이었고 그녀는 들어오라는 초대를 받은 적이 없었다. 아직은 그의 죽음으로 그 부분이 바뀌었는지 아닌지 결정할 수가 없었다.

용기를 내서 그녀는 부엌문을 지나 밖으로 나가 정원으로 들어섰다. 늦여름이라 장미들이 솔기가 뜯어지기 시작한 연약하고 낡은 무도회 드레스처럼 이파리를 하나씩 떨어뜨리고 있었다. 잔디밭은 다시금 완벽해졌다. 시신의 흔적은 남아 있지 않았다. 하긴, 뭘 기대한 걸까? 하지만 이런 건 아니었다. 그녀는 햇살로 따뜻해지고 장미 향이 풍기는 공기가 밀려왔다 밀려가는 잔디밭 한가운데 서서 기묘하게 마음이 고양되는 것을 느꼈다.

집 안으로 다시 들어갈 때 저무는 햇살이 기울어진 유리에 닿아 반짝이는 것이 보였다. 서재 쪽의 유리문이 살짝 열려 있었다. 그걸 그냥 둘 수는 없었다. 그러면 집이 안전하지 않을 테니까. 이제는 서재에 들어가야 했다. 문 앞까지 가서야 그녀는 앤서니의 주머니에 열쇠가 없었는데 그가 그것을 어디에 놔뒀는지 전혀 모른다는 사실을 깨달았다. 어디 있을까 생각하면서 그녀는 손가락으로 차가운 나무 손잡이를 잡고 돌렸다. 손잡이가 그녀의 손 아래서 쉽게 돌아가면서 서재 문이 활짝 열렸다.

12

선반과 서랍, 선반과 서랍, 선반과 서랍. 삼면의 벽이 꽉 차 있었다. 유리문의 레이스 커튼이 문틈으로 부드럽게 들어오는 저녁 공기의 리듬에 맞추어 오르락내리락했다. 희미한 빛 속에서도 로라는 모든 선반들이 꽉 차 있는 걸 볼 수 있었고, 보지 않아도 서랍들 역시 꽉 차 있을 거라는 걸 알 수 있었다. 이건 평생의 작업이었다.

그녀는 방 안을 빙 돌면서 놀라운 기분으로 내용물들을 살폈다. 그러니까 여기가 앤서니의 비밀스러운 왕궁이었던 것이다. 꼬리표를 붙이고 애정을 쏟은 잡동사니 분실물들의 동물원. 이것들이 단순한 물건이나 선반에 장식용으로 올려놓은 잡다한 공예품이 아니라는 걸 로라도 알 수 있었다. 이건 중요한 것들이었다. 정말로 소중한 것들이었다. 앤서니는 매일 이 방에서 이 물건들과 몇 시간씩 지냈다. 이유는 잘 모르겠지만 그에게는 그럴 만한 마땅한 이유가 있었을 거고, 그를 위해 그녀도 이것들을 안전하게 지킬 방법을 찾을 것이다. 그녀는 가장 가까이 있는 서랍을 열고 제일 먼저 보인 것을 꺼냈다. 그것은 여자 코트에 달려 있었을 것 같은 짙은 파란색의 커다란 단추였다. 꼬리표에는 언제 어디서 발견했는지가 쓰여 있었다. 기억과 설

77

명이 그녀가 느낄 수는 있지만 아직 입증할 수는 없는 연결고리를 더듬는 손길처럼 로라의 의식 속으로 들어오기 시작했다.

그녀는 비틀거리지 않기 위해서 의자 등받이를 잡았다. 유리문이 열려 있고 바람이 들어오는데도 불구하고 방 안은 갑갑했다. 공기가 이야기로 묵직했다. 그래서 이 모든 걸 갖고 있었던 걸까? 앤서니가 쓴 이야기들이 전부 이 물건들에 관한 거였을까? 그녀는 그의 글을 전부 읽었고 특히 파란색 단추에 관한 이야기를 기억했다. 하지만 이 모든 것들이 다 어디서 온 걸까? 로라는 한 선반의 비스킷 통 옆에 쓸쓸하게 기대어 있는 조그만 곰인형의 부드러운 털을 쓰다듬었다. 여기는 사람들의 진짜 인생에서 잃어버린 것들의 박물관일까, 아니면 앤서니의 소설을 위한 물건 집합소일까? 어쩌면 둘 다일지도 모른다. 그녀는 선반의 곰인형 옆에 놓인 밝은 초록색 머리 방울을 집었다. 새 것이었을 때에도 몇 펜스밖에 하지 않았을 것이다. 고무줄의 꽃 하나가 심하게 망가지긴 했지만 그래도 방 안의 다른 모든 물건들처럼 세심하게 관리되어 적당한 꼬리표가 달려 있었다. 로라는 머리를 땋아 이것과 거의 똑같은 방울로 묶었던 학창 시절의 자신을 떠올리고 미소를 지었다.

플라스틱 꽃이 달린 밝은 초록색 머리 방울.
9월 2일, 데리우드 공원 놀이터에서 발견.

그날은 여름방학 마지막 날이었고 데이지의 엄마는 특별한 걸 하자고 약속했다. 그들은 소풍을 가기로 했다. 내일이면 데이지는 새로운 학교, 큰 학교에 가야 했다. 그녀는 이제 열한 살이었다. 예전 학교는 별로 성공적이지 못했다. 뭐, 최소한 그녀한테는. 그녀는 아름다운 긴 검은 머리를 가진 데다가 적당히 예뻤다. 적당히 영리하지만 아주 영리하지는 않았고, 안경이나 치아 교정기를 끼지도 않았다. 하지만 그걸로는 그녀의 본모습을 다 감출 수가 없었다. 그녀는 다른 아이들과는 약간 다른 렌즈를 통해서 세상을 봤다. 크게 티가 나는 건 아니고, 아주 살짝만 드러났다. 그녀의 성격은 숨구멍 하나만큼 드러날 뿐이었다. 하지만 애쉴리 앤 존슨과 그 애의 못된 시녀들 부대가 곧 그것을 알아챘다. 그들은 그녀의 땋은 머리를 잡아당기고, 그녀의 도시락에 침을 뱉고, 가방에 오줌을 싸고, 교복 재킷을 찢었다. 그녀가 제일 화가 난 것은 그런 행동들이 아니었다. 그 애들로 인해서 느끼는 자신의 무력함, 약함, 두려움, 한심함이 가장 싫었다. 무가치한 존재로 느껴지는 기분이 정말 싫었다.

엄마는 그것을 알고는 무척 화를 냈다. 데이지는 가능한 한 오랫동안 침묵을 지켰지만, 밤에 침대에 오줌을 싸기 시작하자 털어놓는 수밖에 없었다. 하지만 그것은 그녀가 얼마나 한심한지를 증명할 뿐이었다. 열한 살이나 먹은 다 큰 여자아이가 침대에 오줌을 싸다니. 엄마는 곧장 교장선생님한테 가서 교장선생님을 부들부들 떨게 만들었다. 그 후로 학교 측에서는 할 수 있는 일을 다 했지만 그건 얼마 되지 않았고, 데이지는 학기를 마치는 것만을 목표로 해서 이를 악물고 머리를 짧게 잘랐다. 부엌 가위로 땋은 머리를 잘랐고, 엄마는 그걸 보고 울었다. 하지만 여름 동안 그녀의 머리는 다시 자랐다. 땋을 만큼 길지는 않지만, 하나로 묶을 정도는 됐다. 그리고 오늘은 밝은 초록색에 꽃이 달린 새 머리 방울도 샀다.

"데이지를 위한 데이지야."

엄마는 그렇게 말했다. 거울로 감탄하며 그것을 보고 있으려니 자전거 기어가 미끄러질 때처럼 속이 울렁거렸다. 만약 내일 새 학교 친구들이 거울 속의 여자아이를 보고 마음에 안 들어 하면 어떡하지?

애니는 보냉팩의 지퍼를 잠그며 소풍에 딸이 좋아하는 걸 전부 챙겼다는 사실에 뿌듯함을 느꼈다. 치즈와 파인애플 샌드위치(갈색 곡물빵), 솔트 앤 비니거 맛 감자칩, 커스터드 도넛, 일본식 쌀과자에 음료수로는 진저비어를 챙겼다. 세상이 공영 아파트와 최신 나이키 운동화를 자신에게 줘야 한다고 벌써부터 믿고 있는 보조금으로 먹고사는 가난한 애들로 가득한 학교는 고사하고 잠자는 새끼 고양이 한 바구니도 다루지 못할 멍청하고 구린내 나는 교장의 반응을 생각하면 마음이 진정되기는커녕 폭력을 행사하고 싶은 충동이 여전히 가슴속에서 타올랐다. 데이지의 아빠가 떠난 후 애니는 싱글맘으로 데이지를 키우느라 엄청나게 힘들게 일했다. 그녀는 시간제 일을 두 개나 했고, 그들이 사는 아파트는 아주 좋은 동네는 아니었지만 깨끗하고 아늑하고 거기다가 자가였다. 그리고 데이지는 착한 아이였다. 하지만 착한 건 나쁜 거였다. 데이지가 살아남아야 하는 학교라는 세계에서는 애니가 그 애한테 가르친 걸로는 부족했다. 상식적인 예의, 훌륭한 매너, 상냥함과 성실함은 잘해봐야 기묘한 행동으로 취급되고 데이지처럼 얌전한 아이의 경우에는 약점으로 보일 뿐이었다. 끔찍하게 처벌받는 단점이나 다름없었다. 그래서 애니는 딸에게 한 가지 교훈을 더 가르칠 생각이었다.

그들이 공원에 도착할 무렵에는 해가 이미 중천에서 뜨겁게 타고 있었고, 잔디밭에는 유모차와 울부짖는 어린애, 휴대전화, 그리고 벤슨 앤 헤지스 담배를 챙겨들고 나온 젊은 여자들 무리가 여기저기 있었다. 데이지의 엄마는 딸의 손을 잡았고 두 사람은 공원 뒤편 숲을 향해 잔디밭 놀이터를 똑바로 가로질러 갔다. 그들은 느긋하게 걸어가는 게 아니라 특정한 곳으로 가려는 것처럼 성큼성큼 걸었다. 데이지는 어디로 가는 건지 몰랐지만 엄마에게 뭔가 목적이 있다는 걸 알 수 있었다. 숲은 또 다른 세상이었다. 시원하고 조용하고 새와 다람쥐들을 제외하면 아무도 없었다.

"옛날에 여기에 너희 아빠랑 같이 오곤 했단다."

데이지는 고개를 들어 순진한 눈으로 엄마를 보았다.

"왜요?"

데이지의 엄마는 추억을 떠올리며 미소를 지었다. 그녀가 보냉팩을 내리고 하늘을 올려다봤다.

"바로 여기야."

관절염을 앓는 노인처럼 구부러지고 뒤틀린 커다란 떡갈나무 아래 보냉팩을 놓았다. 데이지는 고개를 들어 가지 사이로, 흔들리는 이파리 사이로 파란색이 드문드문 보이는 것을 쳐다봤다.

이십 분 후에 데이지는 보냉팩이 내려다보이는 나뭇가지 위에 앉아 있었다.

엄마가 나무에 올라갈 거라고 말했을 때 데이지는 농담이라고 생각했다. 하지만 뒤이은 설명이나 웃음이 없자 데이지는 겁에 질렸다.

"전 못 해요."

아이가 말했다.

"못 하는 거니, 안 하는 거니?"

데이지의 눈에 눈물이 고였지만 엄마는 단호했다.

"시도해보기 전까지는 못 할지 알 수 없단다."

그 후의 침묵과 고요는 영원한 것처럼 느껴졌다. 마침내 엄마가 말했다.

"이 세상에서 우리는 아주 작단다, 데이지. 우리가 항상 이길 수도 없고, 항상 행복할 수도 없어. 하지만 우리가 항상 할 수 있는 것 하나는 시도하는 거야. 언제나 인간쓰레기 존슨 같은 애는 있을 거야."

그 말에 잠깐 데이지의 얼굴에 웃음이 스쳤다.

"그리고 네가 그 사실을 바꿀 수는 없단다. 하지만 그 애 때문에 느끼는 기분은 바꿀 수 있어."

데이지는 별로 납득이 가지 않았다.

"어떻게요?"

"엄마랑 같이 나무에 올라가면 돼."

그것은 데이지가 평생 해본 것 중에서 가장 무서운 일이었다. 하지만 꼭대기에 도착하기 전쯤 신기한 일이 일어났다. 데이지의 두려움이 바람 앞의 깃털처럼 날아가버린 것이다. 나무 아래 있을 때는 자신은 조그맣고 나무는 무적의 거인 같았다. 그런데 꼭대기에 서니 나무는 여전히 크고 그녀는 여전히 작은데도 불구하고, 그녀가 이 위에 올라왔다는 사실이 뚜렷하게 와 닿았다.

그날은 여름방학 중에서 최고의 날이었다. 놀이터를 가로질러 집으로 걸어올 무렵에 공원은 거의 비어 있었고 잔디 깎는 기계에 탄 남자가 막 잔디밭을 깎으려고 하고 있었다. 나무에 오르느라 머리카락이 풀어져서 그녀는 머리 방울을 빼서 주머니에 넣었지만, 집에 돌아온 다음에야 하나가 없어졌다는 걸 알았다. 오후에 느낀 승리감 때문에 그녀는 별로 신경 쓰지 않았다. 그날 밤 새 교복을 옷장 문에 걸어놓고 잠자리에 들 준비를 하면서 데이지는 거울 속의 얼굴이 새로워졌다는 것을 깨달았다. 그 얼굴은 행복하고 들떠 보였다. 오늘 데이지는 거인을 정복하는 법을 배웠고, 내일은 큰 학교에 갈 것이다.

로라는 머리 방울을 선반에 내려놓고 서재를 나와 등 뒤에 있는 문을 닫았다. 복도 거울에 비친 그녀의 모습은 앤서니와 파두아를 알게 되기 전, 옛날 로라의 얼굴이었다. 공허하고 패배한 얼굴. 시계가 아홉 시를 알렸다. 이제는 가야 했다. 그녀는 언제나 열쇠를 놔두는 복도 탁자 위의 조그만 말링 그릇에서 열쇠를 집다가 여분의 열쇠를 발견했다. 그녀의 집과 자동차 열쇠 뭉치 아래 커다란 실내 문 열쇠 한 개가 있었다. 갑자기 로라는 상황을 이해했고, 거울 속의 얼굴에 서서히 미소가 번졌다. 앤서니는 그녀를 위해서 자신의 비밀 왕국의 문을 열어놨던 것이다. 그녀의 가슴속에 있던 그에 대한 믿음이 그의 죽음으로 흩어졌다가 되살아났다. 오늘은 왕국을 그냥 두고 내일은 그 비밀을 하나하나 풀기 시작할 것이다.

13

유니스
1976년

포샤는 유니스의 책상 위에 거만하게 엎어져서 종이클립 그릇에 담뱃재를 털었다. 유니스는 더글러스를 데리고 도일 부인의 가게에 도넛을 사러 길 건너에 갔고, 바머는 고객을 만나는 중이었다. 포샤는 하품을 한 다음 게걸스럽게 담배를 빨았다. 피곤하고, 지루하고, 숙취가 느껴졌다. 어젯밤에 트릭시와 마일스와 하비 월뱅어 칵테일을 너무 많이 마셨다. 아니, 오늘 새벽이라고 해야 하나. 새벽 세 시나 되어서 집에 돌아왔으니까. 그녀는 사마귀처럼 팔을 구부리고 아무렇게나 엎어지면서 쓰러뜨린 원고 더미에서 하나를 집었다.

"『분실물 보관소 *Lost and Found*』, 앤서니 퍼듀의 단편 모음집."

그녀는 조롱조로 단조롭게 소리 내서 읽었다. 제목이 있는 첫 장을 넘기다가 원고가 묶어놓은 고리에서 찢겨 나갔다.

"어머, 이런!"

그녀는 코웃음을 치고서 고리를 방 건너편으로 휙 날렸다. 그리고 우유가 상했는지 냄새를 맡아보는 것 같은 표정으로 첫 장을 보았다.

84

"기가 막혀! 뭐 이런 헛소리를 가득 늘어났대? 누가 마저리라는 이름의 웨이트리스 코트에서 떨어진 커다란 파란색 단추 이야기 같은 걸 읽고 싶어 하겠어? 그러고는 친동생인 내 이야기는 출판을 안 해 주겠다니."

그녀는 원고를 도로 책상 위에 혐오스럽게 철썩 내던졌고, 그 바람에 반쯤 차 있던 컵이 쓰러지며 원고가 커피 색깔의 경멸로 물들었다.

"이런 개떡 같으니라고!"

포샤는 욕을 하면서 축축해진 원고를 들어 올려 위태로운 '기울어진 비탈'의 한가운데에 밀어넣었고, 다음 순간 바머가 사무실로 들어왔다.

"밖에 지금 비가 엄청나게 쏟아져, 동생아. 너 쫄딱 젖을 거야. 우산 빌려줄까?"

포샤는 짜증 나는 파리가 어디 있는지 찾는 사람처럼 고개를 들고는 사무실을 휘 둘러봤다.

"첫째로 날 '동생아'라고 부르지 마. 둘째로 난 우산 같은 건 안 써. 택시를 타지. 그리고 셋째, 지금 날 쫓아내려고 하는 거야?"

"맞아요."

유니스가 우비 더미와 젖은 더글러스, 도넛을 안고 계단을 올라와서 말했다. 그녀는 더글러스는 바닥에, 도넛은 바머의 책상에 놓고 젖은 우비를 걸었다.

"우리한테 더 큰 배가 필요할 것 같은데요."

그녀가 포샤 쪽으로 살짝 고갯짓을 하면서 중얼거렸다. 바머는 금방이라도 튀어나올 듯한 웃음을 간신히 참았고, 유니스는 그가 넘어가기 직전인 걸 보고는 〈죠스〉에 나오는 '두-둠' 하는 음악을 흥얼거리기 시작했다.

"저 괴상한 여자가 무슨 짓을 하는 거야?"

포샤가 앉은 채로 새된 목소리로 말했다.

"그냥 궂은 날씨에 관한 영화 대사를 인용한 거예요."

유니스가 유쾌하게 말했다.

포샤는 그 말을 별로 믿지 않았지만, 더글러스가 카트를 끌고 그녀에게 최대한 가까운 곳까지 다가와서는 그녀 쪽으로 젖은 털을 털려고 하는 것에 더 주의가 쏠렸다.

"저 망할 쥐새끼를 나한테서 떼어내."

그녀가 날카롭게 말하며 뒤로 물러나다가 유니스의 책상 위로 벌러덩 넘어졌다. 펜과 그릇, 종이클립이 바닥에 온통 떨어졌다. 유니스는 더글러스를 부엌으로 데려가서 상처받은 감정을 도넛으로 달래줬다. 하지만 포샤의 무례한 태도가 마침내 바머의 놀라운 평정을 무너뜨리고 말았다. 그의 평소 상냥한 태도가 폭풍 후의 토사처럼 얼굴에서 쓸려나갔다. 벼락을 내리칠 듯한 표정으로 그가 포샤의 팔목을 잡고 그녀를 유니스의 책상에서 끌어냈다.

"정리해."

그가 그녀가 만든 난장판을 가리키면서 명령 조로 말했다.

"말도 안 되는 소리 하지 마, 오빠. 나한텐 그런 일을 해주는 사람들이 있어."

그녀는 자신의 가방을 들고서 놀라고 창피한 감정을 감추려고 안에서 립스틱을 찾았다.

"그 사람들은 지금 여기 없잖아, 안 그래?"

바머가 격분해서 말했다.

"응, 없지. 하지만 오빠가 있잖아. 착한 오빠답게 내가 탈 택시나 불러줘."

여동생은 새빨간 립스틱을 다시 바르면서 말했다.

빨개진 얼굴로 그녀는 핸드백 안에 립스틱을 도로 넣고 엄청나게 높은 굽의 구두로 따각따각 소리를 내며 계단을 내려가서 오빠가 불러줄 차를 기다렸다. 포샤는 그가 그녀에게 화를 낸 게 정말 싫었지만 자신이 그럴 만한 짓을 했다는 것도 알았다. 하지만 그가 옳다는 사실에 더 기분이 상했다. 그녀는 언제나 성질을 부리는 어린애 같았다. 자신이 형편없이 행동을 했다는 걸 알면서도 그런 자신을 막을 수가 없었다. 가끔은 어린 시절로 돌아가서 그가 다시 그녀를 맹목적으로 예뻐하던 오빠가 되기를 바랄 때도 있었다.

바머는 동생이 가는 것을 지켜보면서 자신이 한때 굉장히 사랑했던 애정 넘치는 어린 여자아이의 흔적을 이 정서불안의 여자에게서 조금도 찾을 수가 없었다. 몇 년이나 그는 오래전에 잃은 여동생을 애도했다. 동생은 그의 한마디 한마디에 귀를 기울이고, 그의 자전거 뒷자리에 타고 다니고, 그가 낚시를 갈 때면 미끼통을 들고 따라왔다. 대신에 그는 여동생의 양배추를 먹어주고, 휘파람 부는 법을 가르쳐주고, 그네를 '하늘만큼 높이' 밀어주곤 했었다. 하지만 그 애는 먼 과거의 존재이고, 그의 현재는 포샤로 썩어가고 있었다. 택시 문이 닫히는 소리가 나고 그녀가 떠났다.

"들어가도 안전한가요?"

유니스가 부엌문 밖으로 고개를 내밀었다.

바머는 고개를 들고 사과의 미소를 지었다.

"이거 정말로 미안해요."

그가 책상 주변 바닥을 가리키면서 말했다. 유니스는 씩 웃었다.

"사장님 잘못이 아니에요. 어쨌든 진짜 피해를 입은 것도 없는 걸요."

그들은 바닥에서 물건을 주워서 제자리에 도로 올려놓았다.

"제가 너무 성급히 말했네요."

유니스가 조그만 물체를 손에 감싸 쥐고 말했다. 그것은 꽃을 든 여자의 그림이었고, 금색 액자 안의 유리가 깨져 있었다. 그녀는 면접을 보던 날 집에 돌아가는 길에 이것을 발견해 첫날부터 책상 안에 넣어두었다. 이것은 그녀의 행운의 부적이었다. 바머는 손상 정도를 확인해봤다.

"내가 금방 고쳐다 줄게요."

그는 그것을 받아들고 조심스럽게 봉투 안에 넣었다. 그리고 말없이 아래층으로 사라졌다. 유니스는 바닥에서 물건을 마저 줍고 담뱃재를 쓸었다. 물주전자가 끓을 때쯤 바머가 다시 기운찬 모습으로 돌아왔다. 흠뻑 젖었지만 활짝 웃는 표정과 유쾌한 성격은 되살아난 모습이었다.

"그레이트 러셀 가의 시계공이 늦어도 내일 오후까지 유리를 갈아주겠다고 약속했어요."

그들은 뒤늦은 차와 도넛을 먹기 위해 자리에 앉았고, 마침내 포샤가 떠난 것에 안도한 더글러스가 도넛을 더 먹고 싶은 마음에 카트를 끌고 사무실로 돌아왔다.

"걔가 항상 그랬던 건 아니에요."

바머는 차를 저으며 생각에 잠긴 목소리로 말했다.

"믿기 어렵겠지만, 어릴 때에는 걔도 정말로 굉장히 사랑스러웠죠. 그리고 여동생치고는 놀랄 만큼 재미있었고요."

"정말로요? 그런데 왜 이렇게 된 거죠?"

유니스가 회의적인 어조로 물었다.

"거트루드 왕이모님의 신탁자금 때문이죠."

유니스는 궁금해서 눈썹을 치켜 올렸다.

"그분은 저희 어머니의 고모셨어요. 부유하고, 멋대로고, 끔찍하게 성미가 고약하셨죠. 결혼을 하지 않으셨지만 항상 딸을 갖고 싶어 하셨어요. 그런데 어머니는 그분이 생각하는 여자아이 타입이 전혀 아니었어요. 비싼 인형과 예쁜 옷 같은 걸로 마음을 살 수가 없었던 거죠. 조랑말이나 열차 세트였다면 좀 더 나았겠지만, 어쨌든……."

바머는 도넛을 한 입 물었고 잼이 그의 턱에 묻었다.

"포샤의 경우에는 달랐어요. 어머니가 끼어들어 더 사치스러운 선물을 가로막고 멋대로 하려고 하시는 왕이모님의 그 끔찍한 얼굴을 마주보면서 싸우셨죠. 하지만 포샤가 자라면서 어머니의 영향력은 점점 줄었어요. 어머니가 질투심에 간섭을 한다며 왕이모님은 화를 내셨고, 돌아가시면서 복수를 하셨죠. 재산을 포샤에게 상당 부분 남기신 거예요. 그것만으로도 엄청난 양이었죠. 물론 포샤가 스물한 살이 될 때까지는 건드릴 수 없지만, 그건 상관없었어요. 그 애는 그게 있다는 걸 알았으니까요. 그래서 자기 삶을 개척하는 걸 관두고 언젠가 받게 될 돈만 바라게 된 거예요. 거티 왕이모님의 유산이 녹슨 왕관이라는 걸 알겠죠? 최악의 선물인 거죠. 그것 때문에 포샤는 부유해졌지만, 목적의식을 빼앗겼어요."

"그런 일이 생기는 거라면 제가 징그럽게 부자가 아니라 천만다행이네요."

유니스가 농담 조로 말을 이었다.

"그런데 정확히 얼마나 징그럽게 부자인 건가요?"

"흉측할 정도로요."

유니스는 차를 치우고 다시 일을 시작했다.

바머는 여전히 포샤가 성질을 부린 것에 관해서 곱씹고 있는 모양이었다.

"여기서 일하기로 한 걸 후회하지 않으면 좋겠어요."

유니스가 깔깔거리고 웃었다.

"'이런 정신병원에 있다니 내가 미쳤지.'"

그녀는 최선을 다해 잭 니콜슨의 목소리를 흉내 내서 말했다.

바머는 안도감에 웃음 지으며 책상 옆 바닥에 떨어진 종이를 집어 들어 동그랗게 뭉쳤다. 유니스가 벌떡 일어서서 팔을 들어올렸다.

"'나한테 던져요, 바머, 내가 할 수 있으니까!'"

그들은 그 주에 세 번째로 〈뻐꾸기 둥지 위로 날아간 새One Flew Over the Cuckoo's Nest〉를 보고 왔다. 사무실 안팎에서 하도 시간을 함께 많이 보내서 바머는 이제 그녀가 없는 삶은 상상도 할 수가 없었다. 영화는 지울 수 없는 흔적을 남겼고 엔딩에서는 둘 다 울었다. 유니스는 대사를 거의 다 외웠다.

"그래서 당신이 사표를 내서 나만 내 동생의 손아귀에 남겨놓고 떠나지 않도록 말이죠?"

그녀가 영화 마지막에 나온 대사를 읊자 바머의 눈에 거의 눈물이 고일 뻔했다.

"'난 당신 없이는 아무 데도 안 가요, 바머. 이런 식으로 당신을 남겨두고 떠나진 않을 거예요……. 나와 함께 가는 거예요.'"

그리고 그녀가 윙크를 했다.

"자, 그럼 제 봉급 인상에 대해서 말인데요……."

14

소녀는 까만 다리가 달린 작은 빨간색 반구형 물체가 손등에서 구부린 조그만 손가락 쪽으로 기어가는 것을 봤다.

"무당벌레야, 무당벌레야, 집으로 날아가렴. 너희 집에 불이 났고, 네 아이들이 도망갔단다. 한 명만 남았고 그 애 이름은 앤이지만, 불쌍하게도 그 애는 죽었단다."

무당벌레가 날개를 펼쳤다.

"진짜 그런 건 아니야. 이건 그냥 지어낸 노래일 뿐이야."

소녀는 잘 기억나지 않는 시를 외려고 하는 것처럼 천천히 말했다.

어쨌든 무당벌레는 날아갔다. 더운 9월의 하루였다. 소녀는 파두아가 마주보이는 조그만 잔디밭의 나무 벤치에 앉아 다리를 흔들었다. 반짝이는 검은색 차들이 집 앞에 도착하는 것이 보였다. 첫 번째 차는 옆에 커다란 창문이 있었고 그 안으로 뚜껑 위에 꽃이 덮인 죽은 사람을 넣는 상자가 보였다. 슬퍼 보이는 여자와 그 집에 살던 사람이 아닌 노인이 집에서 나왔다. 소녀는 그 노인이 누군지는 몰랐지만, 여자는 이렇게 슬퍼하기 전에 여러 번 본 적이 있었다. 검은색의 높다란 모자를 쓴 남자가 그들을 두 번째 차에 태웠다. 그리고 상자가 있는 차 앞쪽으로 와서 걷기 시작했다. 남자는 지팡이를 짚고 있었지만 다리를 절지는 않았다. 그래도 마치 다리가 안 좋은 것처럼 천천히 걸었다. 상자 안에 누가 있을까 궁금했다. 그녀는 생각하는 게 좀 느렸다. 느끼는 건 더 빨랐다. 그녀는 눈 깜짝할 사이에 행복하거나 슬프거나 화가 나거나 들뜰 수 있었다. 그리고 설명하기 좀더 힘든 여러 가지 감정도 느낄 수 있었다. 하지만 생각을 하는 데에는 시간이 걸렸다. 생각을 하려면 머릿속에서 올바른 순서를 정하고 뇌가 생각할 수 있게 제대로 살펴봐야 한다. 결국에 그녀는 상자에 있는 게 그 집에 살던 남자일 거라는 결론을 내렸고, 그래서 슬퍼졌다. 남자는 항상 그녀에게 친절했다. 모든 사람이 그런 건 아니었다. 한참 후에 (그녀에게는 근사한 시계가 있었지만 울프 선생님이 만족할 정도로 시간을 읽는 법은 익히지 못했다.) 슬픈 얼굴의 여자가 혼자 돌아왔다. 소녀는 무당벌레의 발이 지나간 손등을 긁었다. 이제 남자는 죽었고, 여자에게는 새 친구가 필요할 것이다.

로라는 등 뒤의 현관문을 닫고 얌전한 검은색 구두를 벗었다. 복도 바닥의 차가운 타일이 그녀의 욱신거리는 발에 닿았고, 다시금 집 안의 평화가 그녀를 감쌌다. 그녀는 부엌으로 걸어가서 냉장고에서 와인을 꺼내 따랐다. 그녀의 냉장고. 그녀의 부엌. 그녀의 집. 여전히 믿을 수가 없었다. 앤서니가 죽은 다음 날 그녀는 자신이 모르는 그의 먼 사촌이나 후계자 등 연락할 만한 사람이 있는지 알아보기 위해 그의 변호사에게 전화를 했다. 그는 그녀의 전화를 마치 기다리고 있었던 것처럼 받고서 앤서니가 자신이 죽은 후 그녀가 유일한 상속인이라는 걸 알려주라고 지시했다고 말했다. 그가 가진 모든 것이 이제 그녀의 것이라는 얘기였다. 유언장도 있었고 그녀에게 남긴 편지도 있었다. 상세한 것은 장례식이 끝난 후에 밝혀질 것이다. 하지만 앤서니가 제일 먼저 염려한 것은 그녀를 걱정시키지 않는 거였다. 파두아는 그녀의 집으로 남을 것이다. 그의 자상함은 그의 죽음을 더욱 끔찍하게 만들었다. 눈물로 목이 메어 통화를 계속할 수가 없었다. 이제 그녀를 짓누르는 건 슬픔뿐만이 아니라 자신을 위한 안도감과 이럴 때 그런 감정을 느끼는 자신에 대한 죄책감까지 더해졌다.

그녀는 와인을 서재로 들고 가서 탁자 앞에 앉았다. 앤서니의 보물들에 둘러싸여 있으니 기묘하게 위로가 되었다. 그녀가 이제 이 보물들을 지키는 사람이었고 그 사실은 아직 뭔지는 확실하게 모르겠지만 그래도 어떤 목적의식을 주었다. 어쩌면 앤서니의 편지가 설명해줄 것이다. 그러면 그가 그녀에게 베푼 이 특별하고 관대한 행동을 갚을 만한 방법을 찾을 수도 있겠지. 장례식은 놀라웠다. 로라는 자신과 앤서니의 변호사를 비롯해서 몇 명 오지 않을 거라고 생각했지만, 교회는 사람들로 가득했다. 작가로서 앤서니를 알던 출판업계 사람들과 '안녕하세요'라고 인사하는 그의 모습만을 알던 사람들도 있었다. 인사만 했음에도 그는 만났던 모든 사람들의 삶에 지울 수 없는 흔적을 남겨놓은 것 같았다. 그리고 당연하게도 아무 데나 끼어드는 사람들도 있었다. 동네 주민 단체의 성실한 회원들, 여성협회, 아마추어 연극 협회와 마저리 워드스캘롭과 그녀의 충실한 오른팔 위니 크립이 이끄는 고상한 도덕적 기준을 가진 조달업자들 등이었다. 로라가 교회에서 나올 때 지나칠 만큼 열정적으로 표현된 그들의 '진심어린 애도'는 많은 연습을 거친 슬픈 미소와 달갑지 않은 포옹으로 이어졌고, 젖은 개와 헤어스프레이 냄새가 풍겼다.

로라가 처음 서재에 들어와서 서랍에서 꺼냈던 커다란 파란색 단추는 여전히 탁자에 있는 꼬리표 위에 놓여 있었다.

여성용 코트(?)에서 떨어진 커다란 파란색 단추.
11월 11일 그레이다운 가 보도에서 발견.

마거릿은 위험한 새 팬티를 입고 있었다. '화려한 크림색 레이스가 달린 루비색 실크'라고 판매원은 설명했고, 마거릿이 대체 왜 이걸 사는 걸까 궁금해하는 기색이 역력했다. 그것들은 그녀가 평소에 사는 막스&스펜서의 실용적인 옷들과는 먼 사촌이라고조차 할 수 없을 정도였다. 아래층에서는 남편이 기대에 차서 기다리고 있었다. 그들은 결혼한 지 이십육 년이 되었고 남편은 한 해 한 해 그녀를 얼마나 사랑하는지 마거릿에게 최선을 다해서 보여줬다. 그는 손과 발로 그녀에게 사랑을 표현했다. 그의 사랑은 멍 색깔로 표현되었다. 뼈가 부러지는 소리, 피의 맛으로. 물론 다른 사람들은 몰랐다. 그가 부행장으로 있는 은행 사람들도, 그가 회계담당으로 있는 골프클럽 사람들도, 그리고 결혼 첫해에 그를 열렬한 침례교도로 재탄생시킨 교회에서도 아무도 몰랐다. 그녀를 죽도록 때리는 게 신의 뜻인 모양이었다. 하지만 아무도 몰랐다. 그와 신, 마거릿만 알 뿐이었다. 그의 존경스러운 태도는 빳빳하게 다린 정장과 같았다. 그가 바깥세상을 속이기 위해서 입는 제복 같은 것이었다. 하지만 집에서, 평복일 때에는 괴물이 다시 나타났다. 그들은 아이를 갖지 않았다. 아마도 그게 다행이었을 것이다. 그는 그 애들도 그렇게 사랑해줬을지도 모르니까. 그러면 그녀는 왜 머물렀던 걸까? 처음에는 사랑 때문이었다. 그를 진심으로 사랑했다. 그다음에는 두려움이나 나약함, 황량함 때문이었을까? 아마 그 전부 때문이었으리라. 그녀의 몸과 영혼 모두 신과 고든에게 짓밟혔다.

"내 망할 저녁 식사는 어디 있는 거야!"

거실에서 고함소리가 들렸다. 그녀는 불그스름하게 살찐 얼굴의 그를 떠올릴 수 있었다. 바지 벨트 위로 뱃살이 늘어지고, 텔레비전으로 럭비를 보면서 차를 마시고 있겠지. 마거릿이 끓여놓은 차. 우유와 설탕 두 스푼을 넣고, 그리고 여섯 개의 트라마돌(진통제.—옮긴이)을 넣었다. 그를 죽일 정도로 많은 양은 아니었다. 하지만 하늘에 맹세코 그녀는 할 만큼 했다. 지난번에 그녀가 '넘어져서' 팔목이 부러졌을 때 응급실의 친절한 의사가 한 상자를 주었다. 유혹이 없었던 건 아니었다. 정신이상에 의한 살인이라는 건 꽤 공정한 대가처럼 느껴졌다. 하지만 마거릿은 그가 알기를 바랐다. 그녀의 왼쪽 눈은 부어서 거의 감긴 상태였고 고든이 저녁 식사 때 나올 거라고 생각하는 발폴리첼라 와인의 색깔이었다. 눈 부분을 건드리고 그녀는 움찔했지만, 곧 피부에 스치는 부드러운 실크를 느끼고 미소를 지었다. 아래층에 있는 고든은 상태가 그리 좋지 않았다.

거실로 들어가서 그녀는 몇 년 만에 처음으로 그의 눈을 똑바로 보았다.

"난 당신을 떠날 거예요."

그녀는 그가 확실하게 이해할 때까지 기다렸다. 그의 눈에 떠오른 분노가 그녀가 바라던 것을 확인시켜줬다.

"당장 이리 오지 못해, 이 멍청한 계집년!"

그는 의자에서 일어나려고 했지만 마거릿은 이미 거실을 나왔다. 그가 바닥에 쓰러지는 소리가 들렸다. 그녀는 복도의 짐가방을 들고 등 뒤의 문을 닫은 후 뒤도 돌아보지 않고 길을 걸어갔다. 어디로 가는지는 모르겠지만, 여기서 멀어지기만 한다면 어디든 상관없었다. 싸늘한 11월의 바람에 그녀의 멍든 얼굴이 욱신거렸다. 마거릿은 짐가방을 잠깐 내려놓고 파란색 코트의 윗단추를 잠갔다. 낡은 실이 끊어지며 단추가 그녀의 손가락 사이로 빠져나가 보도에 떨어졌다. 마거릿은 가방을 집어 들고 단추는 그냥 놔뒀다.

"알 게 뭐야. 새 코트를 사면 돼. 생일 축하해, 마거릿."

그녀는 그렇게 생각했다.

로라는 문을 두드리는 소리에 잠에서 깼다. 탁자에 엎어져서 잠이 들었던 모양이다. 탁자에 있던 파란색 단추가 그녀의 뺨에 자국을 남겼다. 여전히 잠에 취한 상태로 그녀는 천천히 문 두드리는 소리가 현관에서 들린다는 것을 깨달았다. 복도에서 그녀는 아직 풀지 않은 자신의 가방을 지나쳤다. 오늘밤을 파두아에서 머무는 첫 번째 날로 삼기로 결심했다. 장례식이 끝날 때까지는 기다리는 게 올바른 행동이라는 기분이 들어서였다. 노크는 꾸준하지만 다급하지는 않게 다시 울렸다. 인내심 있게 기다리는 것처럼. 누가 대답을 할 때까지 계속 기다릴 생각인 것처럼. 로라는 문을 열고서 진지하고 아름다운 동그란 얼굴에 마로니에 색깔의 아몬드형 눈을 가진 소녀를 발견했다. 잔디밭 건너편 벤치에 앉아 있는 소녀를 몇 번 본 적이 있었지만, 이렇게 가까이서 보는 건 처음이었다. 소녀는 153센티미터의 몸을 한껏 세우고 말했다.

"제 이름은 선샤인이에요. 제가 아줌마의 새 친구가 되어드릴게요."

15

"변호사가 오면 제가 근사한 차를 만들어도 될까요?"

로라는 미소를 지었다.

"만드는 방법은 아니?"

"아뇨."

앤서니의 장례식을 치른 지 이 주가 지났고 선샤인은 엄마가 말리는 일요일만 빼고 매일같이 파두아를 찾았다.

"그 불쌍한 사람을 하루 쉬게 해주렴, 선샤인. 네가 계속 조용하고 평화로운 분위기를 훼방놓는 건 그 사람도 싫을 거야."

선샤인은 굴하지 않았다.

"전 훼방꾼이 아니에요. 전 아줌마의 새 친구에요."

"음…… 그 사람이 좋아하든 싫어하든 말이지."

엄마는 일요일 점심 식사에 쓸 감자 껍질을 벗기면서 그렇게 중얼거렸다. 엄마는 노인 간병인으로 긴 시간을 일해서 낮에는 거의 집에 없었고, 아빠는 철도회사에서 일을 했다. 선샤인의 오빠가 그녀를 돌봐야 했지만, 그는 침실 벽 거의 전체를 차지하는 부엌 식탁만 한 크기의 고화질 텔레비전에 나오는 것 말고는 거의 쳐다보지 않았다. 게

다가 그녀는 열아홉 살이었다. 어린애처럼 그녀를 가둬놓을 수 있는 것도 아니었다. 솔직히 엄마는 선샤인이 하루 종일 벤치에 앉아 있는 것 말고 다른 일을 찾아서 기뻤다. 하지만 딸의 갑작스럽고 열의에 찬 애정을 낯선 사람들이 어떻게 받아들일까 언제나 걱정이었다. 선샤인은 용감하고 사람을 잘 믿었지만, 그 용기와 선량함 때문에 상처받기도 쉬웠다. 그녀의 미덕이 종종 그녀의 가장 심각한 장애가 되었다. 엄마는 짬을 내서 커다란 집을 소유한 로라라는 여자를 찾아가 그녀가 선샤인의 방문에 개의치 않는지 확인을 해봤다. 또한 선샤인이 뭔가 해를 입히지는 않는지도 확인하고 싶었다. 여자는 약간 냉담한 구석은 있었지만 그래도 상냥했고, 선샤인을 얼마든지 환영한다고 말했다. 하지만 그녀를 가장 안심시킨 것은 집 자체였다. 집은 굉장히 아름다웠고, 무엇보다도 남편 버트에게 설명하기 어려운 사랑스러운 느낌 같은 것이 있었다.

"그냥 '안전하게' 느껴졌어."

그게 그녀가 딸이 파두아를 방문해도 좋다고 여기는 이유를 설명하는 최선의 방법이었다. 선샤인에게 그것은 하루 중 가장 즐거운 일이었고, 이제 그녀는 부엌 식탁에 앉아서 참을성 있게 로라의 답을 기다리고 있었다. 로라는 주전자를 손에 든 채 머뭇거리며 선샤인의 진지한 얼굴을 보았다.

"내가 너한테 방법을 가르쳐줘야 할 것 같구나."

어떤 날에는 선샤인이 새롭지만 아직 불안정한 그녀의 삶에 끼어드는 달갑지 않은 침입자처럼, 단호한 불청객처럼 느껴지기도 했다. 물론 그렇게 인정하지는 않을 것이다. 심지어 선샤인의 엄마에게 그녀를 대단히 환영한다고도 말했다. 하지만 로라는 가끔 얌전하지만 끈질기게 벨을 누르는 선샤인을 현관에 놔둔 채 집에 없는 척했다. 한번은 정원의 창고 뒤에 숨었던 적도 있었다. 하지만 선샤인이 결국에 그녀를 찾아내고는 기뻐서 활짝 웃자 로라는 자신이 최고의 멍청이이자 잔인무도한 여자가 된 것 같은 기분이었다.

앤서니의 변호사가 오늘 유언장과 편지를 가져올 것이다. 로라는 선샤인에게 이것을 설명했지만 그녀가 얼마나 이해하는지 정확하게 알 수가 없었다. 선샤인은 조리대에 물주전자를 올려놓고 새로운 쟁반보를 서랍에서 꺼내는 로라를 열심히 쳐다보고 있었다. 퀸랜 씨는 오후 2시 30분까지 올 것이다. 그 전에 선샤인은 다섯 번 연습을 하고 설거지까지 했고, 퀸랜 씨 역할을 맡은 로라는 자신의 불쌍한 방광을 위해서 엽란 화분에 마지막 석 잔을 부어야 했다.

퀸랜 씨는 정시에 도착했다. 선샤인은 그 남자가 앤서니의 장례식 날에 로라와 함께 집에서 나가던 남자임을 알아봤다. 남자는 짙은 회색 줄무늬 정장에 옅은 분홍색 셔츠를 입었고, 금시계줄이 조끼 주머니에서 살짝 엿보였다. 그는 중요한 사람처럼 보였다. 이런 대단한 사람에게 어떻게 인사를 해야 할지 잘 몰라서 선샤인은 살짝 고개를 끄덕인 다음 그에게 하이파이브를 했다.

"만나서 정말 반갑구나, 꼬마 아가씨. 난 로버트 퀸랜이란다. 넌 누구지?"

"전 로라 아줌마의 새 친구인 선샤인이에요. 사람들은 가끔 줄여서 서니라고 불러요."

그가 미소를 지었다.

"너는 어느 쪽이 좋으니?"

"선샤인이요. 사람들이 아저씨를 로버(강도)라고 부르나요?"

"그러면 직업상 아주 곤란할 것 같구나."

로라는 그들을 정원이 보이는 방으로 안내했고 선샤인은 변호사를 가장 좋은 자리로 안내했다. 그리고 선샤인은 로라에게 의미심장한 시선을 던졌다.

"제가 이제 가서 근사한 차를 만들어 올까요?"

"그러면 정말로 도움이 되겠는데."

로라는 속으로 퀸랜 씨가 도착하기 전에 화장실에 한 번 더 갔어야 했다고 생각하며 대답했다.

퀸랜 씨는 선샤인이 부엌에 있는 동안에 로라에게 유언장의 내용을 읽어줬다. 그것은 명확하고 간단했다. 앤서니는 로라가 해준 일과 우정에 감사를 표했고, 특히나 그녀가 집과 그 안의 모든 것들을 소중하게 보살펴준 것을 고마워했다. 그는 로라가 자신이 가진 모든 것을 물려받기를 바랐지만, 그녀가 이 집에 살면서 장미 정원을 지금 모습 그대로 유지해야 한다는 조건이 딸려 있었다. 그는 로라가 이 집을 자신만큼이나 사랑한다는 걸 알았고, 그녀가 집을 계속해서 잘 돌봐줄 것이고 '이 집이 제공하는 모든 행복과 평화를 최대한으로 누릴 수 있을 거라는' 만족감 속에서 세상을 떠났다.

"그래서 말이지요, 이건 전부 다 당신 겁니다. 이 집과 여기 있는 모든 것뿐만 아니라 은행의 상당한 예금과 그의 저서로부터 나오는 인세도 이제 당신 게 될 거예요."

퀸랜 씨는 뿔테안경 너머로 그녀를 쳐다보고 미소를 지었다.

"여기 근사한 차 가져왔어요."

선샤인이 팔꿈치로 문을 열고 줄타기를 하는 사람 같은 걸음걸이로 방 안으로 들어왔다. 들고 있는 쟁반 무게 때문에 손가락 관절이

하얘졌고 하도 집중해서 조그만 장미 봉우리 같은 입술 사이로 혀끝이 나와 있었다. 퀸랜 씨가 일어나서 그녀의 쟁반을 받아 조그만 탁자에 놓았다.

"내가 다모를 할까?"

그의 물음에 선샤인은 고개를 흔들었다.

"전 엄마가 있어요. 지금은 일하러 가셨어요."

"그렇구나, 꼬마 아가씨. 내 말은, 내가 차를 따라줄까 하는 거였단다."

선샤인은 잠깐 신중하게 생각을 했다.

"어떻게 하는지 아세요?"

그는 미소를 지었다.

"네가 보여주는 게 더 좋겠구나."

차 세 잔을 능숙하게 따르고 크림 두 숟가락을 넣은 후 모두가 선샤인의 흔들림 없는 시선 앞에서 차를 비운 후에야 퀸랜 씨의 방문은 끝나갔다.

"하나가 더 있군요. 유언장의 세 번째 조건이요."

그가 로라에게 앤서니의 글씨로 그녀의 이름이 쓰인 밀봉된 하얀 봉투를 건넸다.

"아마 여기에 상세하게 설명이 되어 있겠지만, 앤서니는 당신이 그의 서재에 있는 수많은 물건들을 올바른 소유주에게 가능한 한 많이 돌려주기를 바랐어요."

로라는 물건이 가득 쌓인 선반과 꽉꽉 찬 서랍을 떠올리고는 그 엄청난 임무에 멈칫했다.

"하지만 어떻게요?"

"나도 상상이 가지 않습니다. 하지만 앤서니가 당신에게 믿음을 가졌으니까 당신이 해야 할 일은 그저 당신 자신에게 약간의 믿음을 갖는 것뿐이라고 생각해요. 분명히 방법을 찾을 수 있을 겁니다."

로라는 그렇게 희망적인 기분이 아니었다. 하지만 희망과 믿음은 원래 잘 어울리는 한 쌍이니까. 안 그런가?

"그녀는 아름다운 빨간 머리를 갖고 있었죠."

퀸랜 씨가 테레즈의 사진을 집어 들면서 말했다.

"그녀를 만난 적이 있으세요?"

로라가 물었다. 그는 손가락으로 아련하게 사진 속의 얼굴 윤곽을 쓰다듬었다.

"몇 번이요. 그녀는 멋진 여자였죠. 아, 좀 왈가닥인 데다가 화가 나면 성미가 굉장히 격하기도 했어요. 하지만 그녀를 만났던 모든 남자들이 그녀의 마법에 약간은 빠져들었다고 생각해요."

그녀를 놓아주기가 아쉬운 것 같은 태도로 그가 사진을 탁자 위에 다시 내려놓았다.

"하지만 앤서니가 그녀에게는 유일한 남자였죠. 그는 오랫동안 내 고객이자 친구였고, 그렇게 사랑에 푹 빠진 사람은 본 적이 없어요. 그녀가 죽으면서 그의 영혼까지 부서졌죠. 정말로 슬픈 일이었어요……."

선샤인은 조용히 앉아서 그의 말 한마디 한마디에 귀 기울이며 나중에 제대로 된 이야기로 정리하기 위해 머릿속에 모아두었다.

퀸랜 씨가 일어나서 축음기 쪽으로 걸어가며 말했다.

"내가 맞혀보죠. 알 보울리의 〈당신에 관한 생각〉이죠?"

로라는 미소를 지었다.

"그게 두 분의 노래였으니까요."

"그랬죠. 앤서니가 얘기를 해줬어요."

"저도 그 얘기가 듣고 싶네요."

앤서니가 죽은 이후로 로라는 자신이 그에 관해서, 특히 그의 과거에 관해서 아는 게 너무 적다는 사실을 깨닫고 무척이나 슬펐다. 그들의 관계는 엄격하게 현재에만 고정돼 있었다. 그리고 매일의 일상과 사건들로 다져진 것이지, 과거를 나누거나 미래를 계획하는 것으로 이루어진 게 아니었다. 그래서 이제 로라는 알아낼 수 있는 건 뭐든 알고 싶었다. 그녀를 믿고 그렇게 상냥하고 관대하게 대해준 남자에 대해서 더 잘 알고 싶었다. 퀸랜 씨는 다시 제일 좋은 자리에 앉았다.

"앤서니의 가장 오래되고 소중한 기억 중 하나는 그 친구가 어릴 때 이 음악에 맞춰 춤을 췄던 거죠. 제2차 세계대전 때였고 그 친구 아버지가 휴가를 나와 계셨어요. 영국 공군 장교셨거든요. 그날 저녁에 그 친구의 부모님은 춤을 추기로 하셨죠. 그건 특별한 일이었고 그 친구 아버지의 휴가 마지막 날이라서 어머님께서 친구분에게 아름다운 라일락색 이브닝드레스를 빌리셨어요. 아마도 스키아파렐리 브랜드였을 거예요. 앤서니한테 사진이 있었어요……. 어쨌든 앤서니가 자러 간다고 인사하러 왔을 때 두 분은 응접실에서 칵테일을 드시고 계셨죠. 두 분은 알 보울리 노래에 맞춰서 춤을 추셨어요. 그의 대담한 아버지와 우아한 어머니가요. 그러다가 그 친구를 품에 안고서 사이에 끼고 함께 춤을 추셨죠. 그 친구는 지금까지도 어머니의 향수 냄새와 아버지의 제복에서 나던 서지 냄새가 느껴진다고 말하곤 했죠. 그게 그들이 함께했던 마지막이고, 그 친구가 아버지를 본 마지막이었어요. 다음 날 아침 그분은 앤서니가 일어나기 전에 일찍 공군기지로 돌아가셨고, 석 달 후에 적진 뒤편에서 잡혀서 스탈라크 루프트 3 포로 수용소에서 탈출하려다 처형되셨어요. 수년이 지나고, 앤서니와 테레즈가 만난 지 얼마 되지 않았을 때 두 사람은 코번트 가든에서 도니 오즈먼드와 데이비드 캐시디보다 아르데코풍을 더 좋아하는 와인 바에서 점심을 먹었어요. 그 둘은 언제나 다른 시대에 속한 사람들 같았죠. 알 보울리 노래가 나오자 앤서니가 테레즈에게 이 이야기를 해줬죠. 그녀는 그의 손을 잡고 일어나서 마치 가게에 두 사람밖에 없는 것처럼 그 자리에서 그와 춤을 췄어요."

로라는 조금씩 이해할 수 있을 것 같았다.

"그분은 정말 대단한 사람이었던 것 같군요."

"정말로 그랬죠."

퀸랜 씨의 대답에는 진심이 담겨 있었다.

그가 가방에 서류를 챙기기 시작하자 조용히 있던 선샤인이 몸을 움직였다.

"근사한 차 한 잔 더 하시겠어요?"

그는 고마운 듯 미소를 지었지만 고개를 저었다.

"이제 가지 않으면 열차를 놓칠 것 같아서 말이다."

하지만 복도에서 그는 머뭇거리다가 로라를 돌아봤다.

"가기 전에 화장실 좀 써도 될까요?"

16

페이퍼 나이프는 손잡이에 이집트 파라오가 새겨진 순은이었다. 로라는 칼날을 두툼한 하얀 종이 사이에 밀어 넣었다. 봉투가 열리자 그녀는 앤서니의 비밀이 나직한 속삭임처럼 공중으로 퍼져 나오는 것을 상상했다. 선샤인이 집에 돌아갈 때까지 기다렸다가 편지를 서재로 가져왔다. 정원 방이 더 편안했지만, 관련된 물건으로 둘러싸인 여기서 읽는 게 더 어울리는 것처럼 느껴졌다. 온화한 여름 저녁은 시원한 가을 어스름으로 천천히 흘러가고 로라는 벽난로에 불을 피울까 약간 마음이 끌렸지만 결국 카디건 소매를 손가락 위까지 내리고서 편지를 꺼냈다. 그녀는 빳빳한 종이를 펼쳐서 탁자 위에 그것을 놓았다.

친애하는 로라에게

앤서니의 깊고 부드러운 목소리가 그녀의 귀에서 울리고 검은 글씨가 로라의 눈에 고인 눈물 때문에 흐릿해졌다. 그녀는 크게 코를 훌쩍이고 소매로 눈을 닦았다.

"맙소사, 로라, 정신 좀 차려!"

그녀는 스스로를 꾸짖고는 입가에 떠오르는 미소에 조금 놀랐다.

친애하는 로라에게

지금쯤이면 파두아와 그 안의 모든 것이 자네 것이라는 걸 알았겠지. 여기서 사는 것이 행복하기를 바라고 장미 정원에 대해 내가 멍청하게 감상적으로 구는 것을 용서해주기를 바라네. 내가 장미의 성녀 테레사의 이름을 딴 테레즈를 위해서 그곳을 만들었다는 걸 알지? 그녀가 죽었을 때 난 항상 그녀의 곁에 있고 싶어서 그녀의 재를 장미에 뿌렸지. 자네가 해줄 수 있다면 내 재 역시 거기다 뿌려줬으면 한다네. 그게 너무 섬뜩하게 느껴지면 프레디에게 해달라고 해도 좋고. 그 친구는 신경 쓰지 않을 거야. 그 젊은이는 콘크리트로 된 강인한 성격을 가졌으니까.

이제 자네에게 서재의 물건들에 대해서 말을 해야겠군. 다시금 그 것도 장미 정원에서 시작된다네. 정원을 꾸미던 날에 테레즈가 나에게 선물을 줬었지. 그건 그녀의 첫영성체 메달이었네. 그녀는 그것이 장미 정원에 대한 고마움의 뜻이자 무슨 일이 있어도 나를 영원히 사랑할 거라는 의미라고 했었지. 그리고 그걸 항상 지니고 있겠다고 약속하라고 했지. 그건 내가 가진 것 중에서 가장 소중한 물건이었어. 그런데 난 그걸 잃어버렸지. 테레즈가 죽던 날에. 그날 아침 파두아를 떠날 때만 해도 주머니에 있었는데 돌아와보니 사라졌더군. 우리를 한데 묶어주던 마지막 실 한 가닥까지 끊어진 느낌이었어. 태엽을 감지 않은 시계처럼 나는 멎어버렸지. 사는 것을 멈추고 그저 존재하기만 해왔네. 숨을 쉬고, 먹고, 마시고, 잠을 잤지. 하지만 꼭 해야 하는 만큼밖에는 하지 않았어.

결국에 나를 정신 차리게 만든 사람은 로버트였네. 그 친구는 '테레즈가 뭐라고 생각하겠나?'라고 했지. 그리고 그 친구가 옳았어. 그녀는 생명력으로 가득했는데 그걸 빼앗겼지. 나에겐 삶이 아직 남아 있었는데 죽은 삶을 택했고. 그녀는 아마 격분했을 거야. 그리고 마음 아파했을 거라고 로버트는 말했지. 나는 걷기 시작하고, 다시 세상을 건드리기 시작했어. 그러던 어느 날 장갑을 한 짝 발견했지. 여성용이고, 파란색 가죽에 오른손용이었어. 난 그걸 집에 가져와서 꼬리표를 달았지. 그게 뭐고, 언제 어디서 발견했는지 써서 말이야. 그렇게 내 분실물 수집이 시작되었어. 어쩌면 내가 발견한 모든 분실물들을 구출하면, 누군가가 세상에서 내가 유일하게 아끼는 것을 구출해줄 거라고, 그래서 언젠가는 그걸 돌려받고 깨진 약속을 바로잡을 수 있을 거라고 생각했던 걸지도 몰라. 그런 일은 일어나지 않았지만, 난 희망을 포기하지 않았네. 다른 사람들이 잃어버린 것들을 모으는 걸 멈추지 않았어. 그리고 다른 사람들의 그 조그만 삶의 조각들이 나에게 이야기의 영감을 줘서 다시 글을 쓰게 만들었지.

대부분의 물건들은 별 가치가 없고 돌려받고 싶어 하는 사람도 없을 거라는 걸 알아. 하지만 자네가 단 한 사람이라도 행복하게 만들 수 있다면, 그들이 잃어버린 걸 되찾아줘서 단 하나의 부서진 심장이라도 고쳐줄 수 있다면 그것만으로도 가치가 있을 거야. 내가 왜 이 모든 걸 비밀로 하고 있었을까 궁금하겠지. 왜 이렇게 오랫동안 서재 문을 잠가놨는지 말이야. 아마도 난 멍청하거나 약간 정신이 나간 걸로 여겨질까 봐 두려웠던 것 같아. 그래서 이게 내가 자네에게 남기는 임무라네, 로라. 내가 부탁하는 건 그저 노력만 해달라는 거야.

자네의 새로운 인생이 자네가 바라던 모든 것이기를 바라고, 자네가 이걸 나눌 다른 사람들을 찾길 바라네. 기억하게, 로라. 파두아 바깥에도 세상이 있고 거기도 가끔은 방문할 만한 곳이야.

마지막으로 하나만 더 얘기하지. 이 집 맞은편 잔디밭 건너의 벤치에 종종 앉아 있는 여자아이가 있다네. 그 애도 어딘지 길 잃은 영혼처럼 보이더군. 난 종종 그 애한테 상냥한 말 몇 마디 이상을 해줄 수 있기를 바랐지만 불행히 요즘은 노인네가 오해받지 않고 젊은 처녀를 도와주기가 어려워. 자네라면 '그 아이를 받아들여' 우정을 선사할 수 있지 않을까? 자네가 최선이라고 생각하는 일을 하게.

깊은 애정과 감사의 마음을 담아서.

신께서 축복하시기를.

앤서니

로라가 서재 의자에서 몸을 움직일 무렵, 팔다리는 추위 때문에 뻣뻣했다. 바깥의 까만 하늘에는 완벽한 진주색의 달이 걸려 있었다. 로라는 온기를 찾아 부엌으로 가서 주전자를 불에 올리고 앤서니의 부탁을 생각해봤다. 그의 재를 뿌리는 건 기꺼이 할 수 있지만, 분실물의 주인을 찾아주는 건 그렇게 간단한 일이 아니었다. 다시금 그녀는 자신이 진짜 누구인지 상기시켜주는 과거의 후회들을 떠올렸다. 로라의 부모님은 돌아가신 지 몇 년 되었지만, 여전히 두 분을 실망시켰다는 기분을 떨칠 수가 없었다. 두 분은 그런 말은 절대로 하지 않으셨지만, 솔직히 말해서 부모님의 흔들림 없는 사랑과 충성을 되갚고 두 분을 자랑스럽게 만들어드리기 위해서 그녀가 뭘 했던가? 그녀는 대학에 가는 걸 기피했고, 결혼 생활은 재앙이었고, 손자 하나도 낳아드리지 못했다. 그리고 어머니가 돌아가실 때 콘월에서 피시 앤 칩스를 먹고 있었다. 그날이 그녀가 빈스를 떠난 후 첫 번째 휴가였다는 사실은 변명이 되지 못했다. 그리고 겨우 육 개월 후에 아버지가 돌아가셨을 때에는 앤서니가 남은 공허함 일부를 채워줬으니, 지금 그가 그녀에게 남긴 임무가 약간의 보상을 할 수 있는 기회가 아닐까? 어쩌면 이게 그녀가 마침내 뭔가를 성공시킬 수 있는 기회일지도 모른다.

그리고 선샤인 문제도 있었다. 이것만큼은 최소한 그녀가 앤서니보다 앞섰지만, 그녀가 잘해서는 아니었다. 먼저 우정을 제의한 건 선샤인이었고, 그때도 그리고 지금까지도 로라는 마지못해 응하고 있을 뿐이니까. 그녀는 앤서니가 죽기 전에도 선샤인을 봤지만 아무것도 하지 않았다. 말도 걸지 않았고, 심지어 '안녕'이라는 인사조차 하지 않았다. 하지만 앤서니는 죽은 후에도 자신이 할 수 있는 사소한 것이라고 하려고 했다. 로라는 자신에게 실망했지만, 이제부터라도 노력하고 달라지겠다고 마음먹었다. 그녀는 자신의 방으로 정한 장미 향기가 나는 위층 침실로 차를 가져갔다. 아니, 테레즈와 함께 쓰기로 한 방이라고 해야 할지도 모르겠다. 그녀가 여전히 거기에 있으니까. 그녀의 물건도 여전히 거기 있었다. 물론 그녀의 옷은 아니고, 화장대와 다시금 왠지 모르게 엎어져 있는 앤서니와 함께 찍은 사진, 그리고 작고 파란 에나멜 시계 말이다. 시계는 또 11시 55분에 멎어 있었다. 로라는 컵을 내려놓고 시계가 다시 움직일 때까지 감았다. 그리고 커튼을 활짝 열어놓은 채 침대로 갔다. 바깥으로 완벽한 달이 은은한 다마스크 천 같은 빛으로 장미 정원 위를 뒤덮었다.

17

유니스
1984년

"크리스마스에 우리는, 다, 디, 다, 우리는 그림자를 없애요……."

도일 부인은 근사한 목소리를 갖고 있었다. 그녀는 유니스의 앞에 있는 남자에게 두 개의 소시지빵과 토튼햄 케이크 두 조각을 건넸고, 잠깐 숨을 돌린 후 유니스를 맞았다.

"멋진 남자라니까. 밥 겔딩 말이우. 그 모든 팝 가수들을 모아서 사막에 있는 불쌍한 에티오……."

나머지 단어는 도일 부인의 어휘 능력에서 빠진 것 같았다.

"…… 애들을 위해서 음반을 만들고 말이지."

유니스는 미소를 지으며 동의했다.

"거의 성자죠."

도일 부인이 봉투에 도넛을 담으면서 말을 이었다.

"사실 말이야, 보이 조지나 밋지 유르나 뭐 그런 사람들이 자선을 베풀지 못할 것도 아니잖수. 그리고 그 바나나인가 하는 애들도. 사랑스러운 여자애들이지만 모양새로 봐서는 빗질을 한 번도 한 적이 없는 것 같더구먼."

더글러스는 유니스가 계단을 올라오는 소리에 전혀 신경 쓰지 않았다. 아무도 알 수 없는 꿈을 꾸면서 희끗희끗한 회색 주둥이를 움찔거리고 앞발을 살짝 움직일 뿐이었다. 하지만 녀석의 입가가 미소를 짓는 것처럼 올라간 걸로 봐서 행복한 꿈일 거라고 유니스는 생각했다. 바머는 책상 앞에 앉아 창문 밖에서 자신의 눈사람이 녹기 시작하는 걸 보는 초조한 어린애 같은 얼굴로 개를 바라보고 있었다. 그녀는 그를 안심시켜주고 싶었지만 뭐라고 할 말이 없었다. 더글러스는 늙어가고 있었다. 녀석의 나날은 하루하루 짧아지고 있었다. 녀석은 곧 죽을 것이고 그러면 가슴이 미어지겠지. 하지만 지금은 따뜻하고 만족스럽고 잠에서 깨고 나면 크림 도넛이 녀석을 기다리고 있을 것이다. 잼에서 크림으로(사실은 잼'과' 크림이지만) 바꾼 것도 더글러스의 나이 든 뼈에 매년 기묘하게 사라지는 것 같은 살을 좀 더 붙여주기 위한 노력의 일환이었다.

하지만 바머는 정반대의 현상을 겪고 있었다. 유니스가 그를 알고 지낸 십 년 동안 여전히 기다란 그의 몸에서 복부만이 아주 약간, 말랑말랑하게 자라났다. 그는 애정 어린 손길로 배를 두드리면서 수도 없이 이렇게 말했다.

"우리 이렇게 도넛을 많이 먹는 건 그만둬야 해요."

그 말에는 진심이나 단호함 같은 것은 전혀 없었고, 그래서 유니스도 깨끗이 무시했다.

"이번 주에 부모님께서 시내에 오세요?"

유니스는 그레이스, 고드프리와 굉장히 친해졌고 두 사람의 방문을 고대했지만, 불행히 그 횟수는 점점 더 줄었다. 나이라는 무자비한 동반자 때문이라는 건 너무나 뻔했다. 특히 고드프리는 육체와 정신 양쪽 모두 쇠약해지고 있었다. 그의 이성과 기력이 가차없이 사라지고 있었다.

"아니, 이번 주는 아니에요. 약간 불안하신 모양이에요. 음식을 사다 채워넣고, 싱글 몰트 위스키를 사두고, 쇠창살문을 단단하게 고쳐놓고, 뭐 그러신다나 봐요. 놀랄 일도 아닌데."

바머는 책상 위에 펼쳐놓은 원고를 보며 인상을 찌푸렸다.

"왜요? 무슨 일인데요?"

유니스는 걱정스러웠다.

"음, 부모님의 친한 친구 한 분이 브라이턴에서 일어났던 폭발 사고를 당하셨고, 이 주 전에 지하철 역에서 화재도 있었잖아요. 그게 그분들이 평소 다니시던 길이거든요. 아마 두 분은, 곰인형에 잘 넣는 오래된 노래 가사를 인용하자면, '집에 있는 편이 더 안전해'라고 생각하시는 것 같아요."

바머가 원고를 덮었다.

"차라리 잘된 걸지도 몰라요. 어머니는 의무적으로 이것에 관해서 물어보실 테니까 말이죠."

그는 유니스를 향해 썩은 물고기처럼 원고를 흔들었다. 더글러스가 마침내 구석 자리에서 몸을 부르르 떨었다. 녀석은 나이 들고 흐릿한 눈으로 주위를 둘러본 다음에 안전하고 익숙한 곳이라는 걸 확인하고는 에너지를 모아 꼬리 끝을 살랑살랑 흔들었다. 유니스는 재빨리 다가가서 잠으로 따뜻해진 녀석의 머리에 키스하고 녀석이 요즘 원하는 대로 작게 잘라서 접시에 담아놓은 도넛으로 녀석을 유혹했다. 하지만 썩은 물고기에 관해서는 잊지 않았다.

"그게 뭔데요?"

바머가 과장된 한숨을 푹 내쉬었다.

"『자만과 편견』이라는 원고죠."

"흥미로울 것 같은데요."

"음, 내 친애하는 여동생의 가장 최신 리브르 테리블(livre terrible, 무서운 책.—옮긴이)을 그렇게 설명할 수도 있겠군요. 파산한 축구 코치의 다섯 명의 딸 이야기예요. 아이들의 엄마는 그들을 팝스타나 축구 선수나 누구든 부자와 결혼시키고 싶어 해요. 딸들을 동네 무도회에 데려가고, 거기서 장녀인 재닛은 특별 초대 손님인 젊고 잘생긴 시골 호텔 소유주인 빙고 씨에게 춤 신청을 받죠. 여동생 이지는 그의 수수께끼 같은 친구이자 세계적으로 유명한 피아니스트인 아시 씨에게 관심을 갖게 되고요. 아시 씨는 거기 참석한 젊은 농부들이 천박하다고 생각해서 이지와 함께 가라오케 듀엣을 부르는 걸 거절해요. 그녀는 그를 속물이라고 부르고 화를 내죠. 길고 묘하게 낮익은 이야기를 요약하자면, 막내딸이 이류 축구선수와 마게이트로 도망쳐서 커플 문신을 해요. 그녀는 임신하고, 버림받고, 페컴의 단칸방에 살게 되죠. 의도는 좋지만 좀 잘난 척하는 아시 씨의 개입으로 재닛은 결국 빙고 씨와 결혼하고, 에이전트가 금지했음에도 불구하고 아시 씨는 이지와 달콤한 음악을 연주하게 돼요."

유니스는 이 무렵 무표정한 얼굴을 유지하는 걸 포기하고 포샤의 최신 문학적 도둑질에 대해서 요란한 웃음을 터뜨렸다. 바머는 계속해서 말했다.

"이들의 사촌인 코핀스 씨는 종교학 선생으로 굉장히 비싸고 완벽하게 무능한 사립 여학교에 근무하는데, 자매들 중 아무하고나 결혼을 하겠다고 하죠. 하지만 아이들 엄마에게는 절망스럽게도 누구 하나 그의 끔찍한 입냄새와 튀어나온 배꼽을 견디며 결혼하려고 하지 않아서 결국에 그는 반발로 그들의 또 다른 사촌인 셔메인과 결혼해요. 셔메인은 기쁘게 그를 받아들이죠. 그녀는 약간 콧수염이 난 데다가 이십일 년 하고도 반년 넘게 노처녀 신세였기 때문이에요."

"가여운 셔메인. 스물한 살 반에 입냄새 나고 배꼽이 튀어나온 남자에게 정착해야 한다면, 거의 서른한 살인 나한테는 무슨 희망이 있을까요?"

바머가 씩 웃었다.

"아, 당신이 정말로 원한다면 당신만의 멋진 코핀스 씨를 찾을 수 있을 거예요."

유니스는 그에게 종이클립을 던졌다.

그날 저녁, 바머가 더글러스의 단호한 감독을 받으며 그들의 저녁 식사를 요리하는 동안 그녀는 그의 넓은 주택 정원을 거닐었다. 그녀는 평생 결혼하지 않을 것이다. 이제는 알았다. 그녀는 바머와 결혼할 수 없었고 다른 사람은 원하지 않으니까 그걸로 끝이었다. 과거에는 가망성 있는 젊은 남자와, 때로는 여러 명과 종종 데이트를 하기도 했다. 하지만 그건 항상 부정한 행동처럼 느껴졌다. 모든 남자들이 바머에 비하면 순위가 밀렸고, 어떤 남자도 영원히 2등 취급을 받아서는 안 되는 법이다. 모든 연애가 우정과 섹스일 뿐 사랑은 결코 아니었고, 어떤 우정도 그녀가 바머와 나누는 것만큼 소중하지 않았다. 결국에 그녀는 데이트 자체를 그만두었다. 오래전 그녀의 생일에 브라이턴 여행을 갔던 게 떠올랐다. 벌써 십 년 전 일이었다. 멋진 하루였지만 마지막에 그녀의 가슴은 무너지고 말았다. 돌아오는 열차 안에서, 사랑하는 남자 옆에 앉아서, 유니스는 자신이 바머에게 어울리는 여자가 절대로 될 수 없다는 사실에 눈물을 삼켜야 했다. 바머에게 어울리는 여자란 아무도 없을 것이다. 하지만 그들은 친구였다. 가장 친한 친구였다. 유니스에게는 그 사실이 그녀의 인생에 그가 아예 없는 것보다 백만 배쯤 더 나았다.

부엌에서 볼로네제 소스를 저으면서 바머는 그들의 조금 전 대화를 떠올렸다. 유니스는 예리한 지성과 빠른 재치, 그리고 놀랄 만큼 다양한 모자를 가진 멋진 젊은 여자였다. 그녀가 한 번도 적당한 남자와 연애를 하지도, 적당한 남자를 위해서 그 화려한 모자를 쓴 적도 없다는 건 이해할 수 없는 노릇이었다.

"그래서 신경이 쓰일까?"

그는 실제로 질문을 던진다기보다는 생각 없이 그냥 혼잣말을 하듯이 말했다. 사실 이건 너무 노골적인 질문 같았다.

"뭐가 신경이 쓰여요?"

유니스가 문가에 나타나 막대빵을 지휘봉처럼 허공에 흔들며 레드 와인을 홀짝이면서 물었다.

"빨간 스포츠카를 몰고 고급 다이어리에 첼시에 아파트가 있는 잘생긴 남자가 없어서 말이에요."

유니스는 막대빵 끝부분을 깔끔하게 깨물어 먹었다.

"나한테 그런 게 왜 필요하겠어요? 당신과 더글러스가 있는데요."

18

"그분은 이걸 돌려받고 싶어 하지 않아요."

선샤인은 로라 앞의 탁자에 도자기 컵과 컵받침을 내려놓았다.

"근사한 차를 끓여줬으니 네가 가지렴."

섬세한 크림색 도자기는 거의 투명할 정도였고, 손으로 그린 짙은 보라색 제비꽃에서는 금가루가 반짝거렸다. 로라는 선샤인의 진지한 얼굴을, 그 애의 당밀처럼 까만 눈동자를 바라봤다. 그녀는 오늘 아침에 선샤인을 서재로 데려와서 앤서니의 편지에 있던 내용을 알기 쉽게 대강 설명해줬다.

"앤서니는 너와 내가 서로를 돌봐줘야 한다고 했단다."

그녀가 말을 바꾸어서 이야기했다.

선샤인이 미소를 짓는 걸 보는 건 처음이었다. 호기심과 열의에 차서 그 애는 허락도 받지 않고 서재 안의 물건들을 만져보기 시작했다. 하지만 앤서니도 기뻐할 정도로 조심스럽고 숭배하는 손길이었고 로라도 마음이 놓였다. 아이는 날개가 부러진 아기새를 다루듯이 부드러운 손으로 물건을 하나하나 감싸 들었다. 로라의 관심이 컵과 컵받침, 그리고 종이 꼬리표로 향했다. 이건 잃어버리기에는 좀 기묘한 물건이었다.

"하지만 우린 잘 모른단다, 선샤인. 물건의 주인이 누군지를 몰라."

선샤인의 확신은 전혀 흔들리지 않았다.

"전 알아요. 여자분이고 이걸 돌려받고 싶어 하지 않아요."

그녀의 말에는 오만함이나 무례함 같은 건 전혀 없었다. 그저 사실을 말하는 말투였다.

"네가 어떻게 아니?"

선샤인은 컵을 들어서 가슴에 가까이 댔다.

"느껴져요. 전 머리로 생각하는 게 아니에요. 그냥 느끼는 거예요."

선샤인이 컵을 컵받침 위에 도로 내려놓았다.

"그리고 그분한테는 새가 있었어요."

그녀는 그렇게 덧붙였다.

로라는 한숨을 쉬었다. 잃어버린 물건들의 운명이 그녀 자신에게 달려 있었다. 그것이 마치 물에 빠진 사람의 옷처럼 무겁게 느껴졌다. 앤서니는 그녀를 후계자로 골랐고 그녀도 그게 자랑스럽고 고마웠지만, 그를 실망시킬까 봐 겁이 났다. 그리고 컵과 컵받침의 사례가 알려주는 게 있다면, 선샤인의 '느낌'이 도움보다는 방해가 될 거라는 사실이었다.

도자기 컵과 컵받침.

10월 31일 리비에라 퍼블릭 가든 벤치에서 발견.

율라리아는 마침내 안락의자에서 정신을 차리고 나이 들어 흐릿한 눈으로 주위를 둘러봤다. 주변이 낯익고 자신이 죽지 않고 정신을 차렸다는 사실에 그녀의 주름진 갈색 얼굴에 커다란 미소가 번졌고, 아직 하얀 치아 몇 개가 드러났다.

"천국의 문 이쪽에서 하루 더 보낼 수 있게 된 것에 예수님을 찬양하라. 그리고 그분을 저주하라."

일어서려고 하자 비쩍 마른 다리가 관절염으로 욱신거리는 것을 느끼고는 그녀는 그렇게 생각했다. 살아 있기는 하지만 절대로 빠릿빠릿 움직이지는 못했다. 최근에는 점점 더 아래층에 있는 의자에서 자는 일이 많아졌다. 위층은 빠르게 접근 불가능한 지역이 되었다. 그래서 그녀가 거처를 옮기려는 거였다. 보호시설이라고 그들은 말했고, 그녀는 항복이라고 불렀다. 항복의 깃발을 흔드는 것이다. 하지만 도움이 되지는 않았다. 화장실이 딸린 방 한 칸, 공동 거실, 공동 부엌과 원하면 제공되는 식사. 혹시 침대에 오줌을 쌀 경우에 대비한 비닐 매트리스 커버. 율라리아는 슬리퍼를 신고 노인 크로스컨트리 스키 선수처럼 지팡이를 쥐고 부엌으로 걸어갔다. 주전자를 불에 올리고 머그컵에 티백을 넣은 뒤 그녀는 햇살이 들어오게 뒷문을 열었다. 한때 그녀는 자신의 정원에 자부심이 있었다. 계획을 세우고 꽃을 심고 수십 년 동안 소중하게 아끼고 키웠다. 하지만 이제 식물들은 통제 불가능한 십 대처럼 제멋대로 웃자랐다. 문이 열리자마자 까치 한 마리가 그녀의 발치에 나타났다. 녀석은 안 좋은 하루를 보낸 모습이었다. 옆집 고양이의 발톱을 아슬아슬하게 피하기라도 했나 보다. 하지만 눈은 맑았고 고개를 이쪽저쪽으로 기울이며 율라리아를 향해서 부드럽게 깍깍 울었다.

"좋은 아침이구나, 내 친구 로시니."

그것은 그들만의 사소한 농담이었다.

"아마 아침을 먹으러 온 거겠지?"

녀석은 그녀를 따라 부엌으로 들어와서 그녀가 식기건조대에서 깡통을 꺼내 건포도 한 줌을 꺼내는 것을 참을성 있게 기다렸다.

"내가 없으면 넌 어떡할래?"

그녀는 두어 개를 부엌 바닥에 던져주면서 물었다. 새는 그것을 재빨리 집어먹고는 더 달라고 그녀를 쳐다봤다.

"이제 밖에서 먹으렴, 꼬마 친구."

그녀는 나머지 건포도를 현관 앞쪽에 던지면서 말했다.

그녀는 지팡이를 하나만 짚은 채 위태로운 걸음으로 차를 거실로 가져가서 조심조심 의자에 앉았다. 거실에는 온갖 예쁜 물건들이 가득했다. 기묘하고 근사한 싸구려 보석과 장식품들이었다. 율라리아는 평생 반짝이고 빛나는 것들, 벨벳으로 된 것, 마술 같고 섬뜩한 물건들을 끌어모은 까치 같은 타입이었다. 하지만 이제는 그것들을 놓아줄 때가 되었다. 이것들은 그녀의 보물이었고 그녀가 이들의 운명을 결정할 것이다. 다 갖고 갈 수도 없고, 그렇다고 자신의 귀중한 보물들을 '집 안 청소 전문: 지나치게 큰일도, 사소한 일도 없습니다'라는 모토의 하얀 밴 운전사 데이브가 죄다 집어가게 놔둘 수도 없었다. 게다가 몇 가지는 문제가 될 수도 있었다. 몇 가지 물건들은 약간…… 불법적인 것들이기 때문이었다. 뭐, 최소한 여기서는. 그녀의 찬장에는 해골도 있었다. 정말이다.

가려 고른 물건들로 타탄 무늬 쇼핑 카트를 다 채웠을 무렵에는 거의 정오였다. 움직여서 기름칠이 된 것 같은 그녀의 톱니바퀴 같은 팔다리는 공원 근처 퍼블릭 가든에 갈 무렵에는 훨씬 더 자유롭게 움직였다. 그녀는 물건들을 내놓을 생각이었다. 다른 사람들이 찾을 수 있는 곳에 남겨놓을 생각이었다. 쇼핑 카트에 넣고 끌고 갈 수 있는 한 최대한 많이. 나머지의 경우에는 아무도 가지려고 하지 않을 것이다. 평일이라서 공원과 가든에는 개를 데리고 산책하는 사람 두어 명과 여전히 음악당에서 자고 있는 가난하고 불쌍한 영혼 말고는 아무도 없었다. 율라리아는 누구의 눈에도 띄지 않은 채 네 개의 스노우 글로브와 토끼 두개골, 주머니용 금시계를 장식 분수를 둘러싼 조그만 벽 위에 놓았다. 그리고 공원 안으로 더 들어가서 전쟁기념상의 움푹한 부분에 두 개의 은제 교회 촛대와 족제비 인형, 금으로 된 의치 한 세트를 숨겨놓았다. 미라화된 돼지 고환과 파리에서 가져온 오르몰루 뮤직박스는 연못가 계단 위에 놔두었고, 눈이 빠진 중국 신부 인형은 아이들용 그네 위에 놔두었다. 가든으로 돌아와서 그녀는 돌로 된 새 목욕탕에 크리스털 구슬을 넣고, 까마귀 깃털 모표가 달린 중산모는 해시계 위에 걸어놓았다. 흑단으로 된 나무 공은 이파리가 자줏빛과 오렌지색, 노란색 만화경이 돌아가는 것처럼 보이는 단풍나무 발치에 두었다. 그렇게 그녀는 덜그럭거리는 카트를 끌고 카트가 거의 다 빌 때까지 돌아다녔다. 그녀는 공원이 마주보이는 나무 벤치에 앉아서 만족스러운 한숨을 쉬었다. 훌륭하게 해냈다. 거의. 그녀의 옆 나무판 위에 있는 마지막 물건은 금색과 보라색으로 칠해진 도자기 컵과 컵받침이었다. 바로 그때 두 블록이 떨어진 곳에서 일어난 폭발의 여파로 컵이 덜그럭거렸다. 폭발 때문에 우체부가 죽고 행인 한 명이 심하게 다쳤다. 짙은 먹구름 같은 연기가 오후의 하늘로 검게 솟아올랐고 율라리아는 자신이 가스불을 끄지 않고 나왔다는 것을 기억하고는 미소를 지었다.

"주전자 밑에 불을 켜고, 찻주전자에 차를 넣고, 우유 주전자에 우유를 붓고."

부엌으로 돌아온 로라는 선샤인이 집중해야 하는 일을 할 때면 항상 그러듯이 차를 만들면서 혼잣말을 하는 걸 보고 미소를 지었다. 뒷문을 두드리는 소리가 들리고 대답도 기다리지 않고 프레디가 들어왔다. 로라는 전날 밤에 그에게 그가 원한다면 여전히 그대로 일을 해도 좋다고 말했고, 평소처럼 정원에서 혼자 차를 마시는 대신에 부엌에서 함께 마시자고 초대했다. 그는 장례식 이래로 이곳에 오지 않았고, 그가 떠날 무렵에는 파두아의 상황이 아직 불확실했었다.

그녀는 초대를 하면서 스스로도 놀랐지만, 그와 더 자주 보면 볼수록 그를 보고도 덜 당황하게 될 거라고 합리화했다. 왜냐하면 그가 점점 더 매력적으로 느껴졌기 때문이다.

"설탕은 두 스푼 부탁합니다."

그가 선샤인을 향해 윙크하며 말했고, 소녀는 얼굴을 새빨갛게 붉히고는 들고 있던 티스푼이 굉장히 흥미로운 것이라도 되는 것처럼 쳐다봤다. 로라는 그 기분이 어떤 건지 잘 알았다. 정원을 세심하게 돌보고 조용하지만 효율적으로 집 주변의 잡일을 처리하는 이 말수적은 남자에게는 뭔가 흥미로운 데가 있었다. 로라는 파두아 바깥의 그의 삶에 관해서 거의 알지 못했다. 그도 거의 말하지 않았고 그녀도 아직까지 물어볼 용기를 내지 못한 탓이다. 하지만 용기를 내보겠다고 그녀는 속으로 다짐했다. 그가 원하는 정보라고는 오로지 뭘 해야 하는지와 혹시 비스킷이 있는지 하는 것뿐이었다.

"프레디, 이쪽은 내 새 친구이자 조수인 선샤인이에요. 선샤인, 이쪽은 프레디야."

선샤인은 티스푼에서 시선을 떼고 프레디의 눈을 똑바로 보려고 노력했다.

"안녕, 선샤인. 좀 어떠니?"

"뭐가 어때요? 전 열아홉 살이고 다람쥐 우군이에요."

프레디는 미소를 지었다.

"난 서른다섯 살 구 개월이고 전갈자리란다."

선샤인은 프레디의 앞에 찻잔을 놓고 우유 주전자와 설탕 그릇을 놓았다. 그다음에 티스푼과 비스킷 접시를 놓았다. 그런 다음 포크와 설거지용 세제 병, 콘플레이크 통과 달걀 거품기, 성냥 한 갑을 놓았다. 프레디의 잘생긴 얼굴에 천천히 미소가 번지면서 완벽한 하얀 치열이 드러났다. 미소는 그르렁거리는 낮은 웃음으로 변했다. 선샤인의 테스트가 뭔지는 모르겠지만, 그는 통과한 것 같았다. 아이가 그의 옆에 앉았다.

"성자 앤서니 할아버지가 잃어버린 것들 전부를 로라 아줌마에게 남겼고 우린 그걸 올바른 사람들에게 돌려줘야 해요. 컵이랑 컵받침은 빼고요."

"그러니?"

"네, 그래요. 제가 보여드릴까요?"

"오늘은 안 되겠구나. 난 차와 세제를 마신 다음에 일을 하러 가야하거든. 하지만 다음번에 왔을 때 데이트를 하자꾸나."

선샤인은 미소를 지을 듯했다. 로라는 왠지 자신이 불청객처럼 느껴지기 시작했다.

"앤서니는 확실히 굉장히 좋은 분이었지만, 엄격하게 말해서 성자는 아니었단다, 선샤인."

프레디가 잔을 비웠다.

"글쎄요, 성자였을 수도 있지요. 잃어버린 것들의 수호성인인 파두아의 성자 앤서니에 대해서 들어본 적 없어요?"

로라는 고개를 흔들었다.

"농담이 아니에요. 진짜예요. 일요 성경학교를 오 년 동안 다녔거든요."

그는 설명 조로 덧붙였다.

선샤인이 의기양양하게 미소를 지었다. 이제 그녀에게 친구가 두 명이 생겼다.

19

로라는 옛날의 삶을 버리는 중이었다. 그것은 꽤나 골치 아픈 일이었다. 그녀는 잡동사니 한 상자를 쓰레기통에 쏟아버리고 뚜껑을 닫은 다음 얼굴에 묻은 먼지와 가루들을 훅 불었다. 그녀는 빈스와 함께 살던 집에서 나온 이래로 거의 풀지도 않았던 아파트에서 가져온 짐 중 마지막 것들을 정리하는 중이었다. 지난 육 년 동안 필요치 않은 물건이라면 앞으로도 필요할 일이 없을 거라고 그녀는 결론지었다. 동네 중고품 가게에서 그녀의 '잡동사니'를 기꺼이 받을 수도 있겠지만, 그러려면 시내까지 나가야 하는데 딱히 내키지가 않았다.

"그러기에는 지금은 너무 바빠."

그녀는 그렇게 합리화했다. 하지만 그 변명의 여운이 사라지기도 전에 앤서니의 편지가 떠오르며 죄책감으로 물들었다. 파두아 바깥에도 세상이 있고 거기도 가끔은 방문할 만한 곳이야.

"다음번에."

그녀는 그렇게 다짐했다.

그녀는 손으로 얼굴의 먼지를 닦고서 손을 청바지에 닦았다. 맙소사, 정말 더러웠다. 샤워를 할 차례였다.

"저기요. 여기서 일하는 사람인가요?"

질문을 한 사람은 집 옆쪽의 길을 따라 걸어온 다리가 긴 금발 여자였다. 딱 붙는 청바지에 연한 분홍색 스웨이드 구두에는 뚜렷한 구찌의 말발굽 무늬가 찍혀 있고 캐시미어 스웨터와 완벽하게 어울리는 색깔이었다. 로라의 놀란 표정을 보고 젊은 여자는 그녀가 외국인이거나 어디가 모자라거나 귀가 잘 안 들린다고 생각한 모양이었다. 여자가 아주 천천히, 지나치게 큰 소리로 다시 말했다.

"프레도를 찾고 있어요. 관리인이요."

다행히도 그 순간에 장본인이 갓 캔 감자가 가득한 나무 상자를 들고 정원을 가로질러 와서 로라의 발치에 내려놓았다.

"내 사랑 프레도!"

젊은 여자가 그의 목에 팔을 감고 열정적으로 입술에 키스했다. 프레디는 조심스럽게 몸을 떼어내고 여자의 손을 잡았다.

"펠리시티, 도대체 여기서 뭘 하는 거예요?"

"소중한 남자 친구님께 점심을 가져왔죠."

프레디가 씩 웃었지만 약간 불편해 보였다.

"펠리시티, 이쪽은 로라예요. 로라, 이쪽은 펠리시티예요."

"그렇군요."

로라는 고개를 끄덕였지만 손을 내밀지는 않았다. 펠리시티 역시 '도우미'와 악수를 하는 습관은 없었기에 신경 쓰지 않았다. 행복한 커플은 팔짱을 끼고 걸어갔고 로라는 감자를 부엌으로 가져와서 탁자에 상자를 쿵 하고 내려놓았다.

"어이가 없어서! 내가 여기서 일하는 사람처럼 보여?"

그녀가 성난 어조로 말했다. 하지만 복도 거울로 자신의 모습을 힐끗 보고 로라는 생각을 바꿔야만 했다. 헝클어진 머리를 물방울 무늬 머리띠로 넘기고, 얼굴은 먼지투성이에 모양 없이 늘어진 운동복을 입은 그녀는 딱 현대판 부엌데기였다.

"제길!"

그녀는 쿵쿵거리며 위층으로 올라가서 한참 뜨거운 샤워를 했다. 하지만 그 후에 타월을 감고 침대에 앉아서 샤워로 먼지는 씻어낼 수 있어도 분노는 씻어낼 수 없음을 깨달았다. 그녀는 질투하고 있었다. 인정하기 부끄러웠지만, 사실 그랬다. 그 고약한 여자가 프레디에게 키스하던 모습을 보고 정말로 짜증이 났다. 로라는 화장대 거울에 비친 자신의 모습을 보고 눈썹을 치켜 올리고는 멋쩍게 웃었다.

"나도 얼마든지 나가서 점심 먹을 수 있어."

그거다. 그녀는 점심을 먹으러 나갈 것이다. 앤서니는 그녀가 나가길 바랐으니까 나갈 것이다. 오늘. 지금 당장.

'달이 없는 밤'은 정장 차림을 요구하는 스마트 캐주얼 펍이었다. 세인트 루크 교회와 가까워서 장례식이 끝난 후 데리러 오는 사람들과 결혼식 전 하객들에게 인기 있는 곳이었다. 로라는 위스키 앤 소다와 '허브와 빵가루를 입힌 대구살에 수제 감자 튀김과 살짝 거품 낸 타르타르 소스'를 주문하고 바를 바라보는 벽 쪽의 부스석에 앉았다. 집을 나서자마자 그녀의 용기는 사라졌고, 특별한 외출이어야 할 경험이 치과에 가는 일이나 러시아워의 길에 갇힌 것처럼 참고 견뎌야 하는 일로 바뀌었다. 로라는 부스석에 앉을 만큼 일찍 와서 다행이라고 생각했고, 누군가가 그녀에게 말을 걸려는 경우에 대비해 얼굴을 감출 책을 가져왔다는 것을 떠올리고 안도했다. 여기 오는 길에 갑자기 프레디와 그 당찬 펠리시티 역시 이 펍에서 점심을 먹으면 어쩌나 하는 걱정이 들었고 그 생각만으로도 끔찍했지만 그래도 고집 때문에 돌아설 수가 없었다. 그래서 그녀는 여기서, 대낮부터 생전 처음으로 술을 마시면서, 별로 관심도 없는 책을 읽는 척하며 딱히 원하지도 않는 점심이 오기를 기다리는 것이다. 자기 자신에게 결심을 입증하고 앤서니를 실망시키지 않기 위해서. 그리고 집에서 그냥 조리대나 청소할걸 하고 생각하면서……. 자신의 우스꽝스러움에 로라도 찡그린 웃음을 짓고 말았다.

펍에 사람이 들어차기 시작했고 웨이트리스가 그녀에게 세련된 피시 핑거 앤 칩스를 가져왔을 때 로라 옆 부스에 손님이 들어와서 코트를 벗고 쇼핑백을 내려놓으며 요란스럽게 앉았다. 그녀의 옆 사람들이 메뉴를 큰 소리로 읽기 시작하자 로라는 마저리 워드스캘롭의 거만한 알토 목소리와 위니 크립의 웅얼거리는 데스캔트 목소리를 알아차렸다. '푸생 앤 포르토벨로 포타주' 두 개를 주문하기로 결정한 두 사람은 진 토닉으로 건배한 후 그들의 아마추어 연극 모임에서 현재 연습 중인 〈즐거운 영혼Blithe Spirit〉 제작에 대해 논의하기 시작했다.

"물론 정확하게 말하자면 난 마담 아카티 역을 하기에는 너무 젊지."

마저리가 단호하게 말했다.

"하지만 그 역에는 대단히 큰 연기 폭과 기교를 가진 배우가 필요하고, 에버라드가 쓸 수 있는 '등장인물들(dramatis personae)'을 고려할 때 유일한 선택지는 나밖에 없으니까."

"그럼, 물론 너밖에 없지. 그리고 질리안은 의상이랑 화장 실력이 완전히 프로니까 금세 널 늙어 보이게 만들어줄 거야."

위니가 말했다. 마저리는 그 말에 기뻐해야 하는지 잠깐 머뭇거리는 기색이었다.

"그 여자가 평소에 얼굴에 바르고 다니는 두께를 보면 확실히 '프로'인 것 같긴 해."

그녀가 불쾌한 투로 말했다.

"못되기는!"

위니는 키득키득 웃다가 웨이트리스가 닭과 버섯 수프와 '다양한 고급 빵'을 가져오자 죄책감을 느끼는 것처럼 입을 다물었다. 수프에 소금을 치고 빵에 버터를 바르는 동안 잠깐 침묵이 흘렀다.

"난 에디스 역을 하는 게 조금 긴장돼. 이건 내가 지금껏 해본 중에서 제일 큰 역할이고 외워야 하는 대사도 끔찍하게 많은 데다 음료를 나르고 이리저리 걸어 다녀야 되니까."

위니가 털어놓았다.

"'몸짓연기'와 '연출' 말이겠지, 위니. 정확한 용어를 쓰는 건 아주 중요해."

마저리는 곡물빵을 커다랗게 한입 떼어 물고 생각에 잠긴 채 씹다가 말을 이었다.

"나라면 그렇게까지 걱정하지 않겠어. 어쨌든 에디스는 그냥 가정부니까 뭐 대단한 진짜 연기가 필요한 것도 아니잖아."

로라는 점심을 다 먹고서 계산서를 요청했다. 그녀가 막 짐을 챙겨서 일어서려고 하는데 낯익은 이름이 나오며 그녀의 주의를 끌었다.

"난 조프리가 완벽하게 쓸 만한 찰스 콘도민이 될 거라고 확신하지만, 젊은 시절의 앤서니 퍼듀가 그 역할에 아주 이상적이었을 거야. 키 크고, 가무잡잡하고, 잘생긴 데다가 굉장히 매력적이었잖아."

마저리의 목소리에는 거의 아쉬워하는 듯한 분위기가 있었다.

"그리고 현실에서도 작가였고 말이지."

위니가 덧붙였다.

마저리의 혀가 의치 아래쪽에 낀 빵의 곡물을 빼내려고 움직였다. 마침내 곡물을 빼낸 후 그녀가 다시 말했다.

"그 사람이 모든 걸 그 무뚝뚝한 가정부 로라한테 남기고 간 게 좀 이상하단 말이지."

"흐음. 좀 희한한 일이긴 하지."

위니는 점심때 천박한 소문을 곁들이는 걸 굉장히 좋아했다.

"거기서 뭔가 희한한 일이 좀 있었다고 해도 난 놀라지 않을 것 같아."

그녀는 자신의 이중적인 묘사에 즐거워하면서 다 안다는 투로 덧붙였다.

마저리는 남은 진 토닉을 비우고 웨이트리스에게 한 잔 더 달라고 손짓했다.

"음, 난 그 여자가 먼지 털고 청소하는 것 이상의 일을 그 사람한테 해줬을 거라고 생각해."

로라는 그들 눈에 띄지 않고 조용히 빠져나갈 생각이었지만, 이제는 몸을 돌려 그들을 똑바로 쳐다보고 대담한 미소를 지었다.

"펠라치오요. 매주 금요일마다요."

그녀는 그렇게 선언하고, 더 이상 아무 말도 없이 가게를 나갔다.

위니는 당황한 표정으로 마저리를 쳐다봤다.

"집에서 하는 펠라치오가 뭐야?"

"이탈리아 요리야."

마저리는 냅킨으로 입가를 두드리면서 대답했다.
"난 레스토랑에서 한 번 먹어봤어."

20

선샤인은 돌아가는 감초 색깔 레코드판 위에 바늘을 올렸고, 구운 파프리카처럼 뜨겁고 풍부한 에타 제임스의 감미로운 목소리가 흘러나왔다.

부엌에서 프레디는 식탁 앞에 앉아 있었고 로라는 점심 식사용 샌드위치를 만들고 있었다.

"저 애는 훌륭한 취향을 가졌어요."

프레디가 음악 쪽으로 고갯짓을 했다. 로라는 미소를 지었다.

"선샤인이 앤서니의 재를 뿌릴 때 틀 음악도 고르고 있어요. 개가 뼈를 얻고 시계가 멈추는 그 영화 같을 거라고 하더군요. 성자 앤서니는 죽었지만 이제 영원히 테레즈와 함께 있을 테니까요. 저 애는 그녀를 '꽃의 여인'이라고 불러요. 그리고 나도 당신 얘기에 동의해요."

그녀는 오이를 반투명한 조각으로 자르고 연어 통조림에서 물을 뺐다.

"저 애는 연설도 준비하고 싶대요. 우리가 그 내용을 알아들을 수 있을지는 잘 모르겠지만요."

"충분히 알아들을 수 있을 거라고 생각해요. 저 애는 이야기를 자신만의 방식으로 할 뿐이에요. 우리 모두가 쓰는 단어를 알지만, 자기만의 단어를 더 좋아하는 것 같아요."

프레디가 식탁 위에서 티스푼을 느릿하게 돌리면서 말했다.

로라는 손가락에 묻은 버터를 핥았다. 그녀는 프레디와 진짜 대화를 하는 데 익숙하지 않았다. 그가 말하는 방식은 대체로 고개를 끄덕이고, 어깨를 으쓱이고, '음음' 소리를 내는 걸로 이루어졌기 때문이다. 하지만 선샤인 앞에서는 전혀 그렇게 하지 않았다. 선샤인은 엄숙한 눈과 부드럽고 맑은 목소리로 마치 뱀을 부리는 사람처럼 그에게서 언어를 끌어냈다.

"하지만 그러면 사는 게 더 어렵지 않을까요? 그런 식으로 떨어져 나오면……."

로라의 생각과 말이 차별적인 언어 사용과 행동을 피하는 정치적 정당성에 부딪쳐 흐려졌다. 프레디는 신중하게, 아무 비판 없이 그녀의 말을 생각해봤다.

"'정상적인' 사람들한테서 떨어져 나오면 말이에요?"

이번에는 로라가 어깨를 으쓱일 차례였다. 자신이 무슨 뜻으로 말한 건지 스스로도 잘 알 수가 없었다. 그녀는 선샤인이 학교에서 친구가 몇 명 없는 데다 동네 공원에서 싸구려 사과술을 마시고 그네를 망가뜨리고 섹스를 하는 사나운 십 대들에게 무자비하게 놀림을 받는다는 걸 알고 있었다. 그 애들이 정상일까? 만약 그 애들이 정상이라면 선샤인이 왜 그들처럼 되고 싶겠는가? 프레디는 검지손가락 끝에 티스푼의 목 부분을 올렸다. 로라는 다시 샌드위치를 만드는 일로 돌아가서 거칠게 빵을 삼각형으로 자르기 시작했다. 이제 그가 그녀를 뭐라고 생각할까? 편협한 사람? 멍청이? 어쩌면 그럴지도 모른다.

프레디를 만나면 만날수록 그가 그녀를 어떻게 생각하는지가 점점 더 중요해졌다. 좀 더 편안한 관계로 나아가기 위해서 프레디를 부엌에서 쉬라고 초대한 건 아직까지는 별로 성공적이지 못했지만, 그와 함께 보내는 시간이 그녀가 하루 중 가장 고대하는 시간이었다.

프레디는 티스푼을 신중하게 앞에 내려놓고 바닥에서 의자의 앞쪽 두 다리를 들어 올리고 뒤로 기댔다. 그녀는 식탁 앞에 똑바로 앉으라고 말하고 싶은 충동을 억눌렀다.

"난 그게 일종의 위장이라고 생각해요."

그는 다시 네 다리가 닿게 의자를 바로 놓고서 말했다.

"그 애가 말하는 방식이요. 잭슨 폴락 같은 거예요. 굉장히 많은 점과 튄 자국들이 있어서 그중 하나가 실수였다고 해도 아무도 알 수 없잖아요. 선샤인이 한 단어를 틀리게 말한다고 해도 우리는 절대로 모를 테죠. 천재적이에요."

그가 고개를 흔들며 혼자 미소를 지었다.

그 순간 그 천재가 점심을 먹으러 부엌으로 들어왔다. 로라는 여전히 프레디가 한 말을 생각하고 있었다. 잭슨 폴락의 그림을 언어적인 비유로 사용하는 정원사라니, 예상 외였고 그가 정말로 어떤 사람인지 흥미로운 면을 보여줬다. 덕분에 더 많은 것을 알고 싶다는 로라의 열의와 결심이 더욱 솟구쳤다.

프레디가 로라에게 말했다.

"그러고 보니까 그 영화 말이죠. 〈네 번의 결혼식과 한 번의 장례식Four Weddings and a Funeral〉이에요."

선샤인이 씩 웃으면서 새 친구의 옆에 앉았다.

점심을 먹고 그들은 다 함께 서재로 갔다. 선샤인은 프레디에게 앤서니의 잃어버린 것들의 박물관을 보여주고 싶어 했고 로라는 이 물건들을 올바른 주인에게 돌려줄 만한 좋은 방법이 있는지 그에게 물어볼까 말까 생각 중이었다. 매번 서재에 들어올 때마다 방 안에 물건이 늘어난 것 같은 느낌이었다. 빈자리는 더 좁아지고, 물건은 더 늘어난 것 같았다. 그리고 그녀 자신은 더 작아지고, 조그맣게 움츠러드는 기분이었다. 선반은 금방이라도 무너질 것처럼 삐거덕거리고, 서랍은 열장이음이 금방이라도 터질 것처럼 끽끽거렸다. 잃어버린 물건들의 산에 깔려서 죽는 건 아닐까 무서웠다. 하지만 선샤인에게 여기는 보물창고였다. 그 애는 물건을 하나하나 쓰다듬고 들어보고 껴안고 나직하게 혼잣말을, 혹은 물건에게 이야기를 속삭이면서, 홀린 듯이 꼬리표를 읽었다. 프레디도 꽤나 놀란 얼굴이었다.

"누가 생각이나 했겠어요?"

그가 주위를 둘러보면서 중얼거렸다.

"그러니까 이래서 항상 그분이 가방을 들고 다니셨던 거군요."

연약한 10월의 햇살이 레이스 커튼의 꽃과 이파리 문양 사이를 뚫고 잘 들어오지 못해서 방 안은 어둡고 그림자가 일렁거렸다. 그가 레이스를 걷어 방 안에서 빙빙 도는 반짝이는 먼지 가루들 위로 빛이 들어오게 했다.

"물건들에 햇빛을 좀 쪼여주죠, 어때요?"

선샤인이 예술품들을 자랑스럽게 설명하는 큐레이터처럼 그에게 구경을 시켜줬다. 소녀는 그에게 단추들과 반지들, 장갑들, 곰인형들, 안경 알, 각종 보석, 지그소 퍼즐 조각, 열쇠들, 동전들, 플라스틱 장난감들, 족집게들, 의치 네 세트와 인형 머리를 보여줬다. 이것들은 겨우 서랍 하나 안에 있던 내용물이었다. 제비꽃이 그려진 크림색 컵과 컵받침은 여전히 탁자 위에 있었다. 선샤인이 그것을 집어 프레디에게 건넸다.

"예쁘지 않나요? 그분이 이걸 돌려받고 싶어 하지 않으시니까 로라가 이 근사한 찻잔을 갖게 될 거예요."

로라는 그 말에 반박하려고 했지만 선샤인의 얼굴에 너무나 확고한 확신이 담겨 있어서 로라의 입안에서 말이 흩어졌다.

"그럼 당신 거로군요."

그에게서 컵과 컵받침을 받아들 때 그의 손가락이 그녀의 손을 스쳤고, 그는 잠깐 동안 그녀의 눈을 바라보다가 몸을 돌려 앤서니의 의자에 앉았다.

"그리고 나머지 전부를 원래 자리로 되돌려놓기 위해서 노력할 거라고요?"

그가 방 안을 팔로 휘저으며 말했다. 그의 차분한 말투에는 이 임무가 얼마나 엄청난지에 관한 암시는 전혀 담겨 있지 않았다.

"그럴 생각이에요."

로라가 대답했다.

선샤인은 서랍을 열 때 바닥에 떨어진 물건에 정신이 팔렸다. 그녀는 바닥에서 그것을 집었다가 비명을 지르며 다시 떨어뜨렸다.

여성용 장갑, 남색 가죽, 오른손용.
12월 23일 카우 다리 아래쪽 길가에서 발견.

날씨는 싸늘했다. 눈이 오기에도 너무 추웠다. 로즈는 고개를 들고 몇 개의 별과 날카로운 초승달이 떠 있는 까만 하늘을 보았다. 그녀는 이십

분째 빠르게 걷고 있었지만 발에 감각이 없고 손가락도 얼어붙었다. 눈물을 흘릴 수도 없을 만큼 슬펐다. 이제 거의 다 왔다. 다행스럽게도 지나가는 차는 한 대도 없었다. 주의를 돌리거나 끼어드는 사람도 없었다. 생각을 하기에는 너무 늦었다. 바로 여기다. 이곳이었다. 다리 너머 얕고 풀이 난 강둑. 그녀는 장갑 한 짝을 벗고 주머니에서 사진을 꺼냈다. 그리고 마주보고 미소를 띤 어린 여자아이의 얼굴에 키스했다. 너무 어두워서 잘 보이지 않았지만, 그 애가 거기 있다는 걸 알았다.

"엄마는 널 사랑해."

풀이 돋은 경사를 내려가면서 장갑을 벗은 그녀의 손이 칼날처럼 얼어붙은 풀을 잡았다. 제일 아래는 흙바닥이었다.

"엄마는 널 사랑해."

그녀가 다시 속삭였다. 멀리 어둠 속에서 빛이 가늘게 반짝이고 철로가 울리기 시작했다. 사는 게 너무 힘들었다.

"사는 게 너무 힘들었어요. 그 여자분은 죽었어요."

선샤인은 몸을 떨면서 설명하려고 노력했다.

프레디가 그녀를 끌어당겨서 꼭 안았다.

"너한테 필요한 건 따뜻한 차 한 잔인 것 같구나."

그는 선샤인의 엄격한 감독하에 차를 끓였다. 두 잔의 차와 재미다저스 비스킷을 먹고 난 후 그녀는 그들에게 좀 더 말을 해보려고 애를 썼다.

"그분은 어린 딸을 사랑했지만, 그분은 굉장히 슬펐어요."

그게 그녀가 말할 수 있는 최선이었다.

로라는 기묘하게 불안했다.

"선샤인, 아무래도 네가 더 이상 서재에 오지 않는 편이 좋을 것 같구나."

"왜요?"

로라는 머뭇거렸다. 그녀의 마음 한쪽에서는 선샤인이 너무 끼어드는 것을 바라지 않았다. 이기적인 행동이라는 건 알지만, 그녀는 앤서니와 심지어는 그녀의 부모님까지도 그녀를 자랑스럽게 여길 만한 방법을 애타게 찾고 싶었다. 이미 다들 돌아가신 후지만. 하지만 이게 마침내 그녀가 올바른 일을 할 수 있는 기회였고, 집중력을 흩뜨리고 싶지 않았다.

"여기에 너를 슬프게 만들 만한 다른 게 더 있을지도 모르잖니."

선샤인은 단호하게 고개를 흔들었다.

"전 이제 괜찮아요."

로라는 별로 납득할 수 없었지만 선샤인이 핵심을 짚었다.

"슬픔을 겪어본 적이 없으면 행복이 어떤 건지 어떻게 알겠어요? 그리고요, 모든 사람은 다 죽어요."

"저 애가 당신을 사면초가로 몰아넣은 것 같은데요."

프레디가 나직하게 말했다. 로라는 마지못한 듯 미소를 지으며 패배를 인정했다.

프레디가 말을 이었다.

"하지만 당신을 기운 나게 할 만한 게 있을 것도 같아요. 나한테 계획이 있어요."

21

선샤인은 분홍색 더플코트에 은색 세퀸 장식 야구 부츠를 신고 엄숙한 분위기로 해시계 옆에 서서 기다리고 있었다. 축축한 10월 오후가 이미 저물어가고 있어서 텅 빈 하늘 가장자리가 다가오는 일몰로 루바브 색깔로 물들었다. 선샤인의 신호에 맞춰 프레디가 음악을 틀고 로라 옆에 선 뒤 선샤인이 예식이 시작하기를 기다리고 있는 곳까지 티라이트를 밝혀놓은 '통로'를 따라 걸어갔다. 프레디는 평범한 나무 통에 담긴 앤서니의 재를 들고 있었고, 로라는 진짜 장미 꽃잎과 정원 방에 있던 테레즈의 사진을 담은 아름다운 종이 상자를 들고 있었다. 로라는 당연한 배경음악인 알 보울리의 음악에 맞추어 최대한 천천히 걸어가면서 킥킥 웃고 싶은 충동을 억눌렀다. 선샤인은 모든 것을 하나하나 전부 기획했다. 축음기는 프레디가 창문 안으로 몸을 기울여서 켤 수 있도록 편리하게 배치되었고, 허공에 뿌릴 꽃잎과 장미 향 티라이트 촛불도 특별히 주문했다. 선샤인은 원래 장미가 다시 만개할 때까지 기다리고 싶어 했지만, 로라는 앤서니의 재가 앞으로 아홉 달 동안 선반 위에 머물러야 한다는 생각을 견딜 수가 없었다. 더 이상 그를 테레즈 곁에서 떼어놓을 수는 없었다. 장미 향 촛불과 꽃잎은 힘겨운 타협의 승리였다. 프레디와 로라는 보울리가 마지막 구절을 부를 무렵에 선샤인에게 도착했고 그녀는 처음으로 노래 가사를 정말로 귀 기울여서 들었다. 그것은 마치 앤서니와 테레즈를 위해서 쓰인 것 같았다. 선샤인은 드라마틱해 보일 만큼 여유를 두었다가 쥐고 있던 종이를 펼쳐서 읽었다.

"슬픔에 찬 친구 여러분, 우리는 하느님과 이 복잡한 운명 앞에서, 이 남자 성자 앤서니와 (그녀는 그의 유골함 위를 두드렸다.) 이 여자 꽃의 여인의 (손바닥을 위로 하고 사진 쪽을 가리켰다.) 결합을 보기 위해 이 영광된 정원이라는 성스러운 마카로니에 모였습니다. 성자 앤서니는 꽃의 여인을 합법적인 아내로 맞이해서 오늘부터 좋을 때나 나쁠 때나, 부유할 때나 가난할 때나 지금부터 시작되는 죽음이 끝날 때까지 함께하고 아끼고 사랑할 것입니다. 그리고 운율도 맞아요."

그녀가 자랑스럽게 덧붙였다.

그녀는 이번에는 약간 불편할 정도로 침묵을 지켰지만, 이것도 분명히 이 의식의 성스러움을 강조하기 위해서가 분명했다.

"흙은 흙으로, 재는 재로, 펑키(funky)는 펑키(punky)로. 우린 톰 소령의 원숭이를 알아요. 오늘만큼은 우리가 영웅이 될 수 있어요."

그녀는 몸을 앞으로 기울이고 프레디와 로라에게 연극 조로 속삭였다.

"이제 아저씨는 재를 뿌리고, 아줌마는 꽃잎을 뿌리세요."

그리고 잠깐 생각을 해본 후에 말했다.

"절 따라오세요!"

그들은 장미 정원을 돌면서 기묘한 작은 행진을 했다. 선샤인이 앞장서서 여름의 화려함이 끈질기게 매달린 축축하고 노르스름한 이파리들로 바뀌어버린 황량한 모습의 관목들 사이를 걸었다. 프레디가 최대한 조심스럽게 유골함을 비우면서 선샤인의 뒤를 따라갔고, 로라는 그의 뒤에서 앤서니의 가느다란 회색빛 유골 가루 속으로 꽃잎을 던지면서 뒤로 날아오는 것들을 피하려고 노력했다. '유골 뿌리기'는 로라에게 항상 환상적인 행동처럼 여겨지곤 했지만, 현실에서는 진공청소기 먼지통을 비우는 일과 더 비슷했다. 유골함이 마침내 비자 선샤인이 다시금 종이를 펼쳐 읽었다.

"그는 그녀의 북쪽이고, 그녀의 남쪽이고, 그녀의 동쪽이고, 그녀의 서쪽입니다. 그녀의 근무일이고 일요일의 조끼입니다. 그녀는 그의 달이고 별이고 가장 좋아하는 노래입니다. 그들은 사랑이 영원할 거라고 생각했습니다. 그리고 그들은 틀리지 않았습니다."

프레디가 활짝 웃으면서 그녀에게 윙크했다.

"이번에도 운율이 맞는데."

그가 입 모양으로 말했다. 선샤인은 주의를 흩뜨리지 않았다.

"이제 두 사람을 남편과 아내로 선언합니다. 신과 선샤인과 함께한 모든 사람들은 누구도 그들의 영예를 빼앗아가게 놔두지 않을 것입니다."

그녀는 프레디에게 고개를 끄덕였고, 그는 재빨리 축음기 쪽으로 갔다.

"이제 신랑과 신부의 첫 번째 춤을 출 시간입니다."

저물어가는 태양이 새파란 하늘을 붉게 물들이고, 고양이가 다가오는 걸 보고 찌르레기가 황혼 속에서 울고, 에타 제임스의 〈마침내 At Last〉가 흘러나오기 시작했다.

마지막 음절이 차가운 공기 속으로 퍼져가자 로라는 프레디를 바라봤다. 그는 그녀를 똑바로 쳐다보고 있었고, 그녀와 눈이 마주치자 미소를 지었다. 로라는 티라이트를 모으러 갔다. 하지만 선샤인은 아직 끝난 게 아니었다. 소녀가 종이를 탁탁 털고 목을 가다듬었다.

"나는 부활이요, 빛이라 신께서 말씀하셨다. 나를 믿는 자는 죽었다 해도 살 것이라 하셨다. 이건 나의 굿나이트 인사고 이건 그의 굿나이트 인사랍니다(BBC 코미디쇼 〈투 로니즈〉에 나오는 유명한 마무리 인사.—옮긴이)."

그날 밤 로라가 잠자리에 들 무렵 방이 어쩐지 다르게 느껴졌다. 좀 더 따뜻해졌다고나 할까. 아니면 그저 테레즈와 앤서니의 재결합을 축하하며 프레디와 선샤인과 함께 마신 와인 때문일 수도 있었다. 화장대 위의 물건들은 전부 제자리에 있었고 조그만 파란 시계는 평소처럼 11시 55분에 멎어 있었다. 그녀는 시계가 내일도 같은 시간에 멎을 수 있게 태엽을 감고, 커튼을 치고, 침대로 몸을 돌렸다.

이불 위에는 장미 꽃잎들이 놓여 있었다.

22

유니스
1987년

녀석은 그들 앞에서 훨씬 잘 걸으며 달갑지 않은 것들을 찾아 공원을 살피고 있었다. 종종 고개를 돌려서 그들이 얌전히 잘 따라오고 있는지 확인하느라 부드러운 털이 난 얼굴이 우스꽝스럽게 찌푸려졌다. 녀석과 놀랄 만큼 닮은 영화배우의 이름을 따기로 했지만, 그 배우의 가장 기억에 남는 캐릭터를 따라 그들은 녀석을 베이비 제인이라고 부르게 되었다.

바머는 더글러스의 죽음에 완전히 굳어버렸다. 그는 조그만 개가 '끝'이라는 의미의 마지막 한숨을 내쉬고 부드러운 털이 차갑고 뻣뻣해진 후에도 한참이나 품에 안고 있었다. 유니스는 고통으로 비명을 질렀지만 바머는 꼿꼿이 앉아서 눈물도 흘리지 못하고 슬픔의 잿빛 구름으로 둘러싸여 목 멘 소리만 냈다. 매일같이 더글러스의 형체를 한 사무실의 한 공간이 아파왔다. 그들에게는 한 명이 부족했고 도넛은 너무 많았으나 유니스는 그래도 계속해서 살아갔다. 처음에는 자동적인 반응이었지만, 어쨌든 앞으로 나아갈 수는 있었다. 바머는 부서지고 망가졌다. 그는 술로 고통을 달랬고 술로 겨우 잠이 들었다.

결국에 단 한 명이 그의 마음을 사로잡을 수 있었다. 레이밴 선글라스를 쓰고 오토바이에서 내려 술집이나 비행기로 멋지게 걸어가는 톰 크루즈를 보고 바머와 유니스 둘 중에 누가 더 심각하게 빠졌는지는 알 수 없었다. 그들은 작년에 오데온에서 〈탑 건Top Gun〉이 상영을 시작했을 때 사흘을 연달아 보았다. 더글러스가 죽고 삼 주 후에 유니스는 여분의 열쇠로 바머의 집에 들어가서 그의 슬픔에 잠긴 엉덩이를 침대에서 끌어냈다. 식탁에 앉아서 마침내 흘러나온 눈물이 그의 얼굴을 타고 내려와 유니스가 만들어준 블랙 커피 컵으로 떨어졌고, 그녀는 그의 손을 잡았다.

"'맙소사, 그는 당신과 비행하는 걸 사랑했어요, 바머. 하지만 어쨌든 날아갔을 거예요…… . 당신 없이. 그도 싫어했을 테지만, 그래도 했을 거예요.'"

다음 날 바머는 제정신으로 사무실에 나왔고, 그다음 주에 배터시 동물 보호소에서 베이비 제인이 도착했다. 검은색과 금색의 벨벳 같은 털이 뒤덮인 오만한 강아지였다. 베이비 제인은 도넛을 좋아하지 않았다. 처음에 하나를 주자 경계하며 냄새를 킁킁 맡고는 고개를 홱 돌렸다. 커드 타르트도 마찬가지였다. 베이비 제인은 비에니즈 윌(잼과 버터크림이 든 과자.—옮긴이)을 좋아했다. 유기견치고 녀석은 고급스러운 취향을 갖고 있었다.

조그만 퍼그가 풀밭에서 빈 종이 상자를 코로 툭툭 치는 동안 유니스는 바머를 쳐다보고 그녀가 알던 그의 모습을 거의 찾을 수 있을 것 같았다. 슬픔이 여전히 그의 눈 아래 자리하고 뺨에 주름을 만들었지만, 그의 미소가 서서히 살아나고 음울하게 굳어 있던 어깨가 조금씩 풀리고 있었다. 베이비 제인이 온전히 더글러스를 대체할 수는 없지만, 이미 그의 관심을 돌리고 있었다. 녀석이 평소에 하듯이 자기 방식대로 계속하면 결국에 자신만의 능력으로 슈퍼스타가 될 거라고 유니스는 확신했다.

사무실로 돌아와서 바머가 우편물을 살피는 동안 유니스는 주전자를 불에 올렸다. 베이비 제인은 자기 쿠션으로 가서 앞발에 머리를 올리고 케이크를 먹는 힘겨운 임무에 돌입할 준비를 갖췄다. 유니스가 차를 끓이는 동안 바머가 경쟁 출판사에서 막 도착한 얇은 단편집을 허공에 흔들었다.

"앤서니 퍼듀의 『분실물 보관소』네요. 흠, 나도 들어봤어요. 꽤나 잘나간다고 하던데. 브루스 그 친구가 왜 이걸 나한테 보냈는지 모르겠군요."

유니스는 동봉된 메모를 집어서 읽었다.

"자랑하려고 보냈네요."

그녀가 메모를 읽어줬다.

"'바머, 내 고마운 마음과 함께 이 엄청난 성공작을 받아주게. 자네도 기회가 있었는데 날려버렸다면서!'"

바머는 고개를 저었다.

"이 친구가 무슨 말을 하는 건지 모르겠군요. 이 퍼듀라는 사람이 우리한테 먼저 원고를 보냈다면 우리가 당연히 낚아챘을 텐데. 브루스가 헤어스프레이를 너무 많이 써서 그런가 봐요. 그것 때문에 정신이 좀 어떻게 된 거죠."

유니스는 책을 들고 페이지를 쭉 넘겼다. 작가의 이름과 제목이 두 개의 부싯돌처럼 희미한 기억을 촉발시켰다. 원고? 유니스는 답을 찾으려고 머릿속을 뒤졌지만 마치 빵 따먹기 놀이처럼 느껴졌다. 이에 거의 빵 끝이 닿았다 싶을 때 도로 올라가버리는 것이다. 베이비 제인이 과장된 한숨을 쉬었다. 케이크가 앙 르타르(en retard, 지연된.—옮긴이)하고 있었고 굶주림에 기운이 없을 지경이었다. 유니스는 웃으면서 녀석의 부드러운 머리를 쓰다듬었다.

"넌 정말이지 뛰어난 배우야, 꼬마 아가씨! 만약에 뚱뚱해지면 케이크는 안 줄 거야. 공원을 뛰어다니고 셀러리만 먹는 게 전부일걸. 네가 운이 좋다면 말이지."

베이비 제인이 긴 속눈썹으로 둘러싸여 있는 까맣고 동그란 눈으로 애절하게 유니스를 쳐다봤다. 그것은 매번 통했다. 녀석은 케이크를 얻었다. 마침내.

녀석이 남은 크림 묻은 자리를 찾아 희망적으로 입술을 핥는 동안에 전화가 울렸다. 녀석은 벨 소리가 울릴 때마다 오만하게 짖었다. 여기 온 이래로 베이비 제인은 재빨리 매니저 자리를 차지했고 굉장히 엄격하게 운영하는 중이었다. 바머가 전화를 받았다.

"어머니."

그는 잠깐 이야기를 들었다. 유니스는 그의 얼굴을 보고 즉시 좋은 소식이 아니라는 것을 알았다. 바머가 일어섰다.

"제가 거기로 갈까요? 원하시면 지금 갈게요. 바보 같은 얘기 하지 마세요. 당연히 별거 아니죠."

고드프리 문제일 것이다. 사랑스럽고, 상냥하고, 유쾌하고, 신사적이던 고드프리는 치매로 점점 현실에서 떠나가고 있었다. 한때 웅장하던 대형 범선의 돛이 얇고 누덕누덕해져서 더 이상 항해를 떠나지 못하고 돌풍과 폭풍우 앞에 남겨진 것만 같았다. 지난달에 그는 집

안에 홍수를 내고 동시에 불까지 냈다. 목욕을 하려다가 그걸 잊고 는 아래층에 내려와서 셔츠를 말리고, 스토브의 불을 켜놓은 채로 신문을 사러 밖에 나갔던 것이다. 그레이스가 온실에서 집으로 들어왔을 때에는 부엌 천장으로 물이 새서 셔츠에 붙은 불을 끈 상태였다. 그녀는 웃어야 할지 울어야 할지 알 수가 없었다. 하지만 그레이스는 도움이 필요하다는 사실을 받아들이지 않으려고 했다. 그는 그녀의 남편이었고 그녀는 그를 사랑했다. 그녀는 '건강할 때나 아플 때나' 함께하겠다고 약속했다. 죽음이 그들을 갈라놓을 때까지. 그녀는 변기 겸용 의자가 딸려 있는 그런 요양원에 그를 보낸다는 생각조차 할 수가 없었다. 하지만…… 이번에는 그가 집을 나가버렸다. 더 정확히 말하자면 그저 돌아다닌 거지만. 그레이스는 한 시간 동안 다급하게 마을을 뒤지다가 경찰에 전화하려고 집에 돌아왔다. 그러다 현관 앞에서 교구 목사를 만났다. 그는 교구를 방문하러 오던 길에 길 한가운데서 어깨에 소총처럼 빗자루를 걸치고 그레이스의 빨간 베레모를 머리에 눌러쓴 고드프리를 발견했다. 고드프리는 애들스트롭 목사에게 자신이 주말 휴가가 끝나서 연대로 돌아가는 길이라고 말했다고 했다.

바머는 전화기를 제자리에 내려놓고 포기한 듯한 한숨을 쉬었다.

"내가 당신이랑 같이 갈까요, 아니면 베이비 제인과 함께 여기 남아서 요새를 지킬까요?"

그가 대답하기 전에 현관 벨이 울렸다.

포샤는 끔찍할 만큼 태연하게 아버지의 최근 사건에 관한 소식을 들었다. 그녀는 바머와 함께 부모님을 뵈러 가는 건 고사하고 뭔가 돕겠다는 말조차 하지 않았다. 바머는 동생의 냉담한 태도를 깨보려고 헛된 노력을 계속했다.

"이건 심각해, 동생아. 어머니가 밤낮으로 아버지를 계속해서 감시하실 수도 없고, 아버지는 지금 스스로에게 위험한 상태야. 부디 그런 일이 없었으면 좋겠지만, 조만간 어머니한테도 위험한 행동을 하실 수 있고."

포샤는 자신의 새빨간 손톱만 쳐다봤다. 방금 손톱 손질을 받았고 그녀는 꽤나 만족했다. 심지어는 담당 직원에게 1파운드나 팁도 주었다.

"그래서? 내가 뭘 어떻게 하길 바라? 아빠 보호를 받아야 돼."

"그분은 보호를 받고 계세요. 당신의 집에서요."

유니스가 날카롭게 말했다.

"입 다물어, 유너크. 당신이 참견할 일이 아니잖아."

"최소한 그녀는 신경이라도 쓰지!"

바머가 날카롭게 쏘아붙였다.

바머의 강한 꾸짖음에 상처받고 고드프리의 병에 속으로는 겁에 질린 포샤는 자신이 아는 유일한 방법으로 대응했다. 바로 욕설이었다.

"이 무정한 개자식! 나도 당연히 신경을 써. 난 그냥 솔직한 거야. 아빠가 위험하다면 당연히 가둬놔야지. 최소한 난 그렇게 말할 용기가 있다고. 오빠 항상 줏대라고는 없어. 늘 엄마 아빠 말에 휘둘리고 나처럼 맞선 적이라고는 한 번도 없잖아!"

베이비 제인은 상황이 걷잡을 수 없어진 것을 알아챘고, 친구들에게 이런 식으로 말하는 걸 그냥 두지 않았다. 녀석이 나직하게 으르렁거리며 불만을 표현했다. 포샤는 으르렁거림의 근원을 찾다가 용맹한 어린 퍼그가 전투 준비를 하고 있는 걸 발견했다.

"저 역겹게 생긴 오줌싸개 아직도 여기 있는 거야? 그 조그만 괴물이 죽었을 때 이제 됐다고 생각했을 줄 알았더니."

유니스는 바머의 책상 위에 더글러스의 유골이 안전하게 담겨 있는 상자를 힐끗 보고 속으로 사과의 말을 중얼거렸다. 이 형편없는 여자에게 걸맞은 끔찍한 고통을 주려면 어떻게 해야 할까 고민하고 있는데 베이비 제인이 이미 결정을 내렸다는 사실을 발견했다. 머뭇거리는 가젤을 발견한 사자처럼 사납게 쿠션에서 일어난 녀석은 포샤에게 용맹한 눈길을 고정하고 온몸이 떨릴 정도로 높게 으르렁거렸다. 입술이 뒤로 말리면서 작지만 확실하게 상처를 입힐 수 있을 것 같은 치아가 드러났다. 포샤는 녀석을 향해 무력하게 손을 흔들었지만 이제 베이비 제인은 먹이에 단호하게 시선을 고정한 채 드라마틱하게 으르렁거리고 짖으면서 계속해서 다가왔다.

"저리 가! 저리 가! 앉아! 앉으라고!"

베이비 제인은 계속 다가왔다.

포샤는 사무실을 반쯤 가로질러서 숙녀답지 못한 욕설을 내뱉으며 우아하지 못하게 퇴장했다.

바머는 자신의 물건을 챙기기 시작했다.

유니스가 다시 한 번 도움을 제의했다.

"원한다면 내가 같이 갈게요."

그는 고마움의 미소를 지었으나 고개를 흔들었다.

"아니, 됐어요. 난 괜찮을 거예요. 여기서 우리 아가씨를 돌봐줘요."

그는 몸을 구부려 베이비 제인의 귀를 문질러줬고 녀석은 애정이 가득한 눈으로 그를 올려다봤다.

"최소한 우린 이제 그게 사실이라는 걸 알게 됐군요."

그가 장난스러운 웃음을 지으면서 덧붙였다.

"뭐가요? 포샤가 공기와 하이힐의 완벽한 낭비라는 거요?"

그는 고개를 저으면서 부드럽게 금색 털이 난 녀석의 앞발을 손으로 쥐었다.

"'아무도 베이비 제인을 구석에 처박아놓을 순 없지!(영화〈더티댄싱〉에서 패트릭 스웨이지의 대사.―옮긴이)'"

유니스는 웃음을 터뜨리고 환호를 질렀다.

"여기서 나가요, 패트릭 스웨이지!"

23

"앤서니 퍼듀의 『분실물 보관소』 집 안 어딘가에 한 권쯤 있을 줄 알았다니까!"

로라가 얇은 단편집을 흔들면서 의기양양하게 부엌으로 들어왔다. 프레디는 부엌 식탁에서 몸을 웅크리고 노트북 컴퓨터를 쳐다보고 있다가 고개를 들었다. 그가 그녀에게서 책을 받아들고 쭉 넘겼다.

"좋은 책인가요?"

"'좋다'는 게 어떤 의미인지에 따라 다르죠."

로라가 그의 맞은편 자리에 앉으며 말을 이었다.

"이건 굉장히 잘 팔렸어요. 당시 앤서니의 책을 출간한 출판사 사장은 아주 행복해했죠. 내가 기억하기로는 조그맣고 묘한 사람이었어요. 한두 번쯤 집에 왔었는데, 지나치게 헤어스프레이를 많이 뿌렸었죠."

"지나치게라! 난 아무리 조금이라도 지나치다고 생각해요. 당신이 리버라치(미국의 피아니스트.—옮긴이)가 아니라면요. 혹은 볼룸 댄서가 아니라면요."

프레디가 이의를 제기했다. 로라는 미소를 지었다.

"그건 '남성의 그루밍'이라고 하는 거예요. 하지만 당신이 그 분야에 전문가는 아닐 것 같은데요."

그녀는 그의 셔츠 목깃 위로 내려온 헝클어진 검은 곱슬머리와 그의 얼굴선을 어둡게 물들인 수염자국을 바라보면서 덧붙였다.

"그럴 필요가 없죠. 난 타고난 미남이거든요."

그가 그녀에게 윙크를 던졌다.

사실이 그렇다고 로라는 속으로 생각했다. 맙소사! 속으로 생각만 한 것이길 바랐다. 하지만 어쩌면 고개를 끄덕였는지도 모르겠다. 목덜미가 확 달아오르는 게 느껴졌다. 제길! 어쩌면 그는 그냥 그녀가 나이 들어서 그런 거라고 생각할지도 모른다. 이런, 빌어먹을! 어쩌면 정말로 그녀가 나이 들어서 그런 거라고 생각할지도 모른다. 중년이라서. 커다란 팬티, 얼굴의 홍조, 융 잠옷이 필요한 나이. 그리고 절대로 그렇지 않았다. 사실 그녀는 데이트 약속이 있었다.

"하지만 당신은 그 책이 좋다고 생각해요?"

프레디가 말했다.

"미안해요. 잠깐 딴생각을 했어요. 뭐라고요?"

프레디가 그녀 쪽으로 책을 흔들었다.

"『분실물 보관소』요. 당신은 어떻게 생각해요?"

로라는 한숨을 쉬고 식탁 위에서 양손을 펼쳤다.

"괜찮다고 생각해요. 언제나처럼 멋지게 쓰인 글이지만, 내용에 그분의 평소 같은 예리함이 좀 없어요. 나한테는 약간 지나치게 '영원히 행복하게 살았습니다' 풍이에요. 마치 그분이 다른 사람들에게 수많은 해피엔딩을 만들어주면 자신에게도 하나쯤 올지 모른다고 생각했던 것 같은 느낌이에요."

"하지만 그렇지 않았나요?"

로라가 서글픈 미소를 지었다.

"지금까지는요."

그녀는 부디 이제는 그에게 해피엔딩이 왔기를 기도했다.

"그래서 그분이 글 쓰던 걸 멈춘 건가요?"

로라는 고개를 흔들었다.

"아뇨. 그분은 이런 단편을 여러 권 쓰셨어요. 지금 와서 보니까 자신이 발견한 것들을 바탕으로 하신 것 같아요. 처음에는 낙관적이고, 다정하고, 상업적인 내용들이었어요. 괴상한 브루스는 그 얘기들을 굉장히 좋아했고, 당연하게도 그걸로 벌어들인 돈도 좋아했죠. 하지만 시간이 흐르면서 이야기는 점점 더 어두워지고, 캐릭터들도 점점 더 양면적이 됐어요. 심지어는 결함도 갖고 있고요. 해피엔딩은 점차 불편한 미스터리와 대답 없는 질문들로 바뀌었죠. 이 모든 것들이 물론 내가 오기 전에 일어난 일이지만 나도 결국에 그 이야기들을 읽었고, 난 그 얘기들이 훨씬 낫고 독자들에게 상상력과 지성을 끌어낸다는 면에서 그의 초기작이랑 더 비슷하다고 생각했어요. 앤서니는 브루스가 격분했다고 하셨어요. 그 사람은 '예쁜' 이야기를 더 원했죠. 문학적인 레모네이드를요. 하지만 앤서니는 그에게 압생트를 줬고요. 브루스는 출판을 거부했고, 그걸로 끝이었어요."

"앤서니가 다른 출판사를 찾지는 않았나요?"

"잘 모르겠어요. 내가 여기서 일을 할 무렵에는 다른 사람보다 당신 자신을 위해서 글을 쓰시는 것 같았거든요. 결국에는 가끔씩 편지 말고는 저한테 타이핑할 것조차 더 이상 주지 않으시게 됐어요."

로라는 식탁에서 책을 집어 부드럽게 표지를 쓰다듬었다. 오랜 친구가 그리웠다.

"어쩌면 웹사이트를 그렇게 불러야 할지도 모르겠는데요. '분실물 보관소'라고요."

웹사이트는 프레디의 계획이었다. 처음에 로라는 확신이 가지 않았다. 수년 동안 앤서니는 자신의 평온한 집에 기술이 침입하는 걸 거부했고, 그가 죽고 이렇게 바로 거대한 인터넷과 그 모든 괴물 같은 친척들에게 문을 열어주는 건 어쩐지 그의 뜻을 위반하는 것처럼 느껴졌다. 하지만 프레디가 그녀를 설득했다.

"앤서니가 바꾸지 말라고 당신에게 부탁한 단 한 가지는 장미 정원이에요. 그분은 당신이 올바른 일을 할 거라는 걸 아셨기 때문에 당신에게 집을 남겼죠. 여긴 이제 당신 집이지만 지켜야 하는 약속이 딸려 있고, 앤서니는 당신이 어떤 방법을 쓰든 이 물건들을 잃어버린 사람에게 돌려줄 거라고 믿었어요."

웹사이트는 앤서니가 발견한 물건들을 사람들이 검색하고 자기 것을 되찾는 커다란 가상의 분실물 관리소가 될 것이다. 그들은 여전히 이름을 포함해서 세세한 부분을 작업하는 중이었다.

"'분실물 보관소'. 너무 지루해요."

선샤인이 비스킷을 찾아 서재에서 나와서 부엌으로 타박타박 들어왔다.

"제가 근사한 차를 만들어도 될까요?"

프레디는 과장되게 기뻐하면서 양손을 문질렀다.

"네가 차를 만들어주지 않으려나 했지. 난 제임스 본드의 마티니처럼 드라이한 상태거든."

선샤인이 주전자를 채우고 신중하게 가스레인지 위에 올렸다.

"마티니는 물이니까 축축한데 어떻게 드라이할 수가 있어요?"

"좋은 질문이구나, 꼬마야."

프레디는 생각했다. 내가 그 답을 알면 천재일 거야.

로라가 그를 구해줬다.

"잃어버린 것들의 왕국은 어떨까요?"

선샤인이 반대하듯 코를 찡그렸다.

"성자 앤서니는 모든 잃어버린 것들을 안전하게 지켰어요. 할아버지는 수호자였고, 이제는 아줌마가 그 역할을 하시는 거죠. 그를 위해 '잃어버린 것들의 수집가'라고 불러야 해요."

"훌륭해!"

프레디가 말했다.

"비스킷은 어디 있나요?"

선샤인이 물었다.

로라가 미용실에서 돌아올 무렵에 프레디는 막 퇴근을 하고 있었다.

"좀 달라 보이네요. 점퍼 새로 샀어요?"

그가 마치 비난하듯이 말했다.

그녀는 즐겁게 그를 걷어찰 수 있을 것 같았다. 그녀의 점퍼는 몇 년이나 됐고 그걸 증명하듯이 보풀이 가득 붙어 있었다. 지금껏 두 시간 동안 그녀는 70파운드를 들여서 머리를 자르고 그녀의 담당 미용사 엘리즈가 광택 나는 구리색이라고 부르는 색깔로 안쪽을 염색했다. 미용실을 나오면서 그녀는 반짝이는 밤색 머리카락을 활발한 서커스 말의 갈기처럼 찰랑찰랑 휘날리며 마치 백만 달러짜리 모델

이 된 기분을 느꼈다. 하지만 지금은 어쩐지 돈만 낭비한 기분이었다.

"머리를 새로 했어요."

그녀가 이를 악물고 중얼거렸다.

"아, 그렇군요. 그것 때문이겠군요."

그는 배낭에서 차 열쇠를 찾으면서 말했다. 열쇠를 꺼낸 뒤 그가 그녀를 보고 씩 웃고 문으로 향했다.

"그럼 난 가볼게요. 내일 봐요."

그의 등 뒤에서 문이 닫혔고 로라는 대나무 우산꽂이를 심술궂게 걷어찼다. 내용물이 바닥으로 쓰러졌다. 흩어진 우산들과 지팡이를 도로 모으면서 그녀는 프레디를 위해서 새로 머리를 한 게 아니고, 그가 눈치를 채든 말든 아무 상관없다고 스스로에게 말했다.

위층으로 올라가서 로라는 옷장 앞쪽에 걸린 새 검은 드레스를 기분 좋게 바라봤다. 드레스는 우아하고 근사하면서도 그녀 나이의 여자의 다리와 가슴을 적당한 비율만큼 드러내서 은근히 섹시한 분위기를 연출한다고 로라의 신용카드를 받아간 판매원이 말했다. 로라는 그 옷이 좀 딱 붙고 지독하게 비싸다고 생각했다. 음식을 조금만 먹고 절대로 옷에 흘리지 말아야 할 것이다.

그녀의 데이트 상대는 그레이엄이라는 사람이었다. 그는 빈스의 담당 지역 매니저였고 그녀는 '달이 없는 밤'에서 점심을 먹은 후 주차장에서 우연히 그를 만났다. 그녀가 빈스와 결혼하고 그가 산드라와 결혼해서 사는 동안 자동차 판매소의 크리스마스 파티와 다른 여러 번의 사교 행사 때 몇 번 그를 본 적이 있었다. 하지만 이제 그녀는 독신이었고, 최근에 그 역시 독신이 되었기 때문에 그가 그녀에게 데이트를 청했다. 그리고 처음으로 펠리시티를 만난 직후라서 그녀도 '안 될 거 뭐 있어?'라는 생각에 좋다고 대답했다.

하지만 이제는 별로 확신이 가지 않았다. 낑낑거리며 드레스를 입고 다시 한 번 거울로 머리 모양을 확인하면서 그녀는 점점 의심을 갖기 시작했다. 대부분의 고객들이 의자에 앉아 온갖 고백을 하는 걸 듣는 엘리즈에 따르면 로라는 현재 이 동네 사람들이 가장 즐기는 화젯거리였다. 살아생전에 앤서니는 작가라는 명목으로 사소한 유명인사 지위에 있었다. 그래서 세상을 떠난 후에 자동적으로 그의 사생활은 좀 불공평하기는 해도 공공재가 되어버린 것이다. 로라에 대한 사람들의 평가는 '노인의 돈을 노리는 교활한 여자'와 '돈 밝히는 싸구려 계집'부터 '성실한 친구로 재산을 받을 만한 사람'과 '전직 아일랜드 전통춤 전국 챔피언'에 이르렀다.

"하지만 모리시 부인은 당신을 엉뚱한 사람이랑 착각하고 있는 것 같아요. 뭐, 그분은 여든아홉 살이시고 목요일에는 양배추만 드시니까요."

엘리즈도 이렇게 인정했다.

어쩌면 아예 밖으로 나가지 말아야 하는지도 모르겠다고 로라는 생각했다. 사람들은 그녀가 앤서니가 죽고 너무 금방 즐기러 다닌다고 생각할지도 모른다. 새 드레스와 새로운 머리 모양 때문에 그녀가 유산을 함부로 탕진하는 것처럼 보일 수도 있었다. 그의 무덤의 흙이 채 자리 잡기도 전에 그 위에서 춤을 추는 것처럼 말이다. 하지만 그는 화장되었고 유골은 정원에 뿌렸으니까 정확하게 말해서 그런 건 아니었다. 그리고 그러기엔 이미 늦었다. 그녀는 시계를 보았다. 그레이엄은 약속 장소에 거의 다 왔을 것이다. 그는 항상 좋은 사람처럼, 신사처럼 보였다.

"넌 괜찮을 거야. 그냥 저녁 식사일 뿐이야."

그녀가 스스로에게 말했다.

하지만 택시가 도착할 무렵 그녀는 전혀 배가 고프지 않았다.

그레이엄은 실제로 신사적이었다. 그는 레스토랑에서 샴페인 칵테일을 마시며 약간 긴장된 미소를 띤 채 그녀를 기다리고 있었다. 그는 그녀의 코트를 받아주고, 뺨에 키스하고, 그녀가 근사해 보인다고 말했다. 음료를 마시며 로라는 긴장을 풀기 시작했다. 꽉 조이는 드레스가 허용하는 만큼만. 어쩌면 다 괜찮을 것도 같았다. 음식은 맛있었고 로라는 배 속에 집어넣을 수 있는 만큼 먹었다. 그레이엄은 자신의 결혼 생활이 불꽃이 사그라지듯 끝났다고 이야기했다. 아내와는 여전히 친구였지만 더 이상 연인은 아니었고, 그의 새로운 취미는 노르딕 워킹이었다. '유리섬유로 만든 지팡이를 짚고 하는 전신 걷기 운동'이라고 그는 말했다. 로라는 지팡이를 두 개는 고사하고 하나라도 짚고 다녀야 할 정도로 그가 늙어 보이지 않는다고 농담을 하고 싶은 마음을 억눌렀지만, 그가 건장해 보인다는 건 인정해야 했다. 곧 마흔여섯 살이 되는 그의 몸은 훌륭하게도 중년의 뱃살이 전혀 없었고 잘 다린 셔츠 속에는 넓은 어깨와 단단한 근육질이 있었다.

화장실에서 로라는 립스틱을 고쳐 바르면서 스스로에게 축하를 보냈다.

내 데이트에는 잘못된 데가 전혀 없어. 그녀는 그렇게 생각했다. 그리고 그는 훌륭한 식사 매너를 갖고 있었다. 그녀는 입술을 꾹 다물고 립스틱을 가방에 다시 넣었다.

그레이엄은 택시로 로라를 집까지 바래다주겠다고 했고, 와인과 그의 편안한 태도에 긴장이 풀린 로라는 운전사에게 파두아의 방향을 알려주면서 살짝 그의 어깨에 머리를 기댔다. 하지만 커피를 마시고 가라고 그를 초대할 생각은 없었다. 커피든 아니면 다른 의미든 간에. 사람들의 소문에 신경 쓰지 말아야 한다는 건 알지만, 어쩔 수가 없었다. '싸구려 계집'이라는 욕이 가장 아프게 다가왔다. 그녀는 평생 딱 세 명하고 자봤고, 그중 한 명이 빈스였으니까 그는 제외해야 했다. 그녀도 자랑스럽지는 않았다. 사실 더 많은 사람들과 자봤으면 좋았을 거라고 생각했다. 더 많은 남자들을 겪어봤다면 자신에게 딱 맞는 사람을 찾을 수 있었을지도 모른다. 하지만 첫 번째 데이트에서는 아니었다. 그리고 그레이엄은 신사였다. 그도 그런 걸 기대하지는 않을 것이다.

십 분 후 약간 당황한 그레이엄은 택시를 타고 집으로 돌아갔다. 그는 1단계는 고사하고 현관을 지나치지도 못했다. 로라는 욕실에서 구역질을 하고 소독용 구강세척제로 가글링을 했다. 따가운 액체를 세면대에 뱉으면서 그녀는 여전히 놀란 표정의 얼굴을 거울로 보았다. 눈물에 젖은 마스카라는 이미 뺨으로 흘러내렸고 립스틱은 끔찍한 광대의 입처럼 번져 있었다. 그녀는 싸구려 계집처럼 보였다. 그녀는 성급하게 드레스를 잡아당겨서 머리 위로 벗어서는 거칠게 옷을 뭉쳤다. 그리고 부엌으로 와서 쓰레기통에 그것을 내던지고 냉장고 문을 열었다. 프로세코 와인은 구강세척제 때문에 씁쓸하게 느껴졌지만 로라는 꾹 참고 계속 마셨다. 그녀는 병을 들고 정원 방으로 가서 벽난로에 불을 지피다가 잔을 쇠 받침대에 부딪혀서 깨뜨렸다.

"빌어먹을! 젠장! 망할! 멍청해 빠진 잔 같으니라고!"

그녀는 난롯불 빛에 반짝거리는 날카로운 조각들을 보며 외쳤다.

"부서졌으면 거기 그냥 있든지. 내가 신경 쓸 것 같아?"

그녀는 불안정한 걸음으로 부엌으로 돌아가서 다른 잔을 찾았다. 병을 마저 비우면서 그녀는 난롯불을 쳐다보며 자신이 도대체 뭘 하고 있는 걸까 생각했다.

끔찍하게 취하고, 울고 딸꾹질을 하느라 지쳐서 로라는 눈물로 부은 얼굴을 새로 염색한 아름다운 머리카락에 묻은 채 소파에서 잠이 들었다.

24

그녀는 대략 열 시간을 잤지만, 깼을 때는 몇 주나 제대로 못 잔 사람처럼 보였다. 머릿속이 쿵쿵 울리는 소리가 곧 테라스 문의 유리를 날카롭게 두드리는 소리와 합쳐졌다. 힘겨운 노력을 기울여서 로라는 누가 이미 끔찍한 두통을 더욱 악화시키는 건지 볼 수 있을 정도로 몸을 일으켰다. 프레디였다. 로라가 가까스로 일어나 앉을 무렵 그는 굳은 얼굴로 김이 오르는 블랙 커피 컵을 손에 들고 그녀의 옆에서 있었다. 로라는 욱신거리는 몸 주위로 담요를 꽉 여몄고 프레디는 두 개의 와인 잔과 빈 와인 병들, 로라의 엉망인 상태를 바라봤다.

"데이트가 잘된 모양이군요."

그의 말투는 평소보다 더 딱딱했다. 로라는 그에게서 커피를 받아 들고 알아들을 수 없는 말을 중얼거렸다.

"선샤인이 당신이 남자 친구와 외출할 거라고 말해줬어요."

로라는 커피를 들이켜고 몸을 떨었다.

"남자 친구가 아니에요."

그녀가 쉰 목소리로 말했다. 프레디는 눈썹을 치켜 올렸다.

"흠, 내 눈에는 두 사람이 꽤나 친밀해진 것처럼 보이는데요."

로라의 눈에 눈물이 고였지만 마음속에는 분노가 가득 찼다.

"그게 당신이랑 도대체 무슨 상관인데요?"

그녀가 날카롭게 쏘아붙였다.

프레디는 어깨를 으쓱였다.

"맞아요. 내가 상관할 일이 아니죠."

그가 몸을 돌리고는 다시 중얼거렸다.

"그리고 커피 고마워요, 프레드."

"아, 꺼져버려요!"

로라는 나지막한 목소리로 혼잣말을 하고서 커피를 한 모금 더 마셨다. 대체 무슨 생각으로 선샤인에게 데이트 이야기를 했던 걸까?

로라는 경고의 침이 입안에 고이는 것을 느꼈다. 화장실까지 갈 수 없을 거라는 건 알지만, 그래도 시도조차 안 하는 건 너무 무례한 행동이었다. 마룻바닥을 반쯤 갔을 때 속이 뒤집혔다. 지독하게 뒤집혔다. 토사물이 튄 다리로 비참하게 꼿꼿이 선 채로 여전히 커피 컵을 손에 쥔 그녀는 최소한 페르시안 러그는 피했기에 다행이라고 생각했다.

한 시간 후, 로라는 난장판을 치우고 두 번을 더 토하고는 십 분 동안 샤워기 아래 서 있었다. 그런 뒤 옷을 걸치고 부엌 식탁 앞에 앉아 차를 마시며 구운 토스트 한 조각을 바라봤다. 그녀의 데이트는 재앙으로 끝났다. 축축한 민달팽이가 단말마에 몸부림치는 것처럼 그레이엄의 혀가 그녀의 입안에서 꿈틀거리는 것만 떠올려도 식은땀이 솟았다. 음, 그 기억과 그 후 두 병의 술까지 더해서. 어떻게 그렇게 바보 같았을까? 현관 벨 소리가 그녀의 서글픈 생각을 뚫고 들어왔다. 선샤인이 분명했다.

"아, 맙소사. 안 돼. 제발 오늘은 안 돼."

그 애는 어젯밤에 대해 끝없이 질문할 테고 그녀는 그걸 들을 수가 없었다. 그녀는 식료품 창고에 숨었다. 벨을 눌러도 아무도 나오지 않으면 선샤인은 결국에 뒷문 쪽으로 돌아올 거고, 식탁 앞에 웅크리고 그냥 앉아 있으면 선샤인이 그녀를 발견할 것이다. 벨 소리가 참을성 있고 끈질기게 계속됐고, 곧 뒷문이 열리고 프레디가 들어왔다.

"도대체 뭘 하는 거예요?"

로라는 다급하게 그에게 조용히 하라고 손짓하고 그를 창고로 끌어당겼다. 그 사소한 동작으로도 관자놀이가 쿵쿵 울렸다. 그녀는 오래된 피클 병이 가득한 선반에 손을 대고 비틀거리는 몸을 바로잡았다.

"맙소사, 당신 엉망으로 보여요."

프레디가 도와준다는 듯이 말했다. 다시금 로라는 손가락을 입술 위에 댔다.

"왜요?"

그는 참을성을 잃어가고 있었다. 로라는 한숨을 쉬었다.

"선샤인이 현관 앞에 있고 오늘은 그 애를 도저히 볼 수가 없어요. 내가 한심하다고 생각하겠지만, 그 애의 질문을 감당할 수가 없어요. 오늘은 안 돼요."

프레디는 단호하게 고개를 저었다.

"난 한심하다고 생각하지 않아요. 그저 정말 못된 짓이라고 생각할 뿐이죠. 당신은 당신이 흘륭하다고 생각하고 당신과 함께 있는 걸 좋아하는 어린 여자아이한테 숨기 위해 창고에 들어와 있는 성인 여자예요. 머리끝까지 술에 취해서 당연하게도 숙취를 겪고 있다는 이유 때문에 말이죠. 최소한 나가서 그 애 얼굴을 직접 보고 변명할 용기 정도는 내라고요!"

프레디의 말은 맨살을 쐐기풀로 찌르는 것처럼 아팠지만, 로라가 뭔가 대답하기도 전에 현관의 분위기가 갑자기 사납게 변했다.

선샤인은 길을 따라 성큼성큼 걸어오는 금발 여자가 누구인지 몰랐지만 여자는 왠지 화가 난 것처럼 보였다.

"안녕하세요, 전 선샤인이에요. 로라 아줌마의 친구죠. 누구세요?"

여자는 눈을 가늘게 뜨고 선샤인을 위아래로 쳐다보며 대답을 해야 하나 말아야 하나 고민했다.

"프레도 안에 있니?"

여자가 물었다.

"아뇨."

선샤인이 대답했다.

"확실해? 그이의 빌어먹을 랜드로버가 길 앞에 있는데."

선샤인은 여자의 얼굴이 점점 더 벌게지고 화가 난 표정으로 변하면서 완벽하게 매니큐어를 칠한 손으로 벨을 콕콕 눌러대기 시작하는 모습을 흥미롭게 쳐다봤다.

"그건 프레디의 빌어먹을 랜드로버예요."

소녀가 차분하게 대답했다.

"그러면 그이가 여기 있다는 소리잖아, 그 망할 개자식!"

여자가 성난 어조로 말하고 다시 벨을 눌러대고 주먹으로 문을 쾅쾅 두드렸다.

"아줌마는 대답하지 않을 거예요. 아마 숨어 있을 거예요."

선샤인이 말했다. 펠리시티는 잠시 두드리던 것을 멈췄다.

"누가?"

164

"로라 아줌마요."

"그 웃기는 가정부 여자? 도대체 그 여자가 왜 숨어 있는데?"

"저 때문에요."

선샤인이 슬픈 미소를 띠고 대답했다.

"그 빌어먹을 망할 개자식 프레도는 나한테서 숨지 않는 편이 좋을걸!"

선샤인은 도움이 되도록 노력해보기로 결심했다. 금발 여자는 이제 굉장히 화가 나 보였고, 선샤인은 여자가 벨을 부술까 봐 걱정스러웠다.

"어쩌면 아저씨는 로라 아줌마랑 같이 숨어 있을지도 몰라요. 아저씨는 아줌마를 정말 좋아하거든요."

선샤인의 말은 그녀가 바란 것만큼 도움이 되지 않는 것 같았다.

"그 개자식이 도우미 여자랑 눈이 맞았다는 거야?"

여자가 몸을 구부리고 우편물 삽입구에 대고 소리를 질러대기 시작했다.

프레디는 창고로 들어와 로라의 옆에 서서 문을 닫았다. 이번에는 로라가 눈썹을 치켜 올릴 차례였다.

"펠리시티예요."

그가 나직하게 말했다. 그의 목소리에서 경멸 조가 완전히 사라지고 다급한 기색이 어렸다.

"그래서요?"

이번에는 프레디가 한숨을 쉴 차례였다.

"어제 데이트 약속을 했었는데 난 나갈 수가 없었어요. 그런데 너무 늦게 그녀에게 말을 했고, 그래서 꽤 화가 난 모양이에요……."

그가 어설프게 말끝을 흐렸다.

춥고, 속이 울렁거리고, 머리는 터질 것 같았음에도 불구하고 로라는 미소를 짓고 말았다. 그녀의 다음 말은 그녀가 기대고 있는 선반 위의 물건들만큼이나 기분을 상큼하게 만들어줬다.

"흠, 최소한 나가서 얼굴을 직접 보고 변명할 용기 정도는 내라고요."

프레디는 놀란 얼굴로 그녀를 쳐다봤고, 그의 잘생긴 얼굴에 비뚜름한 미소가 떠올랐다.

"거기 있는 거 다 알아, 이 망할 자식!"

펠리시티의 목소리가 우편물 삽입구를 통해 요란하게 들렸다.

"당신이랑 그 쓰레기 같은 가정부랑! 그 촌스럽고 쪼글쪼글한 늙다리 여자가 당신이 고를 수 있는 최선이라면 난 당신 수준에 걸맞지 않게 고상할 테지. 어차피 당신 따윈 침대에서도 개떡이었어. 그 여자라면 당신을 두 팔 벌려 반기겠지!"

선샤인은 어떻게 해야 할지 잘 모르는 상태로 바락바락 고함을 지르는 펠리시티 옆에 서 있었다. 그 여자가 내뱉는, 정확하게는 소리를 질러내는 모든 말을 머리에 담았고, 나중에 그걸 이해할 수 있기를 바랐다. 어쩌면 로라가 숨는 걸 그만두고 나오면 이해하는 걸 도와줄지도 모른다.

펠리시티는 분노가 좀 가신 것 같았다. 그녀는 마지막으로 현관문을 쾅 치고는 왔던 길로 돌아갔다. 잠시 후 차 문이 닫히는 소리가 들리고 엔진 소리가 나고 펠리시티가 불쾌한 기분으로 도로에 타이어 자국을 남기며 끼이익 소리를 내고 떠났다. 선샤인이 막 집으로 돌아가려고 할 때 또 다른 방문객이 나타났다. 이 여자는 더 나이가 많고,

깔끔하게 옷을 입고 미소를 띠고 있었다.

"안녕. 로라가 여기 사니?"

여자가 물었다. 선샤인은 이 여자는 뭘 하려는 걸까 궁금했다.

"네. 하지만 아마 숨어 있을 거예요."

여자는 별로 놀라는 것 같지 않았다.

"난 사라란다. 로라의 오랜 친구지."

선샤인은 그녀에게 하이파이브를 했다.

"전 선샤인이에요. 로라 아줌마의 새 친구예요."

"흠, 네가 친구가 되어줘서 로라는 굉장히 운이 좋구나."

여자가 말했다. 선샤인은 이 새로운 여자가 마음에 들었다.

"아줌마도 우편물 삽입구로 소리를 지르실 건가요?"

그녀가 물었다. 사라는 잠시 생각을 해봤다.

"음, 그냥 벨을 누르는 게 어떨까 싶은데."

선샤인은 배가 고팠다. 오늘은 파두아에서 점심을 먹을 수 있을 것 같지가 않았다.

"행운을 빌게요."

그녀는 사라에게 말을 하고 집 앞을 떠났다.

프레디와 로라는 여전히 창고에 서서 현관에 아직도 누가 있는지 알아내기 위해 귀를 바싹 곤두세우고 있었다. 현관 벨이 다시 울렸다. 딱 한 번 울리고, 정중한 고요함이 이어졌다. 로라는 피클 병 쪽으로 약간 물러섰다.

"당신이 가봐요. 제발요."

그녀가 프레디에게 애걸했다.

프레디는 펠리시티가 로라를 향해 던진 욕설들이 미안해서 그녀의 요청을 받아들였다.

문을 열자 매력적인 중년의 갈색머리 여자가 자신감 있는 미소를 짓고 그와 악수를 나누었다.

"안녕하세요. 난 사라예요. 로라를 만날 수 있을까요?"

프레디는 뒤로 물러나서 그녀를 안으로 들였다.

"그녀가 숨어 있는 창고에서 나오면 만나실 수 있을 겁니다."

사라의 목소리에 로라는 황급히 그녀를 맞으러 복도로 나왔다.

"당신도 거기 같이 숨어 있었으면서!"

그녀가 프레디에게 말했다. 사라는 두 사람을 모두 본 다음 로라에게 윙크했다.

"창고에 숨어 있기! 그거 꽤 그럴 듯한 은유법 같은데."

"절대로 아닙니다!"

프레디의 대답은 반사적이었지만 로라에게는 마음이 상하는 말이었다.

사라는 언제나처럼 뭘 해야 하는지 알았다. 그녀가 로라의 팔을 잡았다.

"나한테 차 한 잔 만들어주지 않을래? 그나저나 네 머리 정말 멋지다."

25

사라 트루베이는 일급 법정변호사로 훌륭한 경력과 두 명의 건강하고 활기찬 어린 아들, 남자다운 건축가 남편을 갖고 있었다. 또한 요들송에 놀라운 재능이 있어서 학교에서 한 〈사운드 오브 뮤직〉 공연에서 마리아 역으로 엄청난 갈채를 받기도 했다. 그녀와 로라는 학교에서 만났고 그 이래로 친한 친구 사이를 유지했다. 지리적으로나 만나는 횟수 면에서 가까운 건 아니었다. 그들은 일 년에 두세 번 정도 만나거나 통화를 했다. 하지만 어린 나이에 형성되어 기쁜 일과 슬픈 일로 시간이 흐르며 다져진 그들 사이의 우정은 믿음직스럽고 확고하게 유지되었다. 사라는 밝고 발랄하고 의지가 강한 로라가 끔찍한 결혼 생활과 자기의심으로 점차 시들어가는 모습을 보았다. 하지만 그녀는 언젠가 진짜 로라가 찬란하게 반짝이는 총천연색으로 멋지게 되살아날 거라는 희망을 포기하지 않았다.

"어쩐 일로 온 거야?"

로라가 주전자에 물을 채우면서 물었다.

"음, 네가 오늘 새벽에 완전히 취해서 내 음성 메시지함에 남긴 거의 알아들을 수 없는 여섯 통의 메시지가 날 여기까지 인도했지."

"맙소사! 아니지? 나 안 그랬지?"

로라는 양손에 얼굴을 묻었다.

"확실하게 그랬어. 그리고 이제 무슨 일인지 전부 다 들어야겠어. 감추고 싶은 부분까지 전부 다. 그리고 우선은 '불쌍한 그레이엄'에서 부터 시작하는 게 좋을 것 같아. 도대체 '불쌍한 그레이엄'이 누구야?"

로라는 그녀에게 거의 전부 다 이야기했다. 아직도 쓰레기통에 반쯤 걸쳐져 있는 드레스로 시작해서 벽난로 앞에서 프로세코 와인을 두 병째 마신 부분으로 끝이 났다. 나머지 밤 시간은 전화한 걸 포함해서 알코올이 일으킨 망각 속에서 영원히 사라졌다.

"불쌍한 그레이엄. 애초에 왜 그 사람하고 데이트를 하는 데 동의한 거야?"

사라도 이제는 동의하는 것 같았다. 로라는 약간 창피한 듯한 표정이었다.

"음, 모르겠어. 아마도 그 사람이 말을 꺼내서였겠지. 아무도 그러지 않았거든. 그 사람은 항상 상냥해 보였고. 딱히 틀린 부분이 없어 보였어."

사라는 믿을 수가 없어서 고개를 흔들었다.

"틀린 부분이 없다는 게 올바른 상대라는 건 아니잖아."

로라는 한숨을 쉬었다. 틀린 남자를 천생연분으로 생각하는 걸 그만둘 수만 있다면. 그녀는 다시 양손에 얼굴을 묻었다.

"망할 골칫덩이 정원사 같으니!"

그녀는 미처 생각지 않고 그 말을 입밖으로 뱉었다.

"누구?"

로라가 우울하게 웃었다.

"어, 아니야. 그냥 혼잣말이었어."

"있지, 그게 첫 번째 징후래."

"무슨 첫 번째 징후?"

"갱년기!"

로라는 그녀에게 비스킷을 던졌다.

"그 사람이 노르딕 워킹 이야기를 꺼냈을 때 이 관계가 잘 되지 않을 거라는 걸 알아차렸어야 했어."

"그 사람은 자기 지팡이로 널 감탄시키고 싶었던 거야!"

사라는 웃으면서 그렇게 말했고 로라도 약간 죄책감을 느끼면서 결국에는 키득키득 웃고 말았다.

그리고 그녀는 현관에서의 키스에 관해서 이야기했다. 그 끔찍하고 끝없이 지루하던 키스.

사라는 그녀를 보고 답답하다는 듯이 어깨를 으쓱였다.

"음, 그럼 도대체 넌 뭘 기대했니? 그 남자에게 끌리지도 않았으면서. 전혀 안 그랬잖아. 그러면 언제나 마분지랑 키스하는 기분일걸!"

로라는 단호하게 고개를 흔들었다.

"아니야. 훨씬 더 나빴어. 마분지 쪽이 차라리 더 나았을 거야."

그녀는 그 민달팽이 같던 느낌을 떠올리며 혐오감 속에 덧붙였다.

"훨씬 덜 축축했을 거고."

"솔직히, 로라, 그냥 뺨을 내밀거나 그게 안 되면 좀 더 빨리 몸을 빼지 그랬니?"

로라의 뺨이 웃음과 창피함으로 울긋불긋해졌다.

"무례하게 행동하고 싶진 않았어. 그리고 그 사람 입술이 달 착륙선이 도킹하는 것처럼 내 얼굴에 달라붙었었단 말이야."

사라는 다시금 웃어댔다. 로라는 기분이 안 좋았다. 불쌍한 그레이엄. 그를 이렇게 비웃으면 안 되는데. 그녀가 마침내 그 빨아대는 입술에서 몸을 떼고 다급하게 작별인사를 주워섬기고 집 안으로 들어와 등 뒤의 문을 닫을 때 그의 얼굴에 떠오른 당황한 표정이 떠올랐다. 불쌍한 그레이엄. 하지만 그렇다고 해서 그녀가 그를 다시 만나고 싶다는 뜻은 아니었다.

"불쌍한 그레이엄 따윈 내버려둬!"

사라는 항상 로라가 무슨 생각을 하는지 무서울 정도로 잘 꿰뚫는 능력이 있었다.

"나한테는 '불쌍한 로라'로 들린다, 애. 그 사람은 수상한 지팡이를 가진 데다 키스도 형편없었잖니. 입술 닦고 이제 넘어가!"

로라는 웃음을 감출 수가 없었다. 하지만 기분은 나아지기 시작했어도 기억은 어설픈 카누를 넘어뜨리는 갑작스러운 파도처럼 그녀의 기분을 무너뜨렸다.

"젠장!"

그녀가 의자 앞쪽으로 몸을 기울이고 다시 양손에 얼굴을 묻었다.

사라는 다음번 고백을 기다리면서 차를 따랐다.

"프레디! 그 사람이 오늘 아침에 날 발견했어."

로라가 비참하게 신음하며 말했다.

"그런데?"

"오늘 아침에 내가 침을 흘리면서 어젯밤 화장이 번진 상태 그대로 소파에 얼굴을 박은 채로 빈 술병이랑 잔 두 개 옆에서 자고 있는 걸 발견했다고. 잔 두 개 말이야, 사라! 그 사람은 그레이엄이 '커피를 마시러 들어온' 줄 알 거라고!"

"음, 증거가 아무리 그럴 듯하다고 해도, 어쨌든 정황증거일 뿐이잖아. 그리고 프레디가 어떻게 생각하는지가 왜 중요한데?"

"내가 주정뱅이 매춘부라고 생각할 거 아냐!"

사라는 미소를 지으며 어린애한테 말하는 것처럼 상냥하게, 천천히 말했다.

"음, 그게 그렇게 중요하면 그 사람한테 실제로 무슨 일이 있었는지 말을 하든지."

로라는 낙담하듯이 한숨을 쉬었다.

"그러면 날 '촌스럽고 쪼글쪼글한 늙다리 여자'라고 생각할 거 아냐."

"좋아!"

사라가 손바닥으로 탁자를 내리쳤다.

"징징거리고 자학하는 건 이제 됐어. 위층으로 가시죠, 할머니, 그래서 봐줄 만한 꼴을 좀 하고 와. 네 그 한심하고 지루한 불평을 들으라고 날 회사에서 끌어냈으니까 최소한 점심 정도는 네가 사야지. 그리고 샌드위치로는 안 돼. 제대로 된 식사를 말하는 거야. 거기다가 푸딩도!"

로라는 완벽한 모양으로 드라이를 한 사라의 머리를 장난스럽게 헝클고서 부엌을 나갔다. 그리고 거의 동시에 프레디가 뒷문으로 들어왔다.

사라가 일어나서 그에게 손을 내밀며 활짝 미소를 지었다.

"다시 인사할게요. 아까는 제대로 소개를 못 한 것 같아서요. 난 사라 트루베이예요. 로라의 오랜 친구죠."

프레디는 그녀와 악수를 나눴지만 눈을 똑바로 쳐다보지 않은 채 몸을 돌려 주전자에 물을 채웠다.

"프레디입니다. 그냥 커피를 좀 끓이러 왔어요. 한 잔 드릴까요?"

"아뇨, 됐어요. 우린 곧 나갈 거라서요."

사라는 의도적으로, 프레디는 당황해서 지키고 있는 침묵 속에 오로지 주전자에서 물이 끓는 소리만이 들렸다. 프레디는 사라를 제외하고 사방으로 눈길을 돌리다가 쓰레기통에 걸려 있는 로라의 드레스를 발견했다. 그가 그것을 꺼내서 펼쳤다.

"흠. 멋진 드레스군요."

"그러게요. 로라가 그걸 입으면 정말 멋져 보였겠어요."

프레디는 불편하게 진흙 묻은 부츠 발로 서성거렸다.

"저는 알 일이 없어서요."

로라가 계단을 내려오는 발소리가 들리자 사라가 일어섰다.

"내가 상관할 일은 아닐 테지만, 설령 잘못된 사람이라고 해도 누군가가 뭔가 말을 하지 않으면 안 되는 경우가 있어서 말이에요. 어젯밤 일은 보이는 그대로가 아니었어요."

그녀가 몸을 돌려서 부엌을 나가다가 어깨 너머로 덧붙였다.

"혹시 당신이 관심이 있을까 봐 한 말이에요."

"제가 상관할 일도 아니죠."

프레디는 부루퉁하게 중얼거리고 물을 컵에 따랐다.

거짓말이래요, 거짓말이래요! 사라는 속으로 생각했다.

'달이 없는 밤'은 아흔두 살의 전직 복싱 코치이자 말 상인인 '당나귀' 에디 오리건의 장례식 밤샘을 치르고 있었다. 추도객들은 이미 떠난 사람들을 위해 열심히 건배를 했는지 분위기는 유쾌하고, 시끌

시끌하고, 감상적이었다. 로라와 사라는 부스석에 간신히 자리를 차지하고 소시지 카술레와 감자 퓨레를 시켜둔 뒤 사라는 하우스 와인을, 로라는 다이어트 코크를 곁들이면서 서로의 소식을 나누었다. 그들은 앤서니가 죽은 후 잠깐밖에 이야기를 나누지 못했지만, 그 이래로 사라는 법정에서만 알려진 꽤 중요한 사건을 맡아서 계속 바빴다.

"네가 이겼어?"

로라가 물었다.

"당연하지!"

사라는 포크로 앞에 놓인 접시의 물컹물컹해 보이는 소시지와 콩 스튜를 찔렀다.

"하지만 그건 신경 쓰지 말고, 나한테 전부 다 이야기해봐."

로라는 얘기를 털어놓았다. 앤서니의 유언과 편지, 물건으로 가득한 서재와 선샤인에게서 숨었던 일, 그리고 최근에 자신이 동네의 가장 인기 있는 화젯거리가 된 것에 대해서 말했다. 그리고 펠리시티에 관해서도.

"내 말은, 어떤 면에서는 정말 멋져. 그 집은 정말 아름답거든. 하지만 거기 딸려온 어마어마한 분실물들 부분은 전혀 얘기가 달라. 내가 그 많은 물건들을 다 어떻게 돌려줘야 하는데? 완전히 미친 짓이야. 선샤인도 어떻게 해야 할지 모르겠고, 웹사이트가 효과가 있을 거라는 보장도 없는 데다 동네 사람들 대부분이 내가 돈 밝히는 헤픈 계집이라고 생각해. 난 쥐와 거미줄과 다른 사람들의 잃어버린 물건들이 가득한 집에서 백네 살까지 살다 죽어서 몇 달이나 발견이 안 되다 누군가가 결국에 문을 따고 들어왔을 땐 소파에서 액화돼버린 상태일 거야."

"처음도 아니잖니."

사라가 윙크를 하며 대꾸했다. 하지만 곧 그녀는 포크와 나이프를 내려놓고 접시를 앞으로 밀었다.

"로라. 내 친애하는 사랑스럽고 유쾌하고 영리하고 완벽하게 머리 끝까지 화가 난 로라. 넌 대단히 크고 아름다운 집과 보물들과 섹시한 정원사까지 한꺼번에 물려받았어. 앤서니는 널 딸처럼 사랑했고 자신에게 귀중한 모든 것을 너한테 줄 만큼 믿었어. 그런데 좋아서 춤을 추는 대신에 넌 여기 앉아 징징거리고 있지. 그는 널 믿었어. 나도 항상 너를 믿고. 네가 숨는 상대는 선샤인만이 아니야. 넌 모든 것으로부터 숨고 있어. 그리고 이제는 숨는 걸 그만두고 인생의 엉덩이를 걷어찰 때가 됐다. 다른 사람들이 뭐라고 생각하든 지옥으로나 가라고 해."

그녀가 덧붙였다.

로라는 다이어트 코크를 한 모금 마셨다. 별로 납득이 되지 않았고, 자신을 사랑하는 또 다른 사람을 실망시킬까 봐 겁이 났다.

사라는 아끼는 친구의 괴로워하는 얼굴을 바라봤다. 그녀가 손을 내밀어서 로라의 손 위에 얹었다. 오랫동안 미뤄뒀던 핵심을 털어놓을 때였다.

"로라, 과거는 놓아줘야 돼. 넌 행복해질 자격이 있지만, 네 스스로 그 행복을 이뤄야 해. 그건 네 책임이야. 빈스를 만났을 때 넌 열일곱 살밖에 안 된, 아직 어린애였어. 하지만 이제는 어른이니까, 어른처럼 행동해야지. 네가 그 시절에 했던 일로 너 자신을 자꾸만 학대하지 말고, 그렇다고 그걸 변명으로 삼지도 마. 너한테는 이제 진짜 멋진 인생을 살아갈 기회가 있잖아. 그걸 꽉 붙잡고 놓치지 마."

사라는 의자에 몸을 기대고 로라가 자신의 말을 어떻게 받아들이는지 바라보았다. 그녀가 아마도 세상에서 로라에게 이런 식으로 말할 수 있고 또 말을 할 유일한 사람일 것이다. 그녀는 여전히 그 안에 있다고 확신하는 여자를 되찾아서 끄집어낼 생각이었다. 필요하다면 억지로라도.

"우리 모두 그 시절에 빈스한테 반했었다는 거 너도 알지?"

로라는 믿을 수 없다는 표정으로 그녀를 보았다.

"정말이야. 너만이 아니었어. 그 사람은 잘생기고, 근사한 차를 몰고, 소브라니 담배를 피웠잖니. 여자가 뭘 더 바라겠니? 우리 모두 그 사람이 섹시함 그 자체라고 생각했었어. 그 사람이 널 골랐던 게 불운이었을 뿐이야."

로라는 미소를 지었다.

"넌 항상 참을 수 없을 정도로 똑똑했다니까."

"그래, 하지만 내 말이 맞잖아. 안 그래? 인정해, 로라. 넌 이것보다 훨씬 나아! 언제 이렇게 겁쟁이가 된 거야? 이건 대부분의 사람들은 꿈만 꾸는 일생에 한 번뿐인 24캐럿 금반지 같은 끝내주게 환상적인 기회야. 네가 겁먹고 이 기회를 놓친다면 난 널 절대로 용서하지 않을 거야. 그리고 더 중요한 건 너도 너 자신을 결코 용서하지 못할 거야!"

사라는 잔을 들어 건배를 했다.

"그리고 미친 짓이라는 부분에 관해서는, 너한테 완벽하게 어울리잖니. 넌 항상 완전히 정신 나간 애였잖아!"

로라는 미소를 지었다. 그것은 인생이 아직 흥분되고 온갖 가능성으로 가득하던 학창 시절에 사라가 그녀에게 붙인 별명이었다.

"재수 없는 계집애……."

그녀가 중얼거렸다.

"뭐라고?"

평소 거의 동요하는 일이라고는 없는 사라조차 조금 놀란 얼굴이었다. 로라가 씩 웃었다.

"너 말고 나 말이야."

"그렇겠지."

사라도 그녀를 보고 씩 웃었다.

서서히 로라는 인생이 아직도 흥분되고 온갖 가능성으로 가득하다는 것을 깨닫기 시작했다. 그녀는 그 기회들을 뒤쫓는 대신에 그저 품에 떨어져주기만을 바라며 수년을 낭비했다. 이제 따라잡아야 할 것이 많았다.

"선샤인은 어떡하지? 충고해줄 만한 거 있어?"

그녀가 물었다.

"그 애한테 이야기를 해. 그 애는 다운 증후군이지, 지적 능력이 떨어지는 건 아니야. 그 애한테 네가 어떻게 느끼는지 말을 해. 뭔가 합의를 봐. 그리고 네 데이트가 실제로 어떻게 흘러갔는지도 이야기를 하고. 네가 직접 프레디에게 얘기하지 않을 거라면, 분명히 그 애가 대신 해줄 테니까."

로라가 고개를 저었다.

"그럴 수도 있지만, 어차피 그 사람은 신경 안 쓸 거야. 우리가 창고에서 뭔가 나쁜 짓을 하고 있는 거 아니냐고 네가 암시했을 때 그 사람이 뭐라고 했는지 들었잖아. '절대로 아닙니다'라고."

"아, 로라! 가끔 넌 진짜 둔하다니까."

로라는 친구의 손등을 포크로 찌르고 싶은 충동을 억눌렀다.

"남학교에 있었던 니콜라스 바커 기억나?"

로라는 키가 크고 주근깨가 있고 튼튼한 팔에 신발 뒤축을 끌고 다니던 남자아이를 떠올렸다.

"항상 버스에서 내 머리를 잡아당기거나 날 완전히 무시하곤 했잖아."

사라가 씩 웃었다.

"걘 수줍어서 그랬던 거야. 너한테 홀딱 반해서 그랬던 거라고!"

로라가 신음했다.

"맙소사. 우리가 5학년 때 이래로 나아진 데가 없다고 말하지는 말아줘."

"넌 그렇게 변명하겠지만, 내가 보기에 넌 따라잡아야 하는 게 굉장히 많아. 특히나 프레디가 너한테 반한 것만큼 너도 그 사람한테 반했다면 말이야. 그리고 이제 난 푸딩을 먹어야겠어!"

사라는 펍에서 역까지 갈 택시를 불렀다. 주차장에서 택시가 오기를 기다리면서 로라가 친구를 꼭 끌어안았다.

"와줘서 정말로 고마워. 내가 완전히 골치 아프게 군 거 미안해."

"그건 변하지도 않잖니. 하지만 솔직히, 괜찮아. 너도 나한테 똑같이 해줄 거잖아."

사라가 말했다.

"아니, 절대로 안 할 거야!"

로라는 항상 그랬다. 칭찬을 솔직하게 받아들이지 못하고 농담 뒤에 숨곤 했다. 하지만 사라는 팔 년 전에 충격을 받은 그녀의 남편이 주차장을 서성거리며 줄담배를 피우고 흐느끼는 동안 병동의 곁방

179

에서 그녀의 눈물을 닦아줬던 게 바로 로라였음을 절대로 잊을 수 없을 것이다. 그녀가 첫아기를 낳았을 때, 볼 기회도 없이 죽은 소중한 딸을 낳았을 때 손을 잡아줬던 것도 로라였다. 그 아이는 로라-제인이라고 이름을 붙일 예정이었다.

그날 오후에 로라는 집 건너편 풀밭의 벤치에 앉아 있는 선샤인을 찾았다.

"옆에 앉아도 될까?"

그녀가 물었다. 선샤인은 미소를 지었다. 따뜻하고 환영하는 미소에 로라는 죄책감과 부끄러움을 느꼈다.

"사과하고 싶어."

그녀가 말했다.

"뭘요?"

"너한테 좋은 친구가 돼주지 못해서."

선샤인은 잠깐 생각을 해봤다.

"저를 좋아하세요?"

"그래, 그렇단다. 아주 많이."

"그러면 왜 숨었어요?"

그녀가 슬픈 목소리로 물었다. 로라는 한숨을 쉬었다.

"왜냐하면, 선샤인, 이건 나한테 전부 새로운 일이거든. 이 집에 사는 것, 분실물들, 앤서니가 원한 게 뭔지 알아내는 것까지 전부 다. 가끔은 화가 나고 머리가 복잡해서 혼자 있을 시간이 필요해."

"그럼 왜 저한테 그렇게 말하지 않으셨어요?"

로라는 소녀를 보고 미소를 지었다.

"왜냐하면 가끔 난 좀 멍청한 바보가 되거든."

"아줌마는 무서웠던 적이 있나요?"

"가끔 있지."

선샤인은 그녀의 손을 자신의 손으로 꼭 쥐었다. 부드럽고 통통한 손은 얼음처럼 차가웠다. 로라가 그녀를 벤치에서 일으켜 세웠다.

"들어가서 근사한 차 한 잔 마시자꾸나."

그녀가 말했다.

26

"애한테 비스킷이 필요할 것 같아요."

선샤인은 잡종 개인 것 같은 뼈에 가죽만 씌워놓은 녀석을 상냥하게 쓰다듬으면서 말했다. 녀석은 지금껏 얻어맞고 살았던 걸 그대로 보여주는 겁에 질린 눈으로 선샤인을 쳐다봤다. 녀석을 괴롭히던 사람들은 괴롭히는 데 질려서 알아서 살라고 녀석을 쫓아냈다. 어제 저녁에 프레디가 파두아 바깥쪽 잔디밭 가장자리에 엎어져 있는 녀석을 발견했다. 비가 거세게 내리고 있었고 녀석은 흠뻑 젖은 데다 너무 지쳐서 프레디가 들어 올려 안으로 데리고 들어오는데 저항도 하지 않았다. 녀석은 차에 살짝 스쳐서 엉덩이에 긁힌 상처가 있었고, 프레디가 부들부들 떠는 녀석을 타월로 감싸는 동안 로라가 상처를 닦아주고 반창고를 붙였다. 녀석은 아무것도 먹지 않고 물만 조금 마셨고, 로라는 밤새도록 녀석과 함께 있으면서 안락의자에서 깜박깜박 졸았고 녀석은 난롯가에서 담요에 싸인 채 꼼짝하지 않았다. 겨울 새벽의 유령 같은 빛이 앤서니의 서재의 레이스 커튼 사이로 스며들자 로라는 잠에서 깼다. 의자에서 어색하게 구부리고 잔 탓에 목에서 경련이 났다. 불은 깜부기숯 몇 개밖에 남지 않았으나 개는 여전히 그 자리에서 꼼짝도 않고 있었다.

하느님 제발. 그녀는 기도에 대한 응답을 확인하기 위해서 담요가 오르락내리락하는지 확인하려고 몸을 앞으로 기울였다. 하지만 아무것도 없었다. 아무 움직임도, 소리도 없었다. 그러나 그녀의 눈을 채운 눈물이 흘러내리기 직전에 담요가 갑자기 움찔했다. 놀랍게도 로라가 자는 동안 듣지 못했던 헐떡거리며 숨을 들이켜는 소리와 낭랑한 코 고는 소리가 다시 시작되었다.

선샤인은 아침에 와서 그들에게 멍멍이 손님이 있는 것을 발견하고 열광했다. 평소 근엄하고 진지한 선샤인이 이렇게 활달한 것을 로라는 처음 보았다. 두 사람은 녀석에게 구운 닭고기와 버터 바른 빵 한 조각을 간신히 먹였다. 선샤인은 부드럽게 비쩍 마른 녀석의 몸을 만져본 다음 뭐든지 먹여야겠다는 결심을 했다.

"한꺼번에 너무 많이 먹이면 안 돼. 위장이 줄어든 상태일 거라서 너무 많이 주면 탈이 날 거야."

로라가 경고 조로 말했다.

선샤인은 토하는 건 질색이라는 뜻을 훌륭하게 표현하는 표정을 지었다.

"마실 걸 좀 더 주는 건 어떨까요?"

소녀가 희망적으로 물었다. 로라는 아이의 열렬한 태도를 이해할 수 있었다. 그 애는 이 녀석을 더 낫게, 더 살찌게, 더 건강하게 만들고 싶어서 안달인 것이다. 더 행복하게 만들고 싶어서. 하지만 가끔은 아무리 어렵다 해도, 아무것도 하지 않는 것이 해답일 때도 있었다.

"내 생각에 그 애는 그냥 좀 쉬는 게 좋을 것 같아. 담요를 둘러주고 평화롭게 좀 쉬게 놔두렴."

선샤인은 십 분 동안이나 굉장히 신중하게 녀석에게 '담요를 둘러'줬고 결국에 로라가 그녀에게 와서 웹사이트 만드는 것을 도와달라고 설득했다. 프레디는 평소보다 조금 일찍 와서 그들이 모두 서재에 있는 것을 발견했다.

"불쌍한 녀석은 어쩌고 있어요?"

로라는 노트북 화면에서 고개를 들 수가 없었다.

"조금 나아진 것 같아요."

창고에서의 사건 이후로 프레디와 로라 사이에는 어색한 분위기가 연기처럼 떠돌았다. 로라는 그 분위기를 없애고 실제로 데이트에서 어떤 일이 있었는지 그에게 정말로 말을 하고 싶었지만, 대화를 시작할 방법을 찾을 수가 없었다. 그는 불 앞으로 가서 담요 더미 옆에 웅크리고 앉았다. 커다랗고 슬픈 눈 한 쌍이 그를 슬쩍 쳐다봤다. 프레디는 개가 냄새를 맡을 수 있게 손등을 내밀었으나 개는 끔찍한 경험으로 인해 본능적으로 움찔했다.

"자, 자, 진정하렴, 이 녀석아. 여기서는 아무도 널 아프게 만들지 않을 거야. 내가 널 찾은 사람이란다."

개는 그의 부드러운 말투에 귀를 기울이고 담요 아래서 경계하면서 코를 내밀어 주저주저 냄새를 맡았다. 선샤인은 그들의 행동을 빤히 보았다. 그리고 과장된 한숨을 쉬고서 허리에 양손을 올렸다.

"그 애는 쉬어야 한단 말이에요."

그녀가 비판적인 목소리로 말했다.

프레디는 항복하듯 양손을 들어 올린 후 로라가 노트북 컴퓨터를 놓고 앉아 있는 탁자로 다가왔다.

"그럼 우리가 저 녀석을 데리고 있는 건가요?"

로라가 숨도 들이켜기 전에 선샤인이 대답했다.

"그거야 완전 당연한 일이죠. 제 심장에 성호를 긋고 하늘에 맹세하는데 우리가 저 애를 데리고 있을 거예요! 저 앤 갈 곳을 잃었고 아저씨가 저 애를 찾았잖아요. 그게 우리가 하는 일이에요."

선샤인은 자신의 말을 강력하게 강조하듯이 허공에 양손을 내저으며 말했다. 그 애의 생각이 감정을 따라잡기까지는 약간 시간이 걸렸지만, 생각이 뒤를 따라온 후에 아이가 용맹하게 덧붙였다.

"하지만 쟤는 돌려주지는 않을 거예요."

소녀는 안심시켜주기를 바라듯이 프레디와 로라를 차례로 쳐다봤다. 프레디가 그 애에게 윙크를 하고 미소를 지었다.

"걱정하지 마라, 선샤인. 저 녀석을 돌려받고 싶어 하는 사람은 아마 없을 거야."

그러고는 그가 자신의 입장을 떠올린 듯이 덧붙였다.

"물론 결정을 내리는 사람은 로라지."

로라는 그녀의 집 문지방을 넘어서자마자 안전해졌다는 것을 알지 못하는 것처럼 난롯가에서 꼼짝하지 않는 담요 더미를 쳐다봤다. 이 집에 들어온 순간 녀석은 그녀의 것이 되었다.

"쟤한테 이름을 지어줘야겠어요."

그녀가 말했고, 다시금 선샤인은 이미 그 단계를 넘어간 상태였다.

"캐럿(Carrot)이라고 부를 거예요."

"그러니? 이유는?"

프레디가 물었다.

"왜냐하면 어두운 밤에 잘 못 봐서 차에 치였잖아요."

"그래서?"

프레디가 의아한 듯이 고개를 기울이며 계속 물었다.

"당근은 어두운 데서 눈이 잘 보이게 해주잖아요."

선샤인은 해외를 여행하는 영국인 관광객처럼 크고 느릿느릿한 말투로 결론을 내렸다.

선샤인이 캐럿을 지키고 서 있는 동안 프레디는 선샤인이 로라에게 대신 만들어도 좋다고 허락한 근사한 차 한 잔을 마신 후 일을 하러 정원으로 나갔다. 로라와 선샤인은 다시 '잃어버린 것들의 수집가'로 관심을 돌렸다. 로라는 웹사이트를 통해 접속할 수 있도록 데이터베이스에 모든 분실물들의 상세 설명을 입력하는 어마어마한 임무에 착수했다. 선샤인은 선반과 서랍에서 물건들을 골랐다. 로라가 특정한 물건의 설명을 입력하고 나면 우체국에서 한 통에 오십 개들이로 파는 금색 별 스티커를 붙여 표시를 했다. 그들은 열 통을 샀지만 일을 시작하고 나자 로라는 훨씬 더 많이 필요할 것 같다는 기분이 들었다. 선샤인은 물건들을 탁자 위에 깔끔하게 한 줄로 놓았다. 족집게, 소형 트럼프 카드(클럽 킹), 플라스틱 군인 인형. 우정 팔찌는 그녀의 손에 남았다.

빨간색과 검은색 줄을 엮어 만든 팔찌.

5월 21일 풀스 그린과 메이틀랜드 로 사이의 도로 아래쪽 통로에서 발견.

클로이는 첫 번째 욕지기가 솟구치기 직전에 입에 침이 고이는 것을 느꼈다. 구역질이 나서 그녀는 몸을 구부리며 새 신발에 튀기지 않으려고 노력했다. 도로 아래 통로의 콘크리트 벽에 그녀의 창피하고 부끄러운 소리가 울렸다.

모두가 미첼 선생님을 좋아했다. 선생님은 학교에서 제일 근사했다.

"남자애들은 그 선생님처럼 되고 싶어 하고 여자애들은 그 선생님 옆에 있고 싶어 해."

바로 어제 선생님이 복도에서 지나쳐 가자 그녀의 친구 클레어가 그렇게 종알거렸다. 클로이는 아니었다. 더 이상은. 그녀는 그 선생님 근처에 있고 싶지 않았다. 미첼 선생님은 ("날 미치라고 부르렴. 그렇게 안 부르면 대답해주지 않을 거야.") 음악을 가르쳤고, 처음에는 클로이도 선생님이 고르는 어떤 연주곡에든 기꺼이 장단을 맞췄을 것이다. 선생님은 엄청난 설득력이 있는 말재주가 있었다. 거기에 잘생긴 얼굴과 번드르르한 매력까지 합쳐지자 미첼 선생님에 대한 인기는 하늘을 찌를 정도였다. 클로이는 엄마에게 미첼 선생님이 가르치는 개인 노래 수업을 신청해달라고 애원했다. 선생님의 집에서 하는 수업이었다. 엄마는 깜짝 놀랐다. 딸은 조용하고, 중앙 무대에 나가기보다는 합창단에 섞이는 걸 더 좋아하는 아이였다. 그 애는 '착한' 아이, '좋은' 아이였다. 노래 수업 비용을 구하는 건 꽤 힘들겠지만, 아마도 엄마는 클로이가 좀 더 자신감을 얻을 수 있다면 그럴 만한 가치가 있다고 생각했던 것 같다. 그리고 미첼 선생님은 정말로 뛰어난 선생님이었다. 그는 그냥 시간만 때우다가 돈을 받아서 떠나버리는 학교의 몇몇 선생님들과 다르게 정말로 학생들을 아끼는 것 같았다.

처음에는 정말 짜릿했다. 교실에서 눈을 마주보는 시간이 약간 더 길어졌다. 그녀 쪽으로 가끔 미소도 지어줬다. 자신이 선생님에게 특별한 존재라고 그녀는 확신했다. 첫 번째 노래 수업에 갈 때 그녀는 들떠서 거의 어지러울 정도였다. 선생님의 집으로 걸어가면서 그녀는 입술에 분홍색에 반짝거리는 립글로스 '열정적인 볼록함'을 발랐다. 하지만 이내 다시 지워버렸다. 세 번째 수업 때 선생님은 그녀를 피아노 앞에서 자신의 옆에 앉혔다. 선생님의 손이 그녀의 허벅지를 만지는 건 짜릿하고 흥분되었다. 하지만 잘못된 행동이었다. 그것은 늦은 밤에 어두운 뒷골목을 가로지르는 지름길로 가는 것 같은 행동이었다. 그러면 안 된다는 걸 안다. 위험하다는 것도 안다. 하지만 이번 한 번은 괜찮을 거라고 생각하는 거다. 다음 수업에서 선생님은 그녀의 뒤에 서서 양손을 그녀의 가슴에 얹었다. 부드럽게, 쓰다듬듯이. 선생님은 그녀가 숨을 제대로 쉬고 있는 건지 확인하기 위해서라고 했다. 어린아이 같은 로맨스의 환상은 몸을 더듬는 손과 귓가에서 들리는 뜨겁고 헐떡거리는 숨소리라는 추악한 현실에 무참하게 무너졌다. 그런데 왜 그녀는 다시 거기에 간 걸까? 그 이후로도 그녀는 계속해서 수업에 갔다. 어떻게 가지 않을 수 있겠는가? 엄마한테는 뭐라고 말을 할 건가? 그녀도 선생님만큼이나 원했다. 선생님이 그렇게 말했고, 그녀는 그 말에 담긴 불안정한 진실에 얽매여 헤어나올 수 없었다. 처음에는 그녀도 원했다. 안 그런가?

행위의 기억이 머릿속에서 계속해서 맴돌면서 육체적인 고통이 더욱 강해지며 그녀의 몸을 뒤흔들었다. 그녀는 싫다고 말했다. 싫다고 비명을 질렀다. 하지만 어쩌면 그녀의 머릿속에서만 그랬고 소리 내서 말을 한 건 아니었을지도 모른다. 그녀만의 것이었던 몸은 영원히 사라졌다. 빼앗긴 건지 자발적으로 준 건지는 그녀도 여전히 알 수가 없었다. 그녀는 다시 입을 닦다가 손목의 우정 팔찌를 문득 보았다. 그것은 첫 번째 수업이 끝났을 때 선생님이 준 것이었다. 선생님은 그들이 아주 특별한 친구가 될 거라고 했었다. 그녀는 그것을 팔목에서 뜯어서 내던졌다. 빼앗긴 것이다. 이제 그녀는 확신했다.

선샤인은 손에서 팔찌를 꽉 쥐었다. 로라는 그녀가 움찔하는 걸 보지 못했다. 로라의 눈은 여전히 앞에 있는 노트북 화면에 고정되어 있었고 손가락은 키보드 위를 빠르게 움직였다. 선샤인은 캐럿을 위해서 경고 조로 입술에 손가락 하나를 올리고는 팔찌를 벽난로에 던졌다. 그런 다음 다른 물건들을 고르러 서랍으로 돌아갔다.

선반 위쪽에서는 비스킷 통이 아직까지도 금색 별을 기다리고 있었다.

27

"광대 역할 아저씨가 오시면 제가 근사한 차 한 잔을 만들까요?"

선샤인이 도움을 주고 싶어 하는 마음에 물었다.

로라는 멍하니 고개를 끄덕였다. 그녀의 머릿속은 현재 복도 바닥 대부분을 차지하고 쇠약해져가는 중인 거대한 크리스마스트리를 어디에 둘까에 사로잡혀 있었다. 프레디는 자신이 잰 바에 따르면 나무를 제자리에 세우기만 하면 나무 끝과 천장 사이에 빛이 들어올 공간이 삼십 센티미터는 남는다고 주장하면서 언쟁이 심해지기 전에 자신의 주장을 증명하기 위해 바깥 창고에 있는 금속 스탠드를 가지러 갔다. 조금 후에 광대역 통신을 설치할 기사가 올 예정이었다.

"정확한 시간은 저희도 못 알려드려요. 하지만 줄잡아 오전 10시 39분부터 오후 3시 14분 사이라고 말씀드릴 수는 있겠네요."

고객 서비스의 담당자는 로라에게 이렇게 말했다.

선샤인은 복도의 시계를, 정확히는 나뭇가지 사이로 보이는 만큼을 열심히 쳐다봤다. 로라가 마침내 선샤인에게 시간 보는 법을 가르쳐줬고, 기회가 될 때마다 시계를 보는 게 그녀의 최근 취미였다. 온갖 소동에 호기심이 생긴 캐럿은 난롯가의 편안한 침대에서 나와서 머뭇머뭇 탐색을 시작했다. 하지만 복도를 가득 채운 우거진 나무를 한번 보자마자 곧장 서재로 돌아갔다. 프레디가 스탠드를 가지고 돌아왔고, 현관 앞이 나무의 엄청난 키와 둘레를 감당하기에 최적의 장소라고 결론을 내리고는 로라와 함께 선샤인이 가끔씩 던지는 조언에 따라 나무를 옮겨 세우려고 애를 썼다. 그때 현관 벨이 울렸고 선샤인은 프레디와 로라가 어색하게 침엽수를 안고 있는 상태로 놔둔 채 응답을 하러 나갔다.

현관 앞에 있는 남자에게서는 지위나 외모, 교육이나 능력으로 전혀 뒷받침되지 않는 잘난 척하는 기색이 있었다. 간단히 말해서 남자는 재수 없게 거만했다. 자질이 부족하고 거만한 남자. 선샤인은 그것을 아직 알지 못했지만, 느낄 수 있었다.

"광대 역할 아저씨인가요?"

그녀가 조심스럽게 물었다. 남자는 그녀의 질문을 무시했다.

"난 로라를 보러 왔어."

선샤인은 시계를 보았다.

"너무 일찍 오셨어요. 이제 겨우 열 시에요. 아직 줄이 풀리지 않았어요."

남자는 학교에서 다른 아이들이 그녀에게 욕을 하고 운동장에서 그녀를 이리저리 떠밀 때와 같은 표정으로 그녀를 쳐다봤다.

"무슨 헛소리를 하고 있는 거야? 난 로라를 보러 왔다니까."

남자는 그녀를 지나쳐 현관으로 들어왔고, 로라와 프레디는 여전히 나무와 씨름 중이었다. 선샤인은 부루퉁해진 채 남자를 따라왔다.

"광대 역할 아저씨예요. 그리고 별로 친절하지 않아요."

그녀가 말했다.

로라가 나무를 놓았다. 예상하지 못하고 있었던 프레디는 나무의 무게에 깔려 쓰러질 뻔하다가 피했고, 나무는 침입자를 몇 센티미터 비켜서 쓰러졌다. 그가 화를 내며 소리쳤다.

"이런 맙소사, 로라! 도대체 뭘 하려고 하는 거야? 날 죽이려는 거야?"

로라는 전에는 한 번도 그러지 않았던 방식으로, 차분한 눈과 엄격한 태도로 그를 마주봤다.

"그거 좋은 생각이군요."

남자는 이런 새로운 모습의 로라를 예상하지 않은 게 분명했고, 그녀는 남자가 불편해하는 걸 즐기는 것 같았다. 프레디는 뜻밖의 상황이 흥미로운 것 같았지만 무관심한 척하려고 애를 썼고, 선샤인은 로라가 정말로 광대 아저씨와 아는 사이라면 어째서 이렇게 끔찍한 사람에게 파두아로 오라고 한 것인지 의아해했다. 그리고 그녀는 절대로 저 남자에게 근사한 차를 만들어주지 않을 것이다. 로라가 마침내 긴장된 분위기를 깨뜨렸다.

"뭘 원해요, 빈스? 부엌으로 오는 편이 낫겠네요."

그녀가 한숨을 쉬면서 말했다. 그녀를 따라 안으로 들어가면서 그는 충동을 억누르지 못하고 프레디를 위아래로 훑어봤고, 프레디도 냉정한 눈으로 그를 보았다. 부엌에서 로라는 왜 왔는지 설명할 기회 말고는 그에게 아무것도 주지 않았다.

"차 한 잔도 안 주는 거야?"

처음 결혼했을 때 침실에서 종종 쓰곤 하던 그 꾀는 말투로 그가 물었지만, 그가 원하는 건 절대로 차가 아니었다. 그 생각만으로도 그녀는 몸을 부르르 떨었다. 접대부 셀리나도 지금쯤은 그 사실을 끔

192

찍하게 잘 알고 있겠지. 그 여자가 불쌍하게 느껴질 지경이었다.

"빈스, 여기 왜 왔어요? 뭘 원해요?"

그는 그녀에게 유혹적이기를 바라는 미소를 지어 보였지만, 추잡해 보일 뿐이었다.

"우리가 친구가 되었으면 해."

로라가 웃음을 터뜨렸다.

"정말이야."

그의 말투 끄트머리에 약간 절망적인 기색이 묻어났다.

"셀리나는 어쩌고요?"

그가 자리에 앉아서 양손에 얼굴을 묻었다. 과잉 감정이 철철 흘러 넘쳐서 컵이라도 받쳐야 할 것 같았다.

"우린 헤어졌어. 난 당신을 사랑했던 것처럼 그녀를 사랑할 수가 없었어."

"운도 좋지. 그 여자가 먼저 떠난 모양이죠?"

빈스는 아직 항복할 마음이 없었다.

"로라, 난 당신에 대한 사랑을 멈춘 적이 없어."

"아하, 셀리나에게 갔을 때도 말이죠?"

빈스가 일어나서 그녀의 손을 잡으려고 했다.

"그건 그냥 육체적인 거였어. 그저 섹스였을 뿐이야. 당신 생각을 멈출 수가 없었고, 당신이 내내 그리웠고, 당신이 돌아오기를 바라."

로라는 피곤하고 어이가 없어서 고개를 흔들었다.

"그러면 지금까지 당신이 나한테 연락할 생각 한 번 안 했다는 게 참 희한하네요. 생일 카드나 크리스마스카드, 전화 한 번 없었는데 말이죠. 말해봐요, 빈스. 왜 이러는 거예요? 왜 지금이죠? 내가 물려받게 된 이 커다란 집하고는 아무 상관도 없는 거겠죠?"

빈스는 도로 자리에 앉아서 적당한 변명거리를 떠올리기 위해 노력했다. 로라는 항상 그에 비해서 너무 영리했다. 그녀가 소녀였던 시절에도 그랬다. 그때 빈스는 자신만의 방식으로 정말 그녀를 사랑했지만, 그때도 사실은 고급 교육을 받고 훌륭한 매너를 가진 그녀가 자신의 수준을 넘어선다는 걸 알고 있었다. 그래도 그때는 그녀를 감탄하게 만들 만한 방법을 찾을 수 있었다. 만약 그들의 아기가 살아 있었다면, 혹은 그들이 다시 아이를 가졌다면, 상황이 달라졌을지도 모른다. 그는 함께 축구를 할 아들이나 말에 태워줄 딸을 좋아했을 것이다. 하지만 그렇게 되지 않았고 결국에 부모가 되려던 그들의 헛된 노력이 그들을 갈라놓는 또 다른 원인이 되었다. 해가 지나면서 로라는 점점 성장해서 그를 넘어설 정도가 되었다. 그리고 결혼이라는 면에서는 그에게 전혀 걸맞지 않게 되었다. 그녀는 그의 단점을 알아챘고, 그는 그녀를 약 올리기 위해서 일부러 그런 면을 더 강조했다. 그게 그의 유일한 변명이었다. 최소한 셀리나는 그가 식탁에 팔꿈치를 올리고 밥을 먹거나 변기 시트를 올린 채 놔둬도 뭐라고 하지 않았다. 뭐, 처음에는 그랬다.

로라는 여전히 차분하게 그의 대답을 기다리고 있었다. 그녀의 평온한 태도가 그를 화나게 만들었고 결국에 그의 얼굴에서 정중함이라는 가면이 떨어져 나가고 흉측한 진실이 드러났다.

"당신이 그레이엄과 데이트를 했다는 얘기를 들었어. 당신은 항상 냉정한 계집이었지."

그가 날카롭게 내뱉었다.

여기 오기 전에 그는 성질을 부리지 않겠다고 다짐을 했었다. 오만한 계집에게 그가 꼭 어울리는 상대라는 걸 보여줄 생각이었다. 하지만 언제나처럼 그녀는 그녀라는 이유만으로 그의 성미를 긁었다. 그보다 더 나은 사람이라는 걸 드러내면서.

로라도 결국 한계에 이르렀다. 그녀는 가장 가까이 있는 것을 집어 들었고, 그것은 열려 있는 우유통이었다. 하지만 곧 빈 통이 될 가능성이 높았다. 그녀가 내용물을 빈스의 비웃는 얼굴을 향해 끼얹었으니까. 목표물에는 빗나갔지만 우유는 그의 가슴에 정통으로 맞았다. 시큼한 액체가 그의 고급 폴로셔츠에 온통 튀고 값비싼 스웨이드 재킷에 얼룩을 남겼다. 로라가 더 많은 무기를 찾아서 두리번거리고 있는데 부엌문이 열렸다. 프레디였다.

"괜찮아요?"

그녀는 마지못해서 개수대에 액체 세제통을 쿵 하고 내려놓았다.

"네, 다 괜찮아요. 빈스는 막 가려던 참이에요. 안 그래요?"

빈스는 프레디를 밀치고 선샤인이 불안하게 서성거리고 있는 현관으로 나왔다. 그러고는 자신의 마지막 욕설을 대단히 침착하게 전달하기 위해서 다시 로라에게로 돌아섰다.

"당신의 이 큰 집과 조그만 저능아 친구와 연하남을 데리고 아주 행복하게 잘 살길 바라겠어."

더 이상 운동장의 어린애가 아닌 선샤인은 놀랄 만큼 차분하게 그의 말에 대답했다.

"난 저능아가 아니에요. 난 다람쥐 우군이에요."

프레디는 그보다 훨씬 더 사납게 말했다.

"그리고 아무도 내 여자들에게 그런 식으로 말할 순 없어. 그러니까 당장 여기서 꺼지지 못해?"

빈스는 언제 입을 다물어야 하는지를 아는 법이 없었다.

"안 그러면 어쩔 건데?"

그 말을 하고 몇 초 후에 빈스는 피투성이 코를 붙잡고 바닥에 뻗은 채 뾰족뾰족한 크리스마스트리에서 벗어나려고 허우적거리고 있었다. 마침내 간신히 일어나서 그는 중상해죄라며 경찰과 변호사를 부를 거라고 고함을 질러대며 현관으로 달려 나갔다. 그가 문을 쾅 닫자 캐럿이 서재 문 뒤에서 고개를 내밀고 딱 한 번, 하지만 아주 준엄하게 빈스가 사라진 자리를 향해 짖었다. 세 사람은 놀라서 개를 쳐다봤다. 파두아에 와서 캐럿이 처음 짖은 것이다.

"잘했어, 이 녀석!"

프레디가 몸을 구부려 캐럿의 귀를 문질러줬다.

"덕분에 저 작자를 쫓아냈구나."

현관 벨 소리에 캐럿은 다시 서재로 돌아갔다. 프레디가 현관을 가로질러서 문을 열었다. 목에 플라스틱 신분증을 걸고 까만 연장통을 들고 있는 젊은 남자는 약간 놀란 표정을 짓고 있었다.

"리라고 합니다. 광대역 문제를 해결해드리러 왔어요."

프레디가 옆으로 물러서서 남자를 안으로 들였고 로라는 여전히 쓰러져 있는 크리스마스트리를 빙 돌아서 그를 서재로 안내했다. 캐럿은 초고속으로 서재에서 도망쳤다. 선샤인은 그들 뒤를 따라가면서 온 힘을 다해 방금 벌어진 일을 이해하기 위해 생각하고 또 생각했다. 그러다가 결국에 눈을 굴리며 커다랗게 한숨을 쉬었다.

"당신이 광대 역할 아저씨군요! 줄을 잡을 수 있게 왔네요."

소녀가 시계를 확인하고서 말했다. 리는 뭐라고 말해야 할지 알 수가 없어서 미소만 지었다. 전에도 기묘한 상황을 겪어봤고 이 집도

196

순조롭게 아주 이상한 집일 것 같은 기분이 들었다.

"근사한 차 한 잔 만들어드릴까요?"

젊은 남자의 얼굴에서 미소가 커졌다. 어쩌면 상황이 좀 나아질지도 모르겠다는 생각이 들었다.

"괜찮다면 커피 한 잔 마시면 좋겠는데요."

선샤인이 고개를 흔들었다.

"전 커피는 만들지 않아요. 차만 만들어요."

리는 연장통을 열었다. 그냥 빨리 일이나 하고 떠나는 편이 좋겠다.

"물론 커피로 드릴게요."

로라가 재빨리 끼어들었다.

"어떻게 해드릴까요? 이리 오렴, 선샤인. 내가 만들 테니까 넌 잘 보렴. 그러면 다음번에는 네가 직접 만들 수 있을 거야."

선샤인은 잠깐 생각을 해본 다음 조금 전 빈스가 위협하며 했던 말을 떠올리고는 그 제안을 받아들이기로 했다.

"그러면 경찰 아저씨들이 여기 오시면 제가 근사한 커피를 만들어드릴 수 있겠네요."

28

당신에 관한 생각.

노래가 로라의 잠을 깨웠다. 꿈의 일부인 건지 아래층의 정원 방에서 들리는 진짜 음악인지는 정확히 알 수 없었지만 말이다. 그녀는 그대로 누운 채 이불에 폭 파묻혀서 귀를 기울였다. 조용했다. 마지못해 그녀는 장미 향 나는 차가운 공기 속으로 나와서 드레싱 가운을 걸치고 창가로 다가가 겨울 아침의 풍경을 바라봤다.

그리고 유령을 보았다.

로라는 자신이 본 것을 믿고 싶지 않아서 성에가 낀 유리창으로 바깥을 자세히 보았다. 장미 관목 사이에서 서리에 덮인 거미줄이 바르르 떨리고 투명한 그림자, 또는 어떤 형체가 있었다. 로라는 고개를 흔들었다. 아무것도 아닐 것이다. 습관적인 상식이 잠깐 외출을 하고 상상력이 신이 나서 멍청한 모자를 쓰고 폭죽을 쏘아대며 광란의 파티를 벌이고 있는 것이리라. 단지 그뿐이다. 빈스가 찾아와서 불안해졌던 거다. 그는 그녀의 새로운 멋진 삶에 온통 더러운 발자국을 남겨놓았다. 하지만 그는 이제 떠났고, 아마도 돌아오지 않을 거라고 그녀는 스스로에게 말했다. 상한 우유가 그의 셔츠를 적셨을 때, 그리고 크리스마스트리 가지에 걸려서 뒤집어진 거북이처럼 버둥거릴 때 그의 공포에 질린 얼굴을 떠올리며 그녀는 미소를 지었다. 하지만 어쩌면 다른 뭔가가 그녀를 불안하게 만들고 있는지도 모른다. 프레디. 그는 그녀를 '내 여자'라고 불렀다. 말도 안 되게, 위험하게 가슴이 두근거렸다. 그 순간을 몇 번이나 머릿속으로 떠올렸지만 끈질기고 짜증나게 멍청하게 굴지 말라는 경고의 목소리가 뒤를 따르곤 했다. 이제는 그 기억을 차마 떠올릴 수도 없었다. 근사한 차나 한 잔 마시는 게 좋겠다.

아래층에서는 크리스마스트리의 냄새가 모든 방들을 채웠다. 아주 멋졌다. 나무 자체는 로라가 다락방의 상자에서 찾아낸 장식용 반짝이와 방울, 온갖 종류의 장식들로 반짝거렸다. 앤서니는 항상 크리스마스에 트리를 설치했지만, 그의 것은 대체로 훨씬 더 소박해서 대부분의 장식은 거의 사용하지 않았다. 로라는 토스터에 빵 두 쪽을 넣고 차 한 잔을 따랐다. 부엌에서 나는 소리가 마침내 서재 난롯가에 있는 침대에서 캐럿을 끌어냈는지 녀석이 들어와서 로라의 발치에 앉아 토스트와 살짝 스크램블한 계란으로 구성된 자신의 아침 식사를 기다렸다. 녀석을 살찌우려는 그들의 힘겨운 노력에도 불구하고 프레디의 말에 따르면 녀석은 거의 '가죽이 두꺼워지지' 않았다. 하지만 녀석은 이제 훨씬 행복해 보였고, 인생을 끔찍한 시련이라기보다는 흥미로운 모험으로 여기기 시작한 것 같았다. 오늘 선샤인은 제 엄마와 크리스마스 쇼핑을 가기로 했고, 프레디는 슬라우에 있는 여동생 가족을 보러갈 예정이다. 그는 로라에게 크리스마스 직전 방문으로 그의 '좋은 오빠' 자격증이 갱신되고, 고마운 줄 모르는 여자 조카와 퉁명스러운 남자 조카를 위한 관대한 (아마도 현금일) 선물이

이를 더 확실하게 보증해준다고 말했다. 로라는 찻잔을 헹구고 손가락에 묻은 토스트 부스러기를 털었다. 혼자서 하루를 보내는 게 그녀에게 좋을 수도 있을 것이다. 게다가 보드라운 머리를 그녀의 무릎에 대고 있는 캐럿도 있었다. 싸늘한 정원을 재빨리 한 바퀴 돌아봤다. 캐럿은 나무 몇 그루에 다리를 들어 올려 표시를 남기고 로라는 장미 정원을 떠도는 유령이나 귀신, 악령 같은 것이 없다는 걸 확인한 후 서재로 돌아와서 불을 지폈다. 캐럿은 만족스러운 한숨을 쉬면서 도로 제 침대에 자리를 잡았다. 그녀는 선반에 있는 상자 하나를 가져와서 탁자 위에 내용물들을 꺼냈다. 컴퓨터가 삑 소리를 내면서 켜졌고 이제 그녀가 수호자로서 지키고 있는 잃어버린 물건들의 가상 공간의 문이 열렸다. 로라는 앞에 있는 첫 번째 물건을 집었다.

하얀색에 빨간색 하트 무늬가 있는 어린이용 우산.
4월 17일 뉴욕 센트럴파크 '이상한 나라의 앨리스' 동상에서 발견.

마빈은 바쁜 게 좋았다. 그러면 죽은 새의 몸을 뒤덮는 검은 개미처럼 그의 머릿속으로 기어드는 나쁜 생각을 막을 수 있기 때문이다. 의사가 처방해준 약은 가끔은 효과가 있었지만, 언제나 듣는 건 아니었다. 처음 아프기 시작했을 때는 귀를 솜뭉치로 막고, 코를 쥐고 눈과 입은 꼭 다물곤 했다. 머리의 모든 구멍을 막으면 생각이 들어올 수 없을 거라는 결론을 내렸기 때문이다. 하지만 숨을 쉬어야 했다. 그리고 입술 사이의 틈새를 아무리 조그맣게 만든다고 해도 나쁜 생각들은 언제나 그 틈으로 비집고 들어왔다. 하지만 아주 바쁘게 지내면 그런 생각을 막을 수 있었다. 그리고 목소리도 막을 수 있었다.

마빈은 우산쟁이였다. 그는 뉴욕 시티 환승역 분실물 센터의 쓰레기통에 들어간 모든 부서진 우산들을 찾아와서 그의 유일한 집인 어둡고 지저분한 방에서 그것들을 고쳤다.

아직 비가 오지 않았지만, 예보는 있었다. 마빈은 비를 사랑했다. 비는 세상을 깨끗하게 씻어주고 모든 것을 반짝이게 만들었다. 풀에서는 천국 같은 향기가 났다. 포연 같은 색깔의 구름이 머리 위의 파란 하늘에 밀려왔다. 곧 내릴 것이다. 마빈은 거인처럼 컸다. 그가 5번가를 걷는 동안 무거운 부츠가 보도에서 쿵쿵 소리를 내고 긴 회색 코트는 그의 뒤로 망토처럼 휘날렸다. 그의 덥수룩한 레게 머리는 군데군데 회색 빛깔이었고 눈동자는 절대로 가만히 있지 않고 겁에 질린 야생마처럼 흰자위가 번뜩였다.

"공짜 우산 드려요!"

센트럴파크는 그가 가장 일하기 좋아하는 곳이었다. 그는 72번가 입구로 들어와서 컨서버토리 워터 호수 쪽으로 향했다. 그는 백조처럼 물 위를 떠가는 연못의 요트를 구경하는 것을 좋아했다. 배를 타는 시즌이 이제 막 시작되었고, 비가 올 수 있음에도 불구하고 꽤 많은 배들이 이미 떠 있었다. 마빈이 일반적으로 활동하는 곳은 이상한 나라의 앨리스 동상 옆이었다. 거기서 노는 아이들은 일부 어른들이 그러는 것처럼 그에게 신경 쓰지 않았다. 어쩌면 그 역시 이야기 속에 나오는 사람처럼 보인다고 생각하는지도 모른다. 하지만 오늘은 아이들이 없었다. 마빈은 동상의 제일 작은 버섯 옆에 우산이 든 가방을 내려놓았고, 때마침 첫 번째 빗방울이 그 매끄러운 청동 버섯갓 위에 점박이 무늬를 만들기 시작했다.

"공짜 우산 드려요!"

그의 굵은 목소리가 빗속에서 천둥처럼 울렸다. 사람들은 빠르게 걸어갔지만 그가 선물을 내밀면 고개를 돌렸다. 그는 절대로 그 이유를 이해할 수가 없었다. 그는 그저 선량한 사람이 되려는 것뿐이었다. 우산은 공짜였다. 왜 대부분의 사람들은 그가 악마라도 되는 것처럼 겁을 먹고 그에게서 물러나는 걸까? 그래도 그는 계속 자신의 입장을 고수했다.

"공짜 우산 드려요!"

스케이트보드를 탄 젊은 남자가 그의 앞에서 멈췄다. 겨우 티셔츠와 청바지, 야구 운동화 차림으로 쫄딱 젖은 남자는 그래도 앨리스의 어깨 너머에서 내다보는 체셔 고양이처럼 히죽히죽 웃고 있었다. 그가 마빈이 내민 우산을 받아들고 고마움의 하이파이브를 했다.

"고마워요, 친구!"

그가 머리 위로 커다란 분홍색 우산을 펼치고, 스케이트보드로 진창에서 물을 튀기며 빠르게 사라졌다. 비는 이제 부슬거리는 수준으로 줄었고 공원의 사람들도 걷는 속도를 늦췄다. 마빈은 처음에는 그녀를 보지 못했다. 빨간색 우비를 입은 조그만 소녀였다. 소녀는 이가 하나 빠졌고 코 위로는 주근깨가 있었다.

"안녕하세요. 전 앨리스예요. 이 동상처럼요."

소녀가 자신의 이름과 같은 인물을 가리키며 말했다. 마빈은 소녀를 더 잘 볼 수 있게 몸을 구부려 손을 내밀었다.

"난 마빈이야. 만나서 반가워."

소녀는 영국인이었다. 마빈은 그런 억양을 TV에서 들었다. 그는 항상 영국이 자신처럼 치열이 들쭉날쭉하고 비를 좋아하는 사람에게 잘 어울리는 곳일 거라고 생각했다.

"거기 있었구나, 앨리스! 모르는 사람하고 얘기하지 말라고 내가 몇 번을 말했니?"

그들에게 다가온 여자는 그가 물기라도 할 것 같다는 식으로 쳐다봤다.

"이 아저씨는 모르는 사람이 아니에요. 이 아저씨는 마빈이에요."

마빈은 가장 선량해 보이는 미소를 지으며 여자에게 자신의 가방에서 제일 좋은 것을 꺼내 내밀었다.

"공짜 우산 가지실래요?"

여자는 그를 무시하고 앨리스의 손을 낚아채서 소녀를 끌고 가려고 했다. 쓰레기. 여자는 그를 그런 식으로 취급했다. 마치 그가 쓰레기인 것처럼. 마빈의 얼굴이 달아올랐다. 목 뒤의 털이 곤두서고 귀가 울리기 시작했다. 그는 쓰레기가 아니었다.

"가져요!"

그가 여자 쪽으로 우산을 내밀면서 소리쳤다.

"건드리지 마, 이 천치야."

여자가 날카롭게 소리치며 몸을 돌리고 눈물이 고인 앨리스를 잡아끌고 갔다. 앨리스는 엄마의 손에서 힘이 빠지자마자 엄마를 뿌리치고 동상 쪽으로 다시 뛰어왔다.

"마빈!"

소녀는 상황을 바로잡고 싶은 초조함에 소리를 질렀다. 그들의 눈이 마주치고 앨리스는 엄마가 다시 데려가기 전에 그에게 키스를 날렸다. 그리고 그는 그것을 잡았다. 집에 가기 전에 그는 빨간 하트 무늬가 있는 하얀 우산을 흰토끼 동상에 기대 놓았다. 혹시라도 그녀가 돌아올 때를 대비해서.

로라는 하품을 하고 의자에서 기지개를 폈다. 그리고 시계를 보았다. 노트북 앞에서 세 시간이면 오늘은 충분하고도 남았다. 바람을 좀 쐬야 할 것 같았다.

"이리 오렴, 캐럿. 산책할 시간이야."

바깥 하늘은 얼룩진 회색빛이었다.

"비가 올 것 같네."

그녀가 마지못한 태도의 개에게 말했다.

"우리한테도 우산이 필요할 것 같구나."

29

    식당은 동화에서 튀어나온 것 같았다. 식탁 위에는 새하얀 리넨 식탁보와 냅킨이 깔려 있었다. 은제 식기가 자리마다 차려져 있고 크리스털 잔이 샹들리에 불빛 아래서 반짝거리며 빛났다. 파두아의 주인으로서 첫 번째 크리스마스였고 로라는 이 집에 걸맞은 대접을 해주고 싶었다. 그렇게 하면 식료품 저장고 벽 틈새로 기어들어오는 검은 개미처럼 그녀의 머릿속에 들어오는 달갑지 않은 생각들을 쫓아낼 수 있을지도 모른다. 그녀는 이전의 여주인이 아직 완전히 사라지지 않았다는 느낌을 떨칠 수가 없었다. 그녀는 종이 상자에서 은색과 하얀색 선물 꾸러미를 꺼내서 완벽하게 접어놓은 냅킨 위에 하나씩 놓았다.

    그날 아침에, 아직 어두운데도 그녀는 침실 안의 뭔가가 바뀌었음을 알 수 있었다. 그것은 어린 시절 크리스마스 아침에 침대 발치의 양말이 잠들 때만 해도 비어 있었지만 지금은 꽉 찼다는 걸 알려주던 것과 같은 직감이었다. 어떻게인지는 몰라도 그녀는 그 변화를 감지할 수 있었다. 맨발로 창가로 다가가다 그녀는 카펫이 아닌 무언가 부드럽고, 단단하고, 날카롭고, 매끄러운 것들을 밟았다. 햇살 아래서 보니 화장대 서랍이 빠져서 그 안에 든 것들이 바닥에 흩어져 있었다.

로라는 와인 잔 하나를 집어서 보이지도 않는 얼룩을 닦았다. 선샤인과 그 애의 엄마 아빠가 크리스마스 만찬에 참석할 것이다. 그 애의 오빠도 초대했지만 오빠는 '콧방귀도 뀌지 않았다'. 프레디도 올 것이다. 그에게 물어봐야 할까 말아야 할까 알 수가 없었지만, 사라에게 엄격한 훈계를 듣고 마음을 정했다. 그는 '좋다'고 답했고, 그 때부터 로라는 그 이유를 추측하느라 엄청난 시간을 허비했다. 그녀가 생각한 가설은 여러 가지로 다양했다. 그녀가 그를 깜짝 놀라게 만들었다든지, 그가 외로웠다든지, 칠면조 구이를 먹고 싶었는데 만들 줄을 모른다든지, 달리 갈 데가 없다든지, 심지어는 그녀를 불쌍하게 여겼다든지. 그녀가 가장 생각하고 싶지 않지만 그러면서도 가장 흥분되는 가설은 가장 간단하면서도 긴장되는 것이었다. 그가 오고 싶어서 온다는 거였다.

어쩌면 그녀가 자면서 그런 건지도 모른다. 몽유병처럼. 자면서 어지르기. 없어진 건 없으니까 도둑이 든 건 아니었다. 어제 그녀는 선샤인이 정원 방에서 밤낮으로 그녀를 따라다니고 있는 알 보울리의 노래에 맞춰 춤을 추고 있는 걸 발견했다.

"네가 음악을 틀었니?"

선샤인은 고개를 저었다.

"이미 틀어져 있었고 전 음악 소리를 듣고 춤을 추러 여기로 온 거예요."

로라는 선샤인이 거짓말을 할 줄 모른다는 걸 알고 있었다.

"다 됐어요!"

선샤인이 시계를 보면서 식당으로 달려 들어왔다. 그 애는 민스파이를 만들었고 이제 부엌은 밀가루와 아이싱 슈가로 엉망이었다. 로라는 부엌으로 성큼성큼 돌아가는 선샤인을 따라갔고, 로라가 오븐에서 파이를 꺼내는 동안 소녀는 흥분해서 이 발 저 발로 콩콩 뛰었다.

"냄새가 아주 근사하구나."

그녀의 말에 선샤인이 얼굴을 붉히며 자랑스러운 표정을 지었다.

"딱 맞춰 왔군요."

프레디가 얼음장 같은 공기와 함께 뒷문으로 들어오면서 말했다.

"근사한 차 한 잔과 더욱 근사한 민스파이를 먹을 시간에 딱 맞췄어요."

식탁에 둘러앉아 차를 마시고 아직은 너무 뜨거운 민스파이를 호호 불며 한입 먹는 동안 프레디가 생각에 잠긴 눈으로 로라를 바라보았다.

"무슨 일이죠?"

그가 물었다.

"아무 일도 없어요."

그것은 대답이라기보다는 반사작용이었다.

프레디는 눈썹을 치켜 올렸다. 선샤인이 남은 민스파이를 입에 넣고는 입안이 꽉 찬 채로 말했다.

"거짓말이에요."

프레디가 웃음을 터뜨렸다.

"요령은 없었지만, 정직한 부분에서는 네가 최고구나."

두 사람이 기대에 찬 눈으로 로라를 쳐다봤다. 로라는 이야기를 털어놓았다. 화장대에 관한 것과 음악, 심지어 장미 정원의 그림자에 대해서까지 말했다. 선샤인은 별로 놀라지 않았다.

"그냥 숙녀분이에요."

그 애는 마치 뻔하지 않느냐는 듯이 말했다.

"어떤 숙녀분 말이지?"

프레디가 로라에게 시선을 고정한 채로 물었다.

"성자 앤서니와 결혼한 부인이요. 꽃의 여인."

그 애는 민스파이를 한 조각 더 집어서는 식탁 아래로 캐럿에게 떨어뜨려줬다. 프레디는 윙크를 하고서 입 모양으로 '난 봤지'라고 했다. 선샤인은 웃음을 지을 뻔했다.

"하지만 앤서니는 떠났는데 왜 그분이 아직도 여기 있겠니?"

로라는 그 말을 진지하게 받아들이고 질문을 하는 자기 자신에게 놀랐다.

"그래. 왜 그분이 아직도 여기 남아서 물건을 어지르고 평화를 깨뜨리겠니? 우리가 그렇게 아름다운 결혼식을 치러줬는데 말이야."

로라는 프레디가 진지한 건지 아닌지 알 수가 없었다.

선샤인은 어깨를 으쓱였다.

"그 숙녀분은 화가 났어요."

의문이 드는데도 불구하고 로라의 배 속은 로토 기계처럼 빙글빙글 돌았다.

크리스마스 날은 맑고 화창했고, 캐럿을 데리고 정원을 한 바퀴 도는 동안 로라의 기분도 밝아졌다. 크리스마스이브는 별사건 없이 지나갔고, 심지어는 동네 교회에 가서 자정 미사도 보았다. 신과 몇 마디 이야기를 나눴고 그게 좀 도움이 된 것 같기도 했다. 로라와 신은 그리 자주 만나는 관계는 아니었지만, 그래도 신은 여전히 그녀의 크리스마스카드를 보낼 사람 목록에 있었다.

선샤인과 그녀의 엄마 아빠는 정확히 열두 시에 도착했다.

"선샤인은 아침 여덟 시부터 준비를 마치고 있었어요. 우리가 허락했으면 아침도 여기 와서 먹었을 거예요."

로라는 그들을 프레디에게 소개했다.

"이쪽은 스텔라고 이쪽은 스탠이에요."

"우리끼리는 '더블 에스(SS)' 커플이라고 한답니다."

스텔라가 낄낄 웃으면서 말했다.

"초대해주셔서 정말로 고마워요."

스탠은 빙긋 웃고 로라에게 포인세티아와 분홍 빛깔의 발포성 와인 한 병을 내밀었다.

"크리스마스에는 분홍색 탄산만 한 게 없죠."

스텔라는 제일 좋은 드레스의 앞쪽을 쓸어내리고 현관 거울로 머리 모양을 확인하면서 말했다. 선샤인이 자랑스럽게 그들에게 집 안을 안내했고, 스텔라와 스탠은 감탄조로 탄성을 내질렀다. 부엌으로 돌아와서 프레디는 그레이비 소스를 젓고, 구운 감자에 버터를 바르고, 삶은 미니 양배추를 찔러보고, 보드카 마티니를 마셨다. 그리고 종종 로라 쪽을 감상하듯이 몰래 쳐다봤다. 두어 번 그들의 눈이 마주쳤고, 그는 시선을 돌리지 않았다. 로라는 몸이 약간 달아오르는 느낌이었다. 그는 초대를 받은 고마움을 표현하기 위해 일을 돕겠다고 고집했다. 그가 로라를 향해 잔을 들어올렸다.

"그들이 더블 에스라면 난 007을 할래요."

크리스마스 만찬은 명절에 응당 어울리게 훌륭했다. 은식기와 도자기가 반짝거리는 동화 같은 식탁에서 그들은 많이 먹고, 많이 마시고, 선물 꾸러미를 풀고 끔찍한 농담을 주고받았다. 캐럿은 식탁 아래를 돌아다니면서 아무나 내미는 다양한 주전부리들을 먹었다. 로라는 스텔라가 북클럽 회원이고 플라멩코를 추고, 스탠은 동네 술집의 다트 모임에 가입되어 있다는 사실을 알게 되었다. 그들은 현재 리그 2위였고, 세 번의 경기를 앞두고 있으며 선수권대회에 나갈 수 있기를 바랐다. 하지만 스탠이 진짜로 열정을 쏟는 쪽은 음악이었다. 프레디에게는 굉장히 기쁘게도 그들은 데이비드 보위부터 아트 페퍼, 프로클레이머스와 에타 제임스에 이르기까지 광범위하고 독특한 취향을 공유했다. 선샤인이 음악과 춤을 사랑하는 걸 누구에게서 물려받았는지 알 수 있었다.

로라와 선샤인, 스텔라가 식탁을 치우고 한때는 부엌이었던 전쟁터를 정리하는 동안 프레디와 스탠은 한 쌍의 꺼진 수플레처럼 의자에 늘어졌다.

"몇 년 동안 중에서 최고의 크리스마스 식사였어요."

스탠이 기분 좋게 배를 문질렀다.

"하지만 우리 집사람한테는 말하지 말아요."

그가 프레디에게 윙크를 하며 덧붙였다.

캐럿은 식탁 아래서 나와 프레디의 옆에서 만족스럽게 자고 있었다. 프레디는 스탠에게 위스키 한 잔을 따라줬다.

"열차 운전사는 정말 생각처럼 그렇게 멋진가요? 모든 남자아이들의 꿈이잖아요?"

스탠은 잔에서 호박색 액체를 둥글게 돌리며 만족스러운 듯이 향을 들이켰다.

"대체로는 그래요. 어떤 날은 내가 세상에서 제일 운 좋은 사람처럼 느껴지죠. 하지만 제대로 시작도 하기 전에 거의 그만둘 뻔했었어요."

그는 위스키를 한 모금 마시고서 잊어버리려고 굉장히 애를 썼던 기억을 오랜만에 끄집어냈다.

"혼자 운전하기 시작한 지 겨우 이 주째였죠. 그날 마지막 운행이었어요. 바깥은 춥고 어두웠고 난 빨리 저녁을 먹으러 가고 싶었죠. 그래서 열차가 칠 때까지 그 여자를 보지도 못했어요. 그 이후에는 볼 만한 부분이 남아 있지도 않았고요."

그는 이번에는 위스키를 좀 더 많이 마셨다.

"지역 신문에 났죠. 여자가 아팠다고 그러더군요. 우울증이었다고. 추위 속에 서서 기다리고 있었던 거예요. 내 열차를 기다리고 있었던 거죠. 끔찍한 비극이었어요. 그 여자는 아직 어린애일 뿐이었어요. 어린 여자아이였죠. 신문에 사진이 실렸더군요."

프레디는 고개를 흔들며 잇새로 휘파람을 불었다.

"맙소사, 스탠. 정말 유감이에요."

스탠은 잔을 비우고 식탁에 내려놓았다.

"위스키 탓이에요. 괜히 넋두리를 늘어놓게 되네요. 오래전 일이에요. 다행스럽게도 스텔라가 날 정신 차리게 만들고 계속 운전을 하라고 설득했죠."

그들은 잠시 침묵 속에 앉아 있었고 곧 스탠이 덧붙였다.

"선샤인에게는 얘기하지 말아줘요. 그 애한테는 얘기한 적이 없어요."

"물론이죠."

현관 쪽에서 발소리가 나자 캐럿의 귀가 움찔거렸다. 선샤인이 쟁반을 들고 들어오고 로라와 스텔라가 뒤를 따라왔다. 선샤인이 식탁에 쟁반을 내려놓았다.

"이제 근사한 차 한 잔과 더욱 근사한 민스파이를 먹을 시간이에요."

소녀가 높다랗게 쌓여 있는 접시를 가리키면서 말했다.

"그다음에는 '컨비니언스' 게임을 할 거예요."

첫판을 반쯤 하다가 선샤인은 부모님에게 물어보려고 했던 것을 기억해냈다.

"프레디는 침대에서 개떡이에요."

프레디는 마시던 위스키를 뿜어낼 뻔했지만 스텔라는 놀랄 만큼 차분하게 말했다.

"어째서 그런 생각을 하게 됐니?"

"펠리시티가 그랬어요. 펠리시티는 프레디 아저씨의 여자 친구예요."

"이제는 아니야."

프레디가 으르렁거리는 투로 중얼거렸다.

스탠은 웃느라 몸을 떨었고 프레디는 창피한 얼굴이었지만 선샤인은 멈추지 않았다.

"침대에서 개떡이 무슨 뜻이에요?"

"그건 키스를 별로 잘하지 못한다는 거야."

그게 로라의 머릿속에 제일 처음 떠오른 말이었다.

"그러면 연습을 좀 더 하면 괜찮을 거예요."

선샤인은 프레디의 손을 두드리며 상냥하게 말했다.

선샤인과 '더블 에스'가 집으로 돌아가자 집 안은 조용해졌다. 로라는 캐럿과 단둘이 남았다. 그리고 프레디도 남았지만, 어디 있는 걸까? 그녀가 선샤인과 '더블 에스'를 배웅하러 나간 사이에 그는 사라졌다. 흥분한 건지 두려운 건지 잘 모르겠지만 자신이 들뜬 십 대가 된 기분이었다. 와인 때문이야. 그녀는 스스로에게 그렇게 말했다. 그때 프레디가 정원 방에서 나와 그녀의 손을 잡았다.

"이리 와요."

정원 방에는 수십 개의 촛불이 켜져 있었고, 샴페인 병이 얼음통에서 차게 식어가고 그 옆으로 잔 두 개가 놓여 있었다.

"나와 춤추겠어요?"

프레디가 물었다.

그가 레코드판 위에 바늘을 올리자 로라는 며칠 만에 두 번째로 신에게 소리 없이 말했다. 제발, 제발 알 볼울리는 아니게 해주세요.

프레디의 품에서 그녀는 엘라 피츠제럴드가 〈날 보살펴줄 사람 Someone to Watch Over Me〉의 가사를 좀 더 길게 썼으면 좋았을 텐데 하고 생각했다. 프레디가 시선을 들었고 로라는 그의 시선을 따라 그가 머리 위 샹들리에에 매달아놓은 겨우살이 가지를 보았다.

"연습을 해야 완벽해지겠죠?"

그가 속삭였다.

그들이 키스를 할 때 테레즈의 사진이 든 유리 액자에 소리 없이 별 모양으로 금이 갔다.

30

유니스
1989년

작은 탁자 위의 사진들은 고드프리가 이 사람들이 누군지 기억하는 걸 돕기 위한 것이었지만, 항상 효과가 있는 건 아니었다. 바머와 유니스, 베이비 제인이 햇살이 비치는 거실로 들어오자 고드프리가 지갑을 찾아 들었다.

"켐프턴 파크 경마 2시 45분 경기 마이빌한테 10파운드 걸겠소."

그레이스가 그의 손을 애정 어린 손길로 토닥였다.

"고드프리, 여보, 자기 아들 바머잖아."

고드프리는 안경 너머로 바머를 쳐다보고 고개를 흔들었다.

"말도 안 되는 소리! 내가 내 아들도 못 알아볼까 봐? 이 친구 이름은 기억이 안 나지만, 마권업자가 맞아."

'네 어머니한테는 말하지 마라'라는 아버지의 엄격한 지시하에 수십 번이나 대신 돈을 걸었던 일을 떠올리며 바머의 눈에 눈물이 고이는 것을 유니스는 볼 수 있었다.

그녀가 고드프리의 팔을 부드럽게 잡았다.

"여기는 아주 아름다운 데다가 오늘 날씨도 굉장히 멋지네요. 혹시 저한테 정원을 좀 구경시켜주실 수 있을까요?"

고드프리는 기뻐서 미소를 지었다.

"기꺼이 그러겠네, 젊은 아가씨. 우리 개도 산책을 할 때가 됐어."

그가 베이비 제인을 보고는 약간 의아한 표정을 지으며 덧붙였다.

"하지만 솔직히 말해서 이 녀석이 있다는 걸 잊어버릴 뻔했어."

고드프리는 그레이스가 건넨 모자를 썼다.

"이리 오렴, 바머. 다리 좀 펴자꾸나."

그가 베이비 제인에게 말했다.

베이비 제인은 고드프리가 자신을 주인의 이름을 가진 수컷으로 착각했다는 사실에 화가 났다 해도 티 내지 않고 잘 감추었다. 반면에 바머는 아버지의 마권업자로 여겨진 것에 대한 슬픔을 잘 감추지 못했다. 그레이스가 그의 얼굴에 한 손을 얹었다.

"고개 들으렴, 얘야. 힘들다는 거 알아. 어제 아침에는 침대에서 벌떡 일어나더니 날더러 마리안 페이스풀(영국의 유명 여가수.―옮긴이)이라고 그러지 않겠니?"

바머는 자신도 모르게 웃음을 지었다.

"어서 오세요, 어머니. 두 사람이 일을 꾸미기 전에 우리도 얼른 따라가는 게 좋겠어요."

밖으로 나오니 선사시대 동물의 울퉁불퉁한 척추처럼 파란 하늘을 가로질러 간 비행기 연기 자국이 남아 있었다. 폴리스 엔드 하우스에는 아쉽게도 폴리(장식적 건축물.―옮긴이)는 없었지만 거주자들이 즐길 수 있는 굉장히 아름답고 넓은 정원이 있었다. 그레이스와 고드프리는 고드프리의 사고력이 머나먼 여행을 떠났다는 게 확실해지고 그레이스 혼자 그를 돌볼 수 없게 되면서 석 달 전에 여기로 들어왔다. 그는 종종 현실로부터 잠깐 자리를 비웠지만, 대체로는 예전의 고드프리가 주도권을 잡았다. 폴리스 엔드는 완벽한 보금자리였다. 그들만의 방이 따로 있는 데다 필요할 때면 언제든 도우미가 상주했다.

고드프리는 유니스와 팔짱을 끼고 햇살 속을 걸으면서 만나는 사람들마다 웃음으로 인사했다. 베이비 제인은 앞장서서 달려갔다. 녀석이 소변을 보려고 멈추자 그레이스가 고개를 흔들고 혀를 찼다.

"저 개가 다리 드는 법을 배우면 좋았으련만. 조금 있으면 보라색 옷을 입고 뮤지컬 노래를 부를지도 모르겠어."

그들은 관상용 물고기 연못가의 나무 벤치 앞에 멈춰서 자리에 앉았다. 베이비 제인은 연못 가장자리에 서서 먹이를 바라고 몰려드는 금붕어들의 은색과 금색 빛깔을 홀린 듯이 쳐다봤다.

"생각도 하지 마. 걔네는 횟감이 아니야."

유니스가 경고 조로 말했다.

그레이스와 바머가 그들을 따라잡을 무렵 고드프리는 유니스에게 다른 거주자들 이야기를 하고 있었다.

"믹 재거랑 피터 유스티노프, 해럴드 윌슨, 앤절라 리폰, 엘비스 프레슬리, 구기 위더스, 그리고 스탠리 가에서 세탁소를 운영했던 존슨 부인이 있지. 그리고 내가 지난번 아침에 침대에서 누구랑 같이 일어났는지 자네는 짐작도 못 할 거야."

유니스는 궁금한 얼굴로 고개를 흔들었다. 고드프리는 잠깐 뜸을 들이다가 서글프게 고개를 저었다.

"아니, 나도 생각이 안 나. 조금 전까지 알고 있었는데, 지금은 잊어버렸어."

"자기가 나한테 마리안 페이스풀이라고 그랬잖아."

그레이스가 도와주려는 듯이 말했다. 고드프리가 커다랗게 웃음
을 터뜨렸다.

"그 말을 들으니까 기억이 나네."

그가 바머 쪽으로 윙크를 하고 말을 이었다.

"그나저나 내 돈은 걸고 왔나?"

바머가 대답하기 전에 유니스가 거대한 선글라스에 아슬아슬한
하이힐을 신고 그들을 향해 비틀비틀 걸어오는 사람을 향해 그의 시
선을 돌렸다.

"이런 세상에! 잰 도대체 왜 저러는 거지?"

바머가 신음했다.

포샤가 잔디밭을 가로질러 그들이 있는 곳까지 오는 데는 꽤 시간
이 걸렸고, 유니스는 그녀의 위태로운 걸음걸이를 속으로 즐겼다. 베
이비 제인은 스스로 알아서 고드프리의 무릎 위로 뛰어올라 으르렁
거릴 준비를 시작했다. 고드프리는 전혀 알아보는 기색 없이 약간 호
기심만 어린 표정으로 포샤가 다가오는 것을 보았다.

"안녕, 엄마! 안녕, 아빠!"

포샤가 전혀 열의 없이 말했다. 고드프리는 그녀가 누구에게 얘기
하는 건지 보려고 뒤를 돌아봤다.

"포샤, 아버지가 항상 기억을 하시는 건……."

바머가 상냥하게 말을 했지만, 그가 말을 끝맺기도 전에 그녀가
고드프리의 옆자리에 끼어 앉아서는 그의 손을 잡으려고 했다. 베이
비 제인이 경고 조로 으르렁거렸고 포샤는 벌떡 일어났다.

"맙소사, 이게 뭐야. 또 이 사나운 개야?"

고드프리는 베이비 제인을 보호하듯이 안았다.

"내 개에 대해서 그런 식으로 말하지 말게, 젊은 아가씨. 아가씨는 대체 누군가? 우릴 평화롭게 놔두고 당장 가게!"

포샤는 격분했다. 그녀는 머리가 지끈거리는 숙취 속에서 런던에서부터 삼십 킬로미터나 차를 몰고 왔고 중간에 세 번이나 길을 잃었다. 그리고 샬로트의 '명품 가방과 벨트' 브런치에 참석하지 못했다.

"말도 안 되는 소리 좀 하지 마요, 아빠. 내가 딸이라는 거 빌어먹게 잘 아시잖아요. 내가 아빠의 지랄같이 귀한 아들내미랑 한심한 상사병 조수처럼 오 분에 한 번씩 와서 알랑거리지 않는다고 꼭 그래야 돼요? 내가 누군지 알잖아요! 빌어먹을."

그녀가 화를 내며 외쳤다. 하지만 고드프리는 꿈쩍도 하지 않았다. 그가 그녀의 시뻘게진 얼굴을 보며 말했다.

"이봐, 아가씨. 아무래도 모자도 안 쓰고 햇빛 아래 너무 오래 나와 있어서 정신머리가 어떻게 된 것 같은데. 내 딸은 그렇게 혐오스러운 태도로 행동하거나 그런 식으로 말을 하지 않을 거야. 그리고 이 청년은 내 마권업자라네."

"이 여자는요?"

포샤가 식식거리며 유니스를 가리켰다. 고드프리는 미소를 지었다.

"이쪽은 마리안 페이스풀이지."

그레이스는 포샤에게 안으로 들어가서 음료수를 마시자고 간신히 설득했다. 바머와 유니스, 고드프리와 베이비 제인은 계속해서 정원을 산책했다. 사과나무 아래의 작은 탁자에는 차가 준비되어 있었고, 나이 많은 우아한 여자가 젊은 여자와 함께 앉아서 찻잔과 받침접시를

218

들고 차를 마시고 있었다. 젊은 여자는 레몬 커드 타르트를 먹었다.

"이건 내가 가장 좋아하는 거죠. 하나 드시겠어요?"

그들이 지나가면서 '안녕하세요' 하고 인사하자 여자가 그렇게 말하며 유리로 된 케이크 스탠드를 내밀었다. 바머와 유니스는 사양했지만 고드프리는 하나를 집었다. 베이비 제인은 몹시 낙담한 표정을 지었다. 나이 든 여자가 미소를 지으며 같이 있는 여자에게 말했다.

"엘리자, 네가 누군가를 잊어버린 것 같은데."

베이비 제인은 두 개를 받았다.

본관으로 돌아오니 그레이스는 혼자 있었다.

"포샤는요?"

바머가 물었다.

"화를 펄펄 내면서 런던으로 돌아갔단다. 놀랄 일도 아니지. 그 애한테 이성적으로 얘기를 해보려고 했다만……."

그레이스가 서글프게 어깨를 으쓱였다.

"어떻게 그 애는 그렇게 끔찍하게 행동할 수 있는 건지 정말로 모르겠어요."

바머가 말했다. 그레이스는 고드프리에게 소리가 들리지 않을 거리인지 확인하기 위해서 그가 유니스와 함께 대화하고 있는 쪽을 힐끗 보았다.

"난 알 것 같구나."

그레이스가 바머의 팔을 잡고 아들을 소파 쪽으로 데려갔다.

"그 애가 아주 어릴 때가 떠올라."

그레이스는 슬픈 한숨을 쉬면서 울퉁불퉁하게 땋은 머리에 이가 빠진 채 웃던 어린 딸을 떠올렸다.

"그 애는 항상 아빠의 귀염둥이였지."

바머는 그녀의 손을 잡고 꼭 쥐었다.

"그런데 이제는 제 아빠를 잃고 있잖니. 어른이 돼서 처음으로 그 애는 자기 돈으로 해결할 수 없는 문제를 맞닥뜨린 거야. 마음이 부서지는데 그걸 어떻게 할 수가 없는 거지."

"자기를 사랑하는 사람들에게 상처 주는 것 말고는 말이죠."

바머가 퉁명스럽게 대꾸했다. 그레이스는 그의 무릎을 토닥였다.

"그 애는 어떻게 대처해야 하는지를 모르는 것뿐이란다. 사랑하는 제 아빠를 못돼 처먹은 늙다리라고 부르면서 눈물을 펑펑 흘리면서 갔지."

바머는 그레이스를 껴안았다.

"걱정 마세요, 어머니. '지랄같이 귀한 아들'은 언제나 옆에 있으니까요."

그들이 막 떠나려고 할 때 고드프리가 유니스를 자신의 옆으로 불렀다.

"자네한테만 얘기해주지."

그가 음모를 꾸미듯이 윙크를 하고 목소리를 낮추어 말했다.

"그 여자는 내 딸이었다고 꽤나 확신한다네. 하지만 이 끔찍한 병을 앓는 게 위안이 되는 부분도 좀 있다니까."

31

선샤인의 말에 따르면 로라는 프레디를 '자고 가게' 했다. 하지만 로라는 프레디를 '자고 가게' 했던 게 아니었다. 그녀는 그와 함께, 같은 침대에서 잤다. 하지만 그와 함께 잔 것도 아니었다. 로라는 같은 단어를 다른 의미로 사용하면서도 여전히 실제 의미를 드러내 말하지는 않는 영국인들이 얼마나 기묘한지 생각하며 혼자 웃음을 지었다. 섹스. 그녀는 프레디와 섹스를 하지는 않았다. 아직은. 보라, 몇 문장만으로 그녀는 빈정거리는 말투에서 야한 얘기로 넘어갔다!

크리스마스 밤에 그녀와 프레디는 춤을 추고 샴페인을 마시고 이야기를 했다. 그리고 이야기하고 또 이야기했다. 그녀는 그에게 학창 시절과 쟁반보와 빈스에 대해서 전부 이야기했다. 잃어버린 아기에 대해서도 이야기했고, 그는 그녀를 꼭 안아줬다. 그녀는 그에게 「깃털, 레이스와 환상 속 이야기」에 썼던 단편에 대해서도 이야기했고 그는 눈물을 흘릴 만큼 웃었다. 그는 그녀에게 전 약혼녀 헤더에 대해 이야기했다. 헤더는 채용 전문 컨설턴트로 결혼해서 아이를 갖길 바랐지만, 그는 바라지 않았다. 최소한 그녀와는 아니었다. 그는 또한 왜 자신이 작은 IT 컨설팅 회사를 정리하고(헤더에게는 너무나 실망스러운 일이었고 그들의 관계가 깨지는 마지막 도화선이 되었다.) 정원사가 되었는지도 이야기했다. 그는 밖에 나가 세상 안에서 살지 못하고 창문으로 세상을 내다보기만 하는 것에 질렸다고 했다. 로라는 마침내 그에게 그레이엄과 그 끔찍한 데이트에 대해서 이야기했고, 잠깐 머뭇거리며 샴페인 한 잔을 더 마신 후에 키스에 대해서도 이야기했다.

그가 씩 웃었다.

"최소한 이번에는 당신이 위층으로 뛰어올라가서 입을 헹구지 않았으니까 좋은 징조라고 봐야겠군요. 그리고 그 드레스는 도로 챙겨뒀길 바라요!"

그는 잠시 침묵하다가 다시 말했다.

"난 열일곱 살 때까지 굉장히 부끄러워서 여자에게 키스를 하지 못했어요. 이것 때문에요."

그가 입술 위쪽에 난 흉터를 살짝 두드리며 말했다.

"난 구개열을 갖고 태어났고, 의사의 솜씨가 그리 깔끔하지 못했거든요……."

로라가 몸을 앞으로 기울여 그의 입술에 부드럽게 키스했다.

"음, 그것 때문에 지금 당신의 기술이 뒤떨어진 것 같진 않은데요."

프레디는 펠리시티에 대해서도 전부 이야기해줬다. 그녀는 그가 몇 년 동안 일했던 정원의 주인 여자가 다리를 놓은 소개팅 상대였다. 주인 여자는 그들이 '불이 난 집처럼' 타오를 거라고 맹세했다. 불행히 그렇지 않았지만 펠리시티가 그 여자의 가장 친한 친구 중 한 명이었기 때문에 프레디는 우아하게 도망칠 방법을 찾을 때까지 계속 그녀를 만난 거였다.

"어느 날 밤에 더는 그녀가 시끄럽게 잘난 척하며 떠들고 나를 망할 프레도라고 불러대는 걸 참을 수가 없더라고요. 그래서 그녀를 바람맞혔어요. 별로 품위 있는 행동은 아니라는 걸 알지만, 아주 효과적인 방법이었죠. 고객은 잃었어도 그럴 가치가 있었어요."

마침내 프레디와 로라는 할 말이 떨어져서 서로의 품에서 꽃봉오리의 꽃잎처럼 몸을 포갠 채 편안하게 잠이 들었다.

그들은 테레즈의 옛날 방 옆에 있는 손님용 침실에서 잤다. 로라가 일어나서 서랍이 바닥에 떨어져 있는 걸 발견했던 날에 그녀는 옆방으로 물건을 모두 옮겼다. 겁이 난 건 아니었다. 아니, 약간은 겁이 난 걸지도 모르겠다. 유령은 아니라고 해도 파티에 초대받지 않은 손님이 온 것 같은 끔찍한 느낌이 들었다. 수프 숟가락이 하나 없어졌고, 식탁 다리 하나가 너무 짧았다. 샴페인 칵테일 한 잔에는 김이 빠졌고, 제2 바이올린 중 하나의 음이 지나치게 날카로웠다. 사소한 부조화가 파두아를 좀먹었고 로라는 평화를 되찾으려면 어떻게 해야 할지 알 수가 없었다. 캐럿은 절대로 테레즈의 침실에는 들어오지 않았으나 크리스마스 밤에는 기꺼이 난롯가 자리를 떠나 프레디와 로라가 자는 침대 발치에 자리를 잡았다.

선샤인은 '자고 가기'에 대해 알고는 세세한 것까지 전부 알고 싶어 했다. 프레디가 누구 잠옷을 입었는지, 칫솔도 없는데 이는 어떻게 닦았는지, 코는 골았는지 등등. 그리고 키스는 했는지도! 프레디는 자신이 로라의 잠옷을 빌렸고, 비누와 천으로 이를 닦았으며, 자신은 코를 골지 않았지만 로라가 살짝 골았다고 이야기했다. 창문이 덜덜 떨릴 정도로. 그리고 키스도 했다고 이야기했다. 선샤인은 프레디의 키스 실력이 이제 더 나아졌는지 알고 싶어 했고 그는 소녀에게 연습 중이라고 말했다. 로라는 선샤인이 이렇게 신나게 웃는 걸 본 적이 없었지만 그의 말을 얼마나 믿는지는 짐작하기가 어려웠다. 하지만 집에 가서 이 이야기를 어느 정도나 전할지는 빤히 보였다.

새해 전야가 되었고 날이 아직 일렀다. 손님 침실에서도 장미 정원이 보였지만 오늘 아침에는 비 때문에 잘 보이지 않았다. 프레디는 이따가 올 것이다. 그들은 저녁에 동네 펍에 가서 축하 파티에 함께 하기로 했다. 하지만 그사이에 로라는 자신도 모르게 서재로 향했다. 그녀는 두 명 몫의 토스트와 찻주전자를 들고 캐럿의 뒤를 따라 서재로 가서 불을 지폈다. 선반에서 작은 상자를 내리고 그녀는 내용물을 탁자 위에 늘어놓았다. 바깥에서는 비가 더 세차게 내렸고 흘러내리는 물소리가 불이 타닥거리는 소리와 박자를 맞췄다. 처음으로 로라는 뭐라고 해야 할지 알 수 없는 물건을 손에 들었다. 꼬리표를 읽어봐도 이 물건의 목적이나 출처에 대해서 전혀 상상이 가지 않았다.

문과 창문이 그려진 나무 모형 집, 32번지.
10월 23일 말리 가 32번지 앞 쓰레기통에서 발견.

에드나는 젊은 남자의 신분증을 살펴봤다. 그는 배관과 파이프를 전부 확인하기 위해서 수도 회사에서 나왔다고 말했다. 관리 차원에서 온 것일 뿐이고, 겨울이 오기 전에 일흔이 넘은 모든 고객들에게 제공하는 서비스라고 했다. 에드나는 일흔여덟 살이었고 신분증에 쓰여 있는 것을 보기 위해서는 독서용 안경이 필요했다. 그녀의 아들 데이비드는 모르는 사람들에게 문을 열어줄 때는 특히 더 조심해야 한다고 늘 말했다.

"상대가 누군지 알기 전까지는 항상 체인을 걸어두세요."

아들은 그렇게 경고했다. 문제는 체인을 걸어놓으면 문을 아주 조금밖에 열 수가 없고, 그러면 거리가 너무 멀어서 신분증을 볼 수가 없다. 독서용 안경을 쓴다 해도 말이다. 젊은 남자는 얌전하게 미소를 지었다. 그는 괜찮아 보였다. 깔끔한 작업복을 입었고 오른쪽 가슴 주머니에는 배지가 달려 있고 검은색 플라스틱 공구 상자를 들었다. 신분증에는 그 남자 얼굴 같은 사진이 붙어 있었고, 그녀는 '템즈'와 '수도'라는 단어를 간신히 볼 수 있을 것도 같았다. 그녀는 젊은이를 안으로 들였다. 젊은이가 그녀를 멍청하고 무력한 늙은이로 생각하는 건 바라지 않았다.

"차 한 잔 드릴까?"

그녀가 물었다. 젊은이는 고마운 얼굴로 미소를 지었다.

"정말이지 고마운 분이시네요. 목이 굉장히 말랐거든요. 마지막으로 뭘 마신 게 오늘 아침 일곱 시였어요. 우유와 설탕 두 스푼을 넣어주시면 아주 기쁠 겁니다."

그녀는 그를 아래층 화장실과 위층 화장실, 그리고 물탱크가 있는 층계참의 건조 창고로 안내했다. 그다음에 부엌으로 가서 주전자를 올리고 물이 끓기를 기다리면서 기다란 뒤뜰을 바라봤다. 에드나는 거의 육십 년 동안 이스트 런던 테라스에서 살았다. 그녀와 테드는 결혼하면서 이 집으로 들어왔다. 여기서 아이들을 키웠고, 데이비드와 그 애의 여동생 다이앤이 다 자라서 집을 떠날 무렵에는 대출금도 완전히 다 갚았다. 물론 지금은 이런 집을 절대로 살 수 없을 것이다. 에드나가 유일하게 남아 있는 구세대였다. 집들은 하나씩 차례로 팔려나가고 수리되어 테드의 표현대로라면 여자들 치마 길이만큼 높다고 할 정도로 가격이 올랐다. 요즘에는 번쩍이는 차와 퐁듀 세트, 어디에 허비해야 할지 모를 만큼 많은 돈을 가진 젊은 전문직 종사자들로 동네가 가득 찼다. 아이들이 길에서 놀고 이웃 사람들과 그들의 직업을 전부 다 알던 옛날 같지 않았다.

에드나가 막 차를 따를 때 젊은이가 부엌으로 돌아왔다.

"딱 제가 좋아하는 대로네요."

그가 차를 단번에 들이켰다. 그는 서두르는 기색이었다.

"위층은 전부 다 말끔합니다."

그는 부엌 싱크대 아래를 재빨리 확인한 후 머그컵을 씻었다. 에드나
는 감탄했다. 젊은이는 그녀의 아들 데이비드처럼 좋은 청년이었다. 어
머니가 잘 키운 모양이었다.

오후 이른 시간에 현관 벨이 또다시 울렸다. 하루에 두 명의 방문객이
라니 진례가 없는 일이었다. 문틈으로 육십 대쯤 되어 보이는 깔끔한 차
림새의 조그만 흑인 여자가 보였다. 여자는 남색 정장에 너무 하얘서 눈
이 부신 블라우스를 받쳐 입었다. 스프레이로 단단하게 고정한 롤 모양
머리 위에는 남색 모자가 자리하고 있고 얇은 망사가 얼굴 위쪽 절반을
살짝 덮었다. 어느 한 명이 입을 열기도 전에 여자가 다리를 후들거리며
쓰러지지 않기 위해서 문틀을 잡았다. 잠시 후 여자는 에드나의 부엌에
앉아서 손으로 얼굴에 부채질을 하며 뚜렷한 자메이카 억양으로 열심히
사과의 말을 늘어놓았다.

"정말로 미안하군요, 부인. 기절할 것 같은 때가 가끔 있거든요. 의사
가 혈당 때문이라고 그러더라고요."

여자는 의자에서 몸을 앞으로 기울이다가 쓰러질 뻔했지만 다시 균형
을 잡았다.

"이런 식으로 폐를 끼치게 돼 정말 죄송하네요."

에드나는 사과의 말에 괜찮다고 손사래를 쳤다.

"부인한테 필요한 건 뜨겁고 달콤한 차 한 잔이라우."

그녀는 주전자에 다시 물을 채우면서 말했다. 솔직히 말해서 그녀는 말 상대가 반가웠다. 여자는 자신이 시스터 루비라고 말했다. 영적 치유자이자 독심술사, 조언자로서 집집마다 다니며 자신의 기술을 제공한다고 했다. 그녀는 에드나에게 손금과 카드점, 구슬점을 볼 수 있고, 오베아와 자두, 주주 수련자라고 말했다. 에드나는 오바댜, 제다이나 주디가 뭔지 전혀 몰랐지만 언제나 점술사에게 관심이 있었고 패나 미신을 믿는 편이었다. 그녀가 믿는 미신은 새 신발을 절대로 식탁 위에 올려놔서는 안 되고, 우산을 실내에서 펼치면 안 되며, 누구도 계단을 가로지르면 안 된다는 것 등이었다. 아일랜드인이셨던 그녀의 할머니는 이웃 사람들에게 찻잎점을 쳐주셨고, 고모 한 분은 브라이턴 피어에서 구슬로 점을 치는 '마담 페툴렌그라'로 돈을 버셨다. 시스터 루비는 차를 마시고 기운을 차린 후에 에드나의 손금을 읽어주겠다고 제의했고, 그녀도 기꺼이 손을 내밀었다. 시스터 루비는 에드나의 손바닥을 위로 해서 한 손으로 잡고, 다른 손으로 그 위를 여러 번 쓸었다. 그런 다음 꼬박 일 분 동안 에드나의 손바닥에 있는 주름진 지형을 응시했다.

"자녀가 둘 있으시네요. 아들 하나, 딸 하나."

그녀가 마침내 말했다. 에드나는 고개를 끄덕였다.

"남편분은 돌아가셨군요······. 팔 년 전에. 아프셨네요. 여기가."

시스터 루비는 자유로운 손으로 가슴 위에서 주먹을 쥐었다. 테드는 술집에서 집에 오던 길에 심장마비로 죽었다. 화환은 사양했고 부조를 하고 싶을 경우에는 영국 심장 재단으로 해달라고 했다. 시스터 루비는 뭔가 복잡한 메시지를 해독하려는 것처럼 에드나의 손을 이쪽저쪽으로 기울였다.

"집에 대해 걱정하고 계신가 보네요."

그녀가 마침내 말했다.

"여기 머물고 싶지만, 떠나기를 바라는 사람이 있어요. 남자예요. 아들인가? 아니야."

그녀는 에드나의 손을 자세히 보고서 몸을 기울이고 문제의 남자를 머릿속에 그려보려는 것처럼 눈을 감았다. 그러다 갑자기 몸을 똑바로 세우고 식탁을 양손으로 내리쳤다.

"사업가로군요! 부인의 집을 사고 싶어 해요!"

두 잔째 차와 새로 꺼낸 부르봉 비스킷을 앞에 둔 채 에드나는 시스터 루비에게 부동산 개발업자이자 사업가이고 추잡하고 탐욕스러운 머저리(루비가 종교인이기 때문에 실제로 '머저리'라는 단어를 쓰지는 않았다.)인 줄리어스 윈스그레이브에 관해 전부 다 이야기했다. 그는 수년 동안 그녀에게서 집을 사려고 했고, 이 길의 다른 집 대부분을 사들여 큰돈을 벌었다. 결국에 그의 강압적인 행동 때문에 데이비드는 변호사와 상담을 해서 더 이상 괴롭히지 못하게 줄리어스를 상대로 접근금지 명령을 받았다. 하지만 에드나는 항상 그가 독수리처럼 머리 위를 맴돌며 그녀가 죽기만 기다리고 있다는 두려움을 느꼈다.

시스터 루비는 그녀의 이야기에 귀를 기울였다.

"아주 사악하고 위험한 사람 같군요."

시스터 루비가 손을 뻗어 커다랗고 낡은 핸드백을 집어 들고 내용물을 뒤졌다.

"부인에게 확실히 도움이 될 만한 물건이 여기 있어요."

그녀가 집 앞면 모양을 한 작고 편편한 나무 조각을 식탁 위에 올려놓았다. 네 개의 창문과 파란색 현관문이 조악하게 그려져 있었다. 에드나의 집과 똑같은 색깔이었다.

"집 호수가 어떻게 되죠?"

그녀가 물었다.

"32번지요."

시스터 루비는 가방에서 펜을 꺼내 나무 모형 집 현관문에 커다랗게 '32'라고 썼다.

"자, 이건 아주 강력한 주주예요. 제가 시키는 대로만 하시면 부인을 보호해드릴 거예요."

그녀는 양손으로 집을 꼭 쥐고 눈을 감았다. 그녀의 입술이 몇 분 동안 소리 없는 주문을 외느라 격렬하게 움직였고 마침내 그녀가 나무 집을 부엌 식탁 한가운데에 내려놓았다.

"이건 여기에 두셔야 해요."

그녀가 단호하게 말했다.

"여기가 부인 집의 중심이고 여기라면 이게 부인을 보호할 수 있어요. 하지만 이제 이 집이 부인의 집이 되었다는 걸 명심하셔야 해요."

그녀가 나무 모형을 가리키면서 말했다.

"이걸 안전하게 지키시면 부인의 집도 안전해질 거예요. 하지만 이 모형에 뭔가 해가 생기면, 부인을 둘러싼 벽돌과 모르타르에도 똑같은 일이 생길 거예요. 화재든 수해든 파손이든 말이죠. 마법을 깨뜨릴 수 있는 건 아무것도 없고, 저주를 깨뜨릴 수 있는 것도 없지요."

에드나는 조그만 나무 집을 쳐다보면서 이게 정말로 줄리어스 윈스그레이브로부터 그녀를 보호해줄 수 있을까 생각했다. 뭐, 시도해본다고 해가 될 건 없겠지. 시스터 루비는 컵과 컵받침을 싱크대로 가져갔고, 에드나가 말리는데도 불구하고 깨끗하게 씻어서 건조대에 올려놓았다. 에드나가 몸을 돌리고 비스킷을 통에 다시 넣는 동안 시스터 루비는 젖은 손을 나무 집 위에 털었다. 물 세 방울이 색칠된 전면에 떨어졌다.

"자, 그럼. 제가 부인의 시간을 꽤나 잡아먹은 것 같군요."

그녀가 가방을 집어 들었다. 에드나는 황급히 지갑을 찾았지만 시스터 루비는 자신의 서비스에 대해 어떤 대가도 받으려 하지 않았다.

"얘기를 나눈 것만으로도 즐거웠답니다."

그녀는 현관으로 나가면서 그렇게 말했다.

화장을 지우자 거울 속의 얼굴이 훨씬 젊어졌다. 두껍게 말린 곱슬머리 가발 아래에서 스트레이트로 편 검은 머리가 나타났다. 청바지에 부츠, 호피 무늬 코트로 갈아입자 시스터 루비는 사라지고 시몬 라살이 나타났다. 그녀는 자신의 명품 시계를 힐끗 보고 명품 가방을 들었다. 레스토랑에서는 이미 줄리어스가 말끔한 리넨 식탁보 위로 조급하게 손가락을 두드려대며 기다리고 있었다.

"샴페인 줘요."

그녀가 지나가는 웨이터에게 자신만만한 남동부 억양으로 말했다. 줄리어스가 눈썹을 치켜 올렸다.

"그걸 마실 자격이 있나?"

시몬이 미소를 지었다.

"어떻게 생각해요? 작업은 계획대로 정확하게 진행됐어요. 우리 애가 오늘 아침에 가서 수도관의 멈춤 꼭지를 손봤죠. 운이 따른다면 화장실이 부엌 바로 위에 있을 거예요."

그녀가 다시 시계를 보았다.

"지금쯤이면 부엌 천장이 무너졌을걸요."

줄리어스가 미소를 지었다.

"모자가 아주 훌륭한 팀이군."

그가 두툼한 갈색 봉투를 탁자 너머로 밀었다. 시몬은 내용물을 확인하고 가방 안에 넣었다. 웨이터가 샴페인을 가져와서 두 사람의 잔에 채웠다. 줄리어스가 건배를 했다.

"당신과 함께 일해서 대단히 기뻐."

시스터 루비가 떠나는 걸 본 다음 에드나는 소파로 가서 잠시 누웠다. 하루에 두 명의 방문객을 맞은 건 기분 좋은 일이었지만 약간 피곤했다. 한 시간 후쯤 깨어보니 물이 떨어지고 있었다. 부엌이었다. 식탁 위의 나무 집은 흠뻑 젖은 상태였다. 칠이 흘러내리고 창문은 거의 다 지워졌지만, 32라는 숫자는 여전히 뚜렷하게 보였다. 에드나가 고개를 들어보니 천장을 가로질러 끔찍하게 번지고 있는 검은 얼룩이 보였다. 그녀의 귀에 마지막으로 들린 건 선반과 석고가 무너져내리면서 끽끽거리는 소리였다.

"좋아! 좋아! 항복할게."

로라는 지난 오 분 동안 그녀의 무릎을 부드럽게 밀어대던 따뜻한 머리를 쓰다듬었다. 캐럿은 배가 고프고 소변도 봐야 했다. 점심 시간이 한참 넘었다. 로라는 앞의 탁자에 널려 있는 금색 별이 붙은 수많은 물건들을 둘러본 다음 시계를 보았다. 거의 세 시였다.

"불쌍한 캐럿. 다리를 꼬고 참고 있었겠구나."

아직 비가 오고 있었지만 다행스럽게도 캐럿은 크리스마스에 (다른 많은 멋진 물건들 중에서) 방수 코트를 선물로 받았다. 로라가 점심을 만들 동안 녀석은 정원으로 나갔다가 곧 마룻바닥에 젖은 발자국

무늬를 남기면서 돌아왔다. 점심을 먹고 로라는 저녁에 입을 옷을 고르기 위해 위층으로 올라갔다. 적당한 속옷을 고르는 데 얼마나 많은 시간이 걸렸는지 부끄러울 정도였다. 적당하게 부적절한 것으로 고르는 건 쉽지 않았다. 좋아하는 귀걸이를 찾다가 그녀는 테레즈의 침실에 놔두고 왔다고 생각하고 그곳으로 갔다. 그녀가 차가운 청동 손잡이를 돌렸을 때, 문은 잠겨 있었다. 안쪽에서.

32

프레디가 이불 아래에서 발가락으로 캐럿을 쿡 찔렀다.

"일어나, 이 게으른 멍멍이. 가서 우리한테 차 한 잔만 만들어 와봐."

캐럿은 이부자리 안으로 더 깊게 파고들면서 만족스러운 신음소리를 냈다. 프레디는 애처롭게 로라를 쳐다봤고 그녀는 곧장 베개 아래 얼굴을 묻었다.

"아무래도 내 임무인 것 같군요."

그가 그렇게 말하고 침대에서 일어나서 예의상이라기보다는 추위를 느껴서 뭔가 걸칠 것을 찾았다. 로라의 드레싱 가운은 그런 목적에 전혀 맞지 않았지만 아주 가까이에 있었다. 프레디는 새해 아침과 파란 하늘, 화창한 하루를 맞이하기 위해 커튼을 열었다. 로라는 따스한 이불 아래서 알몸을 쭉 펴면서 욕실에 가서 약간 볼 만한 모양새로, 좀 덜 중년 아줌마처럼 보이도록 다듬을 시간이 있을지 고민했다. 하지만 그래봤자 무슨 소용인가? 프레디는 이미 그녀를 다 봤는데. 로라는 손가락으로 머리를 빗으면서 침대 옆 탁자의 조그만 거울로 어젯밤의 마스카라가 눈 아래에 번졌는지 확인했다. 최소한 그녀의 치열은 훌륭했다.

두 사람이 일어나서 옷을 입고, 콩을 얹은 토스트를 먹고, 선샤인이 오기까지는 꼬박 두 시간이 걸렸다. 그들은 날이 맑으면 캐럿을 데리고 근처의 공원으로 다 함께 산책을 가자고 약속했었다. 로라와 프레디는 팔짱을 끼고 걸었고 선샤인은 캐럿과 함께 앞장을 서서 (또 다른 크리스마스 선물인) 줄 달린 공을 물어오라고 던졌다.

"우리 캐럿은 자기가 즐거워서라기보다는 오로지 선샤인을 즐겁게 해주기 위해서 저걸 해주는 것 같아요."

프레디가 말했다. 로라는 캐럿이 의무적으로 공을 선샤인에게 갖다주고 그녀가 다시 아무 데로나 그걸 던지고서 '물어와!' 하고 외치는 것을 보았다.

"녀석이 좀 더 흥미로운 놀이를 찾을 때까지만 어울려주지 않을까 하는 생각이 드는데요."

정말로 바로 다음번에 공을 던졌을 때 캐럿은 공이 가시금작화 덤불 속으로 떨어지는 것을 보고만 있다가 토끼를 찾아 다른 데로 달려갔다. 불쌍한 프레디가 캐럿의 다음 타자로 선샤인에게 지명되어 팔꿈치까지 가시덤불 속에 밀어 넣고 공을 뒤졌다.

"그냥 둬요. 녀석한테는 다른 걸 사주면 돼요."

프레디가 몇 번이나 찔리는 걸 보고 로라가 말했다.

"안 돼요! 그건 캐럿의 크리스마스 선물이에요. 걔가 정말로 실망할 거고 내가 똑바로 던지지 못했다고 날 미워할 거예요. 내가 동네 바보라서요."

선샤인은 거의 울음을 터뜨리기 직전이었다.

"넌 절대로 바보가 아니야!"

프레디가 마침내 가시금작화 덤불에서 일어서서 승리에 찬 얼굴로 공을 흔들면서 말했다.

"도대체 누가 널 그렇게 불렀니?"

"학교에서 라운더스 게임(야구 비슷한 영국 게임.—옮긴이)을 할 때 제가 공을 떨어뜨렸더니 니콜라 크로우가 저한테 그랬어요.""흠, 니콜라 크로우는 아주 무식한 애고 넌 다람쥐 우군이잖니, 꼬마 아가씨. 그걸 잊어버리면 안 돼."

그가 소녀에게 장난감을 건네고 아이의 얼굴에서 고통을 없애주려 했다. 하지만 미소까지 짓게 만들지는 못했다. 토끼를 쫓는 데 싫증을 느끼고 인간들의 드라마를 보지 못한 캐럿이 다시 다가와서 장난감의 냄새를 맡았다. 그리고 선샤인의 손을 핥았다. 덕분에 소녀가 마침내 미소를 지었다.

이제 로라가 캐럿의 장난감을 안전하게 챙겼고 프레디는 상처를 확인하면서 걸음을 옮겼다. 그때 선샤인이 풀밭에 떨어진 작고 반짝거리는 물건을 발견하고 재빨리 다가갔다.

"보세요."

선샤인이 손가락으로 흙속에서 그것을 파냈다.

"뭐니?"

프레디가 소녀에게서 그것을 받아들고 흙을 문질러 닦았다. 그것은 아기 코끼리 모양의 청동 열쇠고리였다.

"이걸 집에 가져가야 해요. 꼬리표를 쓰고 웹사이드에 올려야죠."

"우리한테 이미 분실물이 넘치게 많다고 생각하지 않니?"

로라는 여전히 선반과 상자 속에서 금색 별을 기다리고 있는 물건들로 가득한 서재를 떠올리며 말했다. 하지만 프레디도 선샤인의 생각에 동의했다.

"저기, 어떻게 사람들이 웹사이트에 관심을 갖게 만들지에 대해서 생각을 좀 해봤어요. 거기에 모든 물건을 다 올리는 건 일의 절반밖에 안 돼요. 적당한 사람들이 그걸 찾아보게 만드는 게 나머지 절반이죠. 자, 앤서니가 한 일은 굉장히 멋진 이야깃거리고, 지역 신문이나 심지어는 라디오, 텔레비전 방송국의 관심을 끌 수도 있을 거라고 생각해요. 그런데 우리가 옛날 것들과 함께 아주 최근의 분실물들도 함께 올리면 정말로 도움이 될 것 같아요."

로라에게 정말로 도움이 되는 건 프레디가 '우리'라고 말하는 부분이었다. 그녀는 더 이상 앤서니의 버거운 유산을 혼자 감당할 필요가 없었다. 그녀에게는 도와주는 사람들이 있었다. 그녀가 너무 오만해서, 혹은 너무 겁이 나서 청하지 못했던 도움을 기꺼이 제공해주는 사람들이 있었다.

파두아로 돌아와서 선샤인은 곧장 서재로 들어가 열쇠고리에 붙일 꼬리표를 찾았다. 모두가 선샤인의 엄마와 아빠에게 차를 마시러 오라는 초대를 받았지만, 선샤인은 나가기 전에 꼬리표를 쓰고 열쇠고리를 선반이나 상자에 놔두겠다는 결심이 확고했다. 로라는 위층으로 가서 옷을 갈아입었고 프레디는 부엌에서 낡은 타월로 캐럿의 발과 다리에 묻은 진흙을 닦아냈다. 지나가는 길에 로라는 테레즈의 방문 손잡이를 다시 돌려봤다. 여전히 잠겨 있었다. 그녀는 부엌으로 돌아와 선샤인의 감독 아래 열쇠고리의 꼬리표를 썼다.

"선샤인?"

"네?"

소녀는 로라가 쓰는 것을 읽기 위해 열심히 집중하고 있었다.

"지난번에 꽃의 여인이 화가 났다고 네가 그랬지?"

"네."

로라는 펜을 내려놓고 잉크가 마르게 후후 불었다. 그녀가 꼬리표를 내려놓자마자 선샤인이 집어 들고서 좀 더 후후 불었다. 확실히 말리기 위해서였다.

"음, 꽃의 여인이 나한테 화가 났을까?"

선샤인은 '어떻게 그렇게 멍청할 수 있어요?'라는 표정과 자세를 취했다. 눈을 굴리고, 한숨을 내쉬면서 허리에 양손을 올리는 행동이었다.

"꽃의 여인은 아줌마한테만 화난 게 아니에요. 모두에게 화가 났어요."

그녀의 말에는 '당연히'라는 부분이 생략돼 있었다.

그것은 로라가 예상한 대답이 아니었다. 선샤인의 말을 믿는다면 (그리고 이 주장에 관해 로라의 머릿속 배심원단은 아직까지 휴식을 취하느라 결정을 내리지 못했다.) 그녀 혼자만 테레즈의 분노의 대상이 아니라는 사실에 안도할 만했다. 하지만 여전히 그녀를 달래주려면 뭘 해야 하는지는 알 수가 없었다.

"하지만 왜 화가 난 걸까?"

선샤인은 어깨를 으쓱였다. 그녀는 지금 테레즈에 관심이 없었고 차를 마시고 싶었다. 그녀는 시계를 보았다. 그녀는 '시'를 전부 알았고 '반'도 알았다. 그 사이에 있는 건 전부 다 '거의'였다.

"거의 네 시예요. 그리고 차는 정확히 네 시에 마셔야 해요."

그녀가 문가로 걸어갔다.

"오늘 아침에 제가 페어리 케이크와 스콘, 아주 근사한 민스파이와 포로방(작은 페이스트리 요리인 볼오방(vol au vents)을 가리킴.—옮긴이)을

237

만들었어요. 우리 다 함께 차 마실 때 먹으려고요."

프레디가 씩 웃었다.

"그래서 네가 거의 열한 시 반까지 여기 오지 못했던 거구나."

그가 로라 쪽으로 윙크를 하면서 입 모양으로 덧붙였다.

"나한텐 행운이었죠."

"그리고 아빠가 소시지말이 빵을 만드셨어요."

선샤인이 코트를 입으면서 말했다.

33

유니스
1991년

"이 소시지빵은 도일 부인의 것과는 비교가 안 되는군요."

바머가 용감하게 두 번째 것을 먹으면서 말했다. 도일 부인이 마게이트의 바닷가 아파트로 은퇴한 이래로 빵집은 프랜차이즈로 바뀌었고, 수제 케이크와 빵류는 미리 만들어진 대량생산품으로 대체되었다. 페이스트리 가루가 가슴과 무릎 위로 떨어지자 유니스가 그에게 종이냅킨을 건넸다.

"베이비 제인이 나머지를 기꺼이 먹어줄 거예요."

그녀가 조그만 퍼그의 열의 가득한 얼굴을 힐끗 쳐다보며 말했다. 베이비 제인은 운이 없었다. 맛이 끔찍한데도 불구하고 바머는 점심 식사를 다 먹었고 몸에 떨어진 페이스트리 가루를 쓰레기통 쪽으로 털어내기 위해서 애를 썼다. 유니스는 그의 건강과 허리둘레에 대한 걱정을 이번만큼은 접어두고 특별히 그에게 소시지빵 두 개를 사다 줬다. 그들은 이따가 그레이스와 고드프리를 보러 갈 계획이었고, 지난 한 해 동안 폴리스 엔드를 방문하는 건 점점 더 어려워졌다. 그녀는 아버지였던 사람이 손에 닿지 않는 머나먼 지평선 너머로 멀어지는 것을 보면서 바머가 느끼는 고통을 덜어줄 방법이 있었으면 하고 언제나 바랐다. 고드프리의 육체적 건강함은 정신적인 손상과 비교할 때 씁쓸하고 잔인한 아이러니의 극치였고, 그는 웃자라고 겁먹고 화가 난 어린애가 되었다. '버팔로 같은 몸에 나방 같은 정신'이라고 그레이스는 말했다. 그의 고난은 그를 사랑하는 모든 사람들에게 끔찍한 형벌이었다. 이제 고드프리에게는 그의 친구들과 가족들은 두렵고, 가능하면 피해야 하는 모르는 사람들이었다. 그래서 사람들이 쓰다듬거나 키스하거나 껴안는 등 신체적으로 애정을 표현하려고 하면 그는 주먹질과 발길질로 반응했다. 그레이스와 바머 둘 다 그것을 증명하는 멍을 달고 살았다. 그레이스는 언제나 차분했지만, 폴리스 엔드로 옮겨간 지 거의 이 년이 된 지금은 남편과 한방을 쓰지 않았다. 요즘에는 그를 멀리서 사랑하는 것만이 안전했다. 포샤는 언제나 거리를 두었다. 그녀의 방문은 폭력이 시작되면서 끊겼다.

바머는 아침 우편으로 도착한 갈색 봉투에서 두툼한 원고를 꺼내면서 믿을 수 없다는 듯이 고개를 흔들었다.

"걔는 오로지 내 성미를 자극하기 위해서 이러는 것 같아요."

그것은 그의 여동생의 최신 원고였다.

"다른 사람들한테도 그걸 보내나요?"

유니스는 그의 어깨 너머로 넘겨다보고 시놉시스 부분을 집어서 읽었다.

"분명히 그러겠죠. 이제 난 창피하지도 않다니까요. 지난번 건 브루스에게 확실하게 보냈더라고요. 그 친구가 내 얼굴 표정을 보기 위해서 그걸 출간할까 심각하게 고려했다고 그러더군요."

유니스는 이미 들고 있는 페이지를 읽느라 바빴고, 소리 없는 웃음으로 온몸이 떨렸다. 바머는 의자에 몸을 기대고 머리 뒤에서 깍지를 꼈다.

"자, 얘기해봐요. 이 미저리 같은 상황에서 날 구해줘요."

유니스는 씩 웃으면서 그를 향해 손가락을 흔들었다.

"그렇게 말하니까 좀 우스운데, 방금 나도 캐시 베이츠가 포샤를 납치해서 외딴 숲속 오두막에서 침대에 묶어놓고, 커다란 망치로 양쪽 다리를 부러뜨리고, 소설을 어떻게 써야 하는지 훌륭한 조언을 좀 해줬으면 좋겠다고 생각하던 참이었거든요."

처음 영화 〈미저리Misery〉를 보고 나서 저녁을 먹으면서 그들은 캐시 베이츠 식의 글쓰기 학교에서 뭔가 배우고 와야 할 작가 목록을 만들고 웃은 적이 있었다. 그때 포샤를 빠뜨렸다니, 유니스는 믿을 수가 없었다.

"그 애 손가락이 전부 다 부러지는 쪽이 훨씬 간단하겠어요. 그러면 글을 아예 못 쓸 테니까요."

유니스는 바머를 보면서 찬성하지 않는다는 듯이 고개를 흔들었다.

"하지만 그러면 이런 문학적 보석을 잃게 될 거라고요."

그녀가 시놉시스를 허공에 흔들었다. 그리고 목을 가다듬고 드라마틱한 효과를 위해 잠깐 뜸을 들였다. 베이비 제인이 빨리 시작하라는 듯이 그녀를 향해 '멍' 하고 짖었다.

"재닌 이어는 잔인하고 부유한 숙모 위드 부인 아래서 자란 어린 고아다. 그녀는 유령을 볼 수 있는 이상한 아이였고, 숙모는 모든 사람들에게 그녀가 '마약'을 해서 하이 우드라는 사설 갱생원에 보낼 거라고 말한다. 하이 우드의 소유주인 브라트부르스트 씨는 모든 치

241

료비를 헤로인에 쓰고 여자아이들에게는 빵과 라드만 먹인다. 재닌은 상냥하고 분별 있는 엘렌 스캘딩이라는 소녀와 친구가 되지만 그녀는 마른 빵조각이 목에 걸려서 죽는다. 당직 구급요원이 아예 없고 재닌은 하임리히 요법을 모르기 때문이다."

유니스는 바머 본인에게 하임리히법을 써야 하는 게 아닌가 확인하느라 잠깐 읽던 것을 멈췄다. 그는 소리 없이 웃느라 거의 경련을 일으키고 있었고 베이비 제인은 의아한 표정으로 그의 발치에 앉아 있었다. 유니스는 그가 좀 진정할 때까지 기다렸다가 다시 읽었다.

"브라트부르스트 씨는 보건안전법 기준을 맞추지 못해서 감옥에 가고, 재닌은 폰트프랙트의 프릭클필즈라는 저택에서 오페어 자리를 얻는다. 그녀가 돌봐야 하는 상대는 벨이라는 이름의 활발한 프랑스 소녀고, 그녀의 고용주 맨체스터 씨는 어둡고 퉁명스러운 남자로 골칫거리를 감추고 있고 고함은 많이 지르지만 하인들에게는 상냥한 사람이다. 재닌은 그와 사랑에 빠진다. 어느 날 밤, 그는 잠에서 깨서 자신의 머리에 불이 붙은 걸 발견하고 재닌이 그의 목숨을 구한다. 그는 청혼하지만, 결혼식 날은 재앙이 된다."

"그것뿐만이 아니겠지."

바머가 헐떡거리면서 말했다. 유니스는 계속해서 읽었다.

"그들이 막 맹세의 말을 나누려고 할 때 메이슨 씨라는 남자가 나타나서 맨체스터 씨가 이미 자신의 여동생 번티와 결혼한 사이라고 주장한다. 맨체스터 씨는 그들을 데리고 프릭클필즈로 돌아와서 코카인 때문에 정신이 완전히 나간 번티를 보여준다. 그녀는 다락방에서 네 발로 기어 다니면서 으르렁거리고 그들의 발목을 물려고 하고, 그녀의 간병인은 그녀를 쫓아가서 케타민 주사를 놓는다. 재닌은 짐을 싸서 떠나고, 황무지를 헤매다가 저체온증으로 거의 죽기 직전에 상냥한 기독교인으로 거듭난 교구목사와 그의 두 여동생에게 발견되어 그들의 집으로 간다. 운 좋게도 그들은 알고 보니 그녀의 사촌이었고, 더 운이 좋게도 오래전에 연락이 끊긴 큰아버지가 돌아가시면서 그녀에게 재산을 남겨주신다. 재닌은 착하게 그 재산을 사촌들과 나누지만, 목사와 결혼하는 건 거절하고 그와 함께 루이셤에서 선교 활동을 한다. 이제 맨체스터 씨가 자신의 영원한 사랑이라는 걸 깨달았기 때문이다. 그녀는 프릭클필즈로 돌아왔다가 저택이 완전히 불타버렸음을 알게 된다. 지나가던 늙은 여자가 그녀에게 '미친 약물중독자 번티'가 불을 질렀고 저택이 불타는 동안 지붕에서 춤을 추다가 죽었다고 이야기해준다. 맨체스터 씨는 용감하게 모든 하인들과 고양이까지 구출했지만, 떨어지는 대들보에 맞아 실명하고 한쪽 귀도 잃는다. 이제 그는 다시 독신이 되었고, 재닌은 그들의 관계에 다시금 기회를 줘보기로 한다. 그러나 맨체스터 씨에게 여전히 '신뢰문제'가 있기 때문에 천천히 상황을 진행하자고 말한다. 육 주 후에 그들은 결혼하고 그들의 첫아들이 태어나자 맨체스터 씨는 기적적으로 한쪽 눈의 시력을 회복한다."

유니스는 씩 웃으면서 바머에게 원고를 도로 건네며 외쳤다.

"천재적인 코미디예요! 정말로 출간하고 싶은 마음 안 들어요?"

바머는 그녀에게 지우개를 던졌고 그녀는 재빨리 고개를 숙여 피했다.

유니스는 책상 앞에 앉아서 양손으로 턱을 받치고 생각에 잠겼다.

"그녀는 왜 이러는 걸까요? 그러니까 단순히 당신의 성미를 자극하려고 이러지는 않을 거예요. 그러기에는 너무 많은 노력이 드는 일이니까요. 그리고 포샤를 알아서 하는 말인데, 장난도 이만하면 질릴 때가 됐고요. 그 이상의 뭔가가 있는 게 분명해요. 그리고 원한다면 자가출판을 할 수도 있잖아요. 그럴 만한 돈도 있고요."

바머는 우울하게 고개를 흔들었다.

"난 그 애가 진심으로 뭔가 잘하기를 바라는 거라고 생각해요. 불행히도 잘못된 종류를 고른 거죠. 그 많은 돈과 소위 친구들을 가졌어도 가끔 그 애의 삶은 꽤나 공허할 테니까요."

"난 어쩌면 이 모든 게 당신 때문일 수도 있다고 생각해요."

유니스는 다시 일어나서 창가로 걸어갔다. 그녀는 움직일 때 생각이 훨씬 더 잘 정리됐다.

"그녀는 오빠의 인정을, 칭찬이나 사랑이나 확인이나 뭐든 간에 그런 걸 얻고 싶은 것이고, 그걸 글을 써서 얻으려고 하는 거라고 생각해요. 그녀는 온갖 방식으로 자신을 궁지에 몰았어요. 그녀는 무례하고, 이기적이고, 경박하고, 가끔은 노골적으로 잔인해요. 그리고 절대로 당신이 그녀를 어떻게 생각하는지 눈곱만큼도 신경 쓰지 않는다고 주장하겠지만, 실은 신경을 쓰는 거죠. 마음 깊은 곳에서 당신의 여동생은 당신이 자신을 자랑스러워하기를 바라고 그래서 글을 쓰기로 한 거예요. 자신에게 재능이 있거나 글을 쓰면 즐거워서가 아니라, 목표를 위한 수단인 거죠. 당신은 출판계 사람이고 그녀는 당신이 출판할 만큼 훌륭하다고 생각하는 책을 쓰고 싶은 거예요. 그래서 언제나 고전 명작에서 플롯을 '빌려오는' 거죠."

"난 그 애를 사랑해요. 그 애의 행동거지나 부모님을 대하는 방식, 당신에게 말하는 방식을 인정할 수는 없지만, 그래도 그 애는 내 동생이에요. 난 항상 그 애를 사랑할 거예요."

유니스가 바머의 뒤로 다가와 그의 어깨에 양손을 가만히 얹었다.

"나는 그걸 알아요. 하지만 포샤는 모르는 것 같아요. 불쌍한 포샤."

이번만큼은 그녀도 진심이었다.

34

로라는 손톱이 손바닥에 초승달 무늬를 남길 정도로 주먹을 꽉 쥐고 침대에 앉아 있었다. 겁을 내야 할지 화를 내야 할지 알 수가 없었다. 알 보울리의 목소리가 아래층 정원 방에서 들려왔고, 그의 유혹적인 목소리가 손톱으로 칠판을 계속해서 긁는 것처럼 느껴졌다.

"정말이지 〈당신에 관한 생각〉에는 질렸어!"

그녀가 폭발해서 침대 옆 탁자에 있던 책을 방 건너편으로 세게 집어던졌다. 책은 화장대 위에 있던 유리 촛대 하나를 맞혔고, 촛대가 바닥에 떨어져서 깨졌다.

"젠장!"

로라는 속으로 앤서니에게 사과했다. 그리고 일어나서 쓰레받기와 빗자루를 가져올 겸 완벽하게, 논쟁의 여지없이, 명명백백한 것을 확인하러 아래층으로 내려갔다. 알 보울리 음반은 여전히 빛바랜 종이 커버 안에 든 채 서재 탁자 한가운데에 놓여 있었다. 그녀가 이제 말 그대로 밤낮으로 따라다니는 음악을 듣는 데 질려서 바로 어제 그것을 직접 여기에 놔뒀다. 지금 와서 생각해보면 좀 바보 같지만, 음반을 축음기 옆에서 아예 치워버리면 멈출지도 모른다고 생각했던 것이다. 하지만 테레즈는 그런 규칙을, 물리적인 규칙을 따를 필요가 없었다. 죽음으로 인해 그런 세속적인 구속에서 벗어난 게 분명했고, 훨씬 더 창의적인 방식으로 자유롭게 장난을 칠 수 있었다. 그리고 달리 누가, 또는 무엇이 이런 일을 하겠는가? 앤서니는 살아 있는 동안 그녀에게 언제나 친절했으니 죽고 나서 이런 쩨쩨한 괴롭힘을 준다는 건 말이 되지 않았다. 어쨌든 로라는 그가 부탁한 모든 것을 했으니까. 최소한 하려고 노력은 하고 있으니까. 그녀는 음반을 집어서 매끄러운 검은 머리에 유혹적인 검은 눈으로 웃고 있는 커버의 남자를 쳐다봤다.

"당신은 상상도 못할걸요."

그녀는 고개를 흔들면서 말했다. 그리고 서랍 안에 음반을 넣고 확실하게 닫힌 걸 확인하려는 것처럼 온몸으로 서랍을 밀어 닫았다. 그러면 뭔가 달라지기라도 할 것처럼. 그녀는 프레디에게 테레즈의 방문이 닫혀 있는 것에 대해서 이야기하고 그에게 열 수 있겠는지 한 번 봐달라고 했다. 그는 손잡이를 움직여보고 방문이 잠겼다고 단언했고, 그들이 어떻게 할 수 있을 것 같지 않다고 덧붙였다.

"그녀가 준비가 되면 열어줄 거예요."

그는 마치 성질 고약한 어린애가 짜증을 부리다 지치게 내버려두자는 이야기를 하는 것 같은 투로 말했다. 프레디와 선샤인 둘 다 침착하게 테레즈를 받아들이는 것 같아서 로라는 화가 났다. 분명히 세상을 떠나서 정원에 유골까지 뿌려진 사람이 문제를 일으킨다는 건 깜짝 놀랄 만한 일 아닌가? 특히나 지금쯤이면 그들의 노력 덕택에 죽은 다음이긴 해도 어디선가 결혼 생활의 즐거움을 누리고 있어야 할 사람인데. 정말이지 고마운 줄 모르는 행동이다. 로라는 우울하게 미소를 지었다. 하지만 테레즈가 아니면 누구겠는가? 이성이 실패한 곳에서는 키메라가 융성하는 법이다. 깨진 유리조각을 다 치웠을 무렵 프레디와 캐럿이 산책을 마치고 들어오는 소리가 들렸다.

아래층 부엌에서 차와 토스트를 앞에 두고 그녀는 프레디에게 음악에 대해 이야기했다.

"아, 그거요."

그는 버터 바른 토스트 조각을 캐럿에게 먹이면서 말했다.

"나도 들었지만 별로 관심을 두지 않았어요. 난 선샤인이 그랬나 보다 생각했거든요."

"내가 음반을 치웠는데도 계속 그러더라고요. 그래서 이제는 서재의 서랍 안에 넣어놨어요."

"왜요?"

프레디가 차에 설탕을 넣으면서 물었다.

"왜 그걸 치웠냐는 건가요, 아니면 왜 서랍에 넣었느냐는 건가요?"

"둘 다요."

"왜냐하면 미칠 것 같으니까요. 그녀가 더 이상 그걸 틀지 못하게 하려고 치운 거예요."

"누구요? 선샤인이요?"

"아뇨."

로라는 말로 표현하고 싶지가 않아서 잠시 뜸을 들이다 대답했다.

"테레즈요."

"아. 우리의 룸메이트 유령 말이군요. 그러니까 당신이 음반을 치웠는데 그래도 소용이 없어서 서랍 안에 넣어버리면 효과가 있지 않을까 생각한 건가요?"

"그런 건 아니에요. 하지만 그렇게 하니까 기분은 더 좋아졌어요. 그녀가 또 뭘 할지 자꾸 고민하게 돼요. 왜 이런 망할 독불장군 놀이를 하는 걸까요? 그녀에게는 이제 앤서니가 있는데, 내가 이 집을 물려받은 게 왜 문제가 되죠? 이건 앤서니가 원했던 거라고요."

프레디는 차를 마시며 인상을 찌푸리고 그녀의 질문을 고민했다.

"선샤인이 한 말을 생각해봐요. 그 애는 테레즈가 당신에게 화가 난 게 아니라 모두에게 화가 났다고 했어요. 그녀의 분노는 무차별적이에요. 그러니까 집에 관한 게 아닌 거죠. 앤서니가 아직 살아 있었을 때 이와 비슷한 일이 있었던 적이 있나요?"

"내가 아는 한은 없어요. 집 안에서 항상 장미 향기가 나고 테레즈가 아직 남아 있다는 느낌은 있었지만, 확실하게 뭘 보거나 들은 적은 없어요. 그리고 앤서니도 그런 이야기를 한 적이 없고요."

"그러니까 앤서니가 세상을 떠난 후에야 숙녀께서 장난을 치기 시작한 거군요?"

"네. 하지만 그게 바로 잘못된 부분이에요. 난 항상 그녀가 그동안 내내 어디 다른 세상이나 그런 데서 앤서니를 기다리면서 춤 연습을 하거나 손톱을 칠하거나 뭐 그러고 있을 거라고 생각했거든요."

프레디는 그녀의 심술궂은 말투를 부드럽게 꾸짖는 것처럼 손가락 하나를 흔들었다.

"알아요, 알아요. 내가 지독하게 굴고 있다는 거요."

로라는 자조적으로 웃으며 말을 이었다.

"하지만 솔직히, 뭘 더 원하는 거죠? 이제 앤서니를 되찾았으니 행복해야 하는 거잖아요. 그런데 대신에 여기 남아서 언짢은 스타 가수처럼 못된 일을 하고 있어요. 죽었으면서."

프레디는 한 손을 그녀의 손 위에 얹고 꼭 쥐었다.

"불안하다는 거 알아요. 그녀는 확실히 에너지가 꽤 넘치는 것 같고……."

"특히나 이미 죽은 사람치고는 말이죠."

로라가 끼어들었다. 프레디가 씩 웃었다.

"당신네 둘이 꽤 잘 맞았을 것 같아요. 앤서니가 그녀에 관해 들려준 이야기에 따르면, 두 사람은 당신이 생각하는 것보다 훨씬 더 닮았을 거라고 봐요."

"앤서니가 당신에게 테레즈 이야기를 했어요?"

"가끔은요. 특히 마지막 즈음에요."

그는 차를 비우고 찻주전자에서 다시 따랐다.

"하지만 어쩌면 우리가 뭔가를 놓치고 있는지도 몰라요. 우린 앤서니가 세상을 떠났고, 그분이 테레즈를 뿌린 바로 그곳에 우리가 그분을 뿌렸으니까 두 사람이 이제 함께 있을 거라고 생각했죠. 하지만 재가 정말로 중요할까요? 그건 그저 '유골'일 뿐이잖아요. 사람이 죽고 나서 남은 거요. 앤서니와 테레즈 둘 다 죽었지만 어쩌면 그들은 함께 있지 않고, 그게 문제인 건지도 몰라요. 당신과 나 둘 다 따로따로 런던에 갔고 만날 장소를 정해놓지 않았다면 우리가 서로를 찾을 수 있는 가능성이 얼마나 될까요? 생각해봐요. 그들이 죽고 나서 간 곳이 어딘지는 모르지만 그곳은 …… 음, 사람들이 죽기 시작한 이래로 거기에 간 모든 죽은 사람들을 고려하면 런던보다 훨씬 더 커야 하지 않겠어요?"

프레디는 자신의 설명에 꽤 만족한 것 같은 표정을 지으며 의자에 몸을 기댔다. 로라는 한숨을 쉬고 낙담해서 의자에 늘어졌다.

"그러니까 당신 말은 테레즈가 전에는 앤서니가 어디 있는지 알았었지만 이제 그분이 세상을 떠났으니 훨씬 더 안 좋은 상황이 되었다는 건가요? 그거 참 굉장하네요. 그녀와 몇 년이나 함께 살아야 할지도 몰라요. 어쩌면 영원히요. 맙소사!"

프레디가 식탁을 돌아와서 그녀의 뒤에 서서 어깨에 부드럽게 손을 올렸다.

"가엾은 테레즈. 난 당신이 그 음반을 정원 방에 다시 갖다 놔야 한다고 생각해요."

그는 그녀의 머리 위에 키스하고 정원으로 일을 하러 나갔다. 로라는 갑자기 죄책감을 느꼈다. 말이 안 되는 생각일지 모르지만, 된다고 가정을 해보자. 그녀에게는 이제 프레디가 있지만, 이렇게 오랜 세월이 지났는데 테레즈에게 아직도 앤서니가 없다면?

가엾은 테레즈.

로라는 일어나서 서재로 갔다. 그리고 서랍에서 음반을 꺼내 정원 방으로 다시 가서 축음기 옆 탁자 위에 올려놓았다. 테레즈의 사진을 집어 들고 그녀는 깨진 유리 뒤로 이제 흐릿하게 보이는 여자를 쳐다봤다. 처음으로 사진에 있는 사람이 눈에 들어왔다. 프레디는 그들이 닮았다고 생각할지 몰라도 로라는 차이를 볼 수 있었다. 그녀는 이미 테레즈보다 십오 년을 더 살았지만, 테레즈가 짧은 인생을 로라보다 훨씬 더 열심히, 밝게, 빠르게 살았을 거라고 그녀는 확신했다. 얼마나 아까운 일인지.

로라는 잔인한 모자이크 뒤의 얼굴을 손끝으로 부드럽게 쓰다듬었다. 사라가 뭐라고 했더라? '숨는 걸 그만두고 인생의 엉덩이를 걷

어찰 때가 됐어.'

"내가 문제를 해결해줄게요."

그녀가 테레즈에게 약속했다. 그리고 레코드판을 다시 집어서 턴
테이블 위에 올렸다.

"음악 적당히 틀어요. 난 당신 편이 되려고 노력하고 있으니까요."

그녀가 방 안에 대고 커다랗게 말했다.

35

유니스
1994년

　유니스는 바머와 그레이스와 함께 앉아서 고드프리가 죽는 걸 지켜보던 때에 열린 창문으로 들어오던 햇빛으로 따스해진 장미 향기를 평생 잊을 수 없을 것이다. 그는 이제 거의 떠난 상태였다. 지친 몸뚱이만이 간신히 남아 있고, 호흡은 나비의 날개조차 들어올릴 수 없을 정도로 얕았다. 그의 말년을 잠식한 두려움과 분노와 혼란이 마침내 고드프리에 대한 폭정을 멈추고 그를 평화롭게 놓아줬다. 그레이스와 바머는 마침내 그의 손을 잡을 수 있었고, 베이비 제인은 그의 옆으로 파고들어 그의 가슴 위에 고개를 살짝 올려놓았다. 그들은 죽어가는 과정과 죽음 그 자체 사이의 불편한 공간을 메우기 위해서 대화를 하려는 행동도 오래전에 그만두었다. 가끔씩 간호사가 조용히 문을 두드리고 차를 갖다주거나 전에 수백 번쯤 지켜본 최후의 순간에 말없이 동정을 표했다.

　유니스는 일어나서 창가로 걸어갔다. 바깥에서는 그들 없이 오후가 흘러가고 있었다. 사람들은 정원을 산책하거나 그늘에서 졸았고,

아이들 한 무리가 잔디밭을 가로질러 서로를 뒤쫓으며 즐거워서 깍깍거렸다. 나무 위쪽 어디서 개똥지빠귀가 메트로놈처럼 째깍거리는 스프링클러 소리에 날아올랐다. 지금이 딱 좋은 시간이라고 그녀는 생각했다. 완벽한 영국의 여름날 오후의 끝자락 속으로 떠나갈 수 있는 타이밍이었다. 그레이스 역시 그렇게 생각하는 것 같았다. 그녀가 의자에 몸을 기대고 포기의 한숨을 길게 쉬었다. 고드프리의 손을 잡은 채 그녀는 너무 오래 앉아 있어서 뻣뻣해진 관절 때문에 힘겹게 일어나서 고드프리에게 키스하고는 약해졌지만 차분한 손으로 그의 머리카락을 쓰다듬었다.

"때가 됐어, 여보. 이제 떠날 때야."

고드프리가 몸을 아주 살짝 떨었다. 반투명한 눈꺼풀이 떨리며 그의 지친 가슴이 마지막으로 거친 숨을 내뱉었다. 그리고 그는 떠났다. 베이비 제인 말고는 아무도 움직이지 않았다. 조그만 개는 일어서서 대단히 신중하게 고드프리의 온 얼굴 냄새를 맡았다. 그리고 마침내 친구가 떠난 것에 만족해서 침대 아래로 뛰어내려 몸 전체를 털고 바머의 발치에 앉아 이렇게 말하는 얼굴로 그를 애원하듯이 올려다봤다. '나 이제 정말로 쉬하러 나가야 돼.'

한 시간 후 그들은 '가족실'이라는 곳에 앉아서 차를 더 마시고 있었다. 가족실은 폴리스 엔드 직원들이 방금 죽은 사람 곁을 떠날 준비가 된 가족들을 데려다두는 곳이었다. 벽은 옅은 노란색이고 엿보는 사람들의 눈길을 가려주는 모슬린 커튼 때문에 햇살은 연했다. 소파는 두툼하고 푹신하고, 신선한 꽃과 티슈가 있는 것을 보니 생생한 슬픔을 달래주기 위해 꾸며진 곳 같았다.

처음에 눈물을 좀 흘린 후 그레이스는 기분을 회복하고 이야기를 할 만한 상태가 되었다. 사실 그녀는 이미 오래전에 자신이 결혼했던 남자를 잃었고, 그가 죽은 이제야 애도할 수 있게 된 셈이었다. 바머는 창백하지만 차분했고, 가끔씩 소리 없이 얼굴에 흐르는 눈물을 닦곤 했다. 고드프리의 방에서 나오기 전에 그는 아버지의 뺨에 마지막으로 키스했다. 그런 다음 아주 옛날에 그레이스가 끼워준 이래 처음으로 고드프리의 결혼반지를 손가락에서 빼냈다. 금테는 긁히고 닳았고 원 모양은 살짝 찌그러졌다. 사랑을 말로는 거의 표현하지 않아도 매일 드러내는 길고 찬란했던 결혼 생활의 증거였다. 바머는 반지를 어머니에게 건넸고 그레이스는 아무 말도 하지 않고 그것을 중지에 꼈다. 그 후 바머는 포샤에게 전화를 했다.

그레이스가 와서 바머의 옆에 앉아 그의 손을 잡았다.

"자, 우리 아들, 네 동생을 기다리는 동안 내가 할 말이 있단다. 넌 내가 이런 이야기 하는 걸 바라지 않겠지만, 난 네 엄마고 할 말은 해야겠어."

유니스는 무슨 이야기일지 짐작할 수 없었으나 두 사람이 조용히 이야기를 나눌 수 있도록 나가겠다고 말했다.

"아니, 그럴 거 없어요, 유니스. 바머는 아가씨가 이 얘기를 듣는다고 개의치 않을 거고, 난 아가씨가 괜찮다면 이 문제에 관해서 내 편을 들어주길 바라요."

유니스는 호기심에 도로 자리에 앉았다. 소파에서 바머의 옆에 앉아 있던 베이비 제인은 도덕적 지지를 해주려는 것처럼 그의 무릎 위로 기어 올라갔다.

"좋았어. 시작할게."

그레이스가 아들의 손을 꼭 쥐고 살짝 흔들었다.

"애야, 난 네가 어린아이였을 때부터 네가 결혼해서 나한테 손자를 안겨줄 타입이 되지 못할 거라는 걸 알았단다. 아마도 속으로는 네 아빠도 알고 있었을 것 같다만, 물론 우린 그런 이야기는 한 적이 없어. 자, 내가 거기에 대해서 조금도 신경 쓰지 않는다는 걸 알았으면 한단다. 난 항상 네가 내 아들이라는 사실이 자랑스러웠고, 네가 행복하고 품위 있게 살기만 한다면 그걸로 충분해."

바머의 뺨이 분홍빛으로 물들었지만 눈물 때문인지 그레이스의 말 때문인지 유니스는 정확히 알 수가 없었다. 그녀는 그레이스의 이야기에 무척 감동했지만, 대놓고 말하지 않으면서 뭔가를 표현하려 하는 기묘한 영국식 표현법에 웃음을 터뜨리고 싶은 것을 억눌렀다.

"지난주에 조슬린이 나를 극장에 데려갔단다. 네 아빠한테서 잠시 관심을 돌리기 위한 작은 선물 같은 거였지."

그레이스의 목소리에 아주 약간 울먹임이 비쳤으나 그녀는 꾹 삼키고 말을 이었다.

"무슨 영화가 있는지에는 별로 관심을 두지 않아. 그냥 표와 초코 사탕 한 봉지를 사서 자리에 앉았지."

베이비 제인이 바머의 무릎 위에서 편안한 자세를 찾아 몸을 꾸물거렸다. 녀석이 예상한 것보다 이야기가 길었던 모양이었다.

"영화는 〈필라델피아Philadelphia〉였어. 근사한 톰 행크스와 폴 뉴먼의 아내와 그 스페인 남자가 나오는 거 말이야."

그녀는 신중하게 다음 말을 생각하다가 마침내 이렇게 말했다.

"별로 유쾌한 내용은 아니었어."

그녀는 그걸로 의미가 충분히 전달되었기를 바라며 말을 멈췄지만, 바머의 얼굴에 떠오른 당황한 표정에 결국 말을 이어야 했다. 그녀가 한숨을 쉬었다.

"난 그저 네가 조심하겠다고 약속해주기를 바란단다. '특별한 친구'를 찾으면⋯⋯."

문득 생각이 떠오른 듯이 그녀가 덧붙였다.

"⋯⋯아니면 혹시 이미 있다면, 절대로 히브에 안 걸리게 하겠다고 약속해주렴."

유니스는 입술을 꽉 깨물었지만 바머는 웃음을 억누르지 못했다.

"에이치아이브이(HIV)예요, 어머니."

하지만 그레이스는 듣지 않았다. 그저 아들이 약속하는 걸 듣고 싶을 뿐이었다.

"너까지 잃는다면 견딜 수가 없을 거야."

바머는 약속했다.

"하늘에 맹세할게요."

36

"제가 그런 게 아니에요. 맹세해요."

선샤인이 말했다.

그들은 웹사이트에 물건을 더 올리기 위해서 서재로 들어왔다가 앤서니가 아끼던 만년필이 탁자 한가운데 잉크 웅덩이를 만든 채 놓여 있는 것을 발견했다. 그것은 훌륭한 콘웨이 스튜어트 만년필이었고 선샤인은 몇 번이나 펜에 감탄해서 그 반짝이는 붉은색과 검은색 표면을 사랑스럽게 쓰다듬다가 마지못해 서랍 안에 돌려놓곤 했었다.

로라는 선샤인의 진지한 얼굴에 걱정스러운 표정이 어린 것을 보고 달래기 위해서 꼭 껴안았다.

"아닌 거 알아, 우리 귀염둥이."

그녀는 자신이 탁자 위를 치울 동안 선샤인에게 수돗물로 펜을 조심스럽게 씻은 후에 제자리에 갖다 놓으라고 말했다. 로라가 잉크 묻은 손을 씻고 서재로 돌아와보니 선샤인은 선반에서 다른 물건들을 고르느라 바빴다.

"꽃의 여인이 그런 거죠?"

그녀가 로라에게 물었다.

"아, 난 잘 모르겠구나. 어쩌면 내가 거기 놔두고 잊어버렸는데 펜이 샌 걸지도 몰라."

로라가 과장되게 말했다.

그녀도 그게 얼마나 말이 안 되는지 잘 알았고, 선샤인의 표정으로 보아 그 애도 전혀 넘어가지 않았음을 알 수 있었다. 로라는 프레디가 한 말에 대해 생각을 해봤고, 생각하면 할수록 점점 더 걱정이 됐다. 이 모든 일들이 테레즈가 한 거라면, 그리고 이게 아직도 앤서니와 함께 있지 못해서 그녀가 느끼는 고통이 물리적으로 표현된 거라면, 가면 갈수록 상황이 더 악화되지 않을까? 그녀는 테레즈가 '왈가닥인 데다가 화가 나면 성미가 굉장히 격하기도 했다'던 로버트 퀸랜 씨의 말을 떠올렸다. 맙소사, 이런 속도라면 조만간 불을 지르고 집을 때려 부술지도 모른다. 로라는 이미 토라진 유령의 뒤처리를 하는 데 지쳐가고 있었다.

"우리가 그분을 도와야 해요."

선샤인이 말했다.

로라는 선샤인의 관대한 태도에 약간 부끄러움을 느끼며 한숨을 쉬었다.

"나도 동의한단다. 하지만 우리가 도대체 어떻게 해야 할까?"

선샤인은 어깨를 으쓱였다. 고민하느라 소녀의 얼굴이 찌푸려졌다.

"그분한테 물어보면 어떨까요?"

그녀가 마침내 말했다.

로라는 불친절하게 행동하고 싶지 않았지만 그건 별로 현실적인 제안이 아니었다. 강령회를 열거나 인터넷으로 심령술 세트를 살 수는 없으니까. 그들은 남은 아침 시간 동안 웹사이트에 물건들을 올렸고 캐럿은 불 앞에서 만족스럽게 코를 골았다.

점심을 먹고 선샤인과 프레디는 캐럿을 데리고 산책을 나갔지만 로라는 집에 남았다. 그녀는 굉장히 불안했다. 평소라면 웹사이트에 데이터를 입력하는 일이 다른 곳으로 정신을 돌리는 좋은 방편이었지만, 오늘은 아니었다. 오로지 테레즈 생각밖에는 할 수가 없었다. 낮잠을 자던 사이에 누가 털을 거꾸로 빗어놓은 동물처럼 피부가 따끔거리고, 연못 위를 지나는 뱃사공처럼 생각이 이리저리 떠돌았다. 테레즈에 관해서 뭔가를 해야 했다. 제리 스프링어와 리얼리티 TV프로그램의 동료 제작자들이 '개입'이라고 부르는 그런 게 필요했다. 그게 도대체 뭔지만 안다면 좋을 텐데.

바깥에서 옅은 햇살이 회색으로 얼룩진 하늘 사이의 맑은 부분에서 내리비쳤다. 로라는 현관에서 재킷을 집어 들고 바람을 쐬러 정원으로 나갔다. 창고에서 그녀는 프레디의 '비밀' 담배를 발견하고 한 대를 피웠다. 그녀는 축제와 특별한 날에만 담배를 피우는 편이었지만 오늘은 도움이 될지도 모른다는 생각이 들었다. 문득 테레즈도 흡연자였을까 궁금해졌다.

멍하니 장미 정원을 거닐며 죄 지은 여학생처럼 담배를 피우고 있는데 선샤인의 말이 로라의 머릿속에서 다시 떠올랐다.

'그분한테 물어보면 어떨까요?'

현실적이지 않을지 몰라도 이 모든 상황에 평범한 데라고는 한 구석도 없으니까 로라도 이걸 평범하게 다루려고 해봤자 아무 소용없을 것이다. 그러니까 선샤인이 옳을 수도 있었다. 정말로 테레즈가 이 모든 일을 다 하는 거라면, 가끔은 〈타이타닉〉의 승객들이 구명조끼에 달라붙는 것처럼 '정말로' 부분에 집착하긴 하지만, 어쨌든 그녀를 그대로 놔둬봤자 더 많은 문제만 생길 것이다.

'그분한테 물어보면 어떨까요?'

로라는 그 제안을 고려한다는 것조차 부끄러웠다. 하지만 달리 뭘 할 수 있을까? 미루거나 그냥 가만히 있다가 결국에……. 로라는 그 문장의 마지막은 떠올리고 싶지도 않았다. 그녀는 마지막으로 담배를 한 모금 빤 다음에 아무도 그녀를 보거나 들을 수 없는지 주변을 몰래 살피고서 차가운 오후의 공기 속으로 소리 내어 말을 했다.

"테레즈."

그녀는 누구에게 말하는 건지 확실히 하기 위해서 그렇게 말을 시작했다. 혹시 다른 유령이 듣고 있을 수도 있으니까. 그녀는 속으로 그렇게 농담을 했다.

"당신이랑 진지하게 얘기를 좀 해야겠어요. 앤서니는 내 친구였고, 그분이 당신과 다시 함께하기를 얼마나 절실히 바라셨는지 잘 알아요. 나도 돕고 싶고, 도울 수만 있다면 도울 거예요. 하지만 집을 망가뜨리고, 날 침실에서 내쫓고, 음악으로 밤새 깨워놓는 건 내 호의를 사는 데 별로 도움이 되지 않아요. 제령은 내 전문 분야가 아니니까 내가 도울 수 있는 방법을 당신이 안다면 그걸 어떻게든 나한테 가르쳐줘야 할 거예요."

로라는 말을 멈추었다. 대답을 기대한 건 아니지만 그래도 뭔가 여유를 좀 두어야 할 것 같은 기분이 들었다.

"난 퍼즐이나 수수께끼를 풀 만한 인내심이 없고, 스무 고개에는 젬병이에요. 그러니까 가능한 한 명확하고 단순하게 말을 해줘야 해요. 뭔가 부수거나 불을 지르지 말고요. 물건이든…… 혹은 사람에게든."

그녀가 나지막하게 덧붙였다.

다시금 그녀는 기다렸다. 아무 소리도 들리지 않았다. 창고 지붕 위에서 봄에 대비해 정답게 껴안고 울고 있는 사랑에 빠진 비둘기 한 쌍을 제외하면. 그녀는 몸을 떨었다. 점점 추워졌다.

"난 진심으로 말한 거예요, 테레즈. 내가 할 수 있는 일이라면 뭐든 할게요."

그녀는 바보가 된 기분으로 차와 초콜릿 비스킷으로 위안 삼기 위해서 정원을 가로질러 돌아갔다. 부엌으로 들어와서 그녀는 주전자를 불에 올리고 비스킷 통을 열었다. 그 안에는 앤서니의 펜이 들어 있었다.

37

"이게 그녀의 '명확하고 단순한' 행동이라면, '수수께끼 같은' 행동은 뭘까 생각하는 것도 두렵네요."

로라는 프레디와 손을 잡고 걸으면서 앤서니의 펜에 관한 미스터리를 상의했다. 캐럿은 그들의 앞에서 걸으며 냄새를 맡고 가로등 하나 걸러 하나마다 자신의 영역을 표시했다. 그들은 '달이 없는 밤'에 들러 술을 조금 마셨다. 프레디는 그렇게 하면 로라가 잠깐 테레즈 생각을 안 할 수 있을 거라고 여겼지만 〈즐거운 영혼〉 출연진 전원이 개막일의 성공을 바에서 축하하고 있었다. 마저리 워드스캘롭은 여전히 마담 아카티 머리 모양에 화장을 그대로 한 채 위니에게 로라와 프레디가 함께 온 것을 곧장 가리켰다. 이것은 프레디가 바랐던 조용히 한잔하는 것과는 거리가 한참 멀었다.

"선샤인이 서랍에 펜을 도로 갖다 놓은 게 확실해요?"

"음, 실제로 그 애가 그러는 걸 본 건 아니지만, 그랬을 거라고 확신해요. 왜요? 그 애가 게임을 한다고 생각하는 건 아니죠?"

프레디는 미소를 지으며 고개를 흔들었다.

"아니, 그렇지는 않아요. 사실은요. 선샤인은 아마 우리 중에서 가

263

장 정직한 영혼일걸요. 너까지 포함해서."

그가 캐럿의 목줄을 잡아당겨 길을 건널 준비를 하면서 녀석을 향해 말했다.

파두아로 돌아와서 로라는 두 사람이 마실 술을 다시 따랐고 프레디는 정원 방에서는 거의 피우지 않는 벽난로에 불을 지폈다.

프레디가 소파에서 로라의 옆에 붙어 앉아 말했다.

"자, 와인이 우리의 추론 능력을 높여줄지 어디 한번 보죠."

로라가 키득키득 웃었다.

"그거 상당히 외설적으로 들리는데요."

프레디는 놀란 척하는 표정으로 시선을 들고서 술을 한 모금 마셨다.

"좋아요. 실마리를 다시 한 번 보죠. 비스킷 통 안의 펜이란 말이죠."

"그냥 펜이 아니에요. 앤서니가 가장 아끼는 최고급 콘웨이 스튜어트 만년필이에요. 몸통은 붉은색과 검은색이 섞인 대리석 무늬에 18캐럿 금촉이 달린 거죠."

로라가 설명했다.

"고맙군요, 미스 마플. 하지만 그게 정말로 우리 조사에 도움이 될까요?"

"음, 이 펜이 앤서니가 소설을 쓸 때 사용하던 거예요."

그들은 앉아서 조용히 생각에 잠긴 채 난롯불이 타닥거리는 소리만 들었다. 캐럿은 벽난로를 향해 기다란 다리를 쭉 뻗으며 행복하게 신음했다. 프레디가 발가락으로 녀석을 찔렀다.

"조심해, 이 녀석. 더 가까이 갔다가는 발가락을 태워먹을 거야."

캐럿은 그의 말을 무시하고 꿈틀거리면서 더 가까이 다가갔다.

"앤서니의 소설을 전부 다 읽어봤어요? 어쩌면 그 안에 실마리가 있을 수도 있어요."

로라는 고개를 흔들었다.

"난 그녀에게 내가 실마리를 잘 못 찾는다고 말했어요. 명확하고 단순하게 해달라고 강조해서 말했다고요."

프레디는 잔을 비우고 바닥에 내려놓았다.

"음, 어쩌면 그녀에게는 명확하고 단순한지도 모르죠."

로라는 테레즈는 이미 해답을 아니까 당연히 그럴 거라고 지적하고 싶은 유혹을 억눌렀다.

"난 그분이 타이핑을 해달라고 한 것들은 당연히 전부 다 읽어봤고 단편도 모두 읽었어요. 하지만 그게 벌써 몇 년 전 일이에요. 그걸 전부 다 기억하지는 못해요."

"당신이 나한테 보여줬던 책은 어때요? 단편 모음집이요."

"그건 출간되었던 책 중 첫 번째 거였어요. 다른 책들도 어딘가에 보관해뒀겠지만, 난 본 기억이 없어요."

프레디가 씩 웃었다.

"아마 다락에 있을 거예요."

"왜요?"

프레디는 선샤인이 그들이 엄청 둔감하다고 여길 때 항상 짓는 표정을 따라했다.

"왜냐하면 모두들 달리 어떻게 처리해야 할지 모르는 물건들을 거기다 두니까요. 물론 내가 책을 출판했다면 난 자랑스럽게 책장에 꽂아뒀겠지만요."

그가 승리의 어조로 말했다. 로라는 잠시 그 말을 생각해봤다.

"하지만 앤서니는 출간된 단편들을 전부 다 자랑스러워하지는 않았어요. 내가 말한 거 기억해요? 그와 일하는 출판사 사장은 무미건조하고 단순하고 행복한 결말을 원했고, 그래서 결국 두 사람의 관계가 깨졌다고요."

프레디가 고개를 끄덕였다.

"기억해요. 브루스는 레모네이드를 원했고 앤서니는 그에게 압생트를 줬죠."

로라는 미소를 지었다.

"꼭 그렇게 술이랑 관련된 것만 기억하는군요."

로라는 장난스럽게 놀리며 말을 이었다.

"하지만 시도해볼 만은 하다고 생각해요. 다락은 제대로 살펴본 적이 없고, 설령 책이 거기 없더라고 다른 게 있을 수도 있으니까요."

"내일요. 내일 살펴보죠."

프레디가 일어서서 그녀의 손을 잡아 일으켜 세우면서 말했다. 그리고 그녀의 입술에 단호하게 키스했다.

"자, 외설적인 게 뭐 어떻다고 그랬죠?"

로라는 떨어지는 바람에 잠에서 번쩍 깼다. 떨어지는 꿈을 꾼 걸까, 아니면 떨어져서 꿈을 깬 걸까? 정확하게 알 수가 없었다. 아직 어두웠고 프레디와 캐럿의 나지막한 숨소리 이중창을 빼면 침묵은 거의 흔들리지도 않았다. 프레디의 따뜻한 손등이 그녀의 허벅지 바깥쪽에 닿아 있었고, 눈이 어둠에 익숙해지면서 그의 가슴이 오르락내리락하는 게 보였다. 그녀는 앤서니가 어떻게 생각할까 궁금했다.

그가 그들의 관계를 찬성하기를, 그녀를 위해 기뻐하기를 바랐다. 어쨌든 그는 그녀에게 행복해지라고 말했고 그녀는 행복하니까. 대체로. 분실물을 되찾아주는 것은 여전히 걱정이었다. 웹사이트는 프레디 덕분에 훌륭하게 만들어지고 있었고, 앤서니를 실망시킬까 봐 두려워하는 마음이 그녀의 자기 회의라는 비옥한 밭에 깊이 뿌리박고 있기는 해도 이제는 용기도 자라나고 있었다. 마침내 그녀는 시도해볼 배짱을 되찾았다. 테레즈가 계속 그림자를 드리우기는 해도 그녀의 인생 전반, 파두아에서의 일상은 확실하게 행복했다. 아, 물론 프레디와의 일이 걱정되긴 했다. 하지만 특히 그녀 나이에 새로운 연애를 한다는 건 다 이런 위험을 안고 있는 게 아닌가? 그가 그녀의 끔찍한 튼살과 눈가의 잔주름을 무자비한 정오의 태양빛 아래서 제대로 본 적이 없다는 사실이 걱정스러웠다. 그가 한때 탄탄했던 그녀의 엉덩이를 무너뜨리고 허벅지를 위협하는 사악한 셀룰라이트 무리들을 아직 알아채지 못한 것 같아서 걱정이었다. 그리고 프레디가 한창 때 탄탄하던 그녀의 엉덩이를 보지 못한 게 유감이었다. 대신에 그 엉덩이를 빈스에게 낭비하고 말았다. 어릴 때 프레디를 만났더라면 좋았을 텐데. 몇 살만 더 젊었을 때라도 괜찮았을 텐데. 프레디와 결혼을 했더라면 얼마나 좋았을까. 그녀는 자신의 멍청함에 미소를 짓다가 눈가 주름을 생각하고 멈추고는, 다시 햇살 아래 나가는 멍청한 짓을 한다면 거대한 선글라스와 챙이 넓은 모자를 쓰겠다고 맹세했다. 그리고 갱년기에 대해서는 생각조차 하고 싶지 않았다. 이름에 실마리가 이미 있지 않은가? 남자들이 조금이라도 매력을 느끼는 부분은 갱신은커녕 완전히 끝장나서 사라지고 만다. 그걸 생각하지 않으려고 하면 식은땀이 날 지경이었다. 그녀는 베개를 뒤집어 차갑고 깨끗한 면에 얼굴을 묻었다.

"정신 차려, 로라!"

그녀는 자기 자신에게 말했다. 그녀가 프레디의 손을 향해 손을 뻗어서 꼭 잡았다. 본능적으로 그 역시 손에 힘을 주었고, 로라는 어둠 속에 누운 채 눈을 깜박여 눈물을 삼켰다. 그러다 결국에 다시 잠이 들었다.

상황은 아침이 되면 늘 더 나아 보인다. 로라의 완벽하지 못한 부분을 조롱하는 것은 햇빛이 아니라 어둠 속에 다가와서 잠을 못 자게 그녀를 괴롭히는 자기 회의였다. 아침을 먹고 그녀는 모자도 쓰지 않고 정원으로 나가 아침 햇살 속에 눈을 가늘게 뜨고 보았다. 프레디는 시내에 나갔고 그녀는 다락을 살펴볼 계획이었다. 그녀는 창고에서 사다리를 가져와 힘겹게 위층으로 끌고 올라갔다. 캐럿은 악마의 물건이 분명한 덜커덕거리는 금속 사다리가 침입하는 것을 막기 위해 계단을 위아래로 뛰어다니며 흥분해서 짖어대는 게 도움이 될 거라고 생각한 모양이었다. 벽에 사다리를 기대고 제일 길게 연장시키면서 로라는 프레디가 자신을 기다리지 않았다고 그녀를 꾸짖는 걸 훤히 상상할 수 있었다.

"내가 돌아오거든 같이 해요."

그는 그렇게 말했지만, 초조해서 기다릴 수가 없었다. 게다가 선샤인이 곧 올 거고, 그 애는 앰뷸런스를 훌륭하게 부를 수 있었다. 다락 바닥문을 밀어서 열자 따뜻한 먼지들의 퀴퀴한 냄새가 퍼지며 그녀를 맞이했다. 그녀는 조명 스위치를 당겼고, 즉시 거미줄로 손이 끈끈해졌다. 어디서부터 시작해야 되지? 오래된 가구 몇 점과 소시지 모양으로 말아놓은 커다란 러그, 각종 상자들이 있었다. 그녀는 가장

268

가까이 있는 것의 뚜껑을 열었다. 그 안에는 쓰지 않는 찻잔 세트, 은 도금 식기 세트, 쓸모없지만 예쁜 장식용 각종 도자기 등 이런저런 가정용 잡동사니들이 들어 있었다. 어느 상자에는 책이 가득 들어 있었으나 그녀가 보기에는 전부 다 앤서니가 쓴 건 아니었다. 로라는 어설프게 서까래 아래로 몸을 구부린 채 조심조심 들보 위를 건너갔다. 줄로 끄는 어린이용 바퀴 달린 목마가 구석에 외롭게 서 있고 그 옆으로는 커다란 갈색 여행 가방과 런던의 의상실 상자가 있었다. 로라는 목마 코의 부드러운 테디베어 같은 털을 쓰다듬었다.

"널 여기에 남겨두지 않을게."

그녀가 약속했다.

여행 가방에는 먼지가 가득 앉았지만 잠겨 있지 않았고, 안을 힐끗 들여다보니 그나마 여기서 뭔가 유용하거나 재미있는 걸 찾을 가능성이 가장 높아 보였다. 로라는 드문드문 녹이 슨 걸쇠를 잠그고 그것을 바닥문 쪽으로 끌고 왔다. 이걸 도대체 어떻게 갖고 내려가지? 가방은 무거웠고, 가방 무게를 감당한 채로 사다리를 내려갈 수는 없을 것 같았다. 물론 정답은 프레디를 기다리는 것이지만, 그럴 거라면 여기 올라오는 것도 그가 올 때까지 기다렸을 것이다. 어쩌면 사다리에 대고 그냥 미끄러뜨리면 될지도 모른다. 가방은 상당히 튼튼해 보였고, 그녀가 보기로는 딱히 부서질 만한 것은 들어 있지 않은 것 같았다. '사다리에 대고 미끄러뜨리는' 것은 실제로는 그냥 떨어뜨리는 것에 지나지 않았다. 손을 떼자 상자는 요란하게 쾅 하는 소리를 내며 계단참에 떨어졌고 먼지가 가득 피어올랐다. 로라는 돌아가서 목마를 가져왔다. 목마는 그녀가 들고 사다리를 내려갈 수 있을 만큼 가벼웠다. 그녀는 여행 가방보다 훨씬 안전하게 목마를 내려놓고 다시 올라가서 런던의 의상실 상자를 가져왔다.

프레디가 돌아와보니 사다리는 이미 창고로 돌아갔고 선샤인은 정원에서 목마의 먼지를 터는 중이었고 로라는 여행 가방을 서재 탁자 위에 열어놓고 내용물을 살피고 있었다. 짙은 초콜릿 색깔의 두툼한 페이지 사이사이에 빳빳한 돋을새김 티슈페이퍼를 끼워놓은 오래된 사진 앨범 몇 권, 타이핑한 원고 두 부, 편지 몇 개와 이런저런 서류들이 들어 있었다. 앨범에는 테레즈가 나타나기 한참 전, 앤서니의 삶 초반의 사진들도 들어 있었다. 곱슬머리의 유아가 여름 정원의 타탄 러그 위에 다리를 벌리고 앉아 있고, 땅딸막한 어린 소년이 깔끔하게 다듬어진 잔디밭에서 줄로 끄는 목마를 비스듬하게 타고 있고, 수줍은 미소를 띤 마르고 긴 십 대 소년이 너무 큰 정강이 보호대를 두르고 크리켓 배트를 휘두르고 있다. 전부 다 있었다. 해변가에서 보낸 휴일, 시골로 간 피크닉, 생일, 세례식, 결혼식과 크리스마스 사진들까지. 처음에는 세 명이었다가 그다음에는 두 명이 되었다. 키가 크고 검은 머리에 종종 제복을 입고 있던 남자가 사진 속에서, 그리고 그들의 삶에서도 사라졌다. 로라는 신중하게 앨범 안에 붙여 놓은 갈색 종이에서 사진 하나를 떼어냈다. 남자는 등을 꼿꼿이 세우고 자신만만하게 서 있었다. 군복을 입은 굉장히 잘생긴 남자였다. 그는 애정 어린 자세로 스키아파렐리 이브닝 드레스를 입은 우아한 여자의 어깨에 팔을 두르고, 그들 사이에는 잠옷을 입은 어린 소년이 서 있었다. 완벽하게 행복해 보이는 가족의 초상이었다.

당신에 관한 생각.

로라는 머릿속으로 음악이 울리는 것을 들을 수 있었다. 아니, 정원 방에서 들려오는 것일지도 모른다. 요즘은 그 차이를 정확하게 알

270

수가 없었다. 이건 그 사진이었다. 로버트 퀸랜 씨가 유언장을 읽어
주러 왔던 날 이야기한 그 저녁에 찍은 사진. 이것이 앤서니가 아버
지를 마지막으로 본 때였다. 마지막 춤, 마지막 키스, 마지막 사진. 그
녀는 사진을 정원 방 테레즈의 사진 옆 은색 프레임 액자 속에 넣어
둘 생각이었다.

"뭐 좀 재미있는 걸 찾았어요?"

프레디가 그녀에게 커피와 샌드위치를 갖다준 다음 여행 가방의
서류들 아래쪽을 뒤져서 벨벳으로 된 작은 상자를 찾아냈다.

"아하! 이게 뭘까요? 숨겨진 보물일까요?"

그는 뚜껑을 열었고 아름다운 스타 사파이어와 반짝이는 다이아
몬드들이 박힌 백금 반지가 나타났다. 그는 그것을 로라 앞에 놓았고
그녀는 반지를 상자에서 집어 들고 불빛에 비춰봤다. 푸른색의 카보
숑 커트 안으로 별 무늬가 뚜렷하게 보였다.

"그녀 거예요. 그녀의 약혼반지요."

"어떻게 알아요? 앤서니의 어머님 것이었을 수도 있어요."

프레디가 그것을 그녀에게서 받아들고 좀 더 자세히 살폈다.

"아뇨. 그녀 거예요. 확실해요. 테레즈는 단조로운 다이아몬드 외
알 반지 타입이 아니거든요."

그녀는 자신의 0.5캐럿 다이아몬드가 박힌 9K 금반지를 떠올리고
우울한 미소를 지으며 덧붙였다.

"그녀는 모든 면에서 이 반지처럼 독특한 사람이었어요."

프레디는 반지를 다시 벨벳 상자에 넣고 로라에게 내밀었다.

"자, 이젠 당신 거예요."

로라는 고개를 저었다.

"이건 절대로 내 것이 아닐 거예요."

프레디는 선샤인을 도우러 밖으로 나갔다. 그는 목마의 나무 발굽에 새로 니스를 칠해주겠다고 약속했었다. 로라는 계속해서 여행 가방 안의 내용물을 탁자 위에 끄집어냈다. 오십 종의 장미 관목 구매 영수증도 나왔다. '앨버틴' × 4, '그랑프리' × 6, '마샤 스탠호프', '미세스 헨리 모스', '에투 드 올랑드', '레이디 게이' 등 목록은 끝이 없었고 어떻게 심고 기르는지에 관한 소책자도 있었다. 원고는 로라가 타이핑했던 앤서니의 단편 모음이었다. 페이지를 넘겨보면서 그녀는 원고를 알아봤다. 제일 앞에는 출판사 사장 브루스의 냉정한 거절 편지가 붙어 있었다.

"……우리 독자층에 완전히 부적절하고…… 불필요하게 복잡하며, 작가 혼자만 아는 애매모호함에…… 어둡고 우울한 주제들로……."

누군가가 빨간 펜으로 모욕적인 말들을 적어놓고 브루스의 과장된 서명 위에 '멍텅구리!'라고 써놓았다. 앤서니의 필적이었다.

"정말 그래요."

로라는 동의했다. 나중에 원고를 찬찬히 다시 읽어보겠지만, 어쩐지 여기에 그녀가 찾는 대답이 들어 있을 것 같지는 않았다.

현관 복도 바닥에서 금속 바퀴가 덜컥덜컥 굴러오는 소리가 들리더니 선샤인이 프레디와 호기심 가득한 캐럿을 뒤에 달고 목마를 밀면서 서재로 들어왔다.

"완전히 다른 말 같네!"

로라가 외쳤고 선샤인이 자랑스럽게 빙그레 웃었다.

"이 애 이름은 수예요."

로라는 설명을 바라듯이 프레디를 쳐다봤지만 그는 그저 어깨만 으쓱였다.

"그럼 수로 하자꾸나."

선샤인은 여행 가방의 내용물을 신나게 살피다가 반지에 홀딱 빠졌다. 소녀가 반지를 가운데 손가락에 끼우고 이리저리 돌려보며 '반짝거리게 만드는' 것을 보다가 로라는 아이디어를 떠올렸다.

"테레즈가 우리가 찾길 바란 게 반지였는지도 몰라요. 어쩌면 이모든 게 반지 때문이었는지도요."

프레디는 별로 납득하지 않는 얼굴이었다.

"흠, 하지만 펜과는 무슨 관계가 있죠?"

로라는 자기 주장의 결함을 무시했다. 대신 자신의 가설을 더욱 진전시켰다.

"이건 그녀의 약혼반지잖아요. 모르겠어요? 이게 그들 사이의 결합을, 관계를 의미하는 거라고요. 약혼이라는 게 그런 거잖아요."

프레디는 여전히 회의적이었다.

"하지만 결혼식도 그런데, 우리가 두 사람의 결혼식을 치러줬지만 소용이 없잖아요."

선샤인이 짓는 표정으로 봐서 그녀도 별로 납득하지 않을 뿐만 아니라 두 사람 다 엄청나게 둔감하다고 여기는 것 같았다.

"펜이 실마리예요. 그건 글을 의미하는 거예요."

선샤인이 말했다.

로라는 앤서니와 그의 부모님 사진을 집었다.

"이게 그녀가 음악을 자꾸 트는 이유죠."

그녀가 프레디에게 사진을 건넸다. 이번에는 그가 로라에게 설명을 요구하는 눈길을 던질 차례였다.

"앤서니와 그의 부모님이세요. 로버트 퀸랜 씨가 우리에게 얘기해 줬어요. 앤서니의 아버님이 휴가로 집에 와 계셨을 때 부모님 두 분이 저녁 외출을 하실 예정이었고, 앤서니는 저녁 인사를 하러 내려왔다가 두 분이 알 보울리의 음악에 맞춰 춤을 추시는 걸 봤대요. 그때가 아버님이 돌아가시기 전에 마지막으로 뵌 것이었죠."

"그 뒤에 성자 앤서니가 꽃의 여인을 만나서 그 얘기를 했고, 그래서 꽃의 여인은 그가 더 이상 슬퍼하지 않도록 코번트 가든에서 함께 춤을 췄어요."

선샤인은 신이 나서 나머지 이야기를 늘어놓고, 여전히 손에 끼고 있는 반지를 비틀면서 덧붙였다.

"그리고 이제 우리는 그녀가 더 이상 슬퍼하지 않게 해줄 방법을 찾아야 해요."

"음, 난 반지가 시도해볼 만한 물건이라고 생각해."

로라가 선샤인에게 손을 내밀었고, 소녀는 마지못해 반지를 빼서 그녀에게 건넸다.

"이걸 정원 방에 있는 그녀의 사진 옆에 놔둬보자. 자, 이 근사한 말을 어디에 놔두면 좋을까?"

그녀는 선샤인의 관심을 돌리기 위해서 그렇게 말했다. 하지만 선샤인은 의상실 상자를 발견하고는 조심스럽게 뚜껑을 열었다. 소녀의 놀란 숨소리에 로라와 프레디 둘 다 그녀의 옆으로 다가갔다. 로라는 상자에서 하늘색 실크 시폰으로 만들어진 아름다운 드레스를 꺼냈다. 아무도 입은 적 없는 게 분명했다. 선샤인이 섬세한 천을 사랑스럽게 쓰다듬었다.

"그녀의 웨딩드레스예요. 꽃의 여인의 웨딩드레스요."

그녀가 거의 속삭이듯이 말했다.

프레디는 여전히 사진을 들고 있었다.

"내가 이해할 수 없는 건 왜 이 모든 걸 여행 가방에 집어넣어서 다락에 숨겨놓은 걸까 하는 거예요. 이건 그분에게 가장 귀중한 것들이었을 텐데 말이죠. 반지, 사진, 드레스, 장미 정원의 시작. 심지어는 원고까지. 그분은 원고를 고쳐 쓰기를 거부하고 그대로 유지했으니 분명 이걸 자랑스러워하셨을 거예요."

선샤인은 여행 가방 뚜껑의 먼지에 손가락으로 원을 그렸다.

"이것들은 성자 앤서니를 너무 많이 아프게 했어요."

그녀가 간단하게 말했다.

캐럿이 서재 문 안쪽으로 고개를 들이밀고 끙끙거렸다. 녀석이 차를 마실 시간이었다.

"이리 오렴. 반지와 드레스를 정원 방에 갖다 놓고 이 말에게 집을 찾아주자꾸나."

"수예요."

선샤인이 로라와 프레디의 뒤를 따라가면서 말했다.

"그리고 반지 때문이 아니에요. 편지에 있다고요."

하지만 로라와 프레디는 이미 나가버린 후였다.

38

유니스
1997년

"내가 장담하는데 그 망할 작자는 일부러 상황을 어렵게 만들려고 이런 짓거리를 하는 거야!"

브루스는 사무실을 성큼성큼 가로질러서 흑백 무성영화의 비극적인 여주인공처럼 의자에 몸을 던졌다. 유니스는 그가 자신의 고통과 좌절감을 더욱 뚜렷하게 표현하기 위해서 손등을 이마에 댈 거라고 예상했다. 그는 초대도 받지 않고 찾아와서는 계단 꼭대기까지 올라오기도 전부터 이야기를 쏟아놓았다.

"좀 진정하라고, 이 친구야. 그러다가 사이가 틀어지겠어."

바머는 적절한 태도를 훼손할 수 있는 우스운 기분을 드러내지 않기 위해 노력했다.

베이비 제인은 새로운 인조 털 쿠션에 여왕처럼 앉아서 브루스를 쳐다보며 그의 존재는 알은척할 가치가 없다는 결론을 내렸다.

"차 한 잔 드릴까요?"

유니스는 이를 악문 채로 물었다.

"위스키를 듬뿍 넣은 거라면 줘요."

브루스가 무례한 어조로 대꾸했다. 유니스는 주전자를 불에 올리러 갔다.

"이제 무슨 일 때문에 그러는지 말을 해보지?"

바머는 누가 이렇게까지 브루스를 화나게 만든 건지 정말로 궁금했다. 바바라 커틀랜드 스타일이지만 거미줄 같은 색깔과 끈적임을 가진 브루스의 머리카락까지도 분노로 바들바들 떨렸다.

"그 망할 앤서니 퍼듀 때문이야! 그 빌어먹을 지옥에 처박을 작자 말이야."

바머는 고개를 흔들었다.

"그거 좀 가혹한 얘기 아니야? 그 사람이 포트 잔을 오른쪽으로 돌렸거나(포트는 왼쪽으로 돌리는 것이 기본예절이다.―옮긴이) 자네의 고명딸을 희롱한 게 아니라면 말이지."

브루스처럼 여성스럽게 행동하는 사람을 처음 본 유니스는 그가 게이일 거라고 추측했다. 하지만 브루스는 비행선 같은 젖가슴에 콧수염이 살짝 난 데다가 쥐를 키워서 쥐 쇼에 내보내는 덩치 좋은 독일 여자와 결혼했다. 놀랍게도 브루스와 브룬힐데는 자녀도 낳았다. 남자아이 둘과 여자아이 하나였다. 그것은 인생의 엄청난 미스터리 중 하나였지만 유니스는 그 생각을 딱히 오래 하고 싶지 않았다.

"그 친구 완전히 돌았다니까. 일부러 내가 출간하지 않을 거라는 걸 뻔히 아는 이상한 헛소리만 쓰고 있어. 어두운 내용에 엔딩도 기묘하거나 아예 제대로 된 엔딩이라는 게 없는 글로 말이야. 그게 영리하거나 패셔너블하거나 아니면 자신의 개인적인 슬픔에 대한 일종의 카타르시스가 된다고 생각하는 모양이야. 하지만 난 그런 게 전혀

없다고. 난 평범한 보통 사람들이 뭘 좋아하는지 알거든. 그건 나쁜
사람이 마땅한 벌을 받고, 주인공은 여자를 얻고 섹스가 너무 우트레
(outré, 과도한.―옮긴이)하지 않은 해피엔딩으로 이루어진 단순하고 즐
거운 이야기라고."

　브루스가 설명을 늘어놓았다. 유니스는 그의 앞에 찻잔을 놓다가
일부러 설거지물 색깔의 액체가 받침접시로 넘치게 만들었다.

　"그러니까 당신 독자들이 그런 변화를 전혀 좋아하지 않을 거라고
생각하는 건가요? 말하자면 지적인 근육을 쓰고 싶지 않을 거라고
요? 자신들의 의견을 내거나 자기만의 결론을 내리고 싶지 않을 거
라고요?"

　브루스는 찻잔을 입술까지 들어 올렸다가 내용물을 코앞에서 보
고는 마음을 바꿔 잔을 덜그럭 소리가 나게 도로 내려놓았다.

　"아가씨, 독자들은 우리가 이걸 좋아할 거다 하고 얘기해주는 걸
좋아해요. 아주 간단한 일이지."

　"그럼 왜 그 사람들한테 앤서니 퍼듀의 새 소설을 좋아할 거라고
얘기해주지 않는 건가요?"

　바머는 나지막하게 "정곡이네"라고 중얼거렸다. 아주아주 작게.

　"앤서니 퍼듀. 그 사람이 자네한테 꽤나 수입이 짭짤했던 단편집
을 쓴 작가 아니었나?"

　브루스는 좌절감에 눈썹을 하도 높게 치켜 올려서 거미줄 같은 머
리카락 속으로 들어갈 정도였다.

　"이런 맙소사, 바머! 얘기를 이해하려고 노력을 좀 해봐. 그게 내
가 하고 있던 얘기잖나. 첫 책은 정말로 잘나갔어. 행복한 이야기, 해
피엔딩, 행복한 은행 잔고 등등 전부 다. 하지만 더 이상은 아니야. 그

친구는 〈사운드 오브 뮤직The Sound of Music〉에서 『미드위치의 침입자들The Midwich Cuckoos』로 가버렸다고. 하지만 난 선을 그었지. 그 친구한테 말했어. '도는 맛 좋은 도토리'로 가든지 아니면 당장에 꺼지라고!"

브루스는 한때 바머와 같은 건물의 사무실에서 일했고, 여전히 지나가다가 공짜 차를 마시며 소문을 떠들러 들르곤 했다. 하지만 사악한 앤서니 퍼듀에 대한 비난에 바머를 끌어들이지 못하고 유니스에게서도 별 위로를 받지 못하자 오늘은 금세 일어서고 말았다.

"우리가 브루스보다 먼저 불쌍한 앤서니와 계약을 했더라면 좋았을 텐데. 난 그 사람의 첫 번째 단편집도 좋았지만 새로운 소설은 꽤 흥미로울 것 같아요. 내가 그 사람을 가로채면 어떨까 하는 생각도 좀 들고……."

바머가 한숨을 쉬며 말했다.

유니스는 책상 서랍에서 조그만 꾸러미를 꺼내 바머에게 내밀었다. 그것은 두꺼운 짙은 회색 종이로 포장해 밝은 분홍색 리본을 묶은 것이었다.

"다음 주가 당신 생일이라는 건 알지만, 악몽의 브루스가 방문한 다음이니까 좀 기운이 날 만한 게 필요할 것 같아서요."

바머의 얼굴이 어린아이처럼 확 밝아졌다. 그는 깜짝 선물을 좋아했다.

선물은 〈버드케이지The Birdcage〉 DVD였다. 작년 바머의 생일에 그 영화를 봤을 때 그는 너무 웃어서 팝콘이 목에 걸릴 지경이었다.

"엄마가 이걸 보셨더라면 좋았을 텐데요. 이게 〈필라델피아〉보다 백 배는 더 유쾌하니까 말이죠."

그레이스가 세상을 떠난 지 이제 일 년 하고도 육 개월이 흘렀다. 그녀는 고드프리보다 겨우 일 년 더 살았고, 폴리스 엔드에서 자다가 갑자기, 하지만 평화롭게 세상을 떠났다. 그녀는 남편과 함께 거의 반세기 동안 신도로 있었고 꽃장식 팀과 여름 바자회, 추수감사제 저녁 식사 위원회의 일원으로 활발하게 활동했던 교회의 묘지에서 고드프리의 옆에 묻혔다. 바머와 유니스는 그레이스의 장례식 날 햇빛과 그림자가 얼룩덜룩하게 자리한 묘지에 나란히 서서 각자 자신들의 작별 의식에 대해서 생각을 했다.

"난 매장보다는 화장이 좋아요."

바머가 그렇게 말했다.

"실수할 가능성이 더 적으니까. 그런 다음 내 재를 더글러스와 베이비 제인의 것과 섞어서 어디 환상적인 곳에 뿌려줘요. 물론 내가 베이비 제인보다 더 오래 살았을 경우의 이야기예요."

유니스는 장례식 일행이 천천히 차로 돌아가는 것을 바라봤다.

"왜 당신이 나보다 먼저 죽을 거라고 그렇게 확신하죠?"

그들도 묘지 바깥으로 걸어가기 시작했고 바머가 그녀의 팔을 잡았다.

"왜냐하면 당신이 나보다 몇 살이나 더 젊고 훨씬 순수한 삶을 살아왔으니까요."

유니스는 반박하듯이 코웃음을 쳤지만 바머가 말을 이었다.

"그리고 당신은 나의 충실한 직원이니까 내가 시키는 대로 해야죠."

유니스가 웃었다.

"'어디 환상적인 곳'이라는 건 별로 정확한 지시가 아닌데요."

"특정한 곳이 생각나면 알려줄게요."

묘지 입구 바로 앞에서 바머가 걸음을 멈추고 그녀의 팔을 잡았다.

"하나 더요."

그가 눈물이 고여 반짝이는 눈으로 그녀의 눈을 마주봤다.

"혹시라도 내가 아버지처럼 된다면, 완전히 정신이 나가서 보호시설에서 꼼짝 못하게 되면, 그럼 당신이 방법을 찾을 거라고 약속해줘요……. 뭔지 알죠? 날. 떠나보내. 줘요."

유니스는 갑자기 온몸이 부들부들 떨렸지만 그래도 억지로 미소를 지었다.

"하늘에 맹세할게요."

그녀가 대답했다.

바머는 베이비 제인에게 자신이 받은 선물을 보여줬지만, 베이비 제인은 그게 먹을 수도 없고 뻑뻑 소리가 나거나 통통 뛰는 것도 아니라는 걸 깨닫고서는 약간의 흥미마저 잃었다.

"자, 당신 생일에 뭘 하고 싶어요?"

유니스가 분홍색 리본을 손가락에 감으면서 물었다.

"흠, 내 생일과 우리의 연례 여행을 합치면 어떨까요?"

유니스가 씩 웃었다.

"그럼 브라이턴으로 가요!"

39

"반지가 아니었어요. 이제 테레즈는 완전히 토라졌어요."

로라는 좌절감에 캐럿의 수많은 테니스 공 중 하나를 잔디밭 건너편으로 걷어찼다. 프레디는 땅을 파던 것을 멈추고 삽에 몸을 기대어 그녀가 바라는 대로 위로의 눈길을 던졌다. 로라는 오로지 좌절감을 표출하기 위해서 프레디가 장미 정원에 퇴비 묻을 자리를 만들고 있는 곳으로 나온 터였다. 프레디가 그녀를 보고 씩 웃었다.

"신경 쓰지 말아요. 결국에는 우리가 해결할 거예요."

로라는 진부한 말에 넘어갈 기분이 아니었다. 테레즈와 선샤인 둘 다 토라졌다. 이유는 아마 전혀 다르겠지만, 지금으로서는 양쪽 다 그 이유를 전혀 알 수가 없었다. 웹사이트에 데이터를 입력하는 일은 자꾸 늦어졌고, 캐럿은 새로운 우편배달부가 우편물이 왔다고 알리자 완전히 흥분해서 현관의 중국산 러그에 오줌을 쌌다. 그녀는 다시 신경질적으로 테니스 공을 던지다가 삐끗해서 넘어질 뻔했다. 프레디는 웃음을 감추느라 다시 땅을 파기 시작했다. 로라는 사파이어 반지가 완벽한 해결책이 될 거라고 엄청나게 기대했다. 그래서 테레즈의 사진 액자의 깨진 유리를 갈고, 앤서니와 그의 부모님 사진을 옆에 놓고, 반지 상자는 그녀의 앞에 놓았다. 심지어 그녀를 위해 알 보울리의 노래까지 틀어놓기로 했다.

"테레즈가 토라졌다는 걸 어떻게 알아요?"

프레디는 이제 도우려는 태도를 보일 수 있을 만큼 진정한 뒤에 물었다.

"왜냐하면 침실 문이 아직도 잠겨 있고 그 망할 음반 때문이에요!"

프레디가 인상을 찌푸렸다.

"하지만 벌써 며칠째 그 음악을 못 들은 것 같은데요."

로라는 좌절감에 눈썹을 치켜 올렸다.

"이런 맙소사, 프레디! 얘기를 이해하려고 노력을 좀 해봐요. 그게 내가 하고 있는 얘기잖아요."

프레디는 삽을 내려놓고 다가와서 그녀를 껴안았다.

"음, 불행히도 그렇게 명확하지가 않았거든요. 그리고 난 실마리를 찾는 데 별로 재주가 없어요. '명확하고 단순하게' 말을 해줘야 해요."

그는 손가락으로 인용 부호를 그리면서 말했다.

"정곡이네요."

로라는 자신도 모르게 웃고 말았다.

"좋아요. 테레즈가 우리 친애하는 알의 노래를 틀지 않는 게 왜 그녀가 토라진 게 되는 거죠?"

프레디가 물었다.

"왜냐하면 이제 아침, 점심, 저녁으로 노래를 틀어대는 대신에 아예 노래를 못 틀게 하거든요."

프레디는 회의적인 표정이었다.

"잘 이해가 안 되는데요."

로라는 한숨을 쉬었다.

"난 몇 번이나 그걸 틀어보려고 했지만, 그냥 틀어지지가 않아요. 처음에는 친절을 베풀기 위해서 음악을 틀려고 했어요. 사진이랑 반지를 세팅해놓고, 그다음에 마무리로 음악을 틀 생각이었죠. 그들의 노래를요. 그런데 음악이 나오질 않더라고요. 그녀가 못 하게 만든 거예요."

프레디는 다음에 할 말을 굉장히 신중하게 골랐다.

"음, 오래된 음반이고 오래된 축음기잖아요. 어쩌면 바늘을 갈아 줘야 하거나 레코드판에 흠집이 났을 수도……."

로라의 얼굴을 한번 보자마자 그는 이야기를 멈췄다.

"좋아요, 좋아요. 당신이 다 확인해봤겠죠. 당연히요. 그리고 둘 다 괜찮았을 거고요."

로라는 또 다른 테니스 공을 집어 그에게 던졌다. 하지만 이번에는 웃으면서였다.

"맙소사, 미안해요. 내가 좀 투덜이 스머프였죠. 하지만 난 그녀를 돕기 위해 최선을 다하고 있는데 그녀가 너무 까다롭게 행동하고 있잖아요. 이리 와요, 내가 차 한 잔 만들어줄게요. 초콜릿 비스킷도 남아 있을지 몰라요. 선샤인이 다 먹지 않았다면요."

프레디가 그녀의 손을 잡았다.

"나라면 별로 기대하지 않겠어요."

부엌에서는 선샤인이 막 물을 올리던 참이었다.

"완벽한 타이밍이군! 우리도 근사한 차 한 잔을 마시려고 온 건데."

프레디가 말했다.

선샤인은 불길한 침묵 속에서 컵과 컵받침 두 개를 더 꺼냈고 프레디는 싱크대에서 손을 씻었다.

"초콜릿 비스킷 혹시 남았니?"

프레디가 그녀에게 윙크를 하면서 물었다.

선샤인은 미소도 짓지 않고 말없이 그의 앞에 비스킷 통을 내려놓은 다음에 몸을 돌려 물이 끓는지만 쳐다봤다. 프레디와 로라는 의아한 시선을 교환한 뒤 웹사이트의 진행에 관해 이야기를 나누기 시작했다. 그들은 더 많은 관심을 끌기 위해서 잃어버린 물건을 되찾은 사람들이 자기 이야기를 웹사이트에 게재할 수 있도록 만들기로 했다. 프레디는 사람들이 되찾은 물건에 관해서 언제 어디서 그것을 잃어버렸는지 상세하게 설명할 수 있는 온라인 서식을 제안했다. 웹사이트에 올린 내용은 각 물건의 사진과 그것이 발견된 연도와 달, 대강의 위치만 알려줄 뿐이었다. 앤서니의 꼬리표에 있는 상세한 설명은 찾으러 온 사람이 진짜 소유자인지 확인할 수 있도록 웹사이트에는 올리지 않았다. 여전히 웹사이트에 사진과 설명을 올려야 하는 물건이 수백 종쯤 있었지만, 사이트를 시작할 만큼은 완성이 되었다. 그들이 다른 사람들이 잃어버린 물건을 계속 모은다면 어차피 웹사이트는 언제나 작업 중 상태일 것이다. 그 주에 지역 신문에 기사가 실릴 예정이었고, 로라가 벌써 지역 라디오 방송과 인터뷰도 했다. 이제 웹사이트를 열 때까지 며칠밖에 남지 않았다.

"아무도 물건을 찾으러 오지 않으면 어떡하죠?"

로라는 긴장해서 손톱을 물어뜯으면서 말했다. 프레디가 장난스럽게 그녀가 입에 문 손을 찰싹 때렸다.

"물론 찾으러 올 거예요! 안 그러니, 선샤인?"

선샤인은 아랫입술을 뱃머리처럼 비죽 내민 채 과장되게 어깨를 으쓱였다. 그리고 차를 따른 다음 컵과 컵받침을 그들의 앞에 쿵 내려놓았다. 프레디가 항복하듯 양손을 들었다.

"좋아, 좋아. 항복이야. 왜 그러는 거니, 꼬마 아가씨?"

선샤인이 허리에 양손을 올리고 두 사람을 대단히 엄격한 얼굴로 쳐다봤다.

"아무도 내 말을 듣지 않아요."

그녀가 조용히 말했다.

이제는 그들도 들었다. 그녀의 말이 허공으로 떨어지면서 대답을 기다리며 기대하듯이 공중에 걸려 있는 것 같았다. 하지만 프레디도 로라도 뭐라고 대답해야 할지 알 수가 없었다. 두 사람 다 선샤인이 정말로 핵심을 짚은 것 같다고 생각하며 약간 죄책감을 느꼈다. 조그만 덩치와 순진한 행동거지 때문에 선샤인을 어린애 취급하고 그녀의 의견과 생각도 어린애의 것으로 취급하기 일쑤였다. 하지만 선샤인은 '다람쥐 우군'이기는 해도 젊은 성인 여자였고, 이제는 그들도 그녀를 그렇게 대할 때가 된 것 같았다.

"우리가 잘못했어."

로라가 말했다. 프레디도 이번만큼은 웃음기 없는 얼굴로 고개를 끄덕였다.

"네가 우리에게 뭔가 이야기하려고 했는데 우리가 들어주지 않았다면 정말 미안해."

"그래. 그리고 우리가 또 그러면 그냥 우리를 때려주렴."

프레디가 덧붙였다.

선샤인은 그 말을 잠깐 생각해본 다음에 그의 귀를 세게 꼬집었다. 그 후 다시 진지하게 두 사람 모두에게 이야기했다.

"반지가 아니에요. 편지예요."

"무슨 편지?"

프레디가 물었다.

"성자 앤서니의 데드 레터요. 따라오세요."

그들은 그녀를 따라 부엌을 나가 정원 방으로 들어갔다. 선샤인은 알 보울리 음반을 집어서 턴테이블 위에 놓았다.

"편지예요."

그녀가 다시 말하고서 레코드판 위에 바늘을 올렸다. 음악이 흘러 나오기 시작했다.

40

유니스
2005년

"당신이 출간했다는 생각만 해도, 이, 이……."

유니스는 자신의 머릿속에 있는 욕설 사전을 뒤졌지만 독화살처럼 여기에 딱 맞는 단어를 찾을 수가 없었다.

"이 물건을요!"

천박한 빨간색과 금색 표지의 하드커버 책은 갈색 종이봉투에서 반쯤 나와 있었고 그 옆에는 브루스가 카드를 달아 보낸 샴페인 병이 있었다. '자네에게 이걸 출간할 센스가 없었던 걸 위안하는 의미로.'

바머는 어이가 없어서 고개를 흔들었다.

"난 아직 읽어보지 않았어요. 당신은요?"

포샤의 최근 책은 지난 삼 주 동안 베스트셀러 목록에 올라 있었고, 그 출판사의 사장으로서 브루스의 잘난 척하는 행동은 끝이 없었다. 그의 거만함은 은행 잔고와 비례했고, 포샤 덕택에 그는 VIP 신용카드를 쓰면서 은행 지점장과 이름을 부르는 사이가 되었다.

"물론 읽어봤죠! 제대로 된 관점에서 그걸 비판하려면 읽어야만 했어요. 그리고 비평도 전부 다 읽었어요. 당신 동생의 책이 '현대 상업 소설의 조미료 같은 클리셰에 대한 타오르는 풍자'라고 칭찬을 받는 거 알아요? 어떤 비평가는 '현대의 관계에서 성적인 권력 관계를 날카롭게 부수고, 인기 문학의 경계를 극단까지 넓히고, 맨부커와 그 고루한 동료들의 권위에 습관적으로 굽실거리던 문학계의 전문가들에게 경멸을 표한다'래요."

화가 나는데도 불구하고 유니스는 도저히 무덤덤한 표정을 유지할 수가 없었고, 바머도 미친 듯이 웃었다. 그가 마침내 겨우 진정하고 물었다.

"그런데 무슨 내용이에요?"

유니스는 한숨을 쉬었다.

"정말로 알고 싶어요? 지금껏 썼던 다른 것들보다도 훨씬 끔찍한데요."

"감당할 수 있을 것 같아요."

"음, 당신도 이미 징그럽게 잘 알겠지만, 제목부터 흥미진진하게 『해리엇 호터와 알사탕 전화』예요."

유니스는 효과를 높이기 위해 뜸을 들였다.

"어린 나이에 고아가 되어서 끔찍한 이모와 의학적으로 비만이고 땀이 엄청나게 많이 나는 이모부 밑에서 자란 해리엇은 최대한 빨리 집을 떠나서 세상에 나가 자립하겠다고 맹세해요. 고교 졸업 시험을 친 후에 그녀는 킹스 크로스 근처의 피자와 케밥 가게인 피자밥에서 일자리를 얻고, 세련된 말투와 이중초점 안경 때문에 계속해서 놀림을 받죠. 어느 날 굉장히 긴 수염에 우스꽝스러운 모자를 쓴 나이든 남자가 가게로 와서 케밥과 감자칩을 사면서 그녀에게 그녀가 '아주 특별하다'고 말해요. 그리고 그녀에게 명함을 건네고 자신에게 전화하라고 하죠. 육 개월이 흐르고 해리엇은 폰섹스로 꽤 돈을 모아요. 그녀의 고객들은 '빰에 알사탕을 넣고 말하는 것 같은' 그녀의 세련된 말투를 아주 좋아하고, 그게 이 기발한 제목을 설명해주죠. 우리의 여주인공은 단순한 경제적 보상만으로는 만족하지 못하고 좀 더 자기충족적이고 직업적으로도 만족할 만한 방법을 찾아서, 수염 난 노인인 체스터 펌블포어와 동업을 맺고 스노그와트라는 폰섹스 업계 사람들을 가르치는 학교를 열어요. 이런 이름을 붙인 이유는 해리엇이 학생들에게 모든 고객들이 실제로는 대부분 사마귀투성이 두꺼비에 가깝지만, 그래도 잘생긴 왕자님인 것처럼 대하라고 얘기하기 때문이에요. 그녀가 처음 가르친 학생 중에서 페르세포네 데인저와 도나 슬리지가 친한 친구이자 교육 보조가 돼요. 그들은 함께 학생들이 교육을 받으면서도 정직하게 돈을 벌 수 있도록 대규모 콜센터를 세우고, 해리엇은 생산성을 높이고 회사에서 의욕을 고취시키기 위해서 퀴딘이라는 게임을 개발해요. 한 시간 동안 폰섹스 연결이 될 때마다 '사창가', '음경'(두 번), '골든 스내치'라는 단어를 교활하게 집어넣고 가장 많은 고객들을 만족시킨 직원이 승리하고, 현금 보너스와 한 달치의 알사탕을 받게 되는 게임이죠."

바머는 큰 소리로 웃음을 터뜨렸다. 유니스가 소리를 질렀다.

"하나도 안 웃겨요, 바머! 정말이지 끔찍하게 수치스럽다고요. 어떻게 사람들이 이렇게 쓸모없는 허섭스레기에 관심을 보이는 거죠? 수백만 명이 힘들게 번 돈을 이 쓰레기에 낭비하고 있어요! 심지어는 잘 쓴 쓰레기도 아니고요. 이건 형편없는 쓰레기예요. 포샤가 텔레비전의 그 모든 쓸데없는 토크쇼에서 인터뷰를 하고 있는 걸로도 모자라서 그녀를 올해 헤이 페스티벌의 연설자로 초청할 거라는 끔찍한 소문이 계속 돌고 있다고요."

바머는 기뻐서 손뼉을 쳤다.

"그거야말로 내가 기꺼이 돈을 내고라도 보러 가고 싶은 행사군요."

유니스는 그에게 경고의 눈길을 던졌고 그는 대답 대신 어깨를 으쓱였다.

"어떻게 그걸 거부할 수 있겠어요? 부모님이 살아 계셔서 이 형편 없는 소동을 보지 못하신 게 천만다행이에요. 특히 어머니는 지역 여성 위원회 회장이셨으니 말이죠."

그 생각에 바머는 혼자 낄낄 웃다가 조금 더 진지한 표정을 짓고 다시 질문을 던졌다.

"자, 이건 물어보기가 거의 두려울 정도지만, 그래도 알아야겠어요. 아주 끔찍하게…… 노골적인가요?"

유니스는 비웃는 소리를 냈다.

"노골적이냐고요? 브루스가 여기 와서 그 퍼듀란 사람에 대해서 떠들며 베스트셀러의 핵심 요소에 대해 우리한테 강의했던 거 기억 해요?"

바머는 고개를 끄덕였다.

"그리고 그 사람은 우리한테 섹스가 너무 우트레하면 안 된다고 그랬던 것도 기억하죠?"

바머는 이번에는 좀 더 천천히 고개를 끄덕였다.

"흥, 그 사람의 우트레하다는 정의가 우리가 생각했던 것보다 훨씬 더 성적으로 모험가적인 브룬힐데와의 관계에서 나온 거라면, 아마 그 사람은 생각을 바꾼 것 같아요."

바머는 책상 위에 있는 더글러스의 상자 옆의 작은 나무 상자에 손을 올리고는 경고 조로 말했다.

"귀를 막고 이 이야기는 듣지 마, 베이비 제인."

유니스는 슬픈 미소를 지으며 말을 이었다.

"해리엇의 고객 중 한 명은 빵 만드는 기계와 섹스를 하고, 또 다른 고객은 수염이 나고 등에 털이 있고 내성발톱을 가진 여자들에게만 욕정을 느끼고, 또 다른 고객은 자기 고환을 소독용 알코올에 담근 다음에 마이 리틀 포니의 갈기로 쓰다듬어요. 그게 겨우 2장에 나오는 거죠."

바머는 포장에서 책을 꺼내 앞장을 넘겼다가 여동생이 자기만족적인 미소를 띠고 실크 네글리제를 입은 총천연색 사진을 발견했다. 그는 쾅 소리가 나게 도로 덮었다.

"최소한 이번에는 다른 사람의 줄거리를 전부 다 베낀 건 아니니까요. 어느 정도는 자기 머리로 만들어낸 거잖아요."

"그러길 바라자고요."

유니스가 대답했다.

다음 날 포샤에 관한 모든 생각은 브라이턴 해안가의 반짝이는 새파란 파도와 따스하고 짭짤한 바람 속에 사라졌다. 이것은 '연례 여행'이었고 이번이 더글러스나 베이비 제인이 없는 첫 번째 여행이었다. 바머와 함께했던 유니스의 스물한 번째 생일 여행 이후 그들은 매년 여기에 왔고, 그날 하루는 오랜 세월에 걸쳐 세심하게 조율된 덕에 몇 안 되는 그들 일행 모두가 즐겁게 시간을 보낼 수 있는 친숙한 일정으로 흘러갔다. 처음에 그들은 산책로를 따라 산책을 했다.

과거에는 더글러스가, 그 뒤에는 베이비 제인이 그들과 함께했고, 개들은 지나가는 사람들의 눈길을 끌고 그들의 칭찬과 애정을 한껏 즐겼다. 그다음에는 부둣가에 가고, 그다음에는 슬롯머신에 돈을 넣고 당기면서 한 시간을 흘려보냈다. 그 뒤에는 피시 앤 칩스와 분홍색 탄산수 한 병으로 점심을 먹고, 마지막으로는 로열 파빌리온에 갔다. 하지만 부둣가를 산책하는 동안에 걱정이 유니스의 행복을 밀어냈다. 바머는 그녀에게 십 분 사이에 두 번이나 그들이 전에 여기 와본 적이 있느냐고 물었다. 처음에는 그가 농담하는 것이길 바랐지만, 두 번째에 그의 얼굴에 떠오른 순수하고 정직한 의문의 표정을 보자 그녀의 세상이 기우뚱해지는 것 같았다. 그것은 속이 뒤틀릴 정도로 끔찍하게 낯익었다. 고드프리. 그는 유니스가 상상도 하고 싶지 않은 목적지를 향해 아버지의 고통스러운 발자취를 따라가고 있었다. 지금까지는 거의 알아채기 어려울 정도였다. 그의 단단하고 믿음직스러운 이성에 아주 가느다란 금이 간 정도였으니까. 하지만 조만간 밀려오는 파도 앞에 모래에 써둔 이름만큼이나 연약해질 것이다. 하지만 바머는 자신의 완만한 하락세를 알아채지 못한 것 같았다. 가벼운 발작을 일으키는 사람처럼 그는 즐거우리만큼 아무것도 모른 채 그 길로 걸어가고 있었다. 하지만 유니스는 매분 매초 그것을 봐야만 했고, 그녀의 마음은 벌써 부서지는 중이었다.

부둣가 오락실의 색색의 조명과 벨과 버저들이 그들에게 돈을 낭비하러 오라고 유혹했다. 유니스는 바머를 2페니 슬롯머신 옆에 세워두고 꽉 들어찬 동전들의 행렬 중에서 어떤 것이 가장자리로 가장 먼저 밀려나올지 구경하게 놔두고 돈을 바꾸러 갔다. 돌아와 보니 그는 길을 잃은 아이처럼 손에 동전을 들고 기계의 동전 구멍을 쳐다보고 있었다. 두 개 사이의 관계를 전혀 이해하지 못하는 얼굴이었다. 그녀는 상냥하게 그에게서 동전을 받아들고 구멍에 넣었고, 동전 더미가 무너지며 아래 있는 금속 쟁반에 우르르 떨어지는 걸 보자 그의 얼굴이 환해졌다.

남은 시간은 별일 없이 행복하게 흘러갔다. 처음으로 반려견 일행이 없어서 그들은 파빌리온 실내에서 이국적인 간식거리를 맛볼 수 있었고, 샹들리에를 보며 놀라움의 감탄사를 내뱉고, 원래는 불쌍한 개를 훈련시켜 돌리게 했던 주방의 돼지 통구이용 그릴을 보고 혐오감에 혀를 찼다. 정원의 벤치에 앉아서 늦은 오후의 분홍빛 햇살을 받으면서 바머는 유니스의 손을 잡고 유니스가 보물처럼 기억할 행복에 겨운 한숨을 내쉬었다.

"여기는 정말이지 환상적이군요."

41

남색 가죽 장갑은 죽은 여자의 것이었다. '잃어버린 것들의 수집
가'의 시작으로는 별로 조짐이 좋지는 않았다. 웹사이트를 연 다음
날에 퇴직한 기자가 이메일을 보냈다. 몇 년 동안이나 그녀는 지역
신문사에서 일을 했는데, 예전 일을 아주 잘 기억하고 있었다. 그것
은 그녀가 처음 발굴한 제대로 된 뉴스 소재였다.

그건 일면 기사였어요. 불쌍한 여자는 겨우 삼십 대였죠. 열차 앞에
몸을 던졌어요. 열차 운전사는 정말 끔찍한 상태였죠. 불쌍한 사람 같
으니. 운전사는 일도 처음 시작한 사람이었어요. 혼자 운전한 지 겨우
이 주밖에 되지 않았었죠. 여자의 이름은 로즈였어요. 아팠었죠. 그 시
절에는 '심한 예민증'이라고 부르는 병이었죠. 어린 딸이 있었던 걸로
기억해요. 아주 예쁜 아이였어요. 로즈는 코트 주머니에 그 애 사진
을 갖고 있었죠. 기사에 그 사진을 실었어요. 난 거기에 마음이 좀 쓰
였지만, 편집장의 명령이었죠. 난 그녀의 장례식에 갔었어요. 정말이
지 끔찍한 일이었죠. 묻을 만큼 시신이 별로 남지도 않았거든요. 하지
만 코트 주머니에 여전히 사진이 있었고 그녀는 장갑을 한 짝만 끼고

있었어요. 아주 사소한 부분이었는데 굉장히 가슴에 사무쳤죠. 그리고 그날 밤은 굉장히 추웠어요. 그래서 내가 이렇게 오랜 시간이 지났는데도 기억하고 있는 것 같아요.

그것은 선샤인이 서랍에서 꺼내자마자 겁에 질려서 떨어뜨렸던 장갑이었다. 소녀는 당시에 '그분은 죽었어요', '그분은 어린 딸을 사랑했어요'라고 말했었다. 로라는 멍해졌다. 선샤인이 옳았고 다시금 그들이 그녀를 과소평가했다는 죄책감이 들었다. 그 애는 굉장히 특별한 재능을 가졌고 그 애의 이야기를 좀 더 귀 기울여 들어야 할 것 같았다. 선샤인은 이메일을 별 관심 없이 읽었다. 그 애가 한 말은 이것뿐이었다.

"어쩌면 그분의 어린 딸이 돌려받고 싶어 할 수도 있겠네요."

선샤인은 캐럿과 함께 나갔다. 요즘은 웹사이트에 올릴 잃어버린 물건을 모으러 거의 매일 나갔고, 잊어버리기 전에 꼬리표에 넣을 세부사항을 적을 수 있게 조그만 공책과 연필도 들고 다녔다. 프레디는 고객 한 명의 새 잔디밭을 깔아주러 갔기 때문에 로라 혼자였다. 테레즈를 빼면.

"알아요, 알아요! 오늘 찾아볼게요, 약속해요."

그녀가 큰 소리로 말했다.

선샤인이 앤서니의 편지가 그들이 봐야 하는 실마리라고 말한 이래로 로라는 그걸 어디에 넣어놨는지 떠올리려고 노력 중이었다. 처음에는 테레즈의 방 화장대에 놔뒀을 거라고 생각했지만 방문이 여전히 잠겨 있었기 때문에 확인할 수가 없었다. 그리고 로라가 찾기를 바라는 바로 그 물건을 테레즈가 못 찾게 막을 것 같지도 않았다. 아무리 그녀라도 그 정도로 심술궂지는 않을 것이다. 로라는 서재로 들어갔다. 그냥 우선 이메일을 확인해볼 생각이었다. 웹사이트는 벌써 수백 명이나 방문할 만큼 인기였다. 이메일이 두 통 와 있었다. 하나는 여든아홉 살이고 지역 은퇴자 센터 덕택에 이 년째 인터넷 서핑을 즐기고 있다는 할머님이 보낸 거였다. 그녀는 라디오에서 웹사이트에 관해 듣고 한번 찾아보고 싶었다면서 코퍼 가에서 몇 년 전에 발견한 지그소 퍼즐 조각이 자기 것 같다고 이야기했다. 혹은 자신의 언니 것일 거라고. 그들은 친한 사이가 아니었고, 어느 날 언니가 특히 지독하게 굴어서 그녀가 언니가 맞추고 있던 퍼즐 조각 하나를 가져가버렸다. 그리고 집에서 나와 산책을 하다가 배수로에 그 조각을 던져버렸다.

"어린애 같은 짓이었죠. 하지만 언니는 정말이지 못되게 굴곤 했거든. 그리고 조각이 없는 걸 발견하고는 펄펄 뛰었죠."

할머니는 그것을 돌려받고 싶은 마음은 없었다. 언니는 어차피 오래전에 세상을 떠났으니까. 하지만 이메일 쓰는 법을 연습할 기회가 생겨서 기쁘다고 말했다.

두 번째는 초록색 머리 방울이 자기 것이라고 주장하는 젊은 여자가 보낸 거였다. 엄마가 새로운 학교에 가기 전날 긴장한 그녀를 기운 나게 만들고 싶어서 사준 것이었다. 그녀는 그날 엄마와 나갔다 오다가 공원에서 그것을 잃어버렸고, 추억으로 돌려받으면 좋겠다고 이야기했다.

로라는 두 통의 이메일에 답장을 보낸 다음 앤서니의 편지를 찾는 일에 착수했다. 선샤인이 캐럿을 데리고 돌아올 무렵에 로라는 부엌 식탁에서 편지를 살피는 중이었다. 편지는 정원 방의 글 쓰는 책상 안쪽에 끼어 있었다. 편지를 찾자마자 그녀는 참 도움되게도 자신이 그 걸 안전하게 보관하겠다고 거기 넣어놨던 사실을 떠올릴 수 있었다. 선샤인은 그들이 마실 근사한 차를 만든 다음 로라의 옆에 앉았다.

"뭐라고 쓰여 있어요?"

그녀가 물었다.

"뭐가 뭐라고 쓰여 있어?"

프레디가 진흙투성이 부츠를 신은 채 뒷문으로 들어오며 물었다. 로라와 선샤인 둘 다 그의 발을 보고 입을 모아 외쳤다.

"벗어요!"

프레디는 웃으면서 부츠를 간신히 벗어서 바깥쪽 발깔개 위에 놔 두었다.

"여자들 잔소리란! 그나저나 무슨 얘기 중이었어요?"

그가 물었다.

"성자 앤서니의 데드 레터에 관해서요. 이제 우린 실마리를 찾을 수 있을 거예요."

선샤인이 로라보다 훨씬 더 자신만만하게 말했다. 로라는 큰 소리 로 읽기 시작했지만 첫줄을 다 읽기도 전에 그의 관대한 이야기에 새 삼스럽게 슬픔으로 목이 메었다. 선샤인은 그녀에게서 부드럽게 편 지를 받아들고 천천히, 신중하게, 좀 어려운 단어들은 프레디의 도움 을 받아가며 마저 읽었다. 앤서니가 로라에게 선샤인과 친구가 되어 달라고 부탁하는 마지막 문단에 도착하자 소녀의 얼굴이 미소로 환 해졌다.

"하지만 제가 먼저 아줌마한테 말했죠!"

로라가 그녀의 손을 잡았다.

"그리고 네가 그래줘서 난 정말 기뻐."

프레디가 식탁 위를 양손으로 두드렸다.

"감상적인 이야기는 이제 됐어요, 아가씨들."

그가 의자를 뒤로 기울여 두 다리로 세우고 물었다.

"실마리는 뭐죠?"

선샤인은 우습다는 듯이 그를 쳐다보다가 그가 농담을 하는 게 아니라는 걸 깨닫자 곧장 무시하는 표정을 지었다.

"진심으로 그러시는 건 아니죠?"

그녀가 도와달라는 듯이 로라를 쳐다봤다.

"음, 뭐든지 될 수 있으니까……."

로라가 어물거리면서 말했다. 프레디는 다시 편지를 보았다.

"자, 어서, 존 매켄로 씨. 우리한테 좀 알려줘봐."

그가 선샤인에게 말했다.

선샤인은 한숨을 쉬고 학생들에게 완전히 실망한 학교 선생님처럼 고개를 천천히 흔든 다음에 말했다.

"아주 분명하잖아요."

그리고 그녀가 설명하자 그들도 정말로 분명한 것이었음을 깨달았다.

42

유니스
2011년

오늘은 좋은 날이었다. 하지만 그 말은 상대적인 것이었다. 어떤 날도 이제는 정말로 좋지는 않았다. 유니스가 바랄 수 있는 최상의 것은 몇 번의 혼란스러운 미소와 그녀가 누군지에 관한 드문드문한 기억, 그리고 제일 중요한 건 그녀가 성인으로서의 삶 대부분의 기간 동안 사랑했던 남자가 눈물을 흘리지 않는 것 정도였다. 그녀는 해피 헤이븐 요양소의 책임자가 거창하게도 '장미 정원'이라고 이름붙인 맨땅과 콘크리트 보도가 얼기설기 섞여 있는 길을 따라 바머와 팔짱을 끼고 걸었다. 유일한 장미의 흔적이라고는 산불의 잔해처럼 땅에서 솟아 있는 구부러진 갈색 막대 같은 것들이었다. 유니스는 울고 싶은 기분이었다. 그리고 이게 그나마 좋은 날이었다.

바머는 폴리스 엔드로 가고 싶어 했다. 그가 너무 자주 무작위적인 망각의 늪에 빠지기 전에. 하지만 자신의 불가피한 운명을 깨달은 후에 그는 자신이 바라는 바를 명확하게 밝혔다. 그는 언제나 때가 되면 유니스에게 자신의 대리권을 맡길 생각이었고, 그렇게 해서 자신이 마주한 공허한 미래에서 최대한의 위엄과 안전을 보장하려고 했다. 그의 삶이 아무리 쓸모가 없어진다고 해도 그는 유니스가 잘 돌봐줄 거라고 믿었다. 그녀는 언제나 올바른 일을 할 것이다. 하지만 포샤가 먼저 나섰다. 우스꽝스럽지만 엄청난 힘을 가진 돈과 애정이 아니라 혈육이라는 사실로 무장하고서 그녀는 바머를 '전문가'와 만나도록 꼬드겼다. 그녀의 돈을 받은 게 분명한 전문가는 그가 법적으로 '더 이상 합리적인 결정을 내릴 수 없다'고 선언하고는 그의 미래를 여동생에게 넘겼다.

그다음 주에 바머는 해피 헤이븐으로 들어가게 됐다.

유니스는 그의 편에 서서 있는 힘껏 싸웠다. 폴리스 엔드로 가야 한다고 격렬하게 주장했지만 포샤는 꿈쩍도 하지 않았다. 폴리스 엔드는 그녀가 편리하게 방문하기에는 '너무 멀고', 어차피 바머가 자신이 어디 있는지 잊어버리는 것은 시간문제라면서 놀랄 만큼 냉혹하게 말했다. 하지만 아직은 그도 자신이 어디 있는지 알았다. 그리고 그 사실로 굉장히 괴로워했다.

놀랍게도 포샤는 그를 방문했다. 하지만 그들이 만나는 시간은 긴장되고 불편했다. 그녀는 그에게 마구잡이로 잔소리를 해대거나 겁을 먹고 그를 피했다. 두 가지 방법 모두에 대한 그의 반응은 똑같았다. 고통스러울 정도로 당황하는 것이었다. 그가 원하는 단 하나를 빼앗아놓고 그녀는 그에게 비싸지만 별 의미 없는 선물들을 떠안겼다. 그는 에스프레소 기계를 어떻게 작동시키는 건지는 고사하고 그게 뭘 하는 건지도 몰랐다. 명품 애프터쉐이브는 변기에 부었고 멋진 카메라는 문 받침대로 사용했다. 결국에 포샤는 바머를 찾아올 때면 거의 대체로 아첨꾼 책임자이자 이제는 끔찍하게도 3부작까지 나온 해리엇 호터 시리즈의 열성 팬인 실비아와 차를 마시고 갔다.

　유니스는 바머의 방을 조금이라도 집 분위기가 나게 꾸미기 위해 최선을 다했다. 그녀는 그의 집에서 물건들을 가져와서 선반과 탁자마다 더글러스와 베이비 제인의 사진을 놔두었다. 하지만 그걸로는 부족했다. 그는 점점 현실과 멀어지고 있었다. 포기하고 있었다.

　정원에는 유니스와 바머만 있는 건 아니었다. 율라리아가 아침 식사 때 아껴두었던 토스트 조각을 까치들에게 먹이는 중이었다. 그녀는 바짝 마른 자두 같은 피부 색깔에 번뜩거리는 눈, 무시무시한 웃음소리를 지닌 주름이 쪼글쪼글한 아주 늙은 여자였다. 그녀의 뒤틀린 손은 몸을 받치고 비칠거리며 걷는 데 사용하는 옹이무늬 지팡이를 쥐고 있었다. 다른 대부분의 거주자들은 그녀를 피했지만, 바머는 항상 그녀에게 상냥하게 손을 흔들며 인사했다. 그들은 운동장에 나온 죄수들처럼 멍하니 원을 그리며 걷고 또 걸었다. 유니스는 차마 생각을 하고 싶지가 않아서였고, 바머는 그저 대체로 생각을 할 수가 없기 때문이었다. 율라리아가 마지막 남은 토스트를 검은색과 흰색 새에게 던져줬고, 새는 그 반짝거리는 딱총나무 열매 같은 눈을 율라리아에게서 떼지 않은 채로 그것을 바닥에서 낚아채 꿀꺽 삼켰다. 그녀가 지팡이를 새를 향해 흔들면서 요란한 목소리로 말했다.

　"이제 얼른 가버려! 그 작자들이 너를 저녁 식사거리로 냄비에 집어넣기 전에 빨리 가라고! 그 작자들은 분명히 그럴 거야."

　그녀는 그렇게 말하고 유니스 쪽으로 몸을 돌리고 한쪽 눈으로 기괴하게 윙크를 했다.

　"그 작자들은 우리한테 온갖 끔찍한 것들을 먹이지."

　열린 창문을 통해서 부엌에서 풍겨 나오는 냄새로 보건대 유니스는 그 말이 맞을 수도 있다는 결론을 내렸다.

"정신이 나갔지, 그 남자."

율라리아가 구부러진 손가락을 바머 쪽으로 흔들면서 여전히 지 팡이는 쥔 채로 말했다.

"엉덩이에 불붙은 개미처럼 미쳤어."

그녀는 지팡이를 콘크리트에 박고서 건물 쪽으로 고통스럽고 어색한 걸음을 옮기기 시작했다.

"하지만 마음은 상냥하지, 그 남자. 상냥하지만, 죽어가고 있어."

그녀가 지나치면서 유니스에게 말했다.

바머의 방으로 돌아와서 유니스는 창백한 겨울 햇살이 좀 더 들어오기를 바라며 커튼을 열었다. 이 층에 있는 근사한 방이었다. 깨끗하고, 넓고, 꽤 큰 발코니 문에 예쁜 발코니까지 딸려 있었다. 하지만 바머는 사용 허가를 받지 못했다.

유니스는 처음 바머를 방문했을 때 발코니 문을 연 적이 있었다. 더운 여름날이었고 방안은 후텁지근했다. 열쇠는 구멍에 그냥 꽂혀 있었다. 하지만 바머를 확인하러 온 요양 담당자가 곧장 창문을 닫고 바머의 방 벽에 있는 약장 열쇠로 문을 잠갔다.

"보건 안전 문제 때문이에요."

그녀는 유니스에게 날카롭게 말했고, 그날 이래로 유니스는 다시는 열쇠를 보지 못했다.

"영화나 같이 볼까요?"

바머는 미소를 지었다. 그에게 이제 그 자신의 인생은 형편없이 편집되고 끈으로 묶어놓지 않은 원고와 같았다. 일부 페이지들이 잘못된 순서로 섞이고, 일부는 찢어지고, 일부는 고쳐 썼거나 아예 없어졌다. 원래의 버전은 영원히 사라졌다. 하지만 그는 여전히 그들이 수차례 함께 봤던 옛날 영화의 낯익은 스토리에서 즐거움을 느꼈다. 이제는 그가 자신의 이름이나 아침으로 뭘 먹었는지조차 기억하지 못하는 날이 더 많았지만 그래도 〈대탈주〉, 〈밀회〉, 〈탑건〉과 그 외 몇몇 영화들의 대사는 정확하게 욀 수 있었다.

"이건 어때요?"

유니스가 〈버드케이지〉를 들어 올리면서 물었다.

그는 고개를 들고 미소를 지었다. 아주 귀중한 한순간, 그의 눈에서 안개가 걷혔다.

"내 생일 선물이네요."

그가 말했고, 유니스는 그녀의 바머가 아직 그 안에 있음을 알 수 있었다.

43

"그게 아직 거기 있어요."

선샤인이 걱정스러운 목소리로 말했다.

캐럿은 창고에 있는 쥐 냄새를 맡고는 곧장 경비병 역할을 맡았고, 선샤인은 캐럿의 점심 메뉴가 그 쥐가 될까 봐 점점 더 불안해하고 있었다. 로라는 서재에서 누군가가 웹사이트를 통해 연락해서 오후에 찾으러 오기로 한 물건을 꺼내던 중이었다.

"걱정하지 마, 선샤인. 쥐도 캐럿이 거기 있는 한 수염 한 올 내밀지 않을 정도의 상식은 있을 거란다."

선샤인은 별로 납득하지 못하는 얼굴이었다.

"하지만 나올 수도 있어요. 그러면 캐럿이 그걸 죽일 거고, 그러면 쥐 살해견이 될 거예요."

로라는 미소를 지었다. 그녀는 이제 뭔가 하기 전까지는 선샤인이 포기하지 않을 거라는 걸 알 만큼 소녀를 잘 알았다. 이 분 후, 로라는 반항하는 캐럿의 목줄을 잡고 돌아왔다. 부엌에서 그녀는 냉장고에서 꺼낸 소시지를 녀석에게 주고 목줄을 풀어줬다. 선샤인이 반대의 말을 꺼내기도 전에 로라가 그녀를 진정시켰다.

"미키인지 미니인지는 이제 안전할 거야. 창고 문을 닫았고, 캐럿은 이제 소시지가 있으니까 더 이상 배고프지 않겠지."

"걔는 항상 배가 고파요."

선샤인은 캐럿이 여전히 무슨 장난을 칠까 생각하는 얼굴로 슬그머니 부엌을 나가는 것을 보면서 말했다.

"그 여자분은 언제 오세요?"

그녀가 물었다. 로라는 시계를 보았다.

"금방 도착할 거야. 그분 이름은 앨리스고 그분이 여기 오면 네가 근사한 차 한 잔을 만들어드리면 좋을 것 같구나."

큐 사인을 받은 듯이 현관 벨이 울렸고, 로라가 걸음을 떼기도 전에 선샤인이 현관으로 나갔다.

"안녕하세요, 앨리스 씨. 전 선샤인이에요. 어서 들어오세요."

선샤인이 문 앞에 있는 약간 놀란 것 같은 십 대 소녀에게 인사했다.

"아주 멋진 이름이네요."

선샤인을 따라 현관으로 들어온 소녀는 키가 크고 말랐고 길고 밝은 색깔의 머리에 코 위에는 주근깨가 약간 있었다. 로라가 손을 내밀었다.

"안녕, 난 로라예요. 만나서 정말 반가워요."

선샤인은 재빨리 앨리스를 데리고 나가서 정원을 구경시켜줬고, 로라는 차를 만들기 위해 남았다. 그녀가 차가 놓인 쟁반을 들고 나가 보니 앨리스와 선샤인은 음악적 영웅에 대한 이야기를 나누고 있었다.

"우리 둘 다 데이비드 보위를 사랑해요."

로라가 차를 따라주자 선샤인이 자랑스럽게 말했다.

"데이비드 보위도 아주 기뻐하겠구나. 차는 어떻게 마셔요?"

로라는 미소를 짓고서 앨리스에게 물었다.

"일꾼표(builder's tea, 티백으로 진하게 우리고 우유와 설탕 두 스푼을 넣은 차를 영국에서 흔히 부르는 말.—옮긴이)면 돼요."

선샤인은 걱정스러운 얼굴이었다.

"우리한테 그런 표가 없는 것 같은데. 안 그런가요?"

그녀가 물었다.

"걱정하지 마, 선샤인. 그냥 내가 웃기는 얘길 한 거야. 우유랑 설탕 두 스푼을 넣은 진한 차면 된다는 뜻이었어."

앨리스는 우산을, 하얀색에 빨간색 하트가 있는 어린이용 우산을 찾으러 온 거였다.

"사실 제가 그걸 잃어버린 건 아니에요. 그리고 그게 정말로 절 위한 건지도 잘은 모르겠어요……."

앨리스가 말했다. 선샤인은 이미 탁자 위에 놔두었던 우산을 집어 들어 그녀에게 건넸다.

"앨리스 씨 게 맞아요."

그녀가 간단하게 말했다. 선샤인의 얼굴에 떠오른 홀딱 반한 표정으로 보아 로라는 그 애가 앨리스에게 가족의 은식기를 몽땅 다 주고 그걸로 모자라 파두아에 있는 것들까지 전부 내주지 않을까 하고 생각했다.

앨리스는 그녀에게서 우산을 받아들고 접힌 주름장식을 쓰다듬었다.

"내가 미국에 처음 갔을 때였어요. 엄마가 나를 뉴욕에 데려가셨죠. 엄마한테는 일하는 휴가에 더 가까웠어요. 엄마는 패션 잡지 편집자셨고 뉴욕 패션업계에서 유명세를 얻고 있던 떠오르는 신인 디자이너와 인터뷰를 따내셨거든요. 알고 보니까 그 사람은 남자였는데, 기억나는 거라고는 그 사람이 내가 무슨 나환자촌 같은 데서 탈출한 사람인 것처럼 쳐다봤다는 것뿐이에요. 그 사람은 아이들한테는 '손도 안 대는' 모양이더라고요."

앨리스가 설명했다.

"나혼자촌이 뭐예요?"

선샤인이 물었다. 앨리스는 로라를 힐끗 보았으나 결국 이야기를 하기로 결심한 것 같았다.

"거기는 옛날에 손가락과 발가락이 떨어져 나가는 끔찍한 병을 앓는 사람들을 가둬놓던 곳이야."

로라는 선샤인이 앞으로 오 분 동안 몰래 앨리스의 손가락 발가락의 숫자를 세느라 바쁠 거라는 데 돈이라도 걸 수 있었다. 다행히 그녀는 샌들을 신고 있었다.

앨리스는 말을 이었다.

"관광할 건 별로 없었어요. 하지만 엄마가 센트럴파크에 있는 이상한 나라의 앨리스 동상을 보게 해주겠다고 약속하셨어요. 굉장히 들떴던 게 기억이 나요. 내 이름을 따서 동상 이름을 붙인 거라고 생각했거든요."

앨리스는 샌들을 벗고 차가운 잔디 위에서 발가락을 꼼지락거렸다. 선샤인도 신중하게 그것을 따라했다.

"그날 오후엔 비가 왔고 엄마는 이미 다음 약속에 늦은 상태라 별로 기분이 좋지 않으셨죠. 하지만 전 완전히 신이 나 있었어요. 엄마보다 앞서서 뛰어갔는데, 동상 앞에 가니까 레게 머리에 커다란 부츠를 신은 묘한 얼굴의 커다란 흑인 아저씨가 우산을 나눠주고 있었어요. 아저씨는 몸을 구부리고 나랑 악수를 나눴고 난 아직도 그 얼굴이 기억이 나요. 상냥하면서도 슬픈 얼굴이었죠. 아저씨는 마빈이라고 했어요."

앨리스는 찻잔을 비우고 십 대 특유의 자신만만한 동작으로 주전자에서 차를 더 따랐다.

"당시 내가 제일 좋아하던 이야기가 오스카 와일드의 『욕심쟁이 거인The Selfish Giant』이었고, 마빈은 꼭 거인처럼 보였어요. 하지만 욕심쟁이는 아니었죠. 아저씬 물건을 나눠주고 있었으니까요. 공짜 우산을요. 어쨌든 엄마는 나를 따라와서 날 끌고 갔어요. 뿐만 아니라 아저씨에게 무례하게 행동하셨죠. 정말 끔찍했어요. 아저씬 엄마한테 우산을 주려고 했는데 엄마가 완전 못된 년처럼 굴었어요."

태연하게 욕을 섞어 말하는 데 깜짝 놀라서 선샤인의 눈썹이 위로 올라갔지만, 얼굴은 여전히 홀딱 반한 표정이었다.

"그 아저씨를 만난 건 아주 잠깐이었지만, 엄마가 날 끌고 갔을 때 그 아저씨의 표정을 잊을 수가 없었어요."

앨리스는 무겁게 한숨을 내쉬다가 또 다른 기억이 안 좋은 기억을 가리고 떠오르자 미소를 지었다.

"난 아저씨에게 키스를 불어 날렸어요. 아저씨가 그걸 잡았죠."

우산의 꼬리표 날짜는 앨리스가 센트럴파크를 방문했던 날짜와 똑같았고 우산은 동상 옆에서 발견되었다. 로라는 굉장히 기뻤다.

"이건 앨리스 양 게 맞을 거라고 생각해요."

"저도 정말로 그러면 좋겠어요."

앨리스가 대답했다.

남은 하루 동안 캐럿은 창고 문을 지키고 엎드려 있었고, 선샤인은 새로운 친구 앨리스에 대해서 계속 이야기했다. 앨리스는 대학에서 '영어용 문앞'과 희곡을 공부하고, 앨리스는 데이비드 보위와 마크 볼런, 존 본 호비를 좋아하고, '근사한 차 한 잔'은 일꾼표라고 축약할 수 있다는 등의 얘기였다.

그날 저녁 스파게티 볼로네제로 늦은 저녁 식사를 하면서 로라는 프레디에게 손님에 관한 모든 것을 이야기했다.

"그럼 효과가 있는 거군요. 웹사이트요. 앤서니가 당신에게 바란 일을 해주고 있어요."

프레디가 말했다.

로라는 고개를 흔들었다.

"아뇨. 그렇지는 않아요. 최소한 아직은 아니에요. 편지에 뭐라고 쓰여 있었는지 기억해요? '자네가 단 한 사람이라도 행복하게 만들 수 있다면, 그들이 잃어버린 걸 되찾아줘서 단 하나의 부서진 심장이라도 고쳐줄 수 있다면……' 난 아직 그렇게는 하지 못했어요. 물론 앨리스는 우산을 찾고서 기뻐했지만, 그게 그 애 것이라고 백 퍼센트 확신할 수는 없으니까요. 그리고 머리 방울을 찾아간 여자도, 그걸 잃어버렸다고 심장이 부서진 건 아니었어요."

"음, 그래도 이게 시작이죠. 결국에는 거기까지 가게 될 거예요."

프레디가 의자를 뒤로 밀고 일어나서 잠자리에 들기 전에 마지막 산책을 시키기 위해서 캐럿을 데려갔다.

하지만 이건 그냥 잃어버린 것들에 관한 게 아니었다. 실마리가 있었다. 선샤인이 지적해주고 나니 아주 분명해진 실마리가, 이 모든 일을 시작하게 만든 것이 있었다. 앤서니는 그것을 테레즈와 한데 묶어주던 '마지막 실 한 가닥'이라고 불렀고, 그녀가 죽던 날 그것을 잃어버리고서 그 마지막 한 가닥마저 끊겼다. 그녀의 영성체 메달이 정말로 테레즈와 앤서니를 재결합하게 만들어주는 열쇠라면 도대체 어디서 그것을 찾아야 할까? 프레디는 찾아야 하는 잃어버린 물건으로 웹사이트에 올려보자고 했지만, 그들은 그게 어떻게 생겼고 앤서니가 어디서 잃어버렸는지조차 모르니 공유할 만한 유용한 정보가 거의 없었다.

로라는 식탁 위의 접시들을 치웠다. 긴 하루였고 피곤했다. 앨리스가 방문하고서 느꼈던 만족감이 서서히 사라지고 그 자리에 낯익은 불편함이 자리를 잡았다.

그리고 정원 방에서 다시 음악이 들리기 시작했다.

44

유니스

2013년

해피 헤이븐의 거주자 휴게실에서 음악이 다시 흐르기 시작했다. 만토바니의 〈셔메인Charmaine〉이었다. 처음에는 조용하다가 점점 더 크게, 더욱 크게. 에디는 볼륨을 최대한으로 올렸다. 곧 그녀는 음악의 글리산도(glissando) 부분에 맞추어 레이스와 반짝이가 가득한 치마를 휘날리며 파티장을 미끄러지듯 가로지를 것이다. 제일 좋은 금색 댄스화를 신은 그녀의 발이 빙그르르 돌고 미끄러지고 반짝이는 빛은 무지개 폭풍처럼 그녀의 주위로 소용돌이칠 것이다.

유니스와 바머는 휴게실을 지나 바머의 방으로 가다가 기름 낀 회색 머리에 타탄 슬리퍼를 신고 낡은 잠옷을 걸친 마르고 늙고 조그만 여자를 발견했다. 여자는 눈을 감고 팔은 보이지 않는 파트너에게 사랑스럽게 두른 채 방안을 비틀거리며 돌고 있었다. 갑자기 안락의자 한 곳에서 지팡이가 요란한 소리를 내고 욕설이 터져 나왔다.

"또야? 이런 빌어먹을 예수님 부처님! 더는 안 돼! 더는 안 돼! 더는 안 돼!"

율라리아가 욕을 하고 팔을 휘저으면서 의자에서 벌떡 일어났다.

"더는 안 된다고, 이 멍청하고 미친 더러운 계집년! 난 그냥 평화롭고 싶어!"

그녀가 고함을 지르며 지팡이 하나를 춤추던 노인에게 던졌고, 여자는 중간에 우뚝 멈췄다. 지팡이는 에디에게서 한참 떨어진 곳으로 날아갔지만, 그녀는 괴로운 비명을 질렀다. 눈물이 뺨을 타고 흐르고 소변이 다리를 타고 흘러내려 슬리퍼를 적셨다. 율라리아는 쓰러지지 않으려고 애를 쓰면서 구부러진 손가락으로 그녀를 가리켰다.

"이제는 오줌까지 싸고 있어! 자기 바지에 싸고, 바닥에 싸고."

그녀가 침거품을 뿜으면서 요란하게 외쳤다. 유니스는 바머를 데려가려고 했지만 그는 그 자리에서 꼼짝도 하지 않았다. 다른 거주자 몇 명도 소리를 지르거나 울기 시작했고, 어떤 사람들은 아무것도 모른 채 먼 곳만 바라보거나 혹은 그런 척했다. 실비아가 불쌍한 에디를 데려가는 동안 율라리아를 제지하는 데 직원이 두 명이나 필요했다. 에디는 몸을 떨고 흐느끼고 잠옷 가장자리로 소변을 흘리면서 실비아의 팔에 달라붙어서 파티장이 어디로 사라진 걸까 생각하며 비참하게 비틀비틀 걸어갔다.

안전한 바머의 방으로 돌아와서 유니스는 그에게 차를 따라줬다. 자신의 차를 마시며 그녀는 바머의 늘어가는 장물 수집품에 새로운 것들이 추가되었음을 알아챘다. 얼마 전부터 그는 물건을 훔치기 시작했다. 그에게 필요하지 않은 아무 물건이나 가져왔다. 화병, 티 코지, 식기, 말아놓은 비닐 쓰레기 봉투, 우산 등. 그는 다른 거주자들 방에서는 절대로 훔치지 않았고 공용 공간에서만 훔쳤다. 그것은 확실하게 그의 병증이었다. 좀도둑질. 하지만 그 역시 많은 걸 잃어가고 있었다. 이제 그는 가을철 나무에서 나뭇잎이 떨어지는 것처럼 빠르게 단어들을 잊어버렸다. 침대는 '부드러운 잠자리'이고 연필은 '안에 회색이 있어서 글씨를 쓰는 막대기'였다. 단어 대신 그는 실마리로 이야기를 했다. 혹은 대체로는, 아예 말을 하지 않았다. 유니스는 영화를 보자고 말했다. 그게 이제 그들에게 남은 전부였다. 아주 오랫동안 동료였고 제일 친한 친구였던 유니스와 바머. 바머의 남자 친구들은 종종 생겼다 없어지곤 했지만, 유니스는 언제나 그의 곁에 있었다. 그들은 성관계나 증명서가 없는 부부 사이였고 이것이 한때 풍요로웠던 그들의 관계에서 마지막 남은 한 조각이었다. 산책과 영화를 보는 것.

바머가 영화를 골랐다. 〈뻐꾸기 둥지 위로 날아간 새〉였다.

"정말로요?"

유니스가 물었다. 방금 목격한 일을 고려하건대 그녀 자신과 그를 위해서 좀 더 유쾌한 걸로 고르고 싶었기 때문이었다. 하지만 바머는 완강했다. 정신병원에서 사슬 울타리로 둘러싸인 운동장을 걸어 다니는 환자들을 보다가 바머가 화면을 가리키고 그녀에게 윙크했다.

"저게 우리예요."

유니스는 그의 눈을 보고서 자신을 마주보는 그 명료한 눈빛에 충격을 받았다. 이것은 예전의 바머가 말하는 거였다. 예리하고, 재미있고, 영리하고, 드물게 돌아오는 그였다. 하지만 얼마나 오래 있을까? 아주 짧은 방문이라도 귀중했지만, 가슴이 무너졌다. 그가 다시 돌아가야 한다는 걸 알 거라는 사실에 가슴이 무너졌다. 게다가 뭘하겠는가?

그것은 그들이 전에 몇 번이나 같이 본 영화였지만, 이번에는 꿍장히 달랐다.

치프가 애처롭게 공허한 맥의 얼굴에 베개를 얹고 부드럽게 질식시킬 때 바머가 유니스의 손을 잡고 마지막 세 마디를 했다.

"날. 떠나보내. 줘요."

그는 그녀의 약속을 상기시키는 거였다. 유니스는 화면을 바라보며 바머의 손을 꼭 잡았다. 화면에서는 거대한 치프가 탕비실 바닥에서 대리석 급수대를 떼어내서 커다란 창문에 던지고 밝아오는 새벽 속으로 자유를 향해 성큼성큼 걸어갔다. 화면에서 제작진 이름이 올라가는 동안 유니스는 꼼짝할 수가 없었다. 바머가 그녀의 다른 손도 잡았다. 그의 눈에는 눈물이 가득했지만 그는 미소를 띤 채 고개를 끄덕이고 그녀에게 말없이 입 모양으로 말했다.

"제발."

유니스가 뭔가 대답하기도 전에 간호사 한 명이 노크도 하지 않고 불쑥 들어왔다.

"약 먹을 시간이에요."

그녀는 열쇠를 절그렁거리며 벽에 있는 약장 문에 꽂았다. 문을 열고 막 안에 있는 약을 꺼내려고 할 때 바깥쪽 복도에서 끔찍한 비명이 들리고 율라리아의 착각할 수 없는 킬킬거리는 소리가 들렸다.

"저 망할 여자가!"

간호사가 욕설을 내뱉고 무슨 일인지 확인하기 위해서 약장을 열어놓은 채 문으로 달려갔다.

이제 유니스는 갈 시간이었다. 떠나야 하지만, 그때까지는 아직 바머가 그녀의 곁에 있을 거고 그래서 차마 떠날 수가 없었다. 그러나

매분 매초가 소중한 시간이 아니라 그저 지금부터 그 다음번까지를 표시하는 표지일 뿐이었다. 어차피 결정은 내려진 거니까. 유니스는 기회가 딱 한 번뿐이라는 걸 잘 알았다. 그녀가 이 남자에게 가졌던 모든 사랑을 끌어 모아 그녀에게 꼭 필요한, 상상조차 할 수 없는 용기로 바꿔야 하는 단 한 순간. 이제 때가 됐다. 하도 꽉 쥐어서 열쇠 자국이 그녀의 손바닥에 선명하게 남았다. 유니스는 테라스 문의 자물쇠를 풀고 문을 살짝 열어 놓았다. 마지막으로 딱 한 번만 더 그를 껴안고 싶었다. 그의 온기를 느끼고 그가 그녀에게 기대 숨을 쉬는 걸 느끼고 싶었다. 하지만 그랬다가는 용기가 사라질 거라는 것도 알기에 대신 그녀는 열쇠를 그의 손에 놓고 그의 뺨에 키스했다.

"난 당신 없이는 가지 않을 거예요, 바머. 당신을 이런 식으로 놔두고 떠나진 않을 거예요. 당신도 나와 함께 가는 거예요. 같이 가요."

그녀가 속삭였다.

그리고 그녀는 떠났다.

45

요양원에서 노년 남성 추락사

경찰은 블랙히스의 해피 헤이븐 요양소에서 한 노년의 남성이 일요
일 저녁 이른 시각에 2층 발코니에서 떨어져 사망한 사건을 조사하고
있다. 아직 이름이 밝혀지지 않은 남성은 알츠하이머를 앓고 있었으며
은퇴한 출판업자인 것으로 추정된다. 검시는 이번 주 후반에 이루어질
예정으로 경찰은 '이유 불명의 죽음'이라 부르는 이 사건에 관해 조사
하고 있는 중이다.
　「런던 이브닝 스탠더드」

46

"서재에 죽은 사람이 있어요."

선샤인이 가볍게 이야기하는 어조로 말했다. 그녀는 정원에서 집에 장식할 장미를 자르고 있던 로라를 찾아와 이 소식을 전하고는 자신과 함께 점심 식사를 준비하자고 졸랐다. 햇살 속에서 다리를 허공으로 들어 올리고 게으르게 등을 대고 누워 있던 캐럿은 선샤인이 가까이 다가오자 벌떡 일어나 그녀를 맞았다.

웹사이트를 연 지 일 년이 지났고 로라와 선샤인은 모두 바빴다. 선샤인은 사진을 찍어서 웹사이트에 올리고 물건의 설명을 쓰는 법을 익혔고, 프레디는 심지어 그녀에게 '잃어버린 것들의 수집가' 인스타그램을 운영하는 법을 알려줬다. 로라는 이메일을 담당했다. 그들은 여전히 앤서니의 수집품들과 선샤인이 캐럿과 함께 산책을 나가서 모아오는 새로운 것들을 계속해서 하나씩 올리는 중이었다. 로라와 프레디는 어디를 가든 물건을 주워오는 습관이 생겼다. 이제 사람들도 그들에게 분실물들을 보내기 시작했다. 이런 속도라면 서재의 선반은 언제나 꽉 찬 상태를 유지하게 될 것이다.

"죽은 사람? 정말로?"

선샤인은 그녀에게 특유의 표정을 지어 보였다. 로라는 살펴보기 위해 서재로 들어갔다. 선샤인은 그녀에게 하늘색 헌틀리&파머스 비스킷 통을 보여줬다. 꼬리표에는 이렇게 쓰여 있었다.

화장한 유골(?)이 담긴 헌틀리&파머스 비스킷 통.
14시 42분 런던 브리지에서 브라이턴으로 가는 열차 6호 차량에서 발견.
신원 불명의 사망자. 하느님의 축복 속에 평온하게 쉬기를.

루핀 앤 부틀 장례식장(1927년 설립)은 멋진 빵집 맞은편 사람 많은 길거리 모퉁이에 있었다. 유니스는 바깥에 서서 도일 부인의 빵집을 떠올리며 여기가 바머가 마지막을 맞이하기에 딱 알맞은 장소라고 생각하면서 혼자 미소를 지었다. 그가 죽은 지 육 주가 됐고, 유니스는 아직도 그의 장례식 절차에 대해 알지 못했다. 검시관이 마침내 그의 죽음이 사고라는 결론을 내렸지만 해피 헤이븐의 직원들은 보건 안전 절차를 대충대충 처리했다는 격렬한 비판을 받았고 간신히 기소를 피했다. 포샤는 실비아의 머리를 잘라 환자용 요강에 얹어오라고 할 기세였다. 그녀는 온갖 신문 방송에서 화려하게 애도하는 모습을 보였다. 하지만 유니스는 그게 정말로 슬퍼서 그런 건지 아니면 다가오는 북 투어 때문에 좀 더 유명세를 얻어보겠다는 심산인 건지 의문이었다. 포샤는 이제 너무 유명해져서 유니스와는 직접 말도 나누지 않을 정도가 되었다. 그녀에게는 그런 사소한 일들을 처리하는 비서들이 있었다. 그래서 유니스는 매끄러운 판유리창을 통해 말이 끄는 영구차와 근사한 컬러의 꽃들이 장식된 작은 모형을 바라보고 있게 된 것이다. 그녀가 자신보다 쉰 살은 어려 보이는 제일 막내 비서에게 간신히 알아낸 유일한 정보는 모든 일을 처리하는 장례식장의 이름뿐이었다. 전화를 걸 수도 있었지만, 바머와 같은 건물에 있고 싶은 마음이 너무 간절했다.

접수처의 여자가 벨 소리에 시선을 들고 유니스에게 순수하게 환영의 미소를 보냈다. 폴린은 덩치가 크고, 막스 앤 스펜서의 세련된 옷을 입고, 상냥하면서도 유능한 분위기를 풍기는 여자였다. 유니스는 그녀를 보고 걸스카우트 여성 지도자를 떠올렸다. 불행히도 그녀가 전해주는 소식은 유니스에게 너무나 잔인하고 충격적인 내용이었다.

"아주 소박했어요. 화장장에는 가족만 참석했죠. 여동생이 다 결정했어요. 그 추잡한 책을 쓴 여자 말이에요."

폴린이 '여동생'이라고 말할 때 담긴 혐오감으로 보아 그녀와 포샤는 딱히 마음에 맞지 않은 게 분명했다. 유니스는 머리가 핑핑 돌고 바닥이 눈앞으로 다가오는 느낌이었다. 잠시 뒤 그녀는 편안한 소파에 앉아 브랜디를 조금 넣은 뜨겁고 달콤한 차를 마셨고 폴린이 그녀의 손을 토닥였다.

"충격 때문에 그런 거예요. 얼굴이 유령처럼 창백하시네요."

그녀가 말했다.

차와 브랜디, 비스킷으로 힘을 낸 유니스는 매우 솔직한 폴린을 통해 끔찍한 이야기를 전부 들을 수 있었다. 포샤는 최대한 빨리, 조용하게 이 일을 처리하기를 바랐다.

"그 사람은 북 투어를 갈 예정이고, 자기 일정을 망치고 싶어 하지 않아요."

폴린은 차를 마시고는 불만스러운 듯 머리를 거세게 흔들었다.

"하지만 돌아와서 자기 수준에 걸맞은 화려한 쇼를 벌일 생각이죠. 추도식에 유골의 매장까지요. '아무나 다 초대해요, 자기'라고 말하더군요. 그 사람 말을 들으면 교황님도 참석하시고 음악은 천사들이 합창을 담당해줄 것 같은 분위기예요. 아마 다이애나 비의 장례식을 능가할걸요."

유니스는 공포에 질린 채 얘기를 들었다.

"하지만 그건 그 사람이 원한 게 전혀 아니에요. 바머는 자신이 뭘 원하는지 나한테 말했다고요. 그 사람은 내 평생의 사랑이었어요."

눈물이 어린 채로 그녀가 중얼거렸다.

그리고 이제, 마지막 순간에, 그녀는 그의 바람을 이뤄주지 못하고 실패할 것이다.

폴린은 이야기를 듣고 눈물을 닦아주는 데 능숙했다. 그게 그녀의 일이니까. 하지만 얌전한 정장과 주름이 안 가는 블라우스 아래로는 사실 용맹한 자유인의 심장이 자리하고 있었다. 그녀의 금발 단발머리는 젊은 시절엔 핑크색 모히칸 스타일이었고 코에는 안전핀으로 구멍을 뚫었던 조그만 상처가 아직도 남아 있었다. 그녀가 유니스에게 티슈를 한 장 더 건넸다.

"오늘 오후에 남자들은 전부 대규모 장례식 때문에 나갔어요. 보통은 이러진 않지만…… 따라오세요!"

그녀는 유니스를 데리고 접수 공간을 지나 복도를 따라 직원용 부엌과 예배당, 여러 방들을 지나쳐서 고객이 찾으러 올 때까지 유골을 보관하는 방으로 갔다. 그녀는 선반에서 인상적인 나무 항아리를 꺼낸 다음 이름표를 확인했다.

"여기 있군요."

그녀가 상냥하게 말한 다음 시계를 보았다.

"조의를 표할 수 있게 전 잠시 나가볼게요. 남자들은 앞으로 한 시간은 더 있어야 돌아올 테니까 방해할 사람은 없을 거예요."

한 시간이 채 지나지 않은 시각, 유니스는 바머의 유골이 담긴 헌틀리&파머스 비스킷 통을 옆자리에 놓고 열차를 타고 있었다. 폴린이 방을 나간 다음 빠르게 생각하고 행동해야 했다. 그녀는 폴린이 차를 끓였던 작은 부엌에서 비닐 봉투와 비스킷 통을 찾았다. 그녀는 비스킷을 봉투에 넣은 다음 비스킷 통에 바머를 담았다. 그러고 나서 비스킷을 원래의 유골 항아리에 담았으나 너무 가벼웠다. 그녀는 무게추가 될 만한 것을 다급히 찾다가 다른 방에서 장식용 자갈 샘플 상자를 발견했다. 자갈을 한 줌 가득 두 번을 집어넣은 뒤 뚜껑을 최대한 꽉 잠그고 항아리를 다시 선반에 올려놓았다. 그녀가 비스킷 통을 들고 접수처를 가로질러 나올 때 폴린은 책상에서 고개를 들지 않은 채 그저 유니스에게 행운을 빈다는 의미로 엄지손가락만 들었다. 그녀는 아무것도 보지 못했다.

경비원이 휘파람을 불었고, 유니스는 애정 어린 손길로 비스킷 통을 두드리고서 미소를 지었다.

"브라이턴으로 가요."

로라는 깜짝 놀랐다. 그녀가 비스킷 통을 집어 들고 살짝 흔들었다. 확실히 무거웠다.

"흔들지 마세요! 그분이 깨어날지도 몰라요."

선샤인은 그렇게 말하고서 자신의 농담에 키득키득 웃었다.

서재의 어두운 구석구석에 뭐가 더 있을까 하는 의문이 로라의 머리를 스쳤다.

"이 집에 유령이 들린 것도 놀랄 일이 아니었어."

그녀가 선샤인에게 말했다.

322

점심을 먹고 나서 로라는 선샤인이 웹사이트에 물건에 대한 설명을 올리는 걸 도와줬지만 이 물건만큼은 아무도 찾으러 오지 않을 거라는 생각이 들었다.

그날 저녁 프레디와 로라, 선샤인, 캐럿, 스텔라와 스탠은 '달이 없는 밤'의 정원에서 웹사이트의 생일을 축하하는 저녁 식사를 했다. 선샤인은 현재 올려둔 모든 물건에 대한 이야기를 전부 다 늘어놓았지만 특히 비스킷 통에 대해 열심히 이야기했다.

"정말로 잃어버리기엔 기묘한 물건이네요."

스텔라가 빵가루를 입힌 튀긴 가재 꼬리에 직접 만든 감자칩을 얹으면서 말했다.

"게다가 도대체 왜 사랑하는 사람을 비스킷 통에다가 넣은 걸까요?"

"바로 그게 이유일지도 모르지, 여보. 통 안의 그 친구가 별로 사랑을 받지 못했고 누군가가 그 친구를 없애버리고 싶었던 걸지도 몰라."

스탠이 말했다.

"아예 사람의 유골이 아닐 수도 있어요. 어쩌면 그냥 누군가의 벽난로 재일지도 모르죠. 그것도 딱 그런 모양새니까요."

프레디가 차가운 맥주를 길게 들이켜고서 말했다.

선샤인은 반박을 하려다가 그가 자신을 향해 윙크하는 것을 보고 그가 그저 농담을 했을 뿐이라는 것을 깨달았다.

"그건 죽은 사람이고 그분은 그 여자분의 평생의 사랑이었어요. 그 여자분이 분명히 와서 그분을 데려가실 거예요."

그녀가 단호하게 말했다.

"좋아. 그럼 내기를 해볼까? 누가 와서 비스킷 통을 찾아갈 거라는 데 너는 뭘 걸겠니?"

선샤인은 집중하느라 인상을 찌푸린 채 열심히 생각하면서 캐럿에게 감자칩 조각을 먹였다. 그러다 갑자기 커다란 미소를 지으며 의자에 몸을 기대고 가슴 위로 팔짱을 끼고 승리와 만족의 한숨을 쉬었다.

"아저씨가 로라 아줌마와 결혼해야 해요."

로라는 충격으로 와인을 쏟았다.

"진정해요, 로라. 이런 세상에, 선샤인, 넌 사람들을 놀라게 하는 방법을 잘도 아는구나."

스탠이 말했다.

로라는 얼굴이 빨개지는 것을 느낄 수 있었다. 스텔라와 스탠은 즐겁게 낄낄 웃고 있었고 선샤인도 입을 귀에 걸고 웃었다. 로라는 땅이 갈라져서 자신을 집어삼키면 좋겠다고 생각하면서 와인을 황급히 마시고 한 잔 더 주문했다. 프레디는 아무 말도 하지 않았다. 그는 짜증과 실망 사이쯤 되는 듯한 표정을 짓고 있었지만, 로라의 얼굴을 보고 벌떡 일어나서 선샤인에게 한 손을 내밀었다.

"그럼 내기하는 거다!"

그날 밤은 더웠다. 공기는 따뜻한 벨벳 같은 장미 향기로 가득했고, 프레디와 로라는 정원을 거닐었다. 캐럿은 침입자를 찾아 관목을 헤집었다. 로라는 여전히 프레디가 건 내기에 대해 곱씹는 중이었다. 그는 펍에서 집으로 돌아오는 내내 아주 조용했다. 그들이 함께한 지 일 년이 좀 넘었고 프레디는 이제 사실상 파두아에 사는 거나 다름없었지만, 그들은 미래에 대한 진짜 계획을 세운 적은 한 번도 없었다. 그녀는 인생과 사랑 양쪽 모두에서 두 번째 기회를 얻은 자신이 굉장히 운이 좋다고 생각했지만, 아무리 가볍게 한다 해도 그들의 관계를 확실하게 만들려고 하다가 겨우 얻은 사랑이 도망칠까 봐 여전히 두려웠다. 그리고 그녀는 정말로 그를 사랑했다. 그녀가 빈스에게 느꼈던 멍청한 어린애 같은 방식과는 달랐다. 그녀에게 이것은 처음에는 열정으로 시작되었고 우정과 신뢰로 점차 공고해져서 어느새 변치 않게 자라난 그런 사랑이었다. 하지만 프레디에 대한 사랑과 함께 그를 잃을지도 모른다는 두려움도 커졌다. 두 감정은 끔찍하게 달라붙은 채 서로를 성장시켰다. 로라는 뭔가 말을 해야 했다.

"선샤인과의 그 내기 말이에요, 그거 그냥 농담이죠? 난 당신이 그러길 바라지는······."

너무 마음이 불안해서 어떻게 말을 이어야 할지 알 수가 없었다. 갑자기 그녀는 프레디와 결혼하는 게 바로 그녀가 바라던 바고 그래서 자신이 화가 난 거라는 사실을 깨달았다. 해피엔딩을 바라는 그녀의 멍청한 꿈이 농담거리로 전락했고, 그녀 자신이 농담거리가 된 것 같은 기분이었다.

프레디가 그녀의 손을 잡고 자신을 마주보게 돌려세웠다.

"내기는 내기죠. 그리고 난 내가 한 말은 지키는 사람이고요!"

로라는 손을 잡아 뺐다. 그 순간 그들의 관계에 대한 모든 의심이, 실패에 대한 모든 두려움과 자신의 완벽하지 못한 면에 대한 모든 좌절감이 하나로 합쳐져서 완벽한 폭풍을 일으켰다.

"걱정하지 말아요. 우아하게 빠져나갈 길을 찾을 때까지 기다릴 필요 없으니까! 우리 둘 중에서 내가 황새를 쫓는 볍새라는 걸 나 자신도 아주 잘 알고 있어요!"

"뱁새요. '황새를 쫓는 뱁새'예요."

프레디가 조용히 말했다.

그는 로라가 빠져 있는 감정적 소용돌이를 파고 들어오려고 노력하고 있었지만, 그녀는 귀를 기울일 마음이 없었다.

"난 자선 대상이 아니에요! 촌스럽고 불쌍한 로라! 남편도 다른 여자 품으로 도망치고 몇 년 만에 유일하게 했던 데이트는 순전히 재앙이었지. 그래서 무슨 생각을 한 건가요, 프레디? 불쌍한 여자를 좀 데리고 나가서 가치 있는 사람이라는 기분이 들게 만들어주다가 더 나은 사람이 나타나면 상냥하게 거절할 생각이었어요?"

그물에 걸린 새처럼, 발버둥을 치면 칠수록 더더욱 그물이 조여드는 기분이었지만 그녀도 어떻게 할 수가 없었다. 자신이 부당하게 굴고 있고 그에게 상처를 주고 있다는 걸 알면서도 멈출 수가 없었다. 프레디가 그녀의 분노가 다 타버릴 때까지 말없이 기다리는 동안 그녀는 계속해서 비난과 모욕을 쏟아냈고, 그녀가 몸을 돌려 집으로 향하자 그가 뒤에서 불렀다.

"로라! 맙소사, 이 여자야! 내가 당신을 얼마나 사랑하는지 알잖아요. 안 그래도 나도 물어볼 생각이었어요. 나와 결혼해달라고요."

그가 서글프게 고개를 흔들었다.

"난 계획을 전부 세워놨었죠. 그런데 선샤인이 내 역할을 싹 가로채버렸던 거예요."

로라는 걸음을 멈췄지만 그를 돌아볼 수가 없었다. 그렇다고 좌절감을 삼키고 자신의 심장을 마침내 부숴버릴 결정적이고 순전히 거짓말인 최후의 일격을 그냥 포기할 수도 없었다.

"난 거절했을 거예요."

그녀가 집으로 돌아가는 동안 소리 없는 눈물이 얼굴을 타고 흘렀다. 장미 정원의 어둠 속 어디서 다른 누군가가 흐느끼는 소리가 들렸다.

47

유니스
2013년

포샤는 비스킷에게 웅장한 송별식을 치러줬다. 그녀는 세인트 폴 대성당이나 웨스트민스터 성당을 바랐지만 자신의 엄청난 돈으로도 그곳을 빌릴 수는 없다는 것을 알고는 호화로운 메이페어 호텔 연회실로 결정했다. 유니스는 다른 사람들 것과 마찬가지로 사치스러운 검은색 실크 시폰 리본 장식이 달린 뒤쪽의 지정석에 앉아서 화려한 주위를 둘러봤다. 연회실은 나무로 된 바닥에 바닥부터 천장까지 닿는 골동품 거울, 그리고 낮게 들리는 모차르트의 〈눈물의 날 Lacrimosa〉로 보건대 최신식 사운드 시스템까지, 연회장은 정말로 훌륭했다. 아니면 포샤가 화면 뒤쪽 어딘가에 런던 필하모닉 오케스트라와 런던 심포니 코러스를 숨겨둔 걸 수도 있겠지만. 거울이 알비노 식물 괴수처럼 선반과 받침대에 자리한 거대하고 이국적인 백합과 난초 장식들을 비추었다.

유니스는 바머가 학생 때부터 오랜 친구였고 지금은 진짜 유명인들과 반짝 유명인들 양쪽 모두의 머리를 자르고, 염색하고, 다듬어주는 걸 업으로 삼은 개빈과 함께 왔다. 그의 고객 명단 때문에 포샤가 그를 초대한 것이기도 했다.

"이런 젠장맞을!"

개빈이 나지막한 소리로 말했다. 음, 최소한 그렇게 말하려고 노력은 했다.

"오합지졸도 이런 오합지졸이 없군. 여기 있는 사람들 대부분은 바머와 바르도도 구분하지 못할 텐데."

그는 통로를 이쪽저쪽으로 움직이면서 대중이 알아볼 만한 '애도객'들의 사진을 찍는 사진사를 보고 피상적인 웃음을 지었다. 포샤는 이 추도식을 상식이 있는 여자라면 미용실에서밖에는 읽지 않는다고 볼 만한 겉만 번드르르한 잡지에 실릴 행사로 만들었다. 좌석에는 포샤 자신의 친구들과 지인들, 주변인들이 가득했고 가끔씩 촌스러운 드레스에 드문드문 박힌 세퀸 장식처럼 유명인사들이 앉아 있었다. 바머의 친구들은 극장에서 싸구려 좌석에 앉은 사람들처럼 뒤쪽에서 유니스와 개빈의 주위에 몰려 있었다.

연회장 앞쪽 탁자에는 더 많은 꽃들이 장식되어 있고, 유골함이 있었다. 유골함 한쪽 옆에는 거대한 바머의 사진 액자가 있고 ("그 친구는 절대로 저 사진을 고르지 않았을 거예요. 머리 모양이 완전히 엉망이잖아." 개빈은 그렇게 속삭였다.) 반대편에는 바머와 포샤가 어린 시절에, 포샤가 바머의 자전거 가로대 위에 앉아 있는 사진이 놓여 있었다.

"자기 얼굴을 꼭 저기에 끼워 넣어야 성이 차는 거지. 안 그래요?"

개빈은 성이 나서 씩씩거렸다.

"그 친구 추도식에 그 친구가 주인공이 되는 것조차 용납할 수가 없는 거야! 하지만 최소한 내가 설득해서 바머의 진짜 친구들을 부르고 이 망할 난장판에 바머가 정말로 좋아할 만한 행사도 끼워 넣었지."

유니스는 감탄했다.

"도대체 어떻게 그렇게 했어요?"

개빈이 씩 웃었다.

"협박을 했죠. 안 그러면 언론사에 얘기할 거라고 했거든. '이기적
인 여동생이 오빠의 유언을 무시하다'라는 건 포샤의 출판사 사장이
바라는 헤드라인이 아닐 거고, 포샤도 그걸 알죠. 말이 나와서 말인
데 뚱돼지 브루스는 안 왔어요?"

그가 혐오스러운 머리 모양을 찾으려고 앞쪽에 있는 사람들을 훑
어봤다.

"아, 분명히 포샤와 함께 올 테죠. 정확하게 뭘 꾸민 거예요?"

유니스가 물었다. 개빈은 아주 즐거운 기색이었다.

"깜짝행사이지만, 힌트는 줄게요. 〈러브 액츄얼리Love Actually〉 앞
부분 결혼식 장면에서 밴드 멤버들이 하객들 사이에 숨어 있는 거 기
억나요?"

그가 더 설명하기도 전에 음악이 바뀌고 포샤와 그녀의 동행이
〈카르미나 부라나Carmina Burana〉의 〈운명의 여신이여O Fortuna〉에
맞춰 통로를 걸어왔다. 그녀는 하얀색 아르마니 바지 정장을 입고
트랙터 바퀴만 한 크기의 챙이 달리고 검은색 점박이 무늬 레이스
가 늘어진 모자를 쓰고 있었다.

"하느님 맙소사! 누가 보면 믹 재거와 결혼하는 줄 알겠네!"

그가 흥분을 간신히 억누른 채 유니스의 팔을 잡았다. 유니스의
눈에 눈물이 고였다. 하지만 그건 웃음을 참느라 고인 눈물이었다.
바머가 여기서 이 즐거움을 함께 누렸다면 좋았을 텐데. 사실 그녀는

바머가 어디 있는지 알았으면 했다. 아직 개빈에게는 이야기를 하지 못했다. 적당한 때를 기다리는 중이었다. 추도식 자체는 기묘하게 재밌었다. 아주 비싼 그 지역 사립학교에서 온 어린이 합창단이 〈무지개 저 너머에Over the Rainbow〉를 불렀고, 브루스는 『햄릿』의 독백을 외는 것 같은 태도로 포샤 대신 추도문을 읽었으며 작은 드라마의 여배우가 W.H. 오든의 시를 낭독했다. 딸이 포샤와 오랜 친구인 은퇴한 주교가 기도를 했다. 기도는 짧았고 그가 아침 식사 때 마신 위스키 탓에 알아듣기가 좀 어려웠다. 아니, 아침 식사 대신 마신 걸지도 모른다.

그다음에 개빈의 차례가 되었다.

그는 자리에서 일어나서 통로에 섰다. 의자 밑에 숨겨두었던 마이크를 꺼내서 그가 거창하고 화려하게 추도객들을 향해 말했다.

"신사숙녀 여러분, 이건 바머를 위한 겁니다!"

그가 자리에 앉았고 사람들 사이에 기대의 표정이 퍼졌다. 개빈이 유니스를 보고 윙크를 했다.

"쇼타임이에요!"

그가 속삭였다.

근사한 음이 흐르고 연회장 뒤쪽 어디서 피아노 반주만을 바탕으로 남자가 부드럽게 노래를 시작했다. 말쑥한 턱시도 차림에 특별히 이 행사를 위해서 아이라인을 그린 것 같은 놀랍도록 잘생긴 남자가 부르는 노래였다. 〈라 카지La cage aux Folles〉(라 카지오폴이라는 클럽을 운영하는 게이 커플의 아들의 결혼을 둘러싼 코믹한 뮤지컬.—옮긴이)의 〈나는 나I Am What I Am〉의 앞부분이 조용한 연회장에 흐르고 개빈은 기뻐서 양손을 문질렀다.

331

가수가 연회장 가운데로 나오고 음악의 박자가 빨라지면서 그가 통로 쪽 자리에 전략적으로 배치해두었던 여섯 명의 쇼걸들을 일으켜 세웠다. 한 명씩 차례로 일어나서 얌전한 코트를 벗고 충격적인 의상과 화려한 보석, 놀라운 꼬리 깃 장식을 드러냈다. 유니스는 그들이 그걸 달고 앉아 있을 수 있었다는 사실에 감탄했다. 근사한 가수와 그의 아름다운 동행들이 연회장 앞쪽에 도착할 무렵 노래도 절정에 이르렀다. 그는 유골함 앞에서 몸을 돌려 추도객들을 바라보고 마지막 부분을 소리 높여 불렀고 그의 코러스 여자들은 그의 뒤에서 동시에 다리를 들어 올렸다. 당당한 마무리와 함께 연회장의 모든 사람들이 자발적으로 일어서서 박수를 쳤다. 하지만 딱 한 명, 포샤는 아예 기절한 것 같았다.

개빈은 비스킷들이 그레이스와 고드프리 옆에 묻힌 켄트의 교회 묘지로 가는 내내 승리감을 조금도 감추지 않았다. 포샤는 모두가 타고 갈 수 있도록 검은색의 커다란 리무진을 여러 대 고용했지만, 유니스와 개빈은 그의 아우디 컨버터블을 타고 쇼 음악을 틀어놓고 솔트 앤 비니거 감자칩을 먹으면서 따로 갔다. 유니스는 고드프리와 그레이스가 엉뚱한 명찰을 단 비스킷 항아리와 함께 무덤을 쓰게 되었다는 사실에 약간 죄책감을 느꼈지만, 상황을 고려하건대 어쩔 수 없는 일이었다고 그들도 이해해주기를 바랐다. 유니스가 바머의 마지막 소망을 꼭 이뤄주겠다고 약속했던 바로 그 교회 묘지에 차가 멈춘 다음 그녀는 개빈에게 모든 것을 고백했다.

"하늘의 성모 마리아님과 신발상자의 대니 라 루여! 이 불쌍한 여자 같으니, 이제 도대체 어쩔 셈이에요?"

그가 말했다.

유니스는 자동차 뒷거울로 자신의 모자를 확인한 다음 문손잡이를 잡았다.

"솔직히 말해서 나도 전혀 모르겠어요."

48

셜리는 컴퓨터를 켜고 음성 메시지들을 확인했다. 월요일 아침이고 월요일 아침은 주말 동안 들어온 온갖 유기 동물들 때문에 항상 바빴다. 그녀는 벌써 십오 년째 배터시 개&고양이 보호소에서 일했고 많은 게 바뀌는 것을 보았다. 하지만 딱 하나만은 절대로 바뀌지 않았다. 유기 동물들은 언제나 계속 들어왔다. 우편물이 벌써 도착했고 셜리는 봉투 더미들을 살펴보기 시작했다. 어느 봉투에 만년필로 주소가 쓰여 있었다. 흐르는 듯한 화려한 글씨체였고 셜리는 호기심을 느꼈다. 안에는 직접 쓴 손 편지가 들어 있었다.

담당자분께

최근에 세상을 떠난 사랑하는 오빠를 기념해서 기부금을 동봉합니다. 오빠는 개를 굉장히 사랑했고 귀하의 시설에서 두 마리를 입양했었습니다. 이 기부금을 드리는 단 한 가지 조건은 시설의 잘 보이는 곳에 오빠를 기념하는 명패를 세워달라는 것입니다. 내용은 이랬으면 합니다.

"소중한 아들이자 사랑받는 오빠, 충성스러운 친구이자 헌신적인 애견인이었던 바머를 추억하며.

더글러스와 베이비 제인과 함께 편안하게 쉬기를."

이 조건이 적절하게 충족되었는지 확인하기 위해서 대리인을 보내
도록 하겠습니다.

잘 부탁드립니다.

포샤 브룩클리

셜리는 믿을 수가 없어서 고개를 흔들었다. 어이없는 여자 같으
니! 모든 기부금을 감사하게 받는 건 사실이지만, 그런 명패를 세우
는 건 비용이 정말 많이 드는 일이다. 그녀는 꽤나 구식으로 편지에
종이집게로 꽂아서 동봉된 수표를 힐끗 보았다. 그러고는 기절할 뻔
했다. 숫자 앞에 있는 '2'가 거품을 내뿜고 있는 것처럼 보일 정도로
동그라미가 많았던 것이다.

49

로라는 벼랑 끝에 서서 자신이 추락할지 아니면 날 수 있을지 모르는 상태 같은 기분이었다. 오늘은 확실하게 그녀 혼자 있을 것이다. 선샤인은 엄마와 함께 외출하는 드문 날이었고, 장미 정원에서 부끄럽게 난리를 친 이후로 프레디는 만나지 못했다. 그에게 전화를 걸어봤지만 곧장 음성 메시지로 넘어갔고, 비굴할 정도로 진심 어린 사과를 남기긴 했으나 이미 늦었다는 기분이 들었다. 답도 전혀 오지 않았고 그날 밤 이래로 프레디는 파두아에 오지도 않았다. 달리 어떻게 생각해야 할지 알 수가 없었다. 선샤인은 계속해서 프레디가 돌아올 거라고 말했지만, 로라는 이제 그가 돌아오지 않을 거라는 걸 알았다. 그녀는 푹 자지 못했고, 흥분과 불길한 예감 사이의 알 수 없는 곳에 고립된 기분으로 깨곤 했다. 집은 숨이 막혔다. 캐럿조차 불안한 듯이 타일 바닥에서 발톱으로 다각다각 소리를 내며 이리저리 서성거렸다. 방문객을 맞을 준비를 하면서 로라는 금세 폭풍이 몰아칠 것 같은 기분을 느꼈다. 파두아는 지난 며칠 동안 아주 조용했다. 테레즈의 침실 문은 여전히 안쪽에서 잠겨 있었고 음악 소리도 나지 않았다. 하지만 이것은 평화와 만족에서 나오는 그런 고요함이 아니었다. 황량함과 패배감에서 말미암은 쓸쓸한 침묵이었다. 로라는 테레즈를 실망시켰고 그렇게 해서 앤서니까지 실망시켰다. 그의 마지막 소망을 충족시키지 못했다.

누군가가 비스킷 통의 유골을 찾으러 올 예정이었다. 주인이 나타났다. 로라는 선샤인에게는 얘기하지 않았다. 내기 때문만은 아니었다. 이 일은 혼자 하고 싶었다. 자기 자신에게도 그 이유를 잘 설명할 수 없었지만, 이건 중요했다. 현관 벨이 정확히 약속 시간인 두 시 정각에 울렸고, 로라는 문을 열었다. 육십 대에 세련되게 옷을 입고 녹색 중절모를 쓴 작고 날씬한 여자가 서 있었다.

"난 유니스예요."

로라는 그녀가 내민 손을 잡았고, 내내 로라를 사로잡고 있던 긴장감이 서서히 사라졌다.

"차를 드릴까요, 아니면 좀 더 강한 걸로 드릴까요?"

로라가 물었다. 왠지 모르지만 뭔가 축하를 해야 할 것 같았다.

"음, 사실 난 좀 강한 걸로 마셨으면 좋겠어요. 그 사람을 되찾을 수 있을 거라고는 희망조차 품지 않고 있었는데, 이제 되찾았다고 생각하니까 온몸이 후들거리거든요."

그들은 앤서니를 기리는 뜻에서 진 라임을 마시기로 했고, 그것을 들고 서재에서 비스킷 통을 찾아 들고 정원으로 나갔다. 유니스는 한 손에 진 라임을 들고 다른 손에는 비스킷 통을 들고 앉아서 눈물이 고인 눈으로 말했다.

"오 이런, 정말로 미안해요. 내가 완전히 바보처럼 굴고 있죠. 하지만 이게 나한테 어떤 의미인지 아마 모를 거예요. 아가씨가 이 멍청한 여자의 부서진 심장을 고쳐준 거예요."

그녀는 술을 한 모금 마시고 숨을 깊게 들이켰다.

"자, 이게 다 무슨 일인지 알고 싶을 테죠?"

유니스와 로라는 웹사이트를 통해서 이메일을 몇 번 주고받았지만, 정말로 유골을 잃어버린 사람이 유니스인지를 확인할 정도의 내용밖에는 이야기를 나누지 않았다.

"자세는 좀 편안해요? 꽤 긴 이야기가 될 것 같아서 말이죠."

유니스는 제일 처음부터 시작해서 로라에게 모든 것을 이야기했다. 그녀는 타고난 이야기꾼이었고 로라는 그녀가 직접 글을 쓴 적이 없다는 사실에 놀랄 정도였다. 장례식장에서 바머의 유골을 납치한 부분에서 로라는 눈물이 날 만큼 웃었고, 유니스도 마침내 바머를 되찾은 덕택에 함께 웃을 수 있었다.

"열차에 탈 때까지만 해도 아주 훌륭하게 흘러갔죠. 역에서 열차를 탄 다음에 애 둘을 데리고 있는 엄마와 함께 앉게 됐어요. 애들 입가의 얼룩과 통제 불가능한 행동거지로 봐서 간식과 탄산음료를 너무 많이 먹은 것 같더군요. 불쌍한 애들 엄마는 애들을 자리에 앉혀둘 수가 없었고, 어린 여자아이가 '지금 당장 오줌 쌀 것 같아!'라고 외치자 아이 엄마가 나에게 여자아이를 데리고 화장실에 다녀올 동안 그 애 오빠를 봐줄 수 있겠느냐고 물었죠. 차마 안 된다고 할 수가 없었어요."

유니스는 술을 한 모금 마시고 비스킷 통을 다시 잃어버릴까 봐 걱정되는 것처럼 옆으로 바짝 당겼다.

"남자아이는 자리에 앉아서 나를 향해 혀를 내밀고 있다가 제 엄마가 사라지자마자 곧장 일어나서 뛰어다니기 시작했죠. 소드의 법칙대로 하필 그때 열차가 역에 들어서서 멈췄고, 문이 열리자 그 애가 열차에서 뛰어내렸어요. 난 그 애를 잡을 만큼 빠르지 못해서 결국에 그 애를 쫓아가야만 했죠. 가방은 팔에 끼고 있었지만, 바머를 자리에 남겨두고 왔다는 걸 깨달았을 땐 이미 늦었어요."

유니스는 그 기억에 몸을 떨었다.

"그 뒤에 어떤 난리법석이 일어났는지 아마 상상할 수 있을 거예요. 애 엄마는 내가 자기 아들을 납치하려고 했다고 펄펄 뛰었죠. 솔직히 나는 그 망할 꼬마를 제 엄마에게 돌려준 것만으로도 기뻤어요. 난 바머를 열차에 놔두고 왔다는 사실 때문에 제정신이 아니었고 즉시 신고했지만, 열차가 브라이턴에 도착했을 무렵에 그는 사라지고 없었죠."

로라는 잔을 다시 채웠다.

"꽤 독특한 이름이네요. 바머라니."

"아, 그건 그 사람의 진짜 이름이 아니에요. 그 사람 진짜 이름은 찰스 브램웰 브록클리랍니다. 하지만 아무도 그 사람을 그렇게 부르는 걸 들어본 적이 없어요. 그 사람은 언제나 바머였죠. 그리고 그 사람은 널 아주 사랑했을 거란다."

그녀가 이제 자신의 무릎에 기대고 있는 캐럿의 머리를 부드럽게 쓰다듬으면서 녀석에게 말했다.

"그 사람은 모든 개들을 사랑했지."

"그분이 출판사를 했다고 그러셨죠? 혹시 앤서니와 아는 사이가 아니셨을까 궁금하네요. 앤서니도 작가셨어요. 주로 단편을 쓰셨죠. 앤서니 퍼듀요."

"아, 그래요. 나도 아주 잘 기억하는 이름이에요. 멋진 이야기를 썼죠. 앤서니와 테레즈, 수집품으로 가득한 서재, 웹사이트. 그거야말로 책으로 써야 할 이야기인데."

유니스가 말했다.

로라는 작가가 되고 싶었던 학창 시절의 꿈을 떠올리고서 아쉬운 미소를 지었다. 이제 와서 시작하기엔 너무 늦었겠지.

유니스는 여전히 비스킷 통을 옆에 꼭 껴안고 있었다.

"아직도 출판 쪽에서 일하시나요?"

로라가 물었다. 유니스는 고개를 흔들었다.

"아뇨, 아니에요. 바머가 떠난 후로는 내 마음도 떴죠……."

그녀가 말끝을 흐리다가 덧붙였다.

"하지만 아가씨가 책을 내는 데 관심이 있다면, 기꺼이 도와줄게요. 아직도 아는 사람들이 좀 있고, 몇몇 에이전트들에게 아가씨를 추천할 수도 있을 거예요."

두 여자는 잠시 말없이 앉아서 술과 장미 향기, 햇살이 비치는 평화롭고 조용한 오후를 즐겼다.

"당신은 어떤가요, 로라? 당신 인생에 누군가가, 내가 바머를 사랑했던 것처럼 사랑하는 누군가가 있나요?"

유니스가 마침내 물었다. 로라는 고개를 흔들었다.

"있긴 했어요. 바로 며칠 전까지요. 하지만 크게 싸웠어요."

그녀는 잠시 말을 멈추고 실제로 무슨 일이 있었던 건지 다시 생각했다.

"제가 말다툼을 시작했어요. 한심하고, 우스꽝스럽고, 유치한 말다툼이었죠. 심지어는 다툼도 아니었어요. 그 사람은 마주 싸우지 않았으니까요. 그냥 거기 서서 제가 히스테리에 사로잡힌 멍청이처럼 끝없이 쏘아붙이는 걸 듣기만 했고, 전 도망쳤어요. 그 이후로 그 사람을 못 봤고요."

로라는 단순히 이야기만 털어놨을 뿐인데도 안도감이 느껴지는
것에 조금 놀랐다.

"제 이름은 로라고 전 정말이지 완전히 바보였어요."

"자신에게 너무 엄격하군요, 아가씨."

유니스가 그녀의 손을 잡고 미소를 지으며 물었다.

"하지만 그 사람을 사랑해요?"

로라는 비참하게 고개를 끄덕였다.

"그러면 그 사람에게 이야기를 해요."

"하려고 했어요. 하지만 전화를 안 받아요. 그런다고 뭐랄 수도 없
죠. 제가 무시무시하게 끔찍했으니까요. 미안하다고 메시지를 남겼는
데, 그 사람은 더 이상 관심이 없나 봐요."

유니스가 고개를 흔들었다.

"아니, 내 말뜻은 그게 아니에요. 그 사람 전화가 아니라 그 사람에
게 이야기를 해요. 그 사람을 찾아서 얼굴을 보고 말을 해요."

갑자기 유니스가 가방 안에서 작은 상자 하나를 꺼냈다.

"잊어버릴 뻔했네. 웹사이트에 올릴 물건을 하나 가져왔어요. 오
래전에 바머와 면접을 보던 날 길에서 발견했던 거예요. 난 항상 이
걸 일종의 행운의 부적으로 갖고 다녔죠. 이걸 잃어버린 사람에 대해
서는 별로 생각하지 않았어요. 하지만 이제는 아가씨가 이걸 갖는 게
올바른 일일 것 같아요. 쉽지 않은 일이라는 건 알지만 정말로 주인
을 찾아줄 수 있을지도 모르니까요."

로라는 미소를 지었다.

"물론이죠. 해볼게요. 기억나는 세세한 것들에 대해서 말씀을 해

주세요."

유니스는 구태여 기억을 떠올릴 필요도 없었다. 그녀는 조금도 머뭇거리지 않고 요일, 날짜, 시간과 장소를 줄줄이 읊었다.

"사실, 그날은 내 인생 최고의 날 중 하나였어요."

로라가 유니스에게서 상자를 받아 들었다.

"열어봐도 될까요?"

그녀가 물었다.

"물론이죠."

상자에서 메달리온을 꺼내면서 로라는 잠시 선샤인이 어떤 기분을 느끼는지 알 것 같았다. 손안의 물건이 마치 자기 목소리를 갖고 그녀에게 말을 하는 것만 같았다.

"괜찮아요?"

유니스의 목소리가 아주 멀게, 연결 상태가 나쁜 전화를 통해서 들리는 것만 같았다. 로라는 비틀거리면서 간신히 일어서서 유니스에게 말했다.

"절 따라오세요."

테레즈의 침실 문은 쉽게 열렸고 로라는 금색 액자 안에 조그만 장미의 성녀 테레사 그림이 든 영성체 메달리온을 화장대 위, 앤서니와 테레즈의 사진 옆에 내려놓았다. 언제나처럼 멈춰 있던 조그만 파란색 시계가 갑자기 다시 움직이기 시작했다. 로라는 숨을 멈췄고, 잠깐 동안 두 여자는 침묵 속에 서 있었다. 그때 아래층 정원 방에서 음악이 들리기 시작했다. 처음에는 나직하게, 그러다가 점점 더 소리가 커졌다.

당신에 관한 생각.

유니스는 놀란 표정으로 주위를 둘러봤고, 로라는 기뻐서 허공에
주먹을 휘둘렀다. 열린 창문으로 장미 꽃잎들이 소용돌이치며 날아
올랐다.

로라가 유니스를 정원 입구까지 데려다줄 때 프레디가 집 앞에 낡
은 랜드로버를 세우고 내렸다. 그는 유니스에게 예의 바르게 인사를
하고 로라를 보았다.
"이야기 좀 해요."
유니스는 로라의 뺨에 키스하고 프레디에게 윙크를 했다.
"그게 바로 내가 얘기했던 거예요."
그녀는 등 뒤의 정원 문을 닫고 미소를 띤 채 떠났다.

50

그들 다섯은 산책로를 따라 함께 걸었다. 유니스와 개빈은 팔짱을 끼고서 줄무늬 캔버스 쇼핑백에 바머와 더글러스, 베이비 제인을 담아 들고 있었다. 유니스는 혼자 올 생각이었지만, 개빈은 그 말을 들으려 하지 않았다. 바머가 처음 억지로 해피 헤이븐에 들어가게 되었을 때 그는 개빈에게 유니스를 친구로서 잘 보살펴달라고 부탁했지만, 개빈은 유니스의 악명 높은 독립심을 건드리지 않고 어떻게 해야 할지 알 수가 없었다. 하지만 유니스가 솔직하게 모든 걸 고백했던 추도식 이후로 개빈은 그녀의 갑옷에 난 틈을 알아채고 그것을 이용해 바머에 대한 약속을 지켰다. 해변가에 가기에 완벽한 날이었다. 블루 큐라소 같은 색깔의 하늘에 햇살은 눈부시고 바람은 살랑살랑 불었다. 개빈은 아우디를 집에 두고 나왔다. 두 사람은 곧 곁에서 떠날 친구들을 위해 확실하게 건배를 들 수 있도록 열차를 타고 왔다.

유니스는 오늘 하루를 온전히 바머를 위한 추억의 날로 삼고 싶었고, 그래서 그들은 정해진 일정에 따라 움직였다. 부둣가를 따라 걸어가는 동안 그들은 모조 다이아몬드 목걸이를 한 미니어처 퍼그 한 쌍을 데리고 있는 젊은 커플과 마주쳤다. 유니스는 자신도 모르게 멈춰서 녀석들을 귀여워해줬다. 조그만 개 두 마리는 칭찬과 법석을 기꺼이 받아들인 다음 행복하게 다시 걸어갔다. 개빈은 유니스의 풀 죽은 얼굴을 보고서 그녀의 팔을 한 번 꼭 쥐었다.

"고개 들어요, 늙다리 아가씨. 얼마 있으면 빌 베일리가 집에 올 거잖아요."

유니스는 마침내 개를 한 마리 입양했다. 바머가 죽은 후 항상 그럴 생각이었지만, 그의 유골을 잃어버린 후에는 어쩐지 그녀에게 개를 가질 자격이 없는 것만 같았다. 새로운 개를 데려오기 전에 오랜 친구들에 대한 의무부터 다해야 했다. 하얀색 털에 검은 얼룩무늬가 있는 검고 하얀 콜리는 비참하게도 태어난 후 오랫동안 창고 바깥에 줄로 묶여서 지냈고, 배터시 직원은 녀석이 다시 사람의 손길을 받아들이기 어려울 거라고 생각했다. 하지만 조그만 개는 크고 용맹한 심장을 가졌고 기꺼이 세상에 다시 한 번 기회를 주려고 했다. 직원은 녀석이 집에 데려가줄 완벽한 사람을 찾길 바라는 마음에 행운을 기원하며 노래에서 따서 빌 베일리(럭키 덕키즈The Lucky Duckies의 노래 〈Bill Bailey, Won't You Please Come Home〉 중에서.—옮긴이)라고 이름 붙였다. 그리고 정말 완벽한 사람이 나타났다. 유니스였다. 녀석을 보자마자 그녀는 녀석의 뾰족한 귀와 커다란 까만 눈에 완전히 반했다. 녀석은 처음에는 경계했지만, 두어 번 방문하고 나자 유니스가 자신을 위한 주인이라고 결정하고 그녀의 손을 핥아줬다. 다음 주면 녀석은 정말로 그녀의 것이 된다.

유니스와 개빈은 번갈아가며 쇼핑백을 들었다. 처음에 유니스는 쇼핑백을 다른 사람에게 건네기가 싫었지만, 세 친구들을 모두 합친 무게는 놀랄 만큼 무거워서 개빈이 번갈아 들어주는 게 고마웠다.

"이런 제길! 우리도 나이 많은 여자들이 가방을 드는 대신에 밀고 다니는 그 체크무늬 쇼핑 카트를 가져왔어야 했는데."

그가 말했다. 유니스는 단호하게 고개를 흔들었다.

"농담하지 말아요. 그래서 날 늙은이처럼 보이게 만들려고요?"

그녀가 쏘아붙였다. 개빈이 그녀를 향해 윙크했다.

"걱정 말아요. 당신은 마흔 살에서 단 하루도 넘은 것처럼 보이지 않으니까, 늙다리 아가씨."

오락실 안은 덥고 시끄러웠고 공기는 핫도그와 도넛, 팝콘 냄새로 가득했다. 개빈의 표정으로 보아 그는 유니스가 자신을 바빌론으로 끌어들였다고 생각하는 것 같았다. 색색의 조명이 버저와 벨 소리에 맞춰서 빙빙 돌고 미친 듯이 깜박거렸다. 동전이 기계로 들어가고 요란하게 쏟아져 나왔다. 물론 들어가는 소리가 나오는 소리보다 훨씬 많이 들렸다. 개빈의 제일 좋은 브로그 구두가 망가진 칩을 밟고 미끄러지자 그는 당장이라도 도망칠 것처럼 보였지만, 유니스는 그의 손에 동전을 쥐여주고 바머가 좋아하던 기계 쪽으로 고갯짓을 했다.

"어서요. 해봐요! 바머는 이걸 아주 좋아했어요."

유니스는 구멍에 동전을 넣으면서 마지막으로 여기 왔을 때 바머의 얼굴에 떠올랐던 그 혼란스러운 표정을 떠올렸다. 하지만 그녀가 그를 구출하러 오자 그 표정이 얼마나 빨리 미소로 변했었는지. 오늘은 슬픈 추억이 아니라 행복한 추억들을 위한 날이었다. 유니스는 개빈에게 삼십 분 정도 게임을 시켰고, 끝날 무렵에는 그도 꽤 즐기는 것 같았다. 아주 낮은 (거의 가망 없는) 확률에도 불구하고 그는 인형 뽑기 기계에서 작고 아주 못생긴 테디베어를 하나 뽑았고, 자랑스럽게 그것을 유니스에게 선물로 주었다. 비뚤한 곰의 우스꽝스러운 얼굴을 보면서 그녀는 문득 생각을 떠올렸다.

"각자에게 기념품을 사줘야겠어요."

그녀는 줄무늬 쇼핑백을 들어 올리면서 말했다.

부둣가의 기념품 가게 한 곳에서 그들은 더글러스를 위한 도넛 모양 열쇠고리를 찾았다. 개빈은 레인스 상점가에서 골동품 스태포드셔 도자기 퍼그 인형을 발견했다.

"내 눈에는 수캐처럼 보이는데, 베이비 제인은 이쪽을 더 좋아할 수도 있겠죠."

개빈이 말했다.

그들은 점심으로 피시 앤 칩스를 먹었고 개빈은 한 자리를 차지하고 앉아 있는 줄무늬 가방의 내용물들을 위해 축배를 들 샴페인 한 병을 주문했다. 유니스는 단 한순간도 쇼핑백을 눈밖에 내놓지 않을 생각이었다. 샴페인 덕분에 그녀는 다음에 해야 할 일을 해낼 용기를 낼 수 있었다. 그들을 보내주어야 했다. 햇살 속에서 파빌리온이 하얗게 반짝이고 돔형 지붕과 첨탑들은 하늘 높이 솟구친 것처럼 보였다.

쿠빌라이 칸은 도원경에 / 웅장한 아방궁을 지으라고 명했다······.

그걸 보면 유니스는 항상 콜리지가 아편을 피우고 영감을 얻었던 시구를 떠올리곤 했다. 그들은 우선 안으로 들어갔다. 바머에게는 마지막 여행이자 더글러스와 베이비 제인에게는 최초의 여행이 될 것이다. 유니스는 훈련받은 개가 회전시키던 통구이 그릴이 전시된 주방을 조심스럽게 돌아 나왔다. 선물가게에서 그녀는 바머를 위해 파빌리온 모형이 든 스노 글로브를 샀다. 막 계산을 하려고 하다가 유니스의 눈에 뭔가가 들어왔다.

"저 비스킷 통도 살게요."

그녀가 카운터 뒤의 여자에게 말했다.

"벌써 배가 고파요?"

개빈이 그녀 대신 물건을 들면서 물었다. 유니스는 미소를 지었다.

"폴린이라는 여자에게 비스킷 한 통을 빚졌거든요."

건물 밖으로 나온 그들은 연못가에서 벤치를 찾아 앉았다. 파빌리온은 크리스마스트리 장식처럼 물에 거꾸로 비쳤다. 유니스는 주머니에서 가위를 꺼내 쇼핑백 아래쪽 한 귀퉁이에 구멍을 뚫었다. 바머의 마지막 소원을 어떻게 들어줘야 할지 그녀는 오랫동안 열심히 생각했다. '장소'를 결정한 뒤에는 '방법'을 생각해야 했다. 이게 합법적인 것인지도 잘 몰랐지만, 혹시 그 답이 '안 된다'일 경우를 생각하면 물어볼 수도 없었다. 그러니까 누구의 눈에도 띄지 않는 게 중요했다. 결국에 언제나처럼 그들이 좋아한 영화에서 영감이 떠올랐다. 〈대탈주〉였다. 십여 명이 넘는 사람들이 세 개의 터널에서 파낸 흙을 바지통에 채워놨다가 무장경비들의 감시 속에 운동장에 몰래 흩뿌릴 수 있다면, 유니스도 소중한 세 친구의 재를 쇼핑백 바닥의 구멍으로 누구의 관심도 끌지 않고 뿌릴 수 있을 것이다. 이제 곧 결과를 알게 되리라.

"내가 같이 가서 망을 볼까요? 도움이 된다면 내가 주제 음악을 휘파람으로 불어줄 수도 있는데."

유니스는 미소를 지었다. 이 부분만큼은 그녀가 혼자 해야 했다. 개빈은 조그만 형체가 등을 꼿꼿이 세우고 고개를 높이 든 채 단호하게 잔디밭을 가로질러가는 것을 바라봤다. 처음에 그는 그녀가 아무렇게나 걷는다고 생각했지만, 곧 전혀 그렇지 않다는 것을 깨달았다. 그녀가 다시 벤치로 돌아와 그의 옆에 앉았을 때 줄무늬 쇼핑백은 비어 있었다.

"이곳에 대해서는 바머가 옳았어요."

그가 연못에 비친 그림자를 보면서 말했다.

"정말로 환상적인 곳이네요. 그나저나 바닥에 뭐라고 쓴 거예요?"

그의 물음에 유니스가 답했다.

"이륙!"

51

그녀의 앞에 있는 화면에서 커서가 힘을 내라는 듯이 윙크를 했다. 손을 들어 올려 타이핑을 시작하자 로라의 왼손 세 번째 손가락에 있는 스타 사파이어 반지가 여전히 낯설고 묵직하게 느껴졌다. 겨우 사흘 된 그녀의 약혼자 프레디는 부엌에서 선샤인과 함께 근사한 차 한 잔을 만들고 있었고, 캐럿은 그녀의 발치에 누워 자는 중이었다. 로라는 마침내 자신의 꿈을 좇을 준비가 되었다. 완벽한 이야기를 찾았고 아무도 그것을 너무 '무던하다'고 하지 않을 것이다. 이것은 사랑과 상실, 삶과 죽음, 그리고 무엇보다도 구원에 관한 장대한 이야기니까. 이것은 사십 년이 넘도록 이어져 마침내 해피엔딩을 이뤄낸 위대한 열정을 그린 이야기였다. 미소를 띠고서 그녀는 타이핑을 시작했다. 이미 완벽한 서두를 생각해뒀다…….

잃어버린 것들의 수집가

1장

찰스 브램웰 브록클리는 14시 42분 런던 브리지에서 브라이턴으로 가는 열차를 표도 없이 혼자 타고 가는 중이었다……

감사의 말

내가 이 글을 쓰고 있다는 사실은 내 꿈이 마침내 이루어졌으며 내가 이제 제대로 된 작가라는 것을 의미한다. 기나긴 여정이었고 그 길에는 기묘한 샛길과 짜증나는 교통체증, 수많은 속도방지턱들이 있었다. 하지만 나는 여기에 도착했다. 내가 여기 오기까지 수많은 사람들이 나를 도와줬고 그들 모두를 얘기하려고 한다면 그것만으로도 소설 한 권이 될 것이다. 하지만 누군지 다들 스스로 알고 있을 것이므로 여러분 모두에게 감사를 드린다.

물론 이 모든 것은 나의 부모님 덕이다. 두 분은 내가 학교에 들어가기도 전에 읽는 법을 가르치셨고, 아동도서관에 등록을 시켜서 내 어린 시절을 책으로 가득하게 만들어주셨다. 이에 대해 영원히 감사드린다.

제일 처음부터 나와 이 책을 믿어준 티보 존스의 훌륭한 에이전트 로라 맥두걸에게도 감사를 전하고 싶다. 우리는 세인트 팬크러스의 존 베처먼 동상 아래서 처음 만났고 (그게 확실하게 미래를 암시했던 것 같다) 몇 분 만에 나는 그녀와 일하고 싶다는 것을 깨달았다. 로라의 아낌없는 지지와 열정, 변함없는 프로 정신과 결단력, 트위터와 인스타그램, 그리고 당신의 레몬 커드에 대한 나의 첫 시도를 훌륭하게 지도해준 것에 대해 감사를 표한다.

내 해외 판권 계약을 도맡고 이 책의 열정적인 치어리더 역할을 해줬던 티보 존스의 샬로트 매덕스에게도 감사하다. 그리고 나에게 집에 온 것 같은 느낌을 느끼게 해줬던 티보 존스의 모든 직원들에게도. 그들은 세계 최고의 에이전시일 것이다. 여러분이 최고예요!

투 로즈의 나의 편집자이자 팀 선샤인 설립자인 페드 안도니노 역시 이 책이라는 위험을 감수해준 것에 대해 감사의 인사를 하고 싶다. 당신의 유머, 인내심, 끝없는 열의 덕택에 당신과 일하는 게 정말로 즐거웠답니다. 만세! 투 로즈의 모든 사람들에게도 감사를 표한다. 특히 나를 따스하게 맞아줬고 이 책을 진짜 책으로 만드느라 애를 썼던 리사 하이턴, 로지 게일러, 로스 프레이저에게도 감사를 전한다.

또 다른 팀 선샤인의 일원이자 귀중한 편집 능력을 발휘하고 유머 감각을 발휘해줬던 윌리엄 모로의 레이첼 케헌에게도 고맙다. 이 책을 전 세계에 퍼뜨려준 나의 모든 해외 출판사 담당자들에게도 감사하고 싶다!

아자 우치체비치에게도 큰 감사를 전한다. 당신은 처음부터 함께 했고 나에 대한 믿음을 절대로 놓치지 않았죠.

베드포드의 이글 북샵의 피터 버딕은 좋을 때나 나쁠 때나 내 친구이자 스승이었고 기댈 수 있는 어깨를 빌려줬다. 또한 나에게 끝없는 차와 귀중한 조언, 훌륭한 조사 자료들을 산더미처럼 제공해줬다. 피트, 당신은 환상적이에요. 이제 당신 책을 한 권이라도 끝마쳐요!

내 정신 나간 친구 트레이시, 너는 내가 이 책을 쓰는 동안에 세상을 떠났고, 네가 여기서 나와 함께 이 기쁨을 나누지 못해서 정말로 슬퍼. 하지만 넌 내가 정말로 그만두고 싶을 때도 계속 나아갈 수 있게 힘을 실어줬어.

내가 이 책을 마칠 수 있도록 상냥하고 친절하게 보살펴준 베드포드와 애딘브룩스 병원의 모든 직원들에게도 감사하다. 내 글에 계속해서 지지를 보내고 관심을 보여줬던 프림로즈 병동 직원들에게 특히 감사를 보내고 싶다.

나를 참아준 폴에게도 고마움을 표해야 할 것 같다. 이 책을 쓰는 동안 나는 집 안에 내가 찾은 분실물들을 죄다 갖다 놓고, 메모를 해둔 종이 쪽지들을 사방에 뿌려놓고, 내 '물건'들을 모든 방에 널어놓았다. 그러고는 방에 몇 시간씩 처박혀 있다가 부루퉁한 상태로 나와서 저녁 식사가 아직 안 됐느냐며 툴툴거리곤 했다. 그런데도 당신은 아직도 여기 있네!

마지막으로 내 멋진 개들에게도 감사를 전하고 싶다. 그들은 '이번 챕터만 마치고 나면 산책을 가자'라는 말을 수도 없이 참아줘야 했다. 빌리와 틸리 둘 다 내가 이 책을 쓰는 동안 세상을 떠났고 매일같이 그들이 그립다. 하지만 티모시 베어와 듀크는 내가 이 글을 쓰는 동안 소파에서 자고 있다. 코를 골면서 말이다.

잃어버린 것들의 수집가

1판 1쇄 인쇄 2017년 4월 20일
1판 1쇄 발행 2017년 4월 28일

지은이 루스 호건
옮긴이 김지원
펴낸이 고병욱

기획편집2실장 장선희 **책임편집** 이혜선
마케팅 이일권 이석원 김재욱 곽태영 김은지 **디자인** 공희 진미나 김경리 **외서기획** 엄정빈
제작 김기창 **관리** 주동은 조재언 신현민 **총무** 문준기 노재경 송민진

일러스트 최미경

펴낸곳 청림출판(주)
등록 제1989-000026호

본사 06048 서울시 강남구 도산대로 38길 11 청림출판(주) (논현동 63)
제2사옥 10881 경기도 파주시 회동길 173 청림아트스페이스 (문발동 518-6)
전화 02-546-4341 **팩스** 02-546-8053
홈페이지 www.chungrim.com
이메일 redbox@chungrim.com
인스타그램 www.instagram.com/redboxstory

ISBN 978-89-89456-99-5 (03840)

The Keeper of Lost Things